民共和國文化與文學叢書

三 編

李 怡 主編

第 17 冊

新世紀詩歌現場研究

孫 曉 婭 著

花木蘭文化出版社

國家圖書館出版品預行編目資料

新世紀詩歌現場研究／孫曉婭 著 -- 初版 -- 新北市：花木蘭文
化出版社，2016〔民 105〕
目 2+216 面；19×26 公分
（人民共和國文化與文學叢書 三編：第 17 冊）
ISBN 978-986-404-664-5（精裝）
1. 中國詩 2. 當代詩歌 3. 詩評
820.8   105012620

特邀編委（以姓氏筆畫為序）：

吳義勤　孟繁華　張　檸
張志忠　張清華　陳思和
陳曉明　程光煒　劉福春
（臺灣）宋如珊
（日本）岩佐昌暲
（新西蘭）王一燕
（澳大利亞）鄭　怡

ISBN-978-986-404-664-5

9 789864 046645

人民共和國文化與文學叢書
三　編　第十七冊　　　　　ISBN：978-986-404-664-5

新世紀詩歌現場研究

作　　者　孫曉婭
主　　編　李　怡
企　　劃　北京師範大學民國歷史文化與文學研究中心
　　　　　四川大學現代中國文化與文學研究中心
總 編 輯　杜潔祥
副總編輯　楊嘉樂
編　　輯　許郁翎、王　筑　美術編輯　陳逸婷
印　　刷　普羅文化出版廣告事業
出　　版　花木蘭文化出版社
社　　長　高小娟
聯絡地址　235 新北市中和區中安街七二號十三樓
　　　　　電話：02-2923-1455 ／傳真：02-2923-1452
網　　址　http://www.huamulan.tw 信箱 hml810518@gmail.com
初　　版　2016 年 9 月
全書字數　188590 字
定　　價　三編20冊（精裝）台幣36,000 元
版權所有·請勿翻印

新世紀詩歌現場研究

孫曉婭 著

作者簡介

孫曉婭，女，文學博士。現任首都師範大學中國詩歌研究中心副主任，副教授，《中國詩歌研究動態》執行主編。出版學術專著《跋涉的夢遊者——牛漢詩歌創作研究》、《讀懂徐志摩》，編撰《中國新詩研究論文索引（2000～2009）》、《彼岸之觀——跨語際詩歌交流》，主編《中國新詩百年大典》（第7卷）、《新世紀十年散文詩選》、《牛漢的詩》等。曾在《新華文摘》、《文藝研究》、《人民日報》、《光明日報》等刊物上發表論文數十篇。

提　要

　　新世紀以來，迅速發展的媒介信息、多元的文化結構、日益豐富的詩人培育機制和詩教策略等紛紛參與到新詩的建設與創作發展之中，直接或間接地影響了新詩現場與詩意重構，詩歌在公眾中的地位和形象也得到明顯改觀。本書在多重社會文化語境演變中，搜集和梳理了大量詩歌現場的一手文獻資料，在此基礎上考察並還原新世紀十五餘年（2000～2015）新詩現場的發生、變化與主要創作現象。在對新詩的研究態勢和位育場域進行敏銳捕捉、審視、分析與批評的同時，關注詩歌的發展命運和創作格局，對其未來發展空間做出前瞻性的預測。此外，本書從「故鄉」「日常經驗」「劇場」「心靈構境」等關鍵詞入手，探究新世紀以來新詩創作的焦點議題，立足詩歌的文本細讀，呈現詩歌創作的多維空間，洞見其內外詩學的構成和演繹，捕捉讀圖時代與全球化後現代語境中詩歌創作的新質與新變，以開闊、動態的視野及時總結新世紀以來新詩的建設業績、創作成果與存在的問題。

正在成爲「知識」建構的中國現當代文學研究——「人民共和國文化與文學叢書」三輯引言

李　怡

一

　　回顧自所謂「新時期」以來的中國現當代文學研究的發展，我們會明顯發現一條由熱烈的思想啓蒙到冷靜的知識建構的演變軌跡：1980 年代的鋪天蓋地的思想啓蒙讓無數人爲之動容，1990 年代以來的日益冷靜的學科知識建構在當今已漸成氣候。前者是激情的，後者是理性的，前者是介入現實的，後者是克制的，與現實保持著清晰的距離，前者屬於社會進步、思想啓蒙這些巨大的工程的組成部分，後者常常與「學科建設」、「知識更新」等「分內之事」聯繫在一起。

　　當文學與文學研究都承載了過多的負荷而不堪重負，能夠回返我們學科自身，梳理與思索那些學科學術發展的相關內容，應當說是十分重要的。很明顯，正是在文學研究回返學科本位之後，我們才有了更多的機會與精力來認眞討論我們自己的「遊戲規則」問題——學術規範的意義，學術史的經驗，以及學科建設的細節等等。而且，只有當一個學科的課題能夠從巨大而籠統的社會命題中剝離出來，這個學科本身的發展才進入到一個穩定有序的狀態，只有當旁逸斜出的激情沉澱爲系統的知識加以傳播與承襲，這個學科的思想才穩健地融化爲文明體系的有機組成部分。從這個意義上說，正在成爲「知識」建構的中國現當代文學研究，是我們學科成熟的眞正標誌。

　　當然，任何一種成熟都同時可能是另外一些新的危機的開始，在今天，當我們需要進一步思考學科的發展與學術的深化之時，就不得不正視和面對這樣的危機。

二

當中國現當代文學研究在日益嚴密的「學術規範」當中成為文明體系知識建設的基本形式，這是不是從另外一個方向上意味著它介入文明批判、關注當下人生的力量的某種減弱，或者至少是某些有意無意的遮蔽？

學術性的加強與人生力量的減弱的結果會不會導致學科發展後勁的暗中流失？例如，在 1980 年代，中國現當代文學研究的曾經輝煌在很大程度上得之於廣大青年學子的主動投入與深切關懷，在這種投入與關懷的背後，恰恰就是中國現當代文學研究的人生介入力量：中國現當代文學與廣大青年思考中、探索中的人生問題密切相關。在這個時候，中國現當代文學的存在主要不是作為一種「學科知識」而是自我人生追求的有意義的組成部分。在那個時候，不會有人刻意挑剔出現在魯迅身上的「愛國問題」、「家庭婚姻問題」乃至「藝術才能問題」，因為魯迅關於「立人」的設想，那些「任個人而排眾數，掊物質而張靈明」的論述已經足以成為一個「重返人性」時代的正常的人生的理直氣壯的張揚。同樣，在「五四」作家的「問題小說」，在文學研究會「為人生」，在創造社曾經標榜「為藝術」，在郭沫若的善變，在胡適的溫厚，在蔡元培的包容，在巴金的真誠，在徐志摩的多情，在蕭紅的坎坷當中，中國現當代文學不斷展示著它的「回答人生問題」的能力，而中國現當代文學研究則似乎就是對這些能力的細緻展開和深度說明。今天的人們可能會對這樣的提問方式及尋覓人生的方式感到幼稚和不切實際，然後，平心而論，正是來自廣大青年的這份幼稚在事實上強化了中國現當代文學的魅力，造就和鞏固了一個時代的「專業興趣」。今天的學術界，常常可以讀到關於 1980 年代的批判性反思，例如說它多麼的情緒化，多麼的喪失了學術的理性，多麼的「西化」，也許這些反思都有它自身的理由，然而，我們也不得不指出，正是這些看似情緒化的中國現當代文學研究方式，不斷呈現出某些對現實人生的傾情擁抱與主體投入，來自研究者的溫熱在很大的程度上煽動了青年學子的情感，形成了後來學術規範時代蔚為大觀的學術生力軍。

從 1980 到 1990，從「人生問題」的求解到「專業知識」的完善，這樣的轉換包含了太多的社會文化因素，其中的委曲非這篇短文所能夠道盡。我這裏想提到的一點是，當眾所週知的國家政治的演變挫折了知識分子的政治熱情，是否也一併挫折了這份熱情背後的人生探險的激情？當知識分子經濟地位的提高日益明顯地與專業本位的守衛相互掛靠的時候，廣大的中國現當代

文學工作者的自我定位是否也因此已經就發生了根本性的改變？

　　而這些自我生存方式的改變是不是也會被我們自覺不自覺地轉化為某種富有「學術」意味的冠冕堂皇的說明？

　　如果真是這樣，那麼，作為今天的文學研究者，我們不僅要保持一份對於非理性的「激情方式」的警惕，同樣也應該保持一份對於理性的「學術方式」的警惕。

三

　　在中國現當代文學研究日益成為知識建構工程的今天，有一種流行的學術方式也值得我們加以注意和反思，這就是「知識社會學」的研究視野與方法。

　　知識社會學（sociology of knowledge）著力於知識與其它社會或文化存在的關係的研究。其思想淵源雖然可以追溯到歐洲啟蒙運動以來的懷疑論傳統和維科的《新科學》，首先使用這一詞彙的是 1924 年的馬克斯・舍勒，他創用了 Wissenssoziologie 一詞，從此，知識社會學作為一門獨立的學科確立了起來。此後，經過卡爾・曼海姆、彼得・伯格和托馬斯・盧克曼的等人的工作，這一研究日趨成熟。1970 年代以後，知識社會學問題再次成為西方社會科學研究中的焦點。據說，對知識的考察能夠從知識本身的邏輯關係中超越出來，轉而揭示它與各種社會文化的相互關係，乃是基於知識本身的確在一個充滿了文化衝突、價值紛爭的時代大有影響，而它所置身的複雜的社會文化力量從不同的方向上構成了對它的牽引。

　　同樣，文化的衝突與價值的紛爭不僅是 1990 年代以降中國知識界的普遍感受，它們更好像是中國近現當代社會發展過程的基本特徵。中國現當代文化的種種「知識」無不體現著各種文化傳統（西方的與古代的）、各種社會政治力量（政黨的、知識分子的與民間的、國家的）彼此角逐、爭奪、控制、妥協的繁複景象，中國現當代文化的許多基本概念，如真、善、美，「為人生」、「為藝術」、現實主義、浪漫主義、現當代主義、古典主義、象徵主義、生活等等至今也沒有一個完全統一的解釋，這也一再證明純知識的邏輯探討往往不如更廣闊的社會文化的透視，此種情形聯繫到馬克思「社會存在決定社會意識」這一著名的而特別為中國人耳熟能詳的觀點，當更能夠見出我們對「知識社會學」的強大的需要。事實是，在西方知識社會學的發生演變史上，馬

克思的確就是為知識社會學給出了一條基本原理，即所有知識都是由社會決定的。正如知識社會學代表人物曼海姆所指出的那樣：「事實上，知識社會學是與馬克思同時出現：馬克思深奧的提示，直指問題的核心。」〔註1〕

今天的中國現當代文學研究，正需要從不同的角度揭示出精神的產品背後的複雜社會聯繫。這樣的揭示，將使我們的文化研究不再流於空疏與空洞，而是通過一系列複雜社會文化的挖掘呈現其內部的肌理與脈絡，而這樣的呈現無疑會更加的理性，也更加的富有實證性，它與過去的一些激情式的價值判斷式的研究拉開了距離。近年來，學術界比較盛行的關於現當代傳媒與現當代文學關係、現代社會體制與現當代文學關係、現代政治文化與現當代文學關係、現代經濟方式與現當代文學關係等等的探索都是如此。

當然，正如每一種研究方式都有它不可避免的局限一樣，知識社會學的視野與方法也有它的限度。具體到中國現當代文學的闡釋當中，在我看來，起碼有兩個方面的局限值得我們加以注意。

其一是「關係結構」與知識創造本身的能動性問題。知識社會學的長處在於分析一種知識現象與整個社會文化的「關係」，梳理它們彼此間的「結構」，這樣的研究，有可能將一切分析的對象都認定為特定「結構」下「理所當然」的產物，從而有意無意地忽略了作為知識創造者的各種能動性與主動性，正如韋伯認為的那樣，把知識及其各種範疇歸併到一個以集體性為基礎的潛在結構之中容易導致忽視觀念本身的能動作用，抹殺人作為主體參與形成思想產品的實踐活動。關於中國現當代文學的研究也是如此，一方面，我們應該對各種社會文化「關係網絡」中的精神現象作出理性的分析，但是，在另一方面，卻又不能因此而陷入到「文化決定論」的泥沼之中，不能因此忽略現代中國知識分子面對種種文化關係之時的獨立思考與獨立選擇，更不能忽視廣大知識分子自身的生命體驗。在最近幾年的中國現當代文學與現當代文化研究當中，我以為已經出現了這樣的危險，值得我們加以警惕。

其二便是知識社會學本身的難題，即它學科內部邏輯所呈現出來的相對主義問題。正如默頓指出的那樣，知識社會學誕生於如下假定，即認為即使是真理也要從社會方面加以說明，也要與它產生於其中的社會聯繫起來，因為不僅謬誤、幻覺或不可靠的信念，而且真理都受到社會（歷史）的影響，這種觀念始終存在於知識社會學的發展中。西方批評界幾乎都有這樣的共

〔註1〕曼海姆：《知識社會學導論》中譯本 97 頁，臺灣風雲論壇有限公司 1998 年。

識：知識社會學堅持其普遍有效性要求就意味著主張所有的知識都是相對的，所以說全部知識社會學都面臨著一個共同的相對主義問題，知識社會學止步於眞理之前，因爲這門學科本身即產生於用一種對稱的態度看待謬誤和眞理。應該說，中國現代文化的發展本身是一個「尚未完成」的過程，包括今天運用著知識社會學的我們，也依然置身於這樣的歷史進程，作爲一個時代的知識分子，並且必須爲這樣的過程做出自己的貢獻，因而，即便是學術研究，我們也沒有理由刻意以學術的所謂中立性去消解我們對眞理本身的追求和思考，我們不能因爲連續不斷的「關係結構」的分析而認爲所有的文化現象都沒有歷史價值的區別，在這裏，「公共知識分子」的精神應該構成對「專業知識分子」角色的調整甚至批判，當然，這首先是一種自我的反省與批判。

總之，知識社會學的視野與方法無疑有著它的意義，但是，同樣也有著它的限度，在通常的時候，其研究應該與更多的方法與形式結合在一起，成爲我們思想的延伸而不是束縛。

在中國現當代文學研究日益成爲「知識化」過程一部分的時候，我們能夠對我們所依賴的知識背景作多方面的追問，應當是一件富有意義的事情。

目次

導論　新世紀詩歌現場與創作

　　當代是一個不斷擴展的概念，它同時包含了記憶與歷史，現實與想像，當下與未來。作爲當代文學的重要組成部分，對 21 世紀以來詩歌創作與批評的研究成爲人們關注當代文學的焦點議題。在相關詩歌創作現象的估衡中有兩類觀點比較典型，一類是認爲新世紀以來的詩歌創作日益邊緣化、小眾化；另一類認爲，新詩創作已經進入繁盛「復興」期。兩種觀點對詩壇發展的眞相都有所遮蔽，新世紀詩歌的發展是在動態、多語境甚至是多語際中完成的。新世紀以來詩歌創作的諸種症候與 1999 年這個歷史節點緊密關聯——1999 年之後，網絡交流愈加開闊；從這一年開始，中國出版業開始大力出版世界文化著述；1999 年的「盤峰論戰」遺留下很多重要問題，比如詩的本土化與外來經驗問題、詩的敘事性與口語化問題、知識分子寫作與民間寫作問題等。21 世紀以來的中國新詩，對自身問題的關注與處理很大程度上是圍繞上述議題展開並有所演變、延伸甚至是消解。從世紀之交到當下，詩歌創作於漸進中形成不同於以往的藝術個性、精神向度，呈現出複雜的、行動的、多元豐富的、業餘而專業的質素和寫作格局。

　　新世紀以來，詩歌在公眾中的地位和形象明顯改觀，詩人與讀者之間的陌生感和距離日漸被淡化拉近；與此同時，我們還應該審愼地看到詩歌所面臨的問題，誠如詩人楊煉所言：全球化時代，中國詩歌面對的表達困境早已超過了近代以來的「三千年未有之大變局」。詩歌的升溫與困境並置，發展與亂象共存，其複雜性實際上是與時代的複雜性相互對應的。歷史上，從未有過任一時代像 21 世紀被賦予如此多的命名：消費時代，網絡時代，讀圖時代，信息時代、電子時代，APP 移動臨屏閱讀時代、微時代、刷屏時代……繁多

的稱謂在某種程度上指涉出時代的特徵。與此同時，各類詩歌體式、詩歌命名、詩歌事件、詩歌活動也紛呈溢出：梨花體、羊羔體、烏青體；「下半身寫作」、「打工詩歌」和「草根寫作」；裸體朗誦、詩人假死、詩公約、手稿拍；各種名目的詩歌排行榜、詩歌獎項及詩歌節、研討會、朗誦會等交流活動是新詩自誕生以來最繁多的時代，它們或推進了詩歌的探索與發展，或者成為文壇與民間的笑柄，衍生為大眾文化的亂象。

2001 年，中國加入 WTO，消費文化與日蔓延，尤其在經歷了 SARS、南方雪災、玉樹和汶川地震、奧運會、共和國 60 華誕等悲喜交加的大事件之後，詩歌開始化為行動。「寫詩的人」與日俱增，「先鋒」與「常態」的邊界開始模糊，知識分子與民間詩人和解共處，詩人從「沉思的生活」中走出，在公共場域中自由而多維度地介入生活，踐行著「以詩歌和詞語行事」（帕斯）的現代詩歌傳統，詩歌被注入了更多的行動意味，產生了積極的引航效應。詩人「沒有必要高於自己的時代，優於自己的社會」，詩人是介入生活的一份子，扮演著「社會良知代言人」的角色。在公共事件中，一些名不見經傳的詩人的作品引起眾多讀者的關注，比如，汶川地震後，《汶川，今夜我為你落淚》、《媽媽，別哭，我去了天堂》、《孩子，別怕》等詩歌作品在個人博客上一經發表，點擊率多達幾百萬人次。王明韻、瀟瀟等不少詩人前往災區實際救助，他們凸顯了詩歌的影響力與行動力，踐行了詩歌的力量，廣大詩人與詩歌界同仁們開創了一個嶄新的日趨繁盛的「詩歌時代」。

21 世紀以來，詩人的「選擇性立場」愈加多元，詩歌寫作涉及的領域非常廣泛，文本的無限可能性，調動了讀者個體經驗的參與。詩人在歷史與修辭、責任與自娛、苦難與輕盈中堅持精英寫作和公共立場，堅守對中國新詩的民族品格的思考與塑造；在時代與人生的劇場中探勘自我的生存境況，反觀與他者、世界的關係（靈焚《劇場》），以歷史意識串聯起廣義的人間劇場。在人類的現代化進程中，生態問題日益嚴峻，生態意識的建構關乎人類與自然的共同命運，在與人類意識構建體系密切相關的詩歌中，生態意識的表達逐漸成為詩寫的對象，陳先發、李少君、徐俊國、李小洛、愛斐兒等詩人摒棄了人類中心主義的思想，站在植物等自然生態的詩學立場，審視詩歌的救贖性功能；還有詩人從海德格爾「人與世界的相遇」中走出，聚焦為人與動物的相遇，在人與動物的互為反觀、彼此變形中審視生命的尊嚴與荒誕，比如西川的《螞蟻劫》、《白蒼蠅》，朵漁的《高原上》等。詩人們獨守個性，不

斷拓展，寫作向度多元，形式自由。懷鄉與返源，介入與出離。女性詩歌寫作也發生了很大的轉向：從女性自我闡述與性別解放的主題中掙脫出來，或如王小妮、李南、路也、娜仁琪琪格於靜謐安寧、古典詩韻中捕捉日常的詩性美；或如娜夜、榮榮透視母性、妻性的生命體驗，抒發悲憫包容的情懷；或如安琪、胡茗茗、徐紅等堅守女性的立場自我超拔；或如藍藍、李輕鬆、宋曉傑、鄭小瓊從女性主義概念中突圍出來，跨越性別的局限，以去性別化「居中」的姿態突入現實生活之中，在見證與擔當、享受與發現生活的同時，打開女性詩歌寫作的向度。特別需要指出的是，在挖掘心靈空間的盲區和病症的同時，依然有詩人甘做「民族靈魂的守望者」（陳先發《與清風書》）和「沉默的磚頭」（周慶榮《沉默的磚頭》），翹首「儒俠並舉的中國」；依然有詩人以「釘子」（藍藍《釘子》）的個體姿態施展對現實生活的批評力量（翟永明《關於雛妓的一次報導》），這恰恰是新世紀詩歌的希望暉光所在。

　　如果說，繼「個人寫作」和「敘事」的興起而產生的 20 世紀 90 年代詩歌是在「非詩的時代」「展開詩歌」〔註1〕、以「個人方式想像世界」，那麼，21 世紀以來的詩歌創作語境和拓展路徑尤為豐富，別開徵象。中國當代詩歌自身的發展正日漸呈現出蓬勃的態勢，新世紀湧現的優秀詩人、詩作，並不遜色於以往的任一時代：一方面，優秀的詩人擺脫了「小圈子意識」，側重獨立思考、寫作，有建構當代文化詩學和漢語新質的氣魄，以西川、王家新、歐陽江河、于堅、樹才、伊沙等為代表的詩人，繼北島、多多、楊煉之後已經步入世界一流詩人的行列，他們打開當代漢語詩歌虛掩的窗戶，在國際詩歌節和中西詩歌交流活動方面頻頻展露鋒芒，為中國當代詩歌贏得了良好的世界聲譽。另一方面，以翟永明、臧棣、藍藍等為代表的優秀詩人，他們置身全球化背景下，積極探索當代漢語詩歌發展的新路徑、新方向，做出很多詩歌內、外的努力和革新。詩人們從不同的路徑打開詩歌重返現實的維度：比如歐陽江河（《泰姬陵之淚》）與藍藍（組詩《哥特蘭島的黃昏》）等詩人的異域書寫，從外域風景中發現本土的文化記憶、對自我之存在進行反思；比如，在眾聲喧嘩的時代，依然有詩人秉持自由高貴的姿態勘探與我們如影隨

〔註 1〕2002 年，王光明教授在論述 20 世紀 90 年代中國詩歌的論文《在非詩的時代展開詩歌》（《中國社會科學》2002 年第 2 期）中，通過詩人與時代的緊張關係、寫作的中斷與失效、公共影響力的降低等現象，討論社會轉型時期中國詩歌「向歷史和文化邊緣滑落的陰影與壓力」，論述過「非詩的時代」與「展開詩歌」的辯證關係。

形的生活（朵漁《稀薄》、《論我們現在的狀況》）；伊沙、侯馬等富有探索精神的口語寫作的詩人打破詩歌的「元規則」，將敘事性、新聞性注入主體生命與靈魂的詩寫之中，在個人私密的生命經驗表達中開始關注「對於他物的追尋，和對於他性的發現」〔註2〕；譚克修等堅守地方性寫作的詩人，再現了詩歌創作本土經驗的當代蘊含及廣度和力量；詩歌的私密性、公共性、審美性、地方性、可溝通性並舉。臧棣、蕭開愚、孫文波等詩人以強旺的創作生命力不斷突破自我，爲詩壇努力呈現「技術上無懈可擊的作品」，他們細緻地觀察社會生活，雅致地描繪自然景物，迅捷地捕捉細微感情，諸多豐盈的感性意象、繁富智性的隱喻均極大地豐富了其詩歌的表現力。新世紀以來，詩歌與當代藝術的關聯緊密交融，建構了雙向往來的對話性反思，底蘊深厚、氣象博大的詩人將中西方藝術精神、文化思想和當下的個人寫作結合起來，部分優秀的長詩專注於日常化生活場景中發現歷史、社會、文化的滲透以及生活現場的問題，揭示時代的眞相，如歐陽江河的《鳳凰》，吉狄馬加的《我，雪豹》，翟永明的《隨黃公望遊富春山》等。並行不悖的是，以余秀華、許立志、郭金牛、張二棍、烏鳥鳥、老井爲代表的「草根詩人」的大量湧現，不過幾年的時間，形成了幾十萬甚至百萬之衆的「草根」寫作群體，他們以特別的寫作身份、立場，構成了新世紀以來中國詩壇的新生態。

不可避免，在泛娛樂化的多媒體時代，不乏有人濫用詩人的前衛形象，做出非「詩」的行爲。如何詩意地堅守、追求人品與文本統一，牛漢、邵燕祥、屠岸、鄭玲、灰娃這些二、三十年代出生的老詩人給予我們最精彩的回答。這些曾經以苦難爲底色的「世紀之樹」，牢牢持守風骨，葆有童心，他們是跨世紀百年新詩詩壇上最閃亮的風景線。新世紀以來，他們「智慧之樹」上萌發的「新枝」時常在各大詩刊上閃現，這些作品坦誠銳利，純眞不失童心，在苦難記憶和生活的碎片中浸透著他們對歷史、生命、現實的思考，情感眞摯，詩學或透徹深邃或玄遠神秘或洗盡鉛華地樸實眞誠。比照老一輩詩人的創作，五十年代前後出生的重量級詩人如北島、多多、楊煉、歐陽江河、王家新、楊克等至今活躍在詩壇上的大有人在；而六十年代出生的詩人如西川、潘維、陳先發等已經成爲中國詩歌的中堅力量；七十年代出生的詩人如朵漁、胡續多、姜濤、冷霜等從詩歌創作、詩學儲備、批評見地、學術建構等方面已經躍然於當代詩壇，他們詩歌中的智性與修養卓然獨特，創新與繼

〔註2〕帕斯：《帕斯選集》（上），趙振江等譯，作家出版社2006年版，第447頁。

承呈現出勃勃生機。八、九十年代出生的詩人如胡桑、李成恩、扶桑、蘇笑嫣等在中國詩歌舞臺上排列出強大的陣容，他們的青春書寫別具特色，無論是語言的革命，還是對生命與社會的觀察和解讀，都有了與前輩詩人完全不同的特質。由此可見，中國詩壇作者年齡跨度很大，這也是新世紀詩歌創作不可忽視的特別現象之一。

　　與詩歌寫作空間不斷拓展相伴隨的是詩歌出版與發表傳播途徑的敞開，詩歌文本之外的環境滋養著新世紀以來的詩歌創作。置身於後工業社會及詩歌泛化的時代，官辦刊物、民辦刊物、網刊、微刊紛湧於詩壇，各級作協與文聯主辦的文學刊物如《詩刊》、《星星》、《詩歌月刊》、《詩潮》、《詩林》等老牌詩刊和《揚子江詩刊》、《詩江南》等新創辦的詩歌刊物，仍然是詩歌發表的重要陣地，《中西詩歌》、《詩歌與人》、《翼》、《詩參考》、《天涯》、《天津詩人》、《河南詩人》等民間詩刊，一如既往地堅持與發展，「詩生活」等民間性的詩歌網站影響波及廣泛。《詩探索》、《詩刊》等以刊物為標識的和以楊克、王光明、宗仁發等個人主編的年度詩選頗有影響力和信譽度。各種新詩選本及新詩理論與批評文集層出不窮，蔚為大觀，不同代際不同風格的詩叢〔註3〕、詩集代表了新世紀以來新詩多向度發展的成果。15 年來，詩歌出版呈現熱潮，單本詩集出版呈現井噴趨勢，出現過十餘萬冊的銷量奇跡，

〔註3〕比如，作家出版社 2013 年出版的「標準詩叢」，該套詩叢，精選當代著名詩人歐陽江河、西川、多多和于堅等人歷年作品，每人一本詩選，第一輯包括：《我述說你所見：于堅集（1982～2012）》、《塔可夫斯基的樹：王家新集（1990～2012）》、《諾言集：多多集（1972～2012）》、《我和我：西川集（1985～2012）》與《如此博學的飢餓：歐陽江河（1983～2012）》；該詩叢旨在展現現代漢語詩歌的成就，向讀者與詩歌界奉上現代漢語詩歌多種面向的標準，為純文學詩歌的復興奠定基礎。比如，廣西人民出版社 2015 年出版的「大雅詩叢」，旨在向國人描繪世界優秀詩歌圖景，梳理中國當代詩歌脈絡，持續、系統地展現詩歌寫作版圖中，中外優秀詩人卓爾不群的寫作及其創造的語言奇觀，推動人類從古延續至今的大雅之音，走進複雜、多義的現代社會，走進人們的日常生活。該詩叢第一輯包括外國卷（四種）和中國卷（五種），國外卷四種均為在世界詩歌史中佔據極高地位的詩歌大師如諾貝爾文學獎獲得者沃爾科特等，分別為《精靈》、《曼德爾施塔姆詩選》、《白鷺》、《鰻子軼事》，中國卷（五種）為《讚頌》、《生活隱隱的震動顫簌》、《和一個聲音的談話》、《時光之踵》、《花臺》。再如，由詩評家沈奇歷時三年策劃並主編的「當代新詩話」叢書，包括五位詩人學者的詩話：趙毅衡《斷無不可解之理》；于堅《為世界文身》；陳超《詩野游牧》；耿占春《退藏於密》；沈奇《無核之雲》一套五部，2015 年由陝西人民教育出版社全部硬精裝隆重出版。

詩歌的傳播與生產從來沒有像今天這樣迅捷。

面對 21 世紀良好的詩歌文化生態，我們還應該清醒地看到，問題依然很多：首先，網絡文化的興盛使我們的詩歌文化呈現出一種前所未有的景觀。詩歌網站、虛擬性的詩歌社區與網絡論壇、個人博客、微博、微信和電子刊物等等，極大地改觀詩歌寫作和詩的發表、傳播方式，這是良性效應。就此而言，負面性效應也相伴競生：由於傳統紙媒發表門檻被衝破，那些詩歌網站的虛擬論壇、形形色色的詩歌論爭此起彼伏，泥沙俱下，不僅出現了很多「粗鄙」、「即興」和「口水化」的、基本沒有藝術難度的「無難度的亞文學寫作」，在網絡論壇中，還曾出現過很多情緒性的越過了基本文明底線的宣泄與哄鬧，有一個時期，甚至還引發過諸如「梨花體事件」和「羊羔體事件」之類的網絡狂歡。剛剛逝去的 2015 年是名副其實的「微信詩歌年」，據不完全統計，微信使用數量已達 7 億之多，其間，微信平臺對詩歌的推廣比任何文體都活躍，各種名目和大小的微信群全天候「熱鬧」地討論詩歌、評騭詩歌，詩歌正在以不可思議的速度進入「微民寫作」和「二維碼時代」，頗有使詩歌成為獨立之邦的趨向，這一現狀極大地改變了詩歌的生態環境。因為微信平臺下的詩歌無論是在創作、發表、轉載、傳播上都近乎沒有限制，詩歌寫作和公開發表的難度也隨之被降低，帶動了不同程度的潛在的作者和讀者，「寫詩的人」不分彼此地進入詩人行列，非詩、差詩、平庸的詩混入好詩的隊伍，構成文本評價的障蔽，詩歌的生產與傳播穿越了底線和法則，變得史無前例的容易，這不僅是詩歌也是文學遇到的世紀挑戰。那麼，歷史真的會收割一切嗎？當下詩壇該如何建立起理性和有序的媒介文化生態？當代詩與大眾之間能否建立起有意味的對話溝通？這是詩歌文化轉型中的暫時性問題還是長久性的問題？如何有效釐清上述症候足以引起我們審度。

其次，部分詩人旋轉於喧鬧的消費時代和翻飛的信息媒介之間，活在「集體聲音」之中，被審美的大眾化捆綁。近年，詩人的地區間及國際化交流日益頻繁，無形中導致詩人們或停留於生活的表象，或沉滯於對西方現代詩的形式技藝的模仿，或好奇於「詩歌事件」而忽略了對優秀詩歌文本的挖掘、細讀，部分詩人被浮華的世相磨損了個性和創作的生命力。還有的詩人創作意圖就是為了「奔獎」或「得利」，缺少自設性的原創欲望導致個性化創作的嚴重缺位。隨著消費文化觀念對作家的薰染與侵蝕，隨著不同誘惑的接踵而至，這些問題日益浮現出來。

　　第三，詩歌寫作有無文體的底線？為了擴大或嘗試拓展詩歌的「邊界」，詩歌寫作破除了文體的底線，極易滑向「非詩」的險境，這究竟是破壞還是探索？在喧嘩一時的梨花體事件中，如何做好「詩歌語言的守門人」？從余秀華的詩歌創作或詩歌現象一度成為詩壇「時尚」現象中我們需要反思的是什麼？此外，置身後工業時代，缺席價值維度、突破道德限度的詩歌創作是精神的垃圾場，為何還有人頻頻涉足？以上爭議頗多的問題尤其值得警覺。

　　誠然，新世紀以來，媒介信息、消費經濟、文化結構、培育機制、詩教策略等紛紛參與了新詩的建設和發展，直接或間接地影響了新詩現場與詩意重構，任何範式都無法框定和盡顯新世紀以來的詩歌創作樣態與狀貌。本書從景觀視域出發，觀照新世紀新詩現場與創作。毋庸置疑，任一時代都有唯獨屬於時代自身的詩歌現場，21世紀的詩歌現場是在多重文化語境中「位育」而生，在這個場域中，特定語境和詩歌活動、詩教現場等對詩歌寫作生發不同影響，它們在時間維度上連接過往、側重當下、指向未來，發生於時空觀念的交叉運動之中。新世紀新詩場域標準和向度多元，詩歌事件繁多駁雜、個人詩集和民刊以及不同版本的詩選競相出版，破碎的片段與跨語際的格局、沉潛與浮泛的觀念，新銳與喧囂的創作態勢，代際與地緣區域的劃分標準林立，諸多症候並置渾融。

　　伴隨社會轉型，新世紀詩歌生態發生急劇變化，在新的文化形式和多重語境中，網絡不僅僅是傳播媒介，還是實現虛擬寫作的載體，網絡和微信詩歌寫作、民間刊物的發行、網絡社團的此消彼長；詩歌的傳播方式、詩性在跨媒介中多元發展、延伸；消費文化、流行文化重新啟用詩歌的資源，詩歌的通俗部分和流行詩意在向文化靠攏、進入消費領域的過程中，顯示了極強的承載功能、高覆蓋率和現實關聯性。本書將詩歌的「文化選位」、傳播方式、詩性空間的建構、培育機制、詩教現場等均放置於新世紀社會景觀視域之中，側重其「空間選位」的動態發展和延展，重點考察新世紀新詩創作的外部空間結構對詩歌現場構成的影響。然而，既有的關於21世紀新詩創作的著述，多關注新詩及其創作現象在新世紀節點處即時間變化中的新質和特性，而忽略了空間場域及社會景觀對詩歌現場及創作觀念的深遠而密切的影響。早在遠古人類，空間觀念的形成比時間觀念的形成要早，空間是時間鏈條上的空間，它在視覺的作用下直接呈現出來，只在「當下」才有自己的實體性，並伴隨時間之流不斷變化。與此同時，空間觀念離不開時間觀念並有賴於視覺

深度的形成，有賴於距離的感覺——距離與時間感交織在一起，時間不是感覺器官單獨起作用的結果，而是依靠整個心靈的組織作用，這亦構成綜合的社會景觀。

　　本書從景觀視域和空間構境入手，運用法國的埃斯卡皮在《文學社會學》中提倡的動態的文學研究法，將新世紀詩歌作為一種社會機制的產出品，置於傳播、消費、生產的流程中去研究。從新詩研究中鮮為人關注的幾個視角入手，以整體性、關聯性、合璧性甚至是逆向思維關注 21 世紀以來的詩歌發生場域，突破既有的研究範式、理路，盡可能立體化、多維度地呈現新世紀以來的詩歌現場，充盈新詩研究的盲區或被遮蔽的現象，為新世紀詩歌創作現場提供基礎研究。主要運用文獻研究法：搜集並整理文獻，形成對新世紀詩歌現場的的基本認知。調查與實證研究法：通過調查研究再現新詩培育機制的基本狀況，為進一步研究奠定基礎。置身消費媒娛的讀圖時代，新世紀社會景觀構成直接影響了新世紀詩歌獨特的發展生態和生存語境，本書圍繞都市、故鄉、人間劇場、日常生活、詩人主體心靈空間的構境等幾個方面，透析新世紀詩歌創作的內部空間構成及多維度的承載功能。全書借助景觀社會、社會學、傳播學等理論，運用了比較研究法、文獻整理法，宏觀研究與文本分析結合的研究方法。從詩歌現場、詩歌現象與詩歌創作、詩學批評、理論建構等幾個維度進行深入探察與省視，盡可能全面縱深地展現新世紀 15 餘年（2000～2015）新詩創作現場的態勢、現象與問題。

第一章　新媒介與新詩發展空間

　　「一切都四散了，再也保不住中心，／世界上到處彌漫著一片混亂」（葉芝《基督重臨》）。自 1994 年，未來學家尼葛洛龐蒂提出「數字化生存」概念，「數字化革命」以迅雷之速席卷全球。在日新月異的現代傳播科技的作用下，人們對世界的感知不再依賴個體生命的直接經驗，而是被各種傳播媒介所席卷，人們生活在各類媒介的包圍中，當年柏拉圖將書寫視爲「知覺的革命」，步入 21 世紀，媒介給人類的生活架構出龐大的生存場域，人類已經從柏拉圖所說的書寫的時代——文字的魔術轉向了電子魔術，這個巨大的變化可被視爲人類思維方式的轉變，即以視覺爲中心的圖形符號傳播系統正逐漸替代傳統的語言符號傳播系統。視覺文化傳播時代的來臨標誌著文化空間的又一次轉型，標誌著對人類既有審美經驗的突破及審美視閾的拓展與人際關係的重新構建，影像神話和虛擬世界誕生了一個個接踵而至的新時代的神話：網絡烏托邦與微時代。

　　1999 年以來，隨著互聯網的普及，我們處於「媒介化生存」狀態，互聯網新媒介改變了詩歌的發表、傳播、接受與鑒賞方式，這一革命性的變革打破了傳統詩歌發表的秩序與形態。在當下社會，媒介具有無孔不入的滲透力，從公共空間到私人空間，人們的審美旨趣、創作觀念、批評標準均被籠罩在無形而巨大的媒介之網中。不妨用階段劃分法標顯這一發展過程：1999～2014 年爲網站論壇活躍期，2005～2013 年爲博客活躍期，2009～2015 年爲微博活躍期，2011 年至當下爲微信活躍期。在各種媒介科技更迭異常迅速的後工業時代，新媒介爲詩歌帶來的諸多變化中最引人關注的就是詩歌發展空間的擴展。愈來愈多的詩人、讀者依賴媒介空間甚於真實的現實生活，近年來，較

之官方刊物、幾千種民刊，新媒介空間成爲詩歌的主要承載體，其迅速、便捷的傳遞特點，廣泛的影響力，應和社會事件的大眾性，陽春白雪與下里巴人雅俗兼容的特質等，是契合了時代的節奏與現實生活的需求還是一種違和？置身新媒介時代，詩歌與詩人蓬勃而出，我們能否說當代漢語詩歌已經走向繁榮、退離邊緣化？熱鬧的表象下新詩從新媒介中獲得哪些值得期許的活力？新媒介對當代漢語詩歌建設的推進是否觸及了詩性的內核或要義？它給詩歌帶來的負面問題是什麼？本章試圖從詩歌的發展空間這一視角對新世紀以來詩歌發展命運、發生現場、創作格局及相關文化現象進行探查。

第一節　網絡詩歌對新詩文本形態的超越

　　20 世紀 90 年代，科技的迅猛發展和高新技術的開發應用不但促成了舊電子媒介的更新換代，也催生了一批新的電子媒介，如 DVD、多媒體電腦以及 90 年代後期出現的互聯網等。文學傳媒不再限於紙媒的出版，在網絡虛擬的時空中，實現了快速及時、超大信息量、高度的參與和自由的創作，並與文本的傳播、接受第一時間形成互動。步入 21 世紀，互聯網給詩歌帶來重大的革命性的變化，完成了技術的極大革新。作爲電子文學 [註 1] 的一類——網絡文學，幾乎與新世紀同步發生：1999 年，《第一次親密接觸》將網絡文學引入大眾的視野；同年 11 月，詩人李元勝 [註 2] 創辦了詩歌網站「界限」（http://www.limitpoem.com） [註 3]，作爲第一個純詩網站，它對中文互聯網詩歌的發展起了很大的推動作用，開啓了詩歌與網絡的聚合時代；2000 年 2 月 28 日，由桑克、萊耳、白玉苦瓜、小西等創辦的中文互聯網第一個擁有獨立國際域名和獨立服務器的非商業性的詩歌網站「詩生活」（http://www.poemlife.com） [註 4] 橫空出世，該網站的「詩人專欄」「評論家專欄」裏有王家新、張曙光、孫文波、陳東東、鄭單衣、西渡、侯馬、宋曉賢、楊小濱、馬永波、周偉馳、

〔註 1〕「凡是需要電子設備來創作和閱讀的文學作品都可以叫做電子文學」，【荷】賀麥曉：《先鋒派多媒體網絡詩歌》，《彼岸之觀》，孫曉婭編撰，北京：北京大學出版社 2016 年版，第 54 頁。

〔註 2〕李元勝、桑克、王雨之、孫磊、胡續冬等詩人是較早「觸網」的詩人。

〔註 3〕該網站從久負盛名的「重慶文學」網站衍生出來，它的技術起點比較高，內容豐富；由該網站主辦的「柔剛詩歌獎」在詩壇頗有知名度。

〔註 4〕桑克：《互聯網時代的中文詩歌》，《詩探索》，天津：天津社會科學院出版社，2001 年 1～2 輯。

唐丹鴻、崔衛平、張檸、敬文東等約計千位詩人及批評家鼎力加盟,「詩生活」成爲中文互聯網最熱鬧、人氣最旺盛的詩歌論壇之一。鑒於上述現象,有學者指出:「當代電子媒介、電腦網絡在改變社會公理和文化交往的中介系統,改變既有的審美／文化的存在方式與價值規範的同時,也改變著文學藝術的傳統的價值觀念和規範體系。」〔註5〕體現在詩歌創作方面,即網絡詩歌的創作空間、傳播與交流方式的改變,遠遠超過詩歌文本形態的變化,並呈現出與新世紀詩歌自身特質相適應的諸多現象。

首先,互聯網給詩歌創作帶來全新的生存環境,各種詩歌網站、論壇紛湧〔註6〕,它們成爲新世紀詩歌的主要陣地,每年至少有 100 萬首詩作發表在各詩歌網站上,上網讀詩成爲新世紀詩歌被閱讀的基本方式之一。以「詩生活」爲代表的各大詩歌網站還兼具其它詩歌網站、論壇鏈接點和交通站的功能;「中國詩歌庫」(http://www.shigeku.org/)與「靈石島」(http://www.lingshidao.com)等詩歌文獻庫爲詩歌檢索服務提供極大的便捷,具有文獻學意義。其它各具風格的網站和論壇不斷湧現,如「一行詩網」、「詩家園」、「中國當代詩歌網」、「中國詩人」、「當代詩歌論壇」、「新漢詩」等,它們不僅發表各類詩歌文本和評論文章,還轉載詩壇動態與詩歌活動;此外,還有「詩江湖」(http://www.netsh.com.cn/bbs/3307)和「鋒刃」(http://www.netsh.com.cn/bbs/2549/)等尖銳的個性化的詩歌網站,這些網站的建立和有效運行讓本來各自爲戰的詩壇重新找到了集結的地標,凝聚了具有流派特徵的詩歌團體,豐富了「詩江湖」。與此同時,官方紙質刊物和官辦協會也相繼辦起網站,如首都師範大學中國詩歌研究中心的「中國詩歌網」網站(www.poetry-cn.com),《詩歌報》的「詩歌報」(www.shigebao.com)網站,中國詩歌學會的「中國詩歌網」〔註7〕(www.zgsgxh.com),《詩選刊》的網上選稿論壇(www.shixuankan.net)等都有效地溝通了紙媒詩歌與網絡詩歌,使詩歌網站更成體系,使其在紙媒詩歌難覓出路時承擔起傳承詩學文化的重要責任。

林立於各大網站中的論壇多爲詩人創立或爲其版主,「指點江山論壇」由詩人伊沙、崔恕創辦,「揚子鱷文學論壇」由詩人劉春創辦,「外省論壇」由

〔註 5〕管寧、巍然:《後現代消費文化及其對文學的影響》,《文藝理論研究》2005 年第 5 期。

〔註 6〕截止 2006 年就有 700 餘個。

〔註 7〕與首都師範大學中國詩歌研究中心的網站重名,但網址不同。

詩人簡單創辦，「存在論壇」由詩人何求等主持，「聯合詩壇」由詩人象皮等主持）……它們與各大學詩歌 BBS、商業網站詩歌 BBS 相映成輝。一些重要的傳統媒質詩刊如《今天》、《陣地》（詩人森子主持）、《小雜誌》（詩人林木、孫文波主持）、《星星詩刊》、《翼》（詩人周瓚主持）、《葵》（詩人徐江主持）等相繼都有了自己的網絡版。2001 年初剛剛創辦的「橡皮吧」（詩人烏青、豎等創辦）、「中間論壇」（詩人林苑中、李檣、朱慶和等主持）等詩歌網站也迅速在互聯網上崛起。「新思想檔案」（詩歌評論家朱大可等主持）、「新語絲」（著名網人方舟子主持）等海外綜合性站點，涉及詩歌的部分也具有相當的質量。

　　詩歌論壇不僅是網站的形式分支，還是很多詩歌論爭的重要陣地，它們傳播和反饋信息更便捷、更迅速，同時擴展了八、九十年代詩歌界以詩歌會議展開論爭的模式，近十五年來，當代詩壇的各次論戰，幾乎都有詩歌論壇的直接或間接參與。詩歌論壇本質上是各詩歌網站的延伸，其多向及時交流的功能使其成為新世紀詩歌中最熱鬧的場所，它們高度自由、打破既往研討的時空限制，在詩歌論壇中人們可以自由地評論、提出觀點，闡釋核心理念，研討更富有集合力和互動效果。論壇中的議題可大可小，比較重要的有「中間代」命名之爭、「真假非非」之爭、「梨花體」之爭、「現代詩存亡」之爭、「第三條道路」的內部分化之爭、「下半身」與「垃圾派」之爭、「神性寫作」的論爭等，推進新世紀詩歌在不斷的論爭中調整、重構、尋找自身出路。諸多論爭的詩學意義和未來建構無法一言以蔽之，但是，作為詩歌論戰策源地的詩歌論壇可以作為瞭解新世紀詩歌現實狀況和派別體系的一個窗口。從中國詩歌網站的發展歷史和論壇的風格內容建設我們可以管窺新世紀中國詩歌的發展，思考互聯網給文學尤其是詩歌帶來的變化等，這成為新世紀新詩研究的一個特色。

　　毋庸置疑，網絡和數字化的媒質使詩歌的傳播方式、刊載媒質都發生了翻天覆地的變化，詩人博客的興起為自由創作提供了更切實的保障。詩人博客一反詩歌「為生產者而生產的產品」〔註8〕的邊緣和尷尬處境，成為博主與不同身份的讀者思想交流、對話的融彙地，博客不僅是個人性、公共性並置的公開空間，還具有再生性、承載性、獨立性與敞開的彈性，一個著名詩人

〔註 8〕 【荷蘭】柯雷：《是何種中華性，又發生在誰的邊緣？》，北京大學中國新詩研究所編：《新詩評論》，北京：北京大學出版社，2006 年第 1 輯，第 18～19 頁。

博客的訪問率遠遠超過任一紙媒的發行數量。顯然，研究 21 世紀詩歌現象，詩人博客亦是繞不過去的重要研究對象之一。此外，沒有了嚴格的審稿制和發表作品數量與質量的規約，詩歌從文化領域的邊緣處境中掙脫出來，變得空前活躍。諸多網絡詩歌形態與名目應運而生——超級鏈接體詩歌、多媒體詩歌、「賽博」詩歌（cyberpoetry）、PTV 詩歌、短信詩歌、廣告詩歌等嶄新的詩歌傳述形態擴展了詩歌作品的廣義性、普泛性和最大可能的閱讀接受的快捷性，從而打破了沿襲已久的傳統傳播媒質（主要是紙質）的詩歌載體傳播的單向的線性結構和出版集團、編輯特權的壟斷地位，將詩歌權利下放給「無限的多數人」。相較部分主流文學網站，詩歌網站的出現不僅在時間上不落後，而且很快即在詩歌圈內立足。

其次，撇開與傳統的紙質傳媒時代的詩歌的發表、討論方式的差異，互聯網給詩歌帶來了全新的創作範式，網絡的介入為新世紀詩歌帶來不同以往的新特質，這一點尤其值得關注。互聯網豐富了詩文本、詩歌語言的空間義含，方寸間即實現了詩歌寫作的超文本和多向衍生。王一川教授在《網絡時代文學：什麼是不能少的？》一文中對超鏈接文本中所體現出來的文本資源的豐富性、文本的多義性和閱讀的開放性作出肯定，他認為：「『超級文本』（hypertext）原指在計算機視窗體制基礎上發展起來的相互連接的數據系統。而應用到文學中，所謂超級文本文學則指如下一種特殊情形：一個文學文本的創作總是來源於對其它文本資源的閱讀。網絡正是一個巨大的多重或超級文本系統，它向作者和讀者源源不斷地供給文學資源。這個超級文本的一個基本特點，正是鏈式結構。你在鍵盤上敲擊一個詞語，這超級文本鏈條可能會向你顯示幾個或幾十個相近或類似詞語供你選擇，使你的聯想與想像能力大大拓展。你在寫作或編輯一個文本時，它可能會共時地向你顯示呈鏈狀或樹狀分佈的一大群不同文本，導致眾多文本在一個文本中的聚集。於是，你寫作的哪怕只有一個文本，它本身就可能具有或包含著更大的『超級文本』，從而具有一種超級文本特點，豐富讀者的閱讀。這表明，超級文本文學可以突破通常文學文本的線性結構而呈現鏈性特徵，體現出網絡時代的文學特有的文本資源豐富性、文本多義性和閱讀開放性。這一點也恰好可以同當今文論界時髦的『intertextuality』（互文本性）之類術語相應和，這決不是簡單的巧合。」〔註9〕在電子超文本網絡中，每次點擊都打開一個新的文本空間，這

〔註 9〕王一川：《網絡時代文學：什麼是不能少的》，《大家》2000 年，第 3 期，第

些空間時而層疊時而跳轉，在互聯網上，不同的頁面隨時都在遞增，如此一來，文本空間構成單元數量近乎無窮。詩人「觸網」瀏覽閱讀和發表言論、作品時也完成了對不同文本的追蹤和傳播，完成了一個文本的無限延異。鑒於此，完全可以說網絡詩歌創作的超文本鏈接擴大了詩歌創作的資源空間、審美空間、想像空間和創造空間，具體呈現如下：

其一，新世紀詩歌在網絡平臺的護持下，詩人的話語權不再受制，在藝術宗旨、主題選擇方面走向了非功利性和去政治化，詩歌創作的自由化和書寫向度逐漸敞開。詩人在網絡上用匿名和虛擬的方式，表現最真實的自我甚至是無意識的超我，從而使自己的話語顯現在電子屏幕上任人點擊與評論或參與創作行為之中。以「網名」出場的詩人可以拋棄身份約束和「審美承擔」的焦慮，以寄寓抒情或娛樂為目的，在虛擬的網絡世界裏盡展不同面向的「我」，挖掘無限的潛能、創造力，無所掛礙地實驗文本，實踐先鋒，與此同時，詩歌原創主體獲得了相對獨立、自由的寫作立場和心態，他們「不再是原先那個被『敘事』的人，不是離開了那個宏大敘事就茫然無措、不能生活的、喪失掉主體內涵的人」〔註10〕。網絡的虛擬匿名機制使他們擁有自由選擇主體形象與個性「身份」的權利，在網絡沒有障蔽的空間中保持自我的獨立品格，從而獲得更多的表達自由和創作的空間。亦如垃圾派詩歌的代表詩人藍蝴蝶紫丁香所言：「對於詩歌，我本來沒有了更多的興趣。可是，到了網絡以後，我又對詩歌重新產生了濃厚的興趣，我頻頻出現在詩歌網站論壇，我在無休止地進行肆無忌憚的灌水。所謂的灌水，不是指發口水帖一類的東西，而是不斷地發帖回帖，以文字為水，以話語為水，以情感為水，以詩為水，不斷地灌水。思維會越來越活躍，靈感會不斷地噴發出來。奇思妙想，在灌水的時候層出不窮。不斷地灌水，不斷地給詩歌注入新的東西，不斷地實驗，不斷地創造，也不斷地分享灌水的快樂。」〔註11〕詩人對自己網絡寫作狀態的直觀表述彰顯了詩人在網絡詩歌創作中主體的參與精神和熱情——在網絡上灌水一樣地寫詩，不僅給她帶來了生活的樂趣，也成就了她網絡詩人的詩名，網絡詩人這種新的身份，使其獲得了較為自由的言說空間和率性

200～202 頁。

〔註10〕 程光煒：《不知所終的旅行》，《歲月的遺照》，北京：社會科學文獻出版社 2000 年版，第 6 頁。

〔註11〕 藍蝴蝶紫丁香為網絡詩歌鼓與呼——在首屆「福建青年詩人交流會」上的發言》http://www.shigebao.com/shi/images/article/877.html。

娛樂的釋放，但是，其間不缺失精英意識，它們與平民精神在偌大的網絡空間下並行不悖。

其二，網絡詩歌表現手法多樣，藝術創造與技術手段多元結合，圖、文、聲、像並茂，從一種藝術樣式到另一種藝術樣式的超文體鏈接體現爲詩歌審美趣味和寫作範式的多樣化。在審美體驗方面，網絡詩歌遊走於生活與虛構之間，審美向度自體敞開；另外，在形式上，由於多媒體技術把多種藝術形式融合在一起，詩歌、小說、戲曲、散文、繪畫、動畫、音樂和電影、電視、畫面等隨意交融、拼湊、剪切、黏貼在同一主頁空間上，結構形式、字體等自由擇取變化，擴大了詩歌形式的審美向度。在眾多變革中，網絡創作的革新還體現在語言層面，在網絡「話語之鄉」的影響下，網絡詩歌寫作便於將詩人的瞬間感付諸網絡語言，構成語言事件——詩人營造了戲劇式的語言作品，比如倒裝、戲仿、滑稽模仿、羞辱、褻瀆、戲劇式的加冕或廢黜；以及各種類型的粗言俚語——罵人話、指天賭咒、發誓、民間的褒貶詩等。〔註12〕在形式上，詩體多短小、靈活，常閃現出電影蒙太奇式的切換，詩人情緒的流動效果在網絡詩歌中得以凸顯。總之，網絡的介入爲新世紀詩歌帶來不同以往的特質，網絡詩歌的審美方式和寫作範式豐富多樣，在應和網絡自身諸多特點基礎之上衍生出多元狀態。

新世紀以來，中國的網絡詩歌多缺少形式上的創新，而且研究者多側重於網絡詩歌的表象問題，研究停滯於對網絡詩歌的概念的界定方面，淡化了網絡平臺的規劃推進、形式建設、自身的發展創造等問題，更鮮有從內在的現代詩歌的可能性的視角挖掘其極具實驗性的先鋒性寫作。雖然在互聯網上已有很多網站採用了多媒體和超級鏈接方式，但用於詩歌作品製作的，還比較少見，比如「詩藝頻道」（於洛生等多人合作）用多媒體技術製作的詩歌MTV，爲詩配上了活動的畫面；比如桑克進行超級鏈接體詩歌作品「顯微鏡」的寫作實驗；比如毛翰的多媒體詩歌實踐等。由於缺乏較高的網絡技術支持，相應的創作成果並不盡人意。就此，英國漢學家賀麥曉教授曾應筆者之邀，在首都師範大學就多媒體視覺詩歌先鋒性做過一場題爲《先鋒派多媒體網絡詩歌》的講座，他重點闡釋了近年來他在多媒體網絡詩歌方面的研究。他認爲「視覺詩歌是把詩歌作爲一種視覺性的作品，文字當做一種形式，這種詩

〔註12〕【美】約翰·菲斯克：《理解大眾文化》，王曉珏、宋偉傑譯，北京：中央編譯出版社 2001 年版，第 101～102 頁。

歌的重點不在於內容、不在於闡釋、不在於它的意象有多麼美，它的重點在於視覺，你看見的是什麼，這就是你的詩學感受。讀這種詩歌的時候，閱讀方式跟一般的詩歌不一樣，而且你的感受也不一樣。如果你寫作這類詩歌，一旦有電腦、有網絡，一下子就增加了很多可能性，因爲它可以讓文字、圖畫、聲音等全部結合在一起，而且可以做各種各樣的實驗」〔註13〕。伴隨電子超文本網絡建設的成熟發展，網絡詩歌走向了「微詩歌」——微信時代的詩歌創作，跨越了賀麥曉談及的多媒體先鋒寫作的技術難度。

第二節　微時代，新詩的「輾轉空間」

人類媒體的發展始於口頭媒體，中經書寫媒體和印刷媒體，直至當下的手機媒體，每一次技術變革都加快了發表和瀏覽的速度，給人們帶來所料不及的便利。時下，已經步入智慧時代，網絡詩歌後，中經短暫的微博詩歌，如今已經越過博客詩歌的硬盤式存儲，直抵「中國網絡詩歌的第二個時期」——「微信平臺詩歌爆發期」（周瑟瑟），微信正以迅雷不及掩耳的速度走進詩歌聖殿，鍥入人們的日常生活之中。恰如學者徐賁 90 年代中期對「群眾媒介文化」進行反思時所言：「在中國，啓蒙運動從來沒有能像媒介文化那麼深入廣泛地把與傳統生活不同的生活要求和可能開啓給民眾。群眾媒介文化正在廣大的庶民中進行著五四運動以後僅在少數知識分子中完成的思想衝擊。在這個意義上可以說，群眾媒介文化在千千萬萬與高級文化無緣的人群中，起著啓蒙作用」〔註14〕。

作爲地道的群眾媒介，微信建構了進退由己的私語空間和靈活開放的公共領域。個人的微信和微信朋友圈是私語空間之一種，有固定的交流對象，交流空間的私密性在掌握之中，其間可以自說自話，自由地發表言論。與私語空間的局限和個人性不同的是微信群。「群」既可指聚集在一起的人或物，也可以是想像虛構出來的概念。微信群將原本獨立存在的個人集結在敞開的交流實體或虛擬場域中，從而建構出以私人身份出場的公共場域，「所謂公共領域，我們首先意指我們的社會生活的一個領域，在這個領域中，像公共意

〔註13〕 【荷】賀麥曉：《先鋒派多媒體網絡詩歌》，《彼岸之觀》，孫曉婭編撰，北京：北京大學出版社 2016 年版，第 54 頁。
〔註14〕 徐賁：《影視觀眾理論與大眾文化批評》，《文藝爭鳴》1996 年第 3 期。

見這樣的事物能夠形成。公共領域原則上向所有公民開放。公共領域的一部分由各種對話構成，在這些對話中，作爲私人的人們來到一起，形成了公眾。」〔註15〕以各種名目組建的微信群所形成的交往圈是典型的公共領域，有既定的和想像的交流群，群中詩人以微信群爲空間平臺集結而聚，大家在透明公開的微信空間中，發生群體交流的行爲，可以有組織地進行思想言論交流，亦可以自說自話或少數人之間交談，與文化沙龍比，微信群不受時間地點等形式拘束，群中成員「出入」自由，觀點易於保留。群主的作用之一是可以召集大家彙聚於群中，類似於當年京派的「開共賞會」的召集人，不同在於，1935 年朱光潛發起組織的讀詩會，雖則內容豐富，有讀詩、談詩、討論〔註16〕，但是礙於聚會時間、地點的局限，每月大概聚一至兩次，而且討論內容很難保存或被整理成文。微信群突破時空局限、調動對話效能的優勢恰好將這一局限迎刃破解。作爲自由開放的「公共領域」，詩歌微信群中成員自願參與話題，交流比較民主，每個人自願公開也可以隱藏社會身份。微信群有足夠包容量、信息量，既可在其中選析詩作、批評詩歌、鑒賞文本，亦可以分享音頻、視頻、語音、留言等，便捷地踐行了「詩可以群」〔註17〕的當下特性，充分彰顯民間性、自由性、主觀性。據不完全統計，目前全國在 300 人以上的詩歌微信群不下 100 個，將詩群、刊物、社團、微信群四合一，比較有影響的詩歌微信群和微信群詩人數在 500 人以上的有：突圍（800 人），新潮流（700 人），榕樹下印象南方社團（500 人），思無邪（500 人），中國詩人群（500 人），海內外華語詩人群（500 人），詩江湖（500 人），雁門詩稿（500 人），金三角（500 人），777 劍蘭詩群（500 人），卡丘（500 人）等。

　　近年來，手機媒體的產物——微信打開人們的閱讀視域，成爲文化推介的重要平臺。就詩歌而言，各種公眾、私人訂閱號不勝枚舉，微信的出現讓許多不讀詩、不寫詩的人開始關注詩歌，讓熱愛詩歌的創作者找到了「組織」，爲趨同旨趣和詩歌信念的詩人提供了交流的平臺，僅從現象看，詩歌逐漸褪去 90 年代初期以降的發展頹勢。剖析微信推送詩歌成功的原因有如下幾點：

　　1、微信公眾號作爲無限度的閱讀空間，向每一位讀者敞開，微信刊載和

〔註15〕【德】哈貝馬斯：《公共領域（1964）》，汪暉、陳燕谷主編《文化與公共性》，
　　　　北京：生活・讀書・新知三聯書店 1998 年版，第 125 頁。
〔註16〕朱自清曾在 1937 年 4 月 22 日的日記中記載過讀詩會現場。
〔註17〕孔子所謂「詩可以興，可以觀，可以群，可以怨」被奉爲經典之論、不判之
　　　　論，「群」是指詩可以交流和溝通彼此之間的思想感情，協調人際關係。

推廣詩歌兼顧了審美標準與商業化的推廣機制——既可以選擇精英式的詩藝、詩品、詩意的堅守，也可以去迎合大眾閱讀期求，這極大地擴展了詩歌傳播與閱讀範圍。為適應時代的發展，很多官方詩歌刊物（以及綜合性刊物）或民間同仁詩歌雜誌、出版機構都開設了專門的詩歌微信訂閱號或定制了詩歌微刊，從它們的微信平臺功能介紹中我們可以看到其創辦的宗旨：詩刊社（shikan1957）——推廣《詩刊》！做天下詩人的好朋友。詩探索（shitansuo）——發現和推出詩歌寫作與理論研究的新人。培養創作和研究兼備的復合型詩歌人才。詩歌與人（papbook）——詩歌與人交流。詩網刊（S99195808）——傳播先鋒詩歌。星星詩刊（xxsk1957）——傳播詩意生活，展示品質文化；詩潮流（xinchaoliu2016）——振興漢詩，倡導中國文化；尊重詩人，構建和諧世界。思無邪詩刊（swxsk2012）——發現和推薦優秀詩人及繪畫、書法、攝影、手繪等優秀藝術家。象罔（xiangwangwenku）——原為同仁詩歌雜誌，現拓展為廣義的文藝輯刊，發布文學、攝影、藝術、書評等獨創作品，並同時關注史學稽古。新詩想詩刊（gwh19591127）——力求當代詩歌和詩歌評論的獨特性和前瞻性，突出前衛、先鋒、探索的時代特徵。青年詩刊（Poetry188）——我們為了提倡平等的心靈以及熱愛自然，熱愛生活，以及詩歌藝術的人們建立一個讓心靈交流的平臺。讓自由的心靈在陽光中高聲讚頌。Cunzaishikan（cunzsk）——推薦閱讀「存在」詩歌流派的好詩佳作。詩原（ishi-yuan）——詩原微刊——寧夏詩歌學會主辦的綜合性詩歌讀本。佇立塞上，輻射西部，影響全國。水仙花詩刊（shuixianhua_sg）——熱愛詩歌，追求詩歌語言、詩歌內涵的真善美，以水仙花為媒介，傳遞人間真情。長江詩歌出版中心（cjpoetry）——介紹詩歌信息，推薦優秀詩集，選編優秀詩歌。讓詩歌點亮生活。大別山詩刊（dbssk2007）——主要欄目：本期頭條、中國詩選、短詩三十六加、詩版圖、六安詩人方陣等。作家網（zuojiawang01）——向公眾及時推送作家網相關內容，以視頻、圖片、文字方式全方位報導作家的思想與行動。還有綜合性報刊設立的公共微信平臺亦常推出新詩專欄，如文學報（iwenxuebao）十月（shiyue1978）等。

　　還有一些堅守獨立個性的詩歌微信平臺也值得我們關注：女詩人（zgnvshiren）——展示中國當代女詩人風采。詩藏閣（scg616）——小圈子私房詩。詩客（iam-shike）——與詩結緣，詩意棲息，讓生活更富有詩意，讓每個人都成為詩歌尊貴的客人。飛地（theland2013）——致力於推廣與傳播詩

歌藝術的獨立文化品牌。飛地源自人文地理術語，意在喻指當代思想、精神之領土與淨地。飛地以獨立、開放、前瞻的姿態，專注於對詩歌、藝術等文化形態的深度梳理、紀錄傳播，藉此構建與守護我們共有的人文領地。當代詩詞鑒賞（ddscjs2015）——推薦當代原創優秀詩人、發表優秀詩歌、詩詞作品；評論鑒賞優秀詩歌、詩詞，展示詩賽成果等。接受全球詩人、原創詩歌、詩詞投稿。有特色的微信公眾號如北美蝶戀花詩社（dlhsk2015）——立足中美，面向國際，傳播中國文化，弘揚民族精神。海子詩社詩歌（haizishishe）——所有詩人原創作品傳播公益性、開放性平臺。詩歌萬里行（poetwlx）——中國詩歌萬里行自2004年啓動以來，傳遞著詩意生活方式，延伸了詩歌精神命脈，在全國掀起一場經久不息的詩歌奧運會，成爲中國詩壇最有影響力的詩歌公益活動品牌。新紀元詩人——捍衛詩歌精神，並使之成爲日常生活的有效部分。新漢詩（xinhanshi2000）——漢語文化及新詩創作、交流、新詩、研究、推介。中西現當代詩學（poetics-poetry）——中西現代主義及其後詩歌前沿問題研究，漢語原創優秀詩歌推薦，西方經典與先鋒詩歌譯介。華語實力詩人聯盟（hyshlshrlm245633911）——專爲低調實力的詩人搭建的詩歌平臺。如您已經是卓有建樹的評論家，如您已是文本有廣泛影響力和較強識別度、文壇口碑佳的詩人，如您依然足夠低調、沉實。——這正是我們所欣慰的！詩江湖——關注國內外頂尖詩人力作，也關注水深火熱的詩人生活，關注並推薦。好詩人（haoshirensky）——用心去找好詩人，全力展示好詩歌！用你的好詩去證明，你就是好詩人！中國詩歌精選（wu060814）——定期選刊，公益推送，每天一期，傳遞正能量，給心靈一次旅行吧！詩前沿——詩歌解讀人生，等等。

　　還有不少以個人名目創立的微信訂閱號，比如黃燦然的黃燦然小站（huangcanranstation）——發布詩人、翻譯家黃燦然的創作、翻譯和評論，推薦他欣賞的經典作品和好詩文。大衛的大衛工作室（dawei18910027289）——大衛工作室，有點意思。陳東東的見山書齋（chendongdongPoetry）——詩人作家陳東東的詞語工作室。不定期發布個人創作與評論，並推薦其它詩人、作家、藝術家的作品。沈浩波（shenhaoboshige）——詩人沈浩波的詩歌、文章發布平臺。草川人的小站（ccrdxz-77）——用短小的詩歌，與天涯海角的你進行溝通；隔日推送，以優秀的詩歌爲主。夏花的夏花詩社（Xiahuashishe）——親愛的，我只是偶而，穿越那些眞實……這多麼奢侈。愛斐兒的王的花

園（AfeiersGarden）——無論何時，最美的風景依舊是人內心的愛與情意。

名目繁多的訂閱號豐富了當代詩歌版圖，縮短了作品發表與印刷周轉的時間，便於傳閱與第一線閱讀，在比較中凸顯並體現詩人獨特的價值及後工業與後工業語境中不同職業出身的詩人的多重身份。一時間，在微信圈廣爲推薦的各類文章中，詩歌的微信推送與閱讀非常活躍，詩歌的推送轉發可謂風生水起。這促使詩歌的呈現方式也日益增多，閱讀的群體範圍不斷擴大。例如除了出現許多微詩刊推廣詩歌，很多重要的綜合性刊物也建立微信公眾號定期推出詩人詩作，如訂閱號十月（shiyue1978）推出詩人「微詩集」，其優點是可以將詩集快速集結〔註 18〕，與出版社將詩集放到流水線上出版的印刷效率比，微詩集省時省力省經費，擴大了詩歌傳播與出版的空間。顯然，在新媒介的夾擊下，文學出版受到前所未有的衝擊，這种競爭未必不是好事。

2、作爲跨界的媒介，微信展現出詩歌的互文效果和詩人的公眾生活，最大化體現出詩人的跨界才藝，這也是微信傳播詩歌時廣爲大眾接受的重要原因。詩歌曾經被指責沒有交互性，在公共空間發揮不了效用，微信一出場就擊碎了這一偏見。除了上述以刊物、同仁風格集結的公眾、私人微信號外，還有日益成熟的視聽微信平臺：「爲你讀詩」（thepoemforyou）〔註19〕，「詩人讀詩」（yssrds），「讀首詩再睡覺」（dushoushizaishuijiao），「好詩選讀爲你讀詩」（hsxd818）等微信公眾號，它們發表各類「名人讀詩」、「原創誦讀」……這些詩歌視聽公眾號並非單純地迎合大眾，它們有自己的審美標準，爲了發展，不斷調整擇錄稿源和推廣方式，以期更多人受益。當年京派文人的讀詩會上，讀詩成爲他們的生活方式〔註 20〕，即便如此，也無法與當下微信讀詩的影響力以及廣泛的受眾相比。在當下社會，它們擁有大量訂戶，傳閱廣泛，口碑頗佳，無形中帶動詩歌走出小圈子，進入公眾視域與生活之中，從傳媒的層面印證了當代最知名的美國詩人之一羅伯特·哈斯對詩歌本質的闡釋：詩是一種生活方式……一種人類的活動，就像烤麵包或打籃球一樣。這些微信視聽平臺中的朗誦視頻材料再次激活傳統紙媒也活躍了網絡的發表方式，給大

〔註18〕 比起潘洗塵創辦的詩歌 EMS 還要快捷。

〔註19〕 公眾微信號「爲你讀詩」有 60 萬粉絲。

〔註20〕 沈從文：《談朗誦詩（一點歷史的回溯）》，《沈從文文集》卷 11，廣州：花城出版社 1984 年版，第 251 頁。

眾的詩生活營造了富有詩意的現場感和雅致的娛樂消費，就此而言，我們不能簡單地將它們視爲具有娛樂屬性和消遣趣味的詩歌消費品，更不能武斷地從娛樂視角否定它們的存在與影響。進入新時期以來，站在高雅文化的立場對大眾文化進行審美批判在中國研究界是有傳統的，在這個問題的分析上，我很認同阿倫特的觀點，她從個人獨立的思想立場出發，對類似的批評方法持以絕對的否定態度，她認爲：大眾娛樂不同於文化，它是一種消費品，不可能具有什麼恒久的價值。「不管怎樣，只要娛樂工業生產著它自己的消費品，我們就不能責備它的產品沒有持久性，正如我們不能責備一個麵包店，說它的產品一生產出來不趕快吃掉就要壞一樣。鄙視娛樂和消遣，因爲從它們當中得不出什麼『價值』，從來都是有教養市儈主義的標誌。但事實上我們每個人都需要這樣那樣的娛樂消遣，因爲我們都要服從生命的巨大循環。否認取悅和逗樂了我們大眾同夥的東西也同樣取悅和逗樂著我們，就是純粹的虛僞和勢利」〔註21〕。由阿倫特觀點推演，微信讀詩的娛樂化、大眾化屬性，並不能折損它們存在的價值，它已然成爲當下興起的嶄新的消費方式，是新媒介給詩歌帶來的前所未有的閱讀和朗誦的方式、傳播方式。更不會影響詩歌的藝術準則與評判標準。作爲公共空間的展覽，在微信中詩歌視覺、聲音的混合呈現，使詩歌的詩意與娛樂性多元共生，互爲促進，無形中助使大眾通過微信讀詩和品詩，漸漸成爲一種時尚的生活方式，提升了大眾的審美情趣，有利於在消費時代語境中協調「公眾的注意力」〔註22〕。

　　時下，微信發展空間的敞開與當代傳媒和文化氛圍、藝術薰陶方式緊密關聯。畢竟當代藝術不同於經典藝術，其專業性要求不高，但是更易於呈現瞬間閃逝的情感，拾起經驗的碎影再現繁複的生命感悟。置身資料、信息雲集的信息時代，圖象與音頻日益凸顯了與文本之間交互影響的效用。在微信中，詩歌審美功能得以充分發揮：配上詩人手稿和照片，詩集圖片或詩人書畫〔註23〕，以及詩人朗誦視頻〔註24〕、音頻，詩歌可以完美地實現與書法、

〔註21〕【美】漢娜・阿倫特：《過去與未來之間》，王寅麗、張立立譯，譯林出版社2011年版，第191頁。

〔註22〕【美】哈羅德・拉斯韋爾《社會傳播的結構與功能》，中國傳媒大學出版社2012年版，第55～56頁。

〔註23〕「作家網跨界之星」推出瀟瀟、愛斐兒、馬莉、劉暢等詩人的繪畫及詩文。

〔註24〕微信平臺「華語實力詩人聯盟」，原創策劃了「新世紀十五年優秀詩人巡展」，截止2016年1月27日「路雲篇」，已經推出30位詩人新世紀以來的詩歌作品及詩人朗誦視頻、手稿等。

繪畫、攝影的對話。例如，2016 年 1 月 22 日「詩歌與人」微信訂閱號推出「詩句的魔力：2016 廣州新年詩會」呈現的是 2016 廣州新年詩會的視覺展覽部分，編輯從詩人寫書法題材的詩歌中抽出一句話，在漢字的部首上做設計，產生一種陌生感，再把它放大展出，使其在讀者閱讀過程中交互衍生。再如，「女詩人」微信訂閱號推出「女詩人畫作題圖詩」，以女詩人的畫作一幅徵求題圖詩，通過編委會評審後推出佳作，優勝者的稿費來源係「女詩人平臺打賞資金」。詩歌與攝影搭配在微信平臺中比較常見，但構成實際對話性質的是詩人莫非推出的公共微信訂閱號「風吹草動」中的「詩與自然攝影」專欄，內中展現的均為莫非在生活中捕捉的自然片景，如詩的攝影畫面與攝影視角下的詩作混融膠合，詩人以獨特的視角與藝術方式完成了他對自然與都市生活的觀察、解讀、反思。以上跨界的混融、交互，無限擴展了詩歌的表達和書寫空間，各類藝術形式多元共生，互為促進。不同於當下其它媒介營造的書寫空間的是，微信營構出不同個體生命的空間景觀，呈現出鮮活立體的藝術效果，有個性化的視覺衝擊力，從藝術效果與容量方面看，這些都是紙質媒介無法勝任的。

3、微信線上和線下的各類討論活躍了前沿詩歌現場，可以及時展現詩歌發展動態。首先，微信便於集結更多人參與到詩歌群的討論，為詩歌現場提供互動平臺。這些有主題的討論帶有一定問題意識，容易鉤沉出當代詩歌發展中的焦點問題和敏感話題。比如，活躍在微信平臺的「明天詩歌現場」，集聚了包括譚克修、沈浩波、周瑟瑟、楊黎、邵風華、安琪、李之平等大量實力詩人，以及數百位活躍於各地詩歌現場、詩歌報刊、網絡的優秀詩歌創作者。群中四百餘位詩人及詩歌評論家通過網絡，在不同地點、同一時間，以詩歌主題和詩人討論的方式，集中深入地探討和傳播詩歌，開創了詩歌討論的新風氣。繼每周三、五晚九點到十點在超過四百位當代詩人於「明天詩歌現場」討論詩人作品，以嚴肅的態度探析當代中國詩歌後，又以近似 PARTY 的形式活躍詩壇氛圍。[0]「明天詩歌現場」〔註 25〕推出「中國好詩人」欄目——一個印有大眾傳媒時尚色彩的命名。「中國好詩人」由著名詩人陳先發、周瑟瑟、安琪、育邦和批評家許道軍等組成嘉賓評委，由新華社、南方都市報、北京青年報、語文報、華夏時報、鳳凰網、中國作家網等媒體中的詩人

〔註25〕 「明天詩歌現場」由詩人譚克修於 2015 年初策劃發起，以詩歌刊物《明天》為陣地，借助勃興的自媒體網絡，在微信平臺發起組建「明天詩歌現場」。

組成媒體評委，由施世遊、孫家勳、還叫悟空、彌賽亞、張雪江、崔寶珠、王彥明、啊嗚、卓鐵鋒等二十餘位「明天」詩人組成詩人評委。至今，「明天詩歌現場」已由譚克修、周瑟瑟、沈浩波、敘靈等主持討論了包括杜綠綠、翩然落梅、羽微微、桑克、楊黎、彌賽亞、孫慧峰等數位當代中國優秀詩人作品及其創作風格，已經引發大量網友關注，也引發了人們「以娛樂的方式關注詩歌，以相對公平的挑戰模式，發現眞正民間好詩人！」。不同詩歌群的討論參與者各抒己見，人聲鼎沸，有時僅僅一個小時的討論，以每秒鐘幾條信息的速度，達到詩歌討論最大值，這是現場研討無法達到的、眾詩人同時參與發表觀點的盛況。很多研討形式也別開生面，比如「詩歌爬梯」、「砸詩」，很多批評不留情面，不僅不會影響對作品的深度閱讀，反而還可以在碰撞中擴展對文本的理解與鑒賞；便於詩人不斷推陳出新，精品在民主化的討論中產生。此外，各種微信平臺和微信群經常推出詩人代表作品選集，分時段或風格展現，文本與評論交織，既有文本的集結性價值，又便於針對性討論，有效推進了詩人的創作。

其次，借助微信在場的影響力展開大型詩歌評選活動。早在 2008 年，借助網絡的傳播力，突圍詩社聯合十七家詩刊、論壇，共同發起了聲勢浩大的中國詩壇感恩之旅——最具影響力詩人（1999～2008）評選〔註 26〕，在此基礎上，2016 年 1 月 12 日，突圍詩社再次聯合十九家 500 人的大型詩歌微信群、詩歌刊物、社團，舉行中國新詩百年系列慶祝活動，組成中國新詩百年慶典聯合組委會，爲百年新詩慶典。本次聯合評選單位涉及十九家微信群、紙刊、社團，據不完全統計，涉及各大微信群的詩人超過 7000 人。《突圍詩社》、《詩江湖》、《北方向》、《中國詩人》、《金三角》、《印象南方》、《777 劍蘭詩群》、《雁門詩稿》、《坡度詩刊》、《詩屋》、《海內外華語詩人》、《詩客》、《潮流漢詩》、《思無邪》、《傳燈錄》、《新詩經》等微信群紛紛推薦候選詩人，聯合慶典單位還有《詩三明》詩刊、《卡丘》詩刊、《詩屋》詩刊、《金三角》詩刊、《新

〔註26〕 突圍詩社於 2006 年 7 月 29 日正式成立，是中國二十一世紀較具影響力、當代最大的詩歌社團。社團開辦論壇，舉辦大型線上、線下詩歌活動，創辦同仁刊物《突圍》詩刊，主辦的「中國詩歌・突圍年度獎」是當代最具公信力的詩歌獎之一，該詩社至今依然活躍。「中國詩壇感恩之旅——最具影響力詩人（1999～2008）評選」經過詩人們的實名制投票，十二位卓有影響力的詩人榮耀當選——海子 39 票、陳先發 24 票、北島 20 票、顧城 20 票、于堅 15 票、西川 14 票、湯養宗 14 票、趙麗華 13 票、小引 13 票、伊沙 12 票，以上詩人榮膺「中國詩壇十大影響力詩人（1999～2008）」。

潮流》詩刊、《坡度》詩刊、虞山當代美術館、印象南方詩群等，這一全國範圍、民間性質的大型評選活動頗有在中國微信詩歌版圖華山論劍之勢，其初衷是發現新人，篩選經典，無形中擴大了經典的大眾接受層面。評選設定了具體機制和程序：第一階段的百年新詩全國千人最具影響力詩人大名單，將延續 2008 年的評選標準，通過詩人實名制投票，評選中國最具影響力詩人（2008～2016），再後續評選中國新詩 100 年 100 人，新世紀十佳詩人等，代表中國詩人的力量。

    4、微信的公共號召力與影響力生產出微信時代獨特的詩人效應和詩歌奇觀。余秀華的走紅創造了微信時代的詩歌奇跡，從 2015 年 1 月 15 日沈睿發博文《搖搖晃晃來到人間》，高度稱讚她是「中國的狄金森」始，到同年 2 月 1 日余秀華第一本詩集出版止，這位湖北鍾祥的地地道道的農民，成為爆紅網絡的詩歌明星，《穿過大半個中國去睡你》廣泛傳播。記者採訪報導鋪天蓋地，詩人榮升市作協副主席，奇跡的發生與微信平臺的推出緊密相關，切實彰顯了微信的影響力。余秀華的詩歌最早公開發表在《詩刊》，沒有引起什麼注意，經《詩刊》微信轉發後，才在一夜間引起關注，幾乎每天都有博客文章討論余秀華。央視、鳳凰衛視以及多地衛視等主流媒體都對此進行了報導，此外中商情報網、格上理財網、時光網、21 世紀英語、地方各大晨報、晚報等與詩歌毫無關聯的媒體也紛紛介入到報導中。儘管媒體的興奮點各不相同﹝註27﹞、評判觀點不一，其引起大眾和媒介的廣泛關注卻是不爭的事實。在此，如何評價余秀華的詩歌不是我們要討論的核心，在崇尚娛樂、時尚消費充斥媒體的時代，微信如何助使余秀華成為宣傳的焦點值得我們從媒介視角進行深入反思。微信的傳播力度在詩人譚克修身上再次得到印證，作為微信詩歌傳播的又一位受益者，2015 年譚克修成為頗受詩壇關注的詩人，從他本年度首創微信群詩歌討論活動到其引發詩壇地震的宏文《地方主義詩群的崛起———一場靜悄悄的革命》，近作《一隻貓帶來的周末》在微信上掀起移動互聯時代的「嚴肅的詩歌互動事件」，很多著名詩人、評論家如

﹝註27﹞ 有的強調「中國的艾米麗·狄金森」，有的聚焦「腦癱女詩人」，更多的則是津津於「去睡你」。隨之還有兩篇網絡文章起到了推波助瀾作用，一是臧棣在微博上發表的《臧棣訪談：關於余秀華，真正的問題是，不是我們怎麼看她，而是我們怎麼反思我們自己》，有一句話很刺耳醒目：「她的詩，我覺得，最大的特色，就是寫得比北島好。」二是沈浩波的博客文章《余秀華的詩寫得並不好》。兩人截然相反的評論，成為新一輪媒體炒作的新料。

桑克、胡弦、葛紅兵、路雲，向衛國、榮光啓、谷禾、余秀華、夏漢、程一身等都參與到討論中，鳳凰網、作家網等媒體對此進行了深度追蹤報導。

微信傳播的高效迅疾、拓展延伸價值超越了以往的任一媒介，余秀華和譚克修等經微信推薦而廣爲人關注的詩人充分展示了微信等新媒體的能量——無處不在的新聞炸彈，傳播廣泛快速，便於翻閱分享。從推薦詩人、作品方面看，紙質等媒介無法與微信的推廣效率相比，顯然，微信標誌著一種新的傳播理念的拓展和形成。

「微信詩歌」作爲一種及時生起的新現象需要時間的檢驗，一切判斷都爲時過早。本節側重於從詩歌現場呈現一些現象，提煉已取得的成績，其接續的發展有待我們進一步觀察、辨析和衡估，僅就已經產生的問題和效應來看，有幾個方面需要我們做出理性的疏導和矯正。

第三節　新媒介空間與「快感消費」

相較物質存在，在諸多實體的社會景觀中，新媒介以虛擬的空間改變了詩歌的發展空間，這一影響是雙向的，有推進作用——前兩節多有論述，不做重複，本節著重分析其反向效果。此前已有不少研究者將新詩與新媒體的關係提升到「命運」這樣大是大非的程度，即眾所周知的新媒質時代網絡詩歌寫作表現出來的詬病：空前的拼貼化、類型化、模式化、口水化、散漫化，快餐消遣式及粗糙碼字的網絡創作受非審美因素的牽制，缺少對現實生存的超越，缺少深刻經典的詩作，這些構成網絡詩寫的要疾。有人用「酒、色、怒罵、『狂禪』及『行爲藝術』」形容網絡詩人的存在狀態，認爲市場性和消費性覆蓋了詩人的主體性和個性⋯⋯以上有關網絡詩歌的弊病已有眾多學者、詩人做過不同層面的研究，在此不做繁贅。本節側重挖掘眾多問題背後隱含的主要癥結。

首先，虛榮話語權產生的「寫作虛榮心」受制於主體的「快感消費」。新媒介自身的「傳播法則」會對詩歌的觀念、功能、形態以及話語形式和評價標準產生影響，影響的面向最終取決於傳播者的主體姿態。新媒介虛擬空間給予操縱者以最大化的虛榮心和自我確認感，詩歌的評價標準被混淆，文化快餐式的「快感消費」爲諸多癥結之根源。從著名詩人北島在第一屆中坤國際詩歌獎的獲獎感言中可以尋出各種憂患：「四十年後的今天，漢語詩歌再度

危機四伏。由於商業化與體制化合圍的銅牆鐵壁，由於全球化導致地方性差異的消失，由於新媒體所帶來的新洗腦方式，漢語在解放的狂歡中耗盡能量而走向衰竭。」北島認爲新媒體所帶來的是新的洗腦方式和粉絲經濟，以至成了一種「小邪教」。北島自己也使用微信，他的香港詩歌節也借助微信平臺廣泛宣傳。但是他從不參加任何微信群（偶而也有被拉入群的情況），他的擔憂與其說源自微信的快速佔領媒介空間，不如說更多地是出於對寫作者的虛榮話語權的憂患。網絡與微信自身具備的「寫作民主」的交互性平臺極易催生「寫作虛榮心」，很多人認爲只要擁有了這些平臺就擁有了自由言說的話語權，乃至滋生出了偏執、狹隘、自大的心理，不利於詩人的自我確認與提升。

其次，伴隨繁複飛旋的新媒介的發展，詩人們受消費速度的蠱惑，逐漸改變書寫策略，從網絡創作到開博客建詩歌微信平臺……從紙質創作逐漸將時間與興趣分佈或轉移到網絡論壇與微信平臺。在網絡與微信平臺中，詩人如同參加假面舞會，盡可扮作不同角色，舞臺是公共的，狂歡消費隨心所欲，速度與浮躁伴生。虛擬化的媒介空間造成了主體的退隱與主體性的消解，日益左右詩人的歸屬感和認同感，如英籍德語流亡作家、諾貝爾文學獎（1981年度）獲得者艾利亞斯·卡內蒂所說：成爲另一個，另一個，另一個。作爲另一個，你才可以再次認出你自己〔註28〕。對此憂慮，潘洗塵在2015年創作的《我的微信生活》一詩中有所寄寓：「我要買10部手機／再註冊10個微信號／然後　建一個群／失眠的時候　就讓自己　和另外的一些自己／聊天／／有時　我也會把它們／換成一對對戀人／看他們說情話　分手／也有時　我會把它們變成／一對對仇敵／看他們劍拔弩張後　和解／而到了生日　它們就個個又成了／遠在天邊的朋友／／清明節　少小離家的我／不知到哪兒去燒紙／就把祖父　祖母　外公和外婆／一起接到群裏……」。即興思想狂歡中，詩人身份的變換與隱匿給詩歌研究帶來考證的難度，當然，最大的難度不在此，「而微信等的繁盛，既擴大視野和便利溝通，但也可能讓詩人和批評家陷於更『微』的小的圈子，失去不同觀念、問題之間碰撞的機會和欲望，而在這『微』圈子裏自娛自得？」〔註29〕此外，網絡論壇資料尤其是微信媒介資

〔註28〕【英】伊利亞斯·卡內蒂：《鐘的秘密心臟——筆記·格言·斷片（1973～1985）》，王家新譯，汪劍釗編：《最新外國優秀散文》，瀋陽：春風文藝出版社2002年版，第109頁。

〔註29〕洪子誠：《沒了「危機」，新詩將會怎樣？》，《文藝爭鳴》2016年第1期。

料的不易保存、搜索，使其在技術層面而言不便於查閱。詩歌文本也存在這個問題，微信推出的詩歌最終仍要落實到紙媒。唯此馬啓代、周永主編、團結出版社出版的《中國首部微信詩選》（2014～2015），無疑是對微信詩歌的最新紙面呈現。有些微信轉載不經過審慎的文字校對就刊發出來，編校錯誤較多，無法作爲可靠的研究資源，可信度不夠。

再次，「傳媒話語膨脹時代」帶來的不僅僅是詩人自身的精神「漂移」，其潛伏的危機是網絡與微信平臺取消了審查和篩選、甄別機制，這在一定程度上固然推動了詩歌多元化發展，使得不同風格和形態的詩歌獲得存在的合法性，與此同時也導致詩歌門檻降低，魚龍混雜、良莠不齊，沒有了標準，由此產生了孫紹振的憂慮「另一方面，不能不承認，新詩和讀者的距離，這幾年雖然有所縮短，但是仍然相當遙遠，舊的愛好者相繼老去，新一代的愛好者又爲圖象爲主的新媒體所吸引。這就產生了一個現象，新詩的作者群體幾乎與讀者群體相等。新詩的經典，並沒有因爲數量的瘋漲，在質量上有顯著的提高。隨之也降低了詩歌寫作與發表的難度。」〔註30〕詩歌置身於虛擬膨脹的空間，不觸及人類的苦難、靈魂的淨土、精神的向度，跟隨消費範式，陷入點贊的形式認可，一定程度上新媒體空間造成的「快感消費」與娛樂化的電視體驗類節目的內在機制是同構的——每個人都能夠在新媒體空間親自體驗各種詩歌訊息、娛樂自足。微信詩歌話語的自身法則使得點擊量、轉載率的攀比心理劇增，也進一步使得粉絲效應、小圈子勢力在微信詩歌中發揮了強大功能。這使得詩歌生態的功利化和消費性特徵更爲突出，「新聞效應」「標題黨」「搜奇獵怪」「人身攻擊」「揭發隱私」的不良態勢呈現爲不可控的泛濫，文化垃圾、率性怪談層出不窮，寫作者和受眾的審美判斷力與鑒別力都在受到媒體趣味和法則的影響，而不是取決於詩藝自身。與此同時，有批評家指出：新媒介平臺上海量且時時更新的詩歌生產和即時性消費在製造一個個熱點詩人的同時，其產生的格雷欣法則也使得「好詩」被大量平庸和僞劣假冒的詩瞬間吞噬、淹沒。與此相應，受眾對微信詩歌和新媒體詩歌的分辨力正在降低。隨著人們日益加深對媒介的依賴，如何在大眾文化生產領域中對好詩進行甄別並推廣到盡可能廣泛的閱讀空間，如何對新媒體時代的詩歌做出及時有效的批評或發現問題，成爲迫在眉睫的議題。恰如詩人桑克在

〔註30〕 孫紹振：《當前新詩的命運問題》，參見「孫紹振的博客」：http://blog.sina.com.cn/s/blog_4d9ce5fd0102vx9w.html。

《鄉野間》中的敏銳表達:「有一天,我在鄉野間亂走。 /不知向東還是向北。只是亂走,在潦草的鄉野之間。 /但一株草、一株樹,卻讓我停下來。 /這株草,這株樹,不是什麼奇跡,也沒給我什麼歡喜。 /但我停下來,在亂走之中緩緩停了下來。

　　綜上,在這個「世變之亟」的時代,網絡與微信在詩歌生產與傳播方面功不可沒:牽引詩歌走出象牙塔,拓展了詩歌的發展空間,及時解決了大眾文化語境下詩歌傳播、互動、反饋等問題。此外,兩種媒介也面臨著諸多共性問題——大眾文化的滲透力強大,牽涉了藝術品質的走向,干擾詩歌的自我定位,在大眾視域中,詩歌創作的精義難免隨之流轉,並懸浮著喧囂的遊戲精神和娛樂趣味。美國考古學家丹尼爾・英格索爾(Daniel Ingersoll)曾從田野工作的角度指出:拋棄型社會並非 20 世紀的特有之物;其歷史,差不多與整個現代社會的歷程相終始,就眼下的情形看,還大有愈演愈烈的架勢〔註31〕。被拋棄的垃圾——物質與精神的,是現代社會進程的必然產物,在新媒介的更迭之中這更是無可躲避的問題。那麼,在必然性面前當代漢語詩歌建設最大的挑戰在哪裏?作為詩歌研究者,需要我們著力反思的是什麼?為此,洪子誠教授在2015 年底給詩壇拋出一條冷靜反思的路徑:「今日,在均質化的生活現實裏,個人人格的誕生和成長,仍是詩 / 文學所應承擔的重要責任。但是,在我們所處的境遇裏,是否還有屬於自己的人格和個人的內心空間,又如何定義這個空間?獲得、保持與消費社會,與『眾』的距離所形成的孤獨感,越來越不是一件容易的事情。」〔註32〕誠然,詩歌終歸要靠文本自身去說話,文本操縱力決勝於任何外界的因素。

〔註31〕 參閱威廉・拉什傑(William Rathje)等:《垃圾之歌》,周文萍等譯,中國社會科學出版社,1999 年,第 55～56 頁。
〔註32〕 洪子誠:《沒了「危機」,新詩將會怎樣?》,《文藝爭鳴》2016 年第 1 期。

第二章　消費語境中詩歌的跨界

　　相較新時期人們對吃穿住行等物性目標的追求，新世紀以來人們在生活目標和生活模式上已經發生翻天覆地的變化，如今人們追求的是讀圖時代的新形式消費——流行歌曲、新宣傳、影視圖像等視聽覺的娛樂享受。在新世紀消費社會中，隨著捲土而來的商品經濟大潮，隨著以運作為基礎、以提供娛樂為主要目的的大眾文化傳媒日益取代以詩為代表的高雅文化的影響力，隨著人文知識分子的日益邊緣化，隨著出版體制、價值觀念、生活方式的轉軌，詩歌的跨界已成為不可忽視的文化存在因素進入大眾的日常生活、文化選擇之列。跨界是指跨越不同的領域、不同的行業、不同的文化、不同的意識形態等產生的新模式、新風格和體式等。在 21 世紀詩壇上，除文體和創作的跨界，還有兩次非常有意味的詩歌跨界的行動。2003 年 11 月 8 日，據《南方周末》報導：一部名為《中國先鋒詩歌》的電視專題片，將在浙江電視臺教育科技頻道的黃金時段播出。舒婷、芒克、柏樺、翟永明、海子等 20 位當代著名詩人及其作品，都將出現在這部電視專題片中。電視媒體如此集中地介紹中國當代先鋒詩歌尚屬首次。《中國先鋒詩歌》的主創人員中有不少都是詩人出身，其中有詩人梁曉明、南野和梁健等。從選擇詩人，到製作風格上，這個節目都是一次突破，以至於《南方周末》的報導不無誇大地說：「以電視的方式，推介代表中國當代詩歌最高水平的詩人和他們傑出的詩歌作品，《中國先鋒詩歌》是詩歌的勝利，也是電視的勝利。」事隔十二年後，2015 年一部重要的紀錄片《我的詩篇》榮獲第 18 屆上海國際電影節、廣州「金紅棉」年度最佳紀錄片獎等，這部紀錄片記錄了農民工詩人烏鳥鳥、鄔霞、吉克阿憂、陳年喜、老井、許立志的人生軌跡，向世界講述了「中國奇跡」「中國製

造」背後那些許許多多沉默的無名者的故事。該片具體呈現了工人詩人的生活、處境和創作心態，從某種角度上為工人詩歌、工人詩人在中國詩壇確立了身影，形成有詩為證的文學力量。

本章主要從藝術生產空間、藝術消費趨勢、詩性美學的角度、詩劇的普及力度與現場表現形式等方面研究讀圖時代詩歌的跨界與多向汲取融彙，探討流行歌詞對詩性空間的延展，以及詩劇對當代詩歌的跨界演繹，進而探討詩歌與時代的多層次精神對話，新世紀新詩走進公眾的多元立體表現方式。

第一節　讀圖時代的詩與思

當真實的世界變成影像時，影像就變為真實的存在：我們已經進入「讀圖時代」——這是新世紀無可逃避的時代語境。圖像時代，更迭迅速的新媒介改變了人們的生活模式與創作觀念，作為社會觀者的人們與影像達成了共謀，成為觀賞者、消費者並開始流連於各種虛擬的空間場域。精神生活與日常生活極端貧乏、日益物化或碎片化的現代社會中的個體，在景觀和影像中發現並找到自己的一切歡樂和需要。當「綜合景觀」演變為覆蓋新世紀的地圖時，也消除了地理學的距離乃至時間的距離，社會重新生產出作為景觀分離的內在距離——一種美學的距離、社會學的距離、心理學的距離。當下，這一現象已經成為主導性的、全球化的文化景觀。進入「讀圖時代」的現代媒介講究「圖文並重，兩翼齊飛」，「讀圖時代」的到來形成了當代文化的圖像優勢，由此引發了一場圖文征戰，同時也標誌著「圖像主因型文化取代傳統的語言主因型文化」……「『讀圖』的流行隱含著一種新的圖像拜物教，也意味著當代文化正在告別『語言學轉向』而進入『圖像轉向』的新階段」〔註1〕。進入「讀圖時代」是科技進步的表現，印刷業的發達，文化教育的普及，報紙雜誌等平面媒體數量激增；網絡、電影、電視中的圖像、視頻等無以計數。作為視覺文化的圖片離不開語言文字，兩者的配合除了互補之外，在某種程度上構成文本的互文效果，營構了獨屬於21世紀的「新視像」。21世紀的「新視像」以視覺文化為主導，尤為重要的是在圖文之間又衍生出新的文本與思想，這構成了現代與後現代視覺文化的重要的景觀。

誠然，在中國，圖文互相參照的「讀圖」傳統幾乎從未斷裂，圖配文的

〔註1〕周憲：《「讀圖時代」的圖文「戰爭」》，《文學評論》2005年第6期。

格式古已有之，諸如古代「繡像本」小說；詩歌與圖像的互相說明即尤為人熟知的題畫詩，「氣韻」是連接中國古典詩與畫的關鍵元素。中國傳統文化重在「氣韻」，詩之氣韻精神傳承千載，不待詳述，而傳統的繪畫技藝鎔鑄著筆墨的精髓，人物畫、花鳥畫、山水畫，題材各異，卻在繪畫過程中同樣氤氳著作家的氣韻精神，構建著中國古典文化的二維詩學。在古代，讀「圖」，是一個靜觀默思的過程，文人賞畫可究天人之際，最終精騖八極。現代政權更迭後也曾以「圖」彰顯政權合法性，板報、張貼畫不斷強化人們的革命思想、建設意識，發展至「文革」，更是尤為顯著。到今天，目之所及，時裝雜誌、廣告牌、朋友圈、網絡劇，目不暇接地遊走於影像間，人類正在遭遇著前所未有的視覺衝擊與負擔。圖像時代的出現對傳統文化（尤其是以文學話語為主導的傳統文化）構成巨大的衝擊和挑戰，讀圖時代，文學的位置在哪裏？如何評價圖像時代的文化詬病，如何將傳統與現代、圖像與文字、詩與思融彙起來？本節通過「讀圖」這一視角考察翟永明的長詩《隨黃公望遊富春山》的文化價值選擇，反思詩人在當代讀圖景觀中探入歷史、詰問天地的批判性的詩意建構，以及對中國傳統文化精神和當代文化現實敏銳而富有深度的反思。

畫卷鋪展出的景觀

為創作長詩《隨黃公望遊富春山》，翟永明斷斷續續寫了 4 年，靈感與素材源自一幅印刷精美的《富春山居圖》長卷。詩人選取長卷的出發點就是想像在古代中虛擬建構一個可以遊走的影像與景觀：長卷的繪畫方式惟肖電影鏡頭，可以用來推拉平移，展示畫面所及的自然風景〔註2〕。長達三十節的長詩中，畫卷徐徐展開，詩人以磅礴之勢跨越古今，頻繁地往返於當下與過去之間、出入於現實與畫卷內外，以個人真實的和想像的行旅為主線，串連起當代生活中形形色色的蒙太奇畫面，最終將一幅幅橫跨古今、時空交錯的遊移動態的景觀呈現出來。畫卷構成了古代與現代重疊交融的景觀：

首先，畫軸具有空間延異價值，它打開了多重機會，詩人在展開的畫卷中得以游離自身，從現實中走進畫面，在他人靈魂中散步，在對方的形式經

〔註2〕限量版的《隨黃公望遊富春山》由中信出版社 2015 年 10 月出版，該詩集採用復古經折裝，展開書卷，彷彿與古人觀看長捲畫作一樣，更吸引人的是，書籍封面與函套採用蠶絲紙張製作。

驗和情感經驗中汲取資源，發現和再現自己。這一跨越時空的體驗恰如波德萊爾在散文詩《人群》中所寫的片段：「詩人享受著這無與倫比的優惠，他可以隨意使自己成爲他本書或其它人。如同那些尋找軀殼的遊魂，當他願意的時候，他可以進入任何人的軀體。對他自己來說，一切都是敞開的，如果有什麼地方好像對他關閉著，那是因爲在他眼裏，這些地方並不值得一看。」然而翟永明沒有停滯於此，在這趟穿越古今的行旅背後，既注入了她的懷古之幽思，也融入了他對人類在當代社會中的生存狀態的思考。詩人在表現古代時空境界的同時將自己當下的心情呈現出來，以思想和情緒的變化完成了時空的轉換。

其次，《富春山居圖》長卷營造了一個場域，打開了詩人精神視野的拘囿和寫作維度的封閉，恰如夏爾·杜波斯曾多次使用的術語「場所」描述給予其創作源泉的人——「精神之流從那裡經過」〔註3〕。作爲一個場域的畫卷完成了長詩中人物視角的自由轉換——時而觀畫人描繪畫中的景物，時而入畫跟隨黃公望漫遊山水，時而回到當下叩問，時而歸位爲詩人創作著詩文……在多重景觀流轉中詩人在黃公望的畫中找到多維性格和視野的自己。「1350年，手卷即電影，你引首向我展開，絹和景，徐徐移動……」，畫卷富春山作爲詩人營構的一個場域滲透了很多超文本信息，它調動起積澱在人們記憶中的一系列有關古代和現代的圖像信息和文本的再生力，這個場域賦予了長詩特殊的格局和力量，融彙了中國傳統文學、當代文化的元素、詩人個體的詩思情緒，由此使得這組詩顯得與眾不同。

爲了更好地呈現長詩的空間形式美學，《隨黃公望遊富春山》被二次創造改編爲視覺作品——戲劇，並由導演陳思安、編劇周瓚在戲劇中加入了說唱、評書、舞蹈等多種載體。2014 年，戲劇《隨黃公望遊富春山》亮相北京國際青年戲劇節，首演收穫戲劇界、詩歌界等領域的讚譽，隨後於 2015 年 10 月 15 日在成都「藍頂藝術節」多次公演，獲得一致好評。長詩的跨界實驗很好地傳播了詩歌文本，也進行了一次頗具形式意味的探索，調動了詩歌文本自身的空間擴展維度，將空間與時間，虛構與在場，詩歌與歷史，畫卷與圖像多元融彙於當下社會的場域之中。

〔註 3〕夏爾·杜波斯：《日記》（1922 年 2 月 22 日），第一卷，科萊阿出版社 1934 年版，第 65 頁。轉引自：【比】喬治·布萊《斯達爾夫人》，《批評意識》，郭宏安譯，廣西師範大學出版社 2002 年版。

現實景觀的圍困與審視

在當代語境中，《隨黃公望遊富春山》是詩人對自我、現實、歷史、社會、詩歌、畫卷、圖像等多維景觀的審視。翟永明以《富春山居圖》爲前文本，跟隨黃公望的腳步，在「讀圖時代」的語境中做出了一個「如何讀圖」的選擇——她遊刃有餘地穿行在墨跡之中、山水之間，卻嗅到這是「太平盛世」中的可疑之舉，見松林山澗，漁夫炊煙，也見低頭刷屏，霧霾籠天，她不憚於古人的高大，更不懼怕「現代」的危機，在古今遊走之中對比，「讀圖時代」的現實顯示出一種無形的重量，它迫使詩人在涉足墨跡山水時不斷返身回顧：「從日常中逃亡／向飄渺隱去」，「到畫中去、做畫中人、自徜徉／沒有一個美學上級可以呼喚你！」。然而「你不是從畫中走下，而是／從人間走入、走上、走反」，詩人努力去逃逸現實對人的束縛，卻終歸無法迴避現實的圍困。

「一三五〇年，手卷即電影」長詩開篇即提到兩種不同的圖像載體——手卷、電影。「墨與景　緩緩移動／鏡頭推移、轉換／在手指和掌肌之間」，電影拍攝手法與古代賞畫方式竟如出一轍，視線—鏡頭二者的運動軌跡如此相似；不同的是，現代影像技術將眞實之物虛擬、投射爲熒幕上之物。在「後現代」的視閾下考察圖像的變化生長可發現消費文化、傳播媒介的革新開啓了一個「讀圖時代」。詹姆遜認爲，現實轉化爲影像是後現代主義的特徵之一。〔註4〕可視化作爲「後現代」表徵，趨向感官對圖像或信息的直接獲取，忽略複雜化的思維過程以及深刻性、思辨性，力求捕捉色彩賦予的感官快感。

如果將「讀圖」引申爲一種視覺文化，那麼通過考察德波筆下「景觀社會」的經典表述，我們會發現它不是簡單的現象指涉，也不直接等同於「形象」，而是一個與權力、商品、消費文化息息相關的意指。「景觀」呈現出與消費相連的「循環怪圈」，這也是現代人的困境之一。翟永明對這樣的現實有切身體會，她將目光收攝到自己身上，並感到有時身體與意識不在同一個空間，如是折射出一種現代的困境以及試圖回到過去尋找靈性卻碰壁折返的無奈。這是一組現實情景，「坐在人工湖邊，意識卻遠遁」「近處仿眞效果／遠處景觀林立」……園林做古，房地產開發商以人工風景爲噱頭兜售樓盤。她在注釋中寫道「從意念中的眞山眞水的『骨相氣韻』、『移步換形』到當下現

〔註4〕【美】弗雷德里克·詹姆遜：《後現代主義與消費社會》，《文化轉向》，胡亞敏等譯，北京：中國社會科學出版社2000年版，第20頁。

實，眼前卻是一個試圖『造眞』的『假自然風景』」這不就是「仿眞」社會的現實嗎？在鮑德里亞看來，生產過剩必將導致消費與需求的異化。「眞實的符號代替眞實本身」，那麼仿眞之物和超眞實的存在就使眞實與想像之間的界限變得模糊不清。〔註5〕詩句背後的文化含義顯著，消費者購買的不過是一個被房地產開發商編織的對「自然」模擬的符號，一腳跌入了「想像的現實」。翟永明在詩作中再現了頗具畫面感的景觀社會圖像，將個體經驗融入其中，寄寓了深刻的反諷與自省。

詩歌終歸不是寫實錄，詩人開始在「讀圖」的過程中遊目騁懷，不斷變換視角以盡覽世間萬象。翟永明並沒有刻意與現實保持一種預設的關係，她說：「只要我在寫，我的寫作就與時代和歷史有關。」〔註6〕她深知詩人無法超離現實並會因此通向孤獨，在長詩中，她以女性立場爲本位，以遊戲筆法詼諧地戲擬現實，讓古代的月亮照耀今天的圖像，她試圖找到一些合適的角度記錄一段歷史：

> 讀圖時代　我讀到
> 報廢的題材　工業題材
> 那是何人？穿 E.T.衣
> 著金屬裝　走太空步？
> 我轉動縱目
> 看到宇宙礦物排列成奇觀
>
> 讀圖時代　我讀到
> 俄羅斯坦克開進烏克蘭
> 那是何人？穿黑大氅
> 持明月彎刀？
> 背後是倒地不起的死者傷員

儘管翟永明在創作這部長詩時強調「在這首詩中我並不打算處理性別問題，正如中國古代繪畫中也並不存在性別的概念」，然而，出現一個身份多重

〔註5〕【法】鮑德里亞：《仿眞與擬像》，《後現代性的哲學話語——從福柯到賽義德》，汪民安、馬海良等編，杭州：浙江人民出版社2000年版，第330頁。

〔註6〕翟永明、周瓚：《詞語語激情共舞——答周瓚問》，翟永明：《完成之後又怎樣》，北京：北京大學出版社2014年版，第165頁。

的「我」——不問性別，可「隨黃公望，拄杖、換鞋／寬衣袖手　步入崇山
峻嶺」，也可以「以女人的形象走在雲水間／以女人的蒙太奇平拉推移／以女
人的視覺看時間忽遠忽近」。視角遊移似乎掩蓋了翟永明的女性立場，但「工
業題材」、「穿 E.T.衣」、「著金屬裝」、「走太空步」這一類帶有未來科技感的事
物以及「俄羅斯坦克開進烏克蘭」的戰爭場景幾乎是新聞裏的主流題材，無
不滲透著男權話語。這一節中詩人仍以女性之眼觀看時代，以此突破圖像符
號的圍困，自醒於世。四字短語和連續的詰問似乎形成短促的呼救，又似是
詩人靜坐一隅的自問自答——吸引人眼球的不過是「奇觀」、「傷員」——讀
圖時代裏的信息爆炸之景象卻引出一連串荒唐。面對圖像的迅速繁殖，作為
一個「擁有多重生命」的「時間穿行者」，如何突破圖像的圍攏獲得欣賞一幅
淡雅蕭疏的長卷的寧靜與耐心？翟永明以「女性氣質」的語言勾勒出以觀賞
者姿態出現的自我：

> 讓我屏息一會兒
> 長嘯半聲
> 讓氤氳之氣落入肺中
> 開出兒童之心
>
> 讓我出神一小會兒
> 跳脫焦慮至紙上
> 讓圖象的威力固定在點、線、面
> 闊筆暈染出一段潛修時間
>
> 讓我氣餒一小會兒
> 專注半晌
> 讓岩石、坡地、枯乾的意象
> 進入身體，疏密有致
>
> 讓我吐氣一小會兒
> 把百骸鬆開
> 一呼自丹田
> 再呼上雲端

「屏息」、「出神」、「氣餒」、「吐氣」，醞釀出須臾都專注於此的神態，不冒犯原作，也不隨意做出闡釋，而是等待「岩石、坡地、枯乾的意象 / 進入身體，疏密有致」，她以沉靜之心對畫作表示了極大的尊重以求接近畫作。本雅明認爲，對藝術品的最初觀看形式是宗教意義上的膜拜，「不可接近性乃是膜拜畫的主要特徵」〔註7〕。中國畫不以宗教爲旨，但古人賞畫仍是懷抱「有距離」的虔誠之心，讀圖時代則消弭了「距離」及主體對藝術的敬畏感。在第二十五節中詩人寫道「時代寵兒　和風吹動她的黑髮 / 被上萬支燈管照得通體雪亮 / 懸崖般屹立著來歷不明的建築 / 航站樓？大王冠？ / 眼前絕對是絕世好畫」，詩人對這個情景的敘述彷彿攝像似的定格。把這座建築視作景觀，觀者可以從大廈的無數入口進入這幅「絕世好畫」，主體強烈的介入衝動消弭人與景觀的距離。同時，「景觀」在這裡被引申到了人的生存狀態，詩人在思考，女性是否仍未擺脫成爲景觀的「被看」命運？「夜風中，有人提起她的消防站 / 『消防站？哦……』她意味深長地笑了 / 消防站的尖角像刺天的詛咒」。具有先鋒精神的女建築師已經成爲蜚聲世界的名人，被大眾認可後，她寧願選擇對曾經的「特立獨行」默然。那麼，作爲女性，她的先鋒品位是否會爲大眾口味調和而成爲消費品和「被看」的對象？當然，女性立場只是翟永明反觀「讀圖時代」的視角之一，這種立場雖不被明示，卻足以賦予詩人一種符合詩學理想的孤獨感，她隻身進入歷史之舉就意味著通向孤獨，當她不斷折返回現實更感到了無限的沉重，她的性別身份、醒世者身份、現代人身份等等都隱含著對現實問題的思考，在試圖超越歷史的衝動中起了節制作用，因而翟永明也因置身無法逃離的現實語境感到空曠。正如詩人在注釋中所寫：「在寫作這首長詩時，我常常有在現實與古代中穿梭的感覺。寫作中，我常隨黃公望遊走於空山無人、水流花開的理想境界中，身心如洗；現實裏，我卻不得不窮於應付那些無情無調的纏身俗務，使我內外焦躁。」

「讀圖時代」的現實並未使詩人陷入一種無法自拔的絕望，相反，她以一貫的喜劇精神戲擬了當代「讀圖」行爲。尋訪黃公望故居之事被記錄在注釋之中就是一例。注釋中大段描述性文字構成對事件的鋪敘以及細節的捕捉，它們雖是對詩句的「注解」，卻讓人聯想到「讀圖時代」裏文字退化爲圖

〔註7〕【德】瓦爾特‧本雅明：《技術複製時代的藝術作品》，胡不適譯，杭州：浙江文藝出版社 2005 年版，第 100 頁。

畫的注解的事實。

同時，詩人用分行詩句構成「圖形詩」造成視覺衝擊：

　　那是諸世紀交叉跑動的大撞擊邊緣

　　是不著調的網絡戰爭起火的邊緣

　　那是四維空間吞吐不定的邊緣

　　青春睜開眼就被毀滅的邊緣

　　最美的最撓巴的被棄邊緣

　　引人入勝、又令人喪氣

　　又大又看不清的邊緣

　　我越動它越動

　　戰火是否纏綿？

　　家庭在離散？

　　我痛苦它

　　默然！

第二十八節，詩人致敬安伯托・艾柯的仿諷體詩歌《誤讀》，展現了天馬行空的想像力。正如艾柯所言：「模仿體（parody），如同其它詼諧文體的作品一樣，跟時空密切相關。」〔註8〕艾柯通過「仿諷」解構了經典，也解構了時空距離。但他的插科打諢不是與大眾文化合流，而是致力於反諷這種行為本身。詩人致敬的，正是艾柯在這種文化語境中看似灑脫不羈卻深沉痛苦的精神路向。實驗性的筆法迎合了讀圖時代對新鮮感的渴求，翟永明因此也參與進一場「狂歡」，這是她在「讀圖時代」裏一個孩子氣的遊戲，此翟永明不同於置身「人工湖邊」發出一聲歎息的她。「形式遊戲」的加入平衡了時代語境的沉重不安，使詩歌形成了巨大的張力。「落葉蕭蕭　我亦蕭條／剩山將老　我亦將老」，達到「齊物」高度的她開始施展「語言煉金術」（蘭波語）來展現自己對時代、歷史、藝術、現實的思索。她時刻警惕著「讀圖時代」的蠱惑，一方面不斷審視自我與集體無意識，另一方面，她的戲擬又在控制之中，為的是與另一個時代形成對照。與魯迅歷史「中間物」之感相似的是，作為歷史鎖鏈上的一環，翟永明處在過去──今天的交叉點上，「我走在『未來』

〔註 8〕【意】安伯托・艾柯：《誤讀》，吳燕葶譯，北京：新星出版社 2009 年版，第3頁。

的時間裏／走進『過去』的山水間／過去：山勢渾圓，遠水如帶／現在：釣
臺依舊，景隨人遷」置於畫中，她深感「在」而「不屬於」那個清逸飛揚的
過去，然她並不以激憤之筆批判現實，她在古今穿梭的輕盈步履中移步換景，
以古典美學的神韻以及輕快的詩句平衡時代的沉重感。這不是絕望的反抗，
而是輕靈的救贖——用她的話就是「紙上行走是有氧呼吸」。在紙上行走，既
是「隨黃公望遊富春山」，也是忠實於寫作本身。

逃逸中詩意地棲居

在第二十七節中，翟永明這樣寫道：「平遠、高遠、闊遠／輾轉、騰挪、
聚散／都不是問題／還有什麼形式不被我們用在多媒體戲劇？」長詩《隨黃
公望遊富春山》、同名詩歌劇場作品以及《富春山居圖》以不同形式表現詩意，
書寫著藝術家對世界的理解。在線性歷史觀之下考察文學的發展，急遽變化
的新媒體時代改變著文學的書寫方式，這正是一時代有一時代之文學。然而，
正如翟永明所說：當代人「他們都不讀詩……但他們要闡釋一首詩」，悖論在
於：

> 畫師正在畫：一切消失後
>
> 還會站在那東西
>
> 無價的　無形的
>
> 用你們看清楚了
>
> 也依然曖昧的東西
>
>
> 觀者正在看：一切還原後
>
> 還會消散的東西
>
> 奢侈的、稀有的
>
> 在另一個維度　放平了
>
> 也還是會捲曲的未來

永恒的藝術形式與瞬息萬變的當代文化看似可以相融，實則它們對生命
與真實的思索深度不同，當代文化是否可以穿透「現代」的迷霧歸入對生命
的終極思考抑或形而上的場域？翟永明極富洞察力地表示，對當代詩與當代
藝術的理解，與對當代現實和現代性死結聯繫在一起，詩人開始向古老的藝
術與生命投入關照。上溯幾個世紀，古代中國也可被視作一個「讀圖時代」，

文人以作畫爲志趣，有時一畫就是三年五年；作畫與賞畫構成了他們生活的一部分，成爲提升審美品位、到達虛靜境界的關鍵途徑。同時，中國作爲一個詩歌的國度，自宋代起文人畫的出現標誌著詩與畫完美融合。〔註9〕蘇軾評論王維的詩畫之作「味摩詰之詩，詩中有畫；觀摩詰之畫，畫中有詩。」在中國傳統繪畫藝術中，詩與畫隨著「自然」的發現而走到一起，詩歌與繪畫同質，繪畫雖以自然爲摹本，但不求形似而求神似，筆勢與墨色均點染著文人的意脈情韻。「畫中有詩」中的「詩」除了題畫詩這一實指之外，也指廣義的詩意、詩味。「『文人畫』的特色就是在精神上與詩相近，所寫的並非實物而是意境，不是被動地接收外來的印象，而是鎔鑄印象於情趣。」〔註10〕在自然中汲取天地萬物的靈氣，以滋養自我生命的繁茂生長，中國文人在山水畫中力圖達到「天人合一」的境界，從而無限接近心中的「道」。古代文人畫追求神似的審美取向與當代「讀圖時代」充斥著仿真與擬像之景形成了對比，以古觀今，汲汲營營的當代品格需要注入流動的氣韻。

　　翟永明通過進入這個前文本探討了中國傳統的詩學命題——詩與畫的關係。《富春山居圖》爲黃公望晚年隱居浙西一帶時所作，是一幅典型的文人畫，可謂「畫中有詩」。翟永明的長詩《隨黃公望遊富春山》以《富春山居圖》爲題材，從字面意義上來講本就是「詩中有畫」，而詩歌寫作手法借鑒了繪畫技法與《富春山居圖》形成互文，更是將「畫」眞正融入了詩中。

　　詩人欲尋找正在失去或者從未被發掘的東西……主體如何實現勾連古今的偉大構想？這是一個文學的元命題。翟永明爲了實現融彙古今的理想，以互文手法消弭了長詩文本與《富春山居圖》二者身處不同時空的局限與表現方式差異的界限，古代的「讀畫」與今天的「讀圖時代」也因此彼此關照。顯然，如果將文字視爲一種圖畫，那麼文字與繪畫這兩種藝術形式本身就形成了一組互文，古老的象形文字發展爲今天的漢字，優美地在紙上行走，以文學文本爲載體，能夠生發出無限的意義；同樣，繪畫以深深淺淺的著墨點染出詩人胸臆。漢字構成的《隨黃公望遊富春山》詩文本與黃公望筆下奇譎之筆運思而出的自然山水畫之所以能在兩個時代遙相

〔註 9〕徐復觀：《中國畫與詩的結合——東海大學建校十週年紀念學術演講講稿》，徐復觀：《中國藝術精神》，上海：華東師範大學出版社 2001 年版，第 289～293 頁。

〔註10〕朱光潛：《萊辛學說的批評》，朱光潛：《詩論》，上海：上海古籍出版社 2005 年版，第 114 頁。

呼應，是因爲藝術的不朽與共通性構成巨大的張力，「這就是藝術如此微妙的等邊關係」〔註11〕。

學者商偉說：「就詩歌而言，足以承當和抗衡這個時代的，非長詩莫屬。」〔註12〕翟永明啓用了長詩這一形式，長卷與長詩形成了互文，寫詩如同作畫，吞吐大氣象，一「詩」一「畫」因此跨越古今形成了篇製上的呼應。詩人在長詩中可以伴隨視角不斷移動從容往來於古今而不受制於篇幅，長詩也使詩人實現了在玄想與日常之間遊走——「今天讀舊信／想起一位早逝的女孩」，日常情景走入了古代繪畫的背景，引發了詩人對詩學理想與詩人命運的思考。「詩人之死」是無法避開的詩學命題，身患憂鬱症的詩人馬雁過早地死去，「一生，用來反覆淬煉／以至於終點變得可有可無」，荷爾德林式的分裂成爲詩學謎題，長詩具有足夠龐大的容量來容納這種形而上的思考。而詩人面對長詩總會遇到這樣一個問題，如何依靠精密的結構搭建起一個框架來承載思想的不斷外延，將長詩營構成一個整體？黃公望扭轉了山水畫在宋代形成的重理法、守規矩的桎梏，追求「山水之法在乎隨機應變」，作畫「大概與寫字一般，以熟爲妙」，因此被譽爲「元四家」之首。他的山水畫，重視「變化」，畫作濃淡有致，山峰錯落，江岸綿延，留白處散發著智者的神性之思，筆法變化莫測，意境卻渾然一體。有清代畫家評論黃公望「大癡晚年歸富陽，寫富春山卷，筆法遊戲如草篆。」（吳歷《墨井畫跋》）由此，黃公望的山水畫不拘泥於傳統繪畫技巧，他將書法、詩歌等藝術形式的特點引入繪畫當中，畫作因此具有強烈的「寫意性」〔註13〕。長詩《隨黃公望遊富春山》也汲取了黃公望的創作理念和繪畫技法，可謂「眾體皆備」，二者在「變化」的筆法上也形成互文。翟永明的這首長詩文本具有一種「筆法遊戲」的特點，以變化多端的技巧在詩歌形式上營構了一種錯綜複雜的結構關係，以語言實驗的方式證明了長詩在當代的存在意義。

黃公望作畫以「筆墨」顯意，不同於畫工的精雕細琢，他筆下的山水蒼茫莊重、靈秀天成，全靠筆墨運思，他的筆墨多生出人意料之變，將乾筆、

〔註11〕 朱光潛：《萊辛學說的批評》，朱光潛：《詩論》，上海：上海古籍出版社 2005
　　　　 年版，第 114 頁。
〔註12〕 商偉：《二十一世紀富春山居圖——讀翟永明〈隨黃公望遊富春山〉》，翟永明：
　　　　 《隨黃公望遊富春山》，北京：中信出版社 2015 年版，第 86 頁。
〔註13〕 轉引自胡光華：《黃公望與元代山水畫之變》，《榮寶齋》2005 年第 2 期，第
　　　　 74～80 頁。

濕筆熔於一爐。皴法則「常用直皴帶染，可簡可繁，似飛白書」。〔註14〕翟永明的寫作與黃公望的繪畫理念形成了呼應。詩人恣情潑墨卻不失儀式感，長詩中的語言狂歡恰似畫卷的筆墨瀟灑，詩中既有「風水特別提示」，又有「A4白紙」、「藍色圓珠筆」，既有「蒼崖」、「靈芝」又有「霧霾PM2.5」。詩歌在傳統東方哲學、古典意象和當代詞彙切換中形成張力場，造成蒙太奇般的場景切換。從詞彙方面考察，一方面，極富古典意味的意象入詩，氤氳出嫋嫋飄渺的意境，名山大川、漁樵飛鳥盡收眼底，徜徉其中不就是自在於心的「逍遙遊」嗎？另一方面，通過在場事物再現日常經驗的時代書寫，現代漢語詩歌因此被激發出活力與歷史感。四字一句的結構佔據著長詩的極大篇幅。「沒有地圖　何來地理？／唯有山水　不問古今」，「何」、「唯」都是古代漢語中常見虛詞；「使我長歎　恍兮惚兮」，「兮」字多見於楚辭。詩歌是中國最古老的文學形式，從《彈歌》到四言體詩的發展反映了古人對自然、宇宙、人本身的不斷探索，自上古歌謠以來，直至《詩經》、楚辭，再到曹操、陶淵明，四言體詩整齊卻富有變化，優美而不失含蓄，詩歌形成了流動的審美效果。翟永明則認為「四字一句」猶如用典，「這種句式是中國文言結構的特殊固定短語，我覺得與中國方塊字結構有關，每一個單音節字蘊含了最大的信息量」。無論是四言體詩還是用典，都講求語言的凝練與含蓄性。自新文化運動文白之辯以來，「我手寫我口」的語言文字觀將文言視為仇敵；「現代性」語境下，文言是否已經失去了生命力？亦或者在今人的追蹤之下再能煥發出生機？翟永明的語言實驗顯然試圖回答這些問題。黃公望作畫「因心造境，遊戲於萬物之表」〔註15〕，翟永明深諳「遊戲」三昧，第二十三節通過「讀圖」的視線變化巧妙地再現了黃公望的構圖技法。黃公望《寫山水訣》有言：「山論三遠，從下相連不斷謂之平遠；從近隔開相對謂之闊遠；從山外遠景謂之高遠。」〔註16〕由右及左，長卷的首段運用闊遠法，「首先：山被推遠／前景是村屋／腳下有小徑」，遠山近岸相隔遙望，詩人也勾勒出尋常的江南山水景色。緊接著，長卷第二段運用高遠法，詩人的視線也隨即變換，「目光搖過三

〔註14〕龔產興：《大器晚成——簡析黃公望的山水畫》，《黃公望研究文集》，常熟市文聯編，南京：江蘇美術出版社1987年版，第15頁。

〔註15〕轉引自胡光華：《黃公望與元代山水畫之變》，《榮寶齋》2005年第2期，第79頁。

〔註16〕轉引自王世襄：《中國畫論研究》（上卷），北京：生活·讀書·新知三聯書店2013年版，第130頁。

分之二的位置 ／時空交迭出夾岸奇山」，高峰突然聳起幾乎衝破畫卷，詩人「登山」的過程，其實也是吞吐浩然之氣的過程，「時序流轉　氣也在全身循環 ／朝代興亡　士不在山水中徜徉」，詩人的歷史之思、興亡之歎在「登山」也即「讀圖」的過程中闡發。最後，「下山：腳下之路變平直」。詩人分別用「闊遠法」、「高遠法」、「平遠法」來再現自己觀賞的過程，同時，這一節長短變化不一的詩句也如同起伏的峰巒，連通著黃公望「盡巒峰波瀾之變」的繪畫境界。除此之外，翟永明還將其它語言實驗熔於一爐，實現了古今文化資源的相互滋養、生發。詩歌第三十節，她自擬古詩形式以「對應古典繪畫中豐富的題款」；第十八節，她將風水提示語「打碎、重組、整理成『類詩』的模樣」；第二十四節，戲仿「嵌名詩」；她也直接引用詩文來抒寫內心情致，頗有「六經注我」之風範。譬如：

「自富陽至桐廬　一百許里」

「雨中山行至松風亭忽澄霽
卷藏破墨營丘筆
卻展將軍著色山。」

「就門第而言，我高於你們」

她借詩歌形式的實驗回答了新詩合法性問題，「寫一首新詩猶如譜曲」，不同於古詩「建築」般的凝固美、莊嚴美，新詩形式不拘一格，現代人經驗的複雜性已經超出了古詩的容納範疇，現代語場中曲折的主體經驗必須依靠新詩變化多樣的形式來書寫表達。

雖然「億萬分之一秒的時間在追趕 ／把上千年光陰擠為齏粉的光年」，詩人將時間單位轉化為長度單位，提示讀者「時空穿梭」的有限性，正如詹姆遜所言，「後現代」的特點之一是以空間定義取代時間定義。〔註17〕翟永明雖對讀圖時代深感疑懼，但她關懷的卻是當代，即如何將生生不息的古典詩意轉化為現代生存中滋養生靈的甘露。翟永明「讀」的是畫作：「遠山、近岸、村莊、小路 ／四座山峰，兩片水域 ／次第在我眼前展開 ／平遠、深遠、高遠」，黃公望「讀」的則是真山水。「我上上下下，領會隱喻」，「隱喻」是詩歌的一

〔註17〕【美】弗雷德里克・詹姆遜：《文化轉向》，胡亞敏：《譯者前言》，胡亞敏等
　　　　譯，.北京：中國社會科學出版社 2000 年版，第 5 頁。

般表現技巧，以隱喻來實現詩歌講求的模糊性、暗示性；「隱喻」在繪畫裏則表現爲畫家「趨重神逸」「寫心中之逸氣」〔註18〕，即以筆墨隱喻寄情山水的情愫。翟永明將描寫「讀圖」體驗與詩歌寫作技巧聯繫起來，在這裡竟是那麼相得益彰。

在此不難看出，翟永明選擇這幅畫作爲「前文本」，不僅是對這幅畫作及其作者的致敬，也是對中國傳統文人精神的致敬。第十四節「我」分別以遁形術遁作蚌、河流、草堂、月亮，「從『有』向『空』透去 / 從『臨』向『悟』 / 從物質中逃脫 / 向植物隱去 / 遁形術輸給進化論 / 一物降一物 / 時間降一切」，一個「隱」字，指向心靈的超然。元代統治者入主中原後重視武功，文人地位一落千丈，黃公望憤然將自己「抛」出世俗，晚年歸隱山林，由此參禪悟道、遊刃有餘，卻也能在山澗峽谷中物我兩忘，寂寂之中及至虛靜。「隨黃公望」，即追隨黃公望的隱士之心，大隱隱於市，心靈得以詩意棲居。

時空・虛實間的詩性

翟永明在長詩的倒數第二節寫道：

> 層層疊疊壓下來的夢
>
> 漸漸壓緊我
>
> 像一把古代絹扇
>
> 漸漸的黑暗中
>
> 滿滿坐著　居心巨測的人
>
> 偷偷哭泣　淚水尋找每個人的眼睛
>
> 咯咯作響的關節
>
> 讓我心煩意亂
>
> 我的眼光被改變
>
> 齊齊載向那個具體的東西

「壓緊」、「滿滿」、「偷偷」、「載」等動詞給人無從解脫的沉重感，試圖通往「無限」、「永恒」的做法是可疑的，因此詩人從畫作中跳脫出來，她說：「江山並不多嬌，人心多嬌」，她發現存在這樣一種複雜現象「一個問題　讓我身重如山 / 另一個問題　讓我神清若羽」，「我」無法做出判斷，只能交由一個無名主體——誰說「如此作結」。回到純粹的自然山水在現代也許是一個

〔註18〕鄭昶：《中國畫學全史》，長沙：嶽麓書社 2010 年版，第 267 頁。

偽命題，正如翟永明在 2010 年與木朵的對話中所言：「今天的『自然寫作』必然不可能與古代的『自然寫作』相同，我的意思不是說我們不能寫山水詩，而是今天即使寫自然，寫山水，也必然會寫到物質與人，寫到現代化對自然和山水的傷害。這是常識，也是真相。因為已經沒有一個山水的淨土和未被處理的自然。」然而每個時代有每個時代的「詩意」。新詩雖無法抵達純粹的山水之境，但「今天的詩歌創作，必然帶有今天的氣息，連同當代詩的尷尬，連同城市化對詩歌寫作的傷害，連同詩歌所處的這種邊緣位置，都是今天這個時代的一部分，也散發著這個時代特殊的詩意」。〔註19〕因此，翟永明在這首長詩中來往於古今之間，給讀者帶來時空穿梭感的目的不在於對某個特定時代背景的定格或找尋，她也並不悲歎今非昔比，她選取「富春江」這個有待考據的地點，就是為了在虛與實之間尋求一種平衡感，這種平衡的狀態就是詩意的狀態。

翟永明在長詩的注釋中說，之所以選擇《富春山居圖》，一方面是長卷本身的藝術魅力，另一方面是因為「太多畫作之外的因素附加在這幅畫身上：藝術的、命運的、經濟的、政治的」，因為這幅畫本身承載了很多畫作之外的東西，因此，翟永明不用做太多說明就能直接取用畫外之意藉以闡釋對一些問題的理解。筆者認為，這首詩中包含著對這些命題思考過後的集中表達。首先，翟永明的詩歌中滲透著她對當代藝術的關注。她自言：「從形式上講，我也喜歡類似裝置、現代雕塑、新媒體、行為藝術。它們代表了更多的創新意識、實驗性以及鮮活的狀態」。對建築藝術有這樣理解：「使得我在寫作中更注重空間意識和視覺效果，以及一定程度上的體積感」，〔註20〕從本質上講，詩歌也是一種空間藝術，與建築不同的是，詩歌營構的是專屬於心靈的詩性空間。翟永明一直在關注當代藝術，其愛人徐冰先生的作品——大型藝術裝置《鳳凰》成就了詩人歐陽江河筆下的一首長詩，若大膽揣測，《鳳凰》與《隨黃公望遊富春山》之間的篇製與精神內涵絕非沒有契合之處。翟永明本身對女性藝術也投注了極大熱情，她力圖掀開遮蔽在女性藝術之上而使它們長久地顯示出獨立特質之物。然而，翟永明對當代藝術的態度並不樂觀，

〔註19〕 翟永明、木朵：《在克制中得寸進尺——與木朵的對談》，翟永明：《完成之後又怎樣》，北京：北京大學出版社 2014 年版，第 219 頁。

〔註20〕 翟永明、周瓚：《詞語與激情共舞——答周瓚問》，翟永明：《完成之後又怎樣》，北京：北京大學出版社 2014 年版，第 165 頁。

她發現，「後現代」本應「給藝術提供一個無限自由的狀態」，然而藝術卻「被功名利祿所捆縛」。〔註21〕如何爲當代藝術注射鎮定劑？黃公望作畫三四載，名利於他可謂浮雲，他寄情山水之間，他的「無爲」接近道家禪宗美學。翟永明作此長詩，背後承續了她對當代藝術精神的熱忱關照。其次，「『命運比它的創作者更有力』」，翟永明關注這幅畫的命運，從而引申至對人的命運的形而上的思考，「最後時刻／冠狀動脈像／暗紅花朵怒放／瘦骨錚錚作響／排山倒海的淤血、鑽進一顆狂猬之心」「它完全拒絕隨風飄逝／拒絕成爲我的一部分／拒絕／象生命一樣結束／像人／本質上／無法選擇生死」，畫作可以絕處逢生，那麼，人如何身處天地之間巋然不動？人「無法選擇生死」，與畫作相比，「人生如流水線流轉　你我只是來一個扔一個的廢品」，畫作錚錚鐵骨如同狂士，而詩人卻陷入一個悖論，一方面渴求一顆永遠狂猬之心，可以衝破桎梏抵達自由之國度，然而深知生而爲人從來無法選擇生死，人只能隨遇而安，在無常的命運中滌蕩飄搖。詩人由質感堅硬的激情叩問沉澱爲對存在命題的思索，步入耳順之年的翟永明窺破了生死的奧秘。在長詩的序詩中詩人寫道：

> 從容地在心中種千竿修竹
> 從容地在體內灑一瓶淨水
> 從容地變成一隻緩緩行動的蝸牛
> 從容地把心變成一隻茶杯
>
> 從來沒有生過、何來死？
> 一直赤腳、何來襪？
> 在天上邁步、何來地？
> 在地上飛翔、何來道？
>
> 五十年後我將變成誰？
> 一百年後誰又成爲我？
> 撐筋拔骨的軀體置換了
> 守住一口氣　變成人生贗品

〔註21〕翟永明、周瓚：《詞語與激情共舞——答周瓚問》，翟永明：《完成之後又怎樣》，
　　　　北京：北京大學出版社 2014 年版，第 172 頁。

翟永明在詩集《行間距》中將這首詩作為跋詩,但將其命名為《行間距:一首序詩》,她說「這是本詩集最後一首詩,也是下一本詩集的序詩。希望兩本詩集中的距離是循環的,也是生長的」。〔註22〕其深意在於,翟永明的長詩《隨黃公望遊富春山》與《行間距》在遙望之中構成了承續、對接,積極地回溯、尋找自己,與過去的自己對話。她早期的詩歌作品,那些充斥著「黑色」、「死亡」、「性別」等字眼的詩句從胸中洶湧噴出,充滿了青春的激情,也消耗著詩人的體力與智性。經歷了沉澱,翟永明意識到了只有「細微的張力、寧靜的語言、不拘一格的形式和題材」〔註23〕才能經得住時間的檢驗,詩人突破對性別文化的審視,詩學構想向日常生活、宏闊的社會、歷史、現實的河岸延伸,而翟永明的抱負也在於此,她觀看世界的視角絕不固定在一個方位,不斷變化的題材與表達方式承載著她從未中斷的人文情懷。在詩集《行間距》中,她的視線延伸至汶川地震(《胡慧姍自述》《墳塋裏的兒童》《八個女孩》《上書房、下書房》)、毒奶粉(《兒童的點滴之歌》)、歌手自殺(《和雪亂成》)、全球化(《全球化在哪裏?》)等現實事件,這些具有新聞寫實性品格的詩歌也是翟永明詩歌實驗的一種方式。自朦朧詩以來,當代詩歌抵抗龐然大物以求回到詩歌本身,詩歌與現實的關係在詩人的辯駁聲中依舊無定論。然而現實入詩的傳統自古有之,以杜詩為例,詩歌對現實的關照使詩歌放射出「史」的光輝,卻也不磨損詩歌的品質。翟永明詩歌的「寫實性」不是對「現實」赤裸裸的呈現,而是經過繆斯之手洗滌過後的詩意沉澱。另一方面,《行間距》中也有這樣的詩篇:《前朝遺信》(組詩)、《枯山水》、《衝天鶴》、《新桃花扇》(組詩)、《黃帝的採納筆記》、《寬窄韻》。傳統文化、傳統文人精神品格和古典文學一直是翟永明關注的對象,從八十年代的《我策馬揚鞭》以具有古典意蘊的「雕花馬鞍」、「寬闊邸宅」、「牛皮韁繩」構成的古典意蘊到九十年代的《時間美人之歌》通過與趙飛燕、虞姬和楊玉環三個古代女性的對談洞悉人性,再到新世紀的《魚玄機賦》為女詩人一辯,「傳統」在詩人筆下構成非單一性的詩學價值,她絕非簡單地致敬傳統,她或為歷史人物翻案,或以傳統省視當代生活,「傳統」成為她抒發現代感受的一個切入點。「從小喜歡中國古典文學和戲曲」,「這種潛在的影響」一直存在

〔註22〕翟永明:《行間距》,重慶:重慶大學出版社2013年版,第143頁。
〔註23〕翟永明:《面向心靈的寫作》,翟永明:《完成之後又怎樣》,北京:北京大學出版社2014年版,第39頁。

於翟永明的詩歌中。〔註24〕她對傳統文化的關注和對古典文學技巧的化用，使她「所關注的問題和詩歌意識」與「語言、形式、詩歌品質達成默契」，「使寫作始終保持鮮活而不使自己和別人厭倦」，從而「克服寫作中時時冒出來的無聊感」。〔註25〕中國傳統文化經過翟永明的詩性燭照後構成其詩歌的根基，她的詩歌在當代語境中通過與傳統對話加深了自身的思想厚度，傳統資源的介入平衡了略顯沉重的現代經驗，詩歌因此獲得了輕靈的美感。從接受方面考察，一方面，中國讀者的閱讀經驗根植於中國源遠流長的傳統詩學，因此翟永明散發古典意蘊的詩歌能夠激發讀者的認同感；另一方面，詩歌不斷變化的能指又造成了語言的異質性，造成了符合詩學意義的陌生感。恰如法國當代著名文學批評家、哲學家加什東・巴什拉對「看」的含義的挖掘和拓展，他認為「看」畫，「看」雕塑，「看」小說……那遠不僅止是視覺的看，而是成爲感知活動、思想活動的「看」。「看」的開始即意味著「思」的開始。思的目的在巴什拉看來是要追尋畫面上的不可見，即那肉眼看不見的「空白」。〔註26〕

　　《隨黃公望遊富春山》是翟永明詩學理想的延伸和昇華，是她詩歌實驗的一次噴薄式展示，更是新世紀詩歌在空間美學方面的一次寫作突破。在宏闊文化構想與現實考量中它隱匿著翟永明對詩歌寫作空間詩性的一次實踐。詩人擺脫了捆縛創作向度的現實經驗和既有的成績，她在古人的畫卷中尋到視覺的靈感，立意在文字中完成空間的構境，由此，她反對「詞語的僭越」，不停滯於對「本質的話語」〔註27〕的追求，而是將詞語放置在多維度的空間之中，這種「面對詞語本身」的姿態使她置身於一個「四方的、極少主義的房間」〔註28〕，而極少主義同樣被應用於水墨山水，畫家處處留白卻彰顯天地有大美而不言的品格，這是中國古典繪畫中的空間構境的詩意，翟永明從

〔註24〕 翟永明、何言宏：《從最無詩意的現實中尋找詩意——與何言宏對談》，翟永明：《完成之後又怎樣》，北京：北京大學出版社2014年版，第209頁。

〔註25〕 翟永明、周瓚：《詞語與激情共舞——答周瓚問》，翟永明：《完成之後又怎樣》，北京：北京大學出版社2014年版，第169頁。

〔註26〕 【法】加斯東・巴什拉：《空間的詩學》，張逸靖譯，上海譯文出版社2013年版。

〔註27〕 【法】莫里斯・布朗肖：《文學空間》，顧嘉琛譯，北京：商務印書館2003年版，第19頁。

〔註28〕 翟永明：《面對詞語本身》，翟永明：《完成之後又怎樣》，北京：北京大學出版社2014年版，第43頁。

中敏銳地領悟到如何在詩歌創作中抵達空間構境的神韻，擴展文本表達的場域和自由度，從而抵達敞開著的文學空間。

第二節　文化生產與詩性空間的延展——當代流行歌詞與大眾傳媒

　　無論是東方還是西方，在人類文明發生之初，歌與詩就是彼此伴生的。《文心雕龍·樂府》所言及的「詩爲樂心，聲爲樂體」描述的就是這種情況。從《詩經》、《楚辭》到漢樂府民歌，從唐詩宋詞到元曲，人類文明的進程改變過二者的促生關係以及在人類文化生產、文學中的主流地位，卻從未割裂其間原始的關聯。在當代消費社會中，隨著捲土而來的商品經濟大潮，隨著以運作爲基礎、以提供娛樂爲主要目的的大眾文化傳媒日益取代了以詩爲代表的高雅文化的影響力，隨著人文知識分子的日益邊緣化，隨著出版體制、人們價值觀念、生活方式的轉軌，進入 21 世紀，流行音樂以更加迅猛的速度席卷著中國大陸乃至整個亞洲，流行歌曲已成爲不可無視的文化存在因素進入大眾的日常生活、文化選擇之列，膾炙人口的歌曲和優秀的歌手不勝枚舉，各種排行、不同名目的擂臺賽和電視音樂節目——「中國好聲音」「中國好歌曲」〔註 29〕「我是歌手」等活躍在各類傳播媒體舞臺和空間，豐富擴大了流行歌詞的創作空間。

　　流行歌曲是典型的藝術生產與藝術消費促生的產物。音樂與歌詞共同協調著這雙向雙生的鏈條。叔本華曾經評價音樂是「又一個世界」，不可否認，優秀的流行歌曲一定不能缺少閃耀著創意靈性的音樂，它構成流行歌曲流行的一個空間維度。誠然，有的人記不住歌詞卻可以諳熟地哼吟曲調，有的人是因爲音樂的旋律才記住歌詞。不過，本節拋開流行歌曲的音樂因素，但並不局限於文學內部研究的範疇，主要從藝術生產、藝術消費、詩性美學的角度探討流行歌詞與大眾傳媒之間相互作用、相互協調、相互影響的關係。

流行之源：大眾生產與大眾消費的同一性

　　21 世紀以來，世界經濟文化發展日益全球化、網絡化，伴隨互聯網的普

〔註 29〕2014 年 1 月 3 日～3 月 21 日，央視綜藝頻道播出了大型原創電視音樂節目《中國好歌曲》，第一期播出後，即取得全國收視冠軍。

及和數字化應用的提速，音樂藝術傳播途徑和發展空間更加多元。在國內流行音樂領域，港臺音樂、歐美流行文化的無障礙輸入，使我國社會音樂生活面臨質的新變，呈現出新特點、新形式、新空間。首先是音樂需求的多元化，大眾傳播媒介的迅速發展使音樂文化的社會需求量極劇擴大，多元化受眾使流行音樂風格更加多元化，流行音樂品種更多，如「饒舌」、「嘻哈」等等。2001 年 9 月 1 日，周杰倫的新專輯《范特西》上市，其中的一首《雙截棍》開創了新的作詞作曲風格，成爲流行音樂界創新藝術典範。這首歌由方文山作詞，周杰倫譜曲，歌詞內容古怪，甚至不明其意，但就是這種古怪讓人們感到新鮮，不斷地去嘗試唱會它，唱好它。而至於曲就更天馬行空了，可以說完全沒有一個正常的音節出現，全歌都是以說唱的形式展現，強有力的 Rap很快將人們的注意力吸引，不自覺地跟著狂喊「哼哼哈兮」，這樣新潮的曲風對於獵奇心極強的大眾來說顯然是一次享受，以至於到今天，電影、娛樂節目等都在沿用它的某些歌詞，甚至連 3 歲的小孩都會唱「快使用雙截棍哼哼哈兮」。《雙截棍》不僅成爲了當時最紅的金曲還成爲了說唱歌曲的典範，也正是它在新世紀伊始引領 Rap 曲風的前行和傳播，擴展了新的音樂形式。當然，最爲重要的是它符合大眾在快節奏時代中的審美品味，踐行了藝術生成與大眾消費的同一性。

再次是音樂創作和傳播媒質多元化。數字化電腦音樂製作技術的普及，電腦錄音系統的家庭化都極大降低了流行音樂合成錄音的成本以及創作門檻，流行音樂的創作或生產者更加層出不窮，良莠不齊。在傳播方面，除廣播、電視、影視傳媒、發行 CD 唱片等傳統傳播方式外，流行音樂具備了更多的傳播載體，如 MV 製作發行、網絡歌曲、彩鈴、手機音樂等。流行歌曲的傳播要借助科技的力量，創作指向、發表方式都是地道的文化產品。與詩歌的發表方式、評價研究方式不同，流行歌詞有特定的文學生產組織體系和獨特的傳播方式，其傳播完全依賴大眾傳媒、大眾接受，這決定了流行歌詞的大眾性。流行歌詞的生產直接指向消費，反過來，生產與消費的同一性，構成其流行的主要因素。

在現代文明的機械化進程中，消費日益成爲社會生產、文化生產中主導性的因素，大眾文學產業化的根本動因源於商品經濟市場下的消費。消費導致個體接受的影響力衰落式微，大眾文化逐漸取代了傳統民間藝術或高雅藝術，日益得到大眾認可。雖然大眾的審美喜好、接受趣味並不一致，但趨同的消費範式、趨同的接受標準奠定了流行的基因，也奠定了流行歌詞從始即

朝著大眾化的方向發展。馬克思在《〈政治經濟學批判〉導言》〔註30〕中對生產與消費的關係進行了詳細論述,這些原理對文化範疇的藝術生產與藝術消費同樣適用。其核心內容可以概括爲:第一,藝術生產與藝術消費的直接同一性,即每一方就是它的對方,藝術生產就是藝術消費,藝術消費就是藝術生產,這是就藝術生產與藝術消費本身講,藝術生產者與藝術消費者的關係也是如此。第二,藝術生產與藝術消費互爲中介、互相依存、互相創造轉化,藝術生產與藝術消費中,每一方表現爲對方的手段,以對方爲中介,這表現爲它們相互依存,這是一個運動,它們通過這個運動彼此發生關係,表現爲互不可缺,但又各自處在對方之外。所謂「生產媒介著消費」,指藝術生產爲藝術消費創造出外在對象及藝術消費方式和新的藝術消費需要,沒有生產就沒有消費,「消費也中介著生產」,因爲藝術消費爲藝術生產的產品創造藝術消費者,創造了藝術生產的目的、需要動力和藝術生產者的素質,「沒有消費就沒有生產」。這種藝術生產與消費的關係在當代消費社會中十分突出,不僅廣大人民群眾是藝術產品的消費和接受主體,是藝術生產的服務對象、目的、動力和需要,而且大眾生活也成爲藝術創造的直接源泉。所以說,大眾文學的產業化的根本動因也來源於此,來源於這商品市場經濟發展下的藝術生產與消費。簡而言之,大眾生產與大眾消費的同一性,是大眾視閾下的藝術產品得以流行的根源。

法國批評家丹納曾在他的《藝術哲學》中說過:「要瞭解一件藝術品,一個藝術家,一群藝術家,必須正確的設想他們所屬的時代的精神和風格概況。這是藝術品最後的解釋,也是決定一切的基本原因。」〔註31〕流行歌曲作爲20 世紀產生的一種世界性的藝術現象,它的影響已經波及到世界各個角落,從流行音樂的發源地美國出發包括拉丁美洲及歐洲,再到近代的中國尤其是對臺灣地區流行樂壇的影響來看,這一切的發展已經超出人們對流行音樂文化的最初認識。不能否認,當今流行音樂已經成爲世界藝術領域中不可忽視的現象。流行歌詞作爲一種文化範式,從根本上說,是現當代社會大眾文化的產物。從另一個維度看,它也應該反映社會文化場域中大眾的價值觀念、

〔註30〕 《馬克思恩格斯全集》,第 30 卷,北京:人民出版社 1995 年版,第 22～50頁。

〔註31〕 【法】丹納:《藝術哲學》,傅雷譯,合肥:安徽文藝出版社 1991 年版,第 46頁。

審美取向、思想尋繹以及社會發展、話語及主題的流行元素甚至是時代症候等諸多問題。流行歌詞流行的對象是大眾，除音樂外，歌詞是打動、吸引大眾的重要因素；從藝術生產到藝術消費的鏈條看流行歌詞的傳播，毫無疑問，其得以流行的媒介是大眾傳媒。換言之，除了音樂首先賦予流行歌詞成爲作品的形式要素，流行歌詞的有效性必須要通過大眾傳媒方得以成爲有受眾的作品，大眾傳播在流行歌詞從藝術生產轉向藝術消費的鏈條中具有舉足輕重的作用。

當代社會中，傳播（出版、放映、演出、銷售、宣傳）體制和物質媒介的極大發展，迅速推動傳媒的社會化程度，傳播途徑方式多樣、快捷、便利。音樂會、晚會、各類歌唱表演大選賽，廣播、電視、電子網絡、汽車音響、卡拉 OK，錄音帶、錄像帶、MP3、光盤……大眾傳媒及其產品的社會化程度隨著現代物質文明的極大發展得到日新月異的演變推進，流行歌詞被推廣普及的速度、規模快捷廣泛。在電視、廣播、地鐵、街頭巷尾的廣告展板上打出的商品廣告詞中愈來愈多地引用摘選那些經典、大眾化的歌詞。近幾年，網絡越來越受到社會的關注，網絡原創歌曲日益走進大眾生活，成爲近年來流行樂壇的一大亮點：從《老鼠愛大米》、《桃花朵朵開》、《兩隻蝴蝶》、《我的心好冷》……這些詞、曲的發表傳播都是經由網絡完成，並爲大眾認可接受。網絡豐富了科技傳媒現代性的同時，也打破了文學生產的規範化和制度化，它的出現使流行歌曲的傳播有了更自由、更開闊的大眾傳播空間，網絡成爲流行歌詞發表和傳播的重要平臺。

從藝術生產和藝術消費的角度看，在生產、消費、傳播的有機運行鏈條中，相當一部分大眾會從受眾主體性選擇的姿態出發，或顯性或隱性地要求審美性、娛樂性、休閒性合一的作品。這一生產消費的內在隱性的制約環節也促進激發了優秀的歌詞的湧現，比如周筆暢的《別愛我像愛個朋友》，古巨基的《愛得太遲》，陶喆的《普通朋友》《自導自演的悲劇》《黑色柳丁》《寂寞的季節》，張靚穎的《個人秘密》，張韶涵的《隱形的翅膀》，王心凌的《彩虹的微笑》，花兒樂隊的《我的果汁分你一半》，蔡依林：《乖乖牌》，蔡健雅的《Beautiful Love》，何潔的《發光體》，陳綺貞的《旅行的意義》等等。

歌詞的大眾化與詩歌的邊緣處境

有人曾經對當代流行歌曲呼嘯而來的大眾化態勢心存隱憂，換而言之，

在歐美的文化研究界，有一些標新立異的社會批評家，他們把現代人的孤獨與其對大眾傳媒的興趣聯繫起來，認爲大眾傳媒是一種完全失敗的組織機制。〔註32〕就流行歌曲的發展，更有人談論流行歌詞會逐漸瓦解自主的個體創作，並佐之以好的當代詩歌決不能用流行來衡定之論點。

當然，我們無法迴避大眾傳媒的發達也帶來歌詞粗製濫造的流泛，這亦是大眾傳媒商業化的伴生品。但是檢視三十年來中國當代流行歌詞的創作，我們會發現，那些真正爲大眾喜愛廣爲傳唱的歌詞或簡單者淳樸真摯，或濃鬱者情思冉冉，或靈動者詩性飄渺，其歌詞文本不失爲優秀之作。比如上世紀八十年代的校園歌曲和九十年代的校園民謠給很多人留下了極爲詩意的回憶。九十年代以來，搖滾樂的宣泄和吶喊直擊著人們靈魂深處的苦悶，描繪著人們掙扎的痛苦形狀以及面對未知前途時的憂傷和迷茫。世紀之交的許巍等搖滾歌手更是將現代人心靈的表達幽微而深秘地傾訴在歌詞之中。

如果從文學審美的角度評判流行歌詞的藝術水準，我們會發現當代流行歌詞中的不少作品，無疑是優秀的詩作，例如《童年》、《一無所有》、《又見炊煙》、《千里之外》、《東風破》、《髮如雪》、《滄海一聲笑》、《楞嚴一笑》、《寂寞沙洲冷》、《菊花臺》、《青花瓷》、《西廂》、《一翦梅》、《逍遙歎》、《煙花易冷》、《月滿西樓》、《江南》、《醉清風》……創作主體的詩思造化與意象刻繪不僅可以投射在歌詞之中，大眾的主體審美需求、情緒的舒展與複雜的思想批判同樣可以在接受和欣賞歌詞過程中得以充分展現和完成。而有些歌詞飽含情感的張力，思想尖刻、冷峻，甚至是詩歌也有所不及的。張楚的「孤獨的人是可恥的」，僅一句就足以表現一個時代人們的精神狀態，人群之中那種荒荒之感湧上心頭；而洛兵的「生者依舊習慣地擦去淚水，逝者已矣，請返回你們的天堂」則字字於平靜中透露出人世的心酸和蒼涼。

大眾對歌詞的審美需要還體現在流行歌詞中古典文化元素的日漸豐富，除爲人熟知的林夕、周杰倫、方文山等詞作者的創作將古典詩詞意蘊、意境、辭藻之美帶進流行樂壇之外，還有不少流行歌詞呈現出對古典文學的互文。拋開徐小鳳《別亦難》、王菲《但願人長久》、輪迴樂隊《烽火揚州路》等直接使用古典詩詞原作的作品不談，化用古典文學名篇名句、經典意象的流行歌曲也屢見不鮮，例如：黃安《新鴛鴦蝴蝶夢》化用了李白《宣州謝朓樓餞

〔註32〕 See, for example, James T. Farrell, The League of Frightened Philistines (New York: Vanguard Press, n. d.)，pp.276～277。

別校書叔雲》、杜甫《佳人》，高曉松《好風長吟》化用了蘇軾《臨江仙》、李白《將進酒》、柳永《雨霖鈴》、洪應明《菜根譚》，陳小奇「濤聲依舊三部曲」則化用了張繼《楓橋夜泊》、杜牧《山行》、李商隱《夜雨寄北》的意象。凡此種種，不勝枚舉。

當人們一味指責流行歌詞粗製、淺顯、庸俗、模式化等問題的時候，不僅僅是忽略了流行歌詞中優秀的創作，另一方面，也忽略了詩歌作為非大眾產品的尷尬處境。美國學者米歇爾·葉編選《中國當代詩歌選集》時，在前言介紹文章中寫道：「伴隨著傳統社會的消失，當代文化生產已經全部商業化，大量媒介（收音機、電影、電視、視頻）的產生使精英文化（詩歌即屬於此）與流行文化間的隔閡越來越深，他們的讀者群在規模上也有很大差異。在中國，微型小說和小說更接近於流行文化，和它們相比而言，詩歌則處於更邊緣的地位。」「與詩歌先鋒們的意圖恰恰相反，儘管中國的教育已經大範圍普及，並已開始應用新的詩歌媒介（因為新的詩歌媒介使詩歌變得比傳統古典詩歌更易理解，更容易為讀者接受），當代詩歌仍然未能吸引大範圍的讀者。具有諷刺意味的是，中國當代詩歌在新媒介的推動下，已經走向了世界的前沿。」〔註33〕

從該詩選收入的詩歌篇目看，米歇爾·葉並沒有將當代流行歌詞編選入圍。但是，與詩歌的邊緣化處境不同的是，在當代中國詩歌研究領域，將當代流行歌詞歸屬當代詩歌史之內已得到學術界普遍認可。早在 1996 年底，謝冕、錢理群主編的八卷本《百年中國文學經典》就將崔健創作的《一無所有》和《這兒的空間》兩首歌詞收錄其中。1999 年，陳思和主編的《中國當代文學史教程》也曾開列專節分析《一無所有》。由此帶來了上個世紀和新世紀以來高校中文專業學生畢業論文中研究流行歌詞的一個不小的熱潮。

米歇爾·葉所言及的「當代詩歌仍然未能吸引大範圍的讀者」，當然同樣是中國 1980 年代中後期以來不爭的事實。亦如孫紹振在和王光明、南帆的一次學術座談中談到的「詩歌也在選擇它的讀者，詩歌的讀者也在選擇詩歌，詩歌讀者的專業化程度非常高，由此產生一個現象，就是詩歌的作者比讀者還多。詩歌讀者群的萎縮導致了危機感。」〔註34〕進入 1990 年代以來，由於

〔註33〕 Anthology of Modern Chinese Poetry, Edited and translated by Michelle Yeh, Yale University Press. 1993. xxiv.

〔註34〕 王光明：《新詩的現狀與功能》，《面向新詩的問題》，北京：學苑出版社 2002 年版，第 76 頁。

文化轉型造成的中國詩歌所遭受的「冷遇」問題，顯然不是一個國度的窘境，是現代化全球語境下共同的「時代性焦慮」。2002 年美國行吟詩人 Rothenbeger 在訪問首都師範大學中國詩歌研究中心時介紹：在美國當代詩壇，詩人比讀者多，詩集被詩歌作者們關注，詩歌的作者和作者們在接近，圈子越來越小。2012 年 10 月 18 日，瑞士詩人弗郎索瓦‧德布律（Francois）來首都師範大學做學術講座，在回答一位研究生關於瑞士當代詩歌處境問題時無奈地說：「瑞士當代詩歌的邊緣處境與很多國家是一樣的。」是不是詩歌完全被社會擠進了邊緣呢？讀者不再需要詩歌了呢？其實「讀者對詩歌的需求並沒有消失，只不過由於這種需求與詩歌之間的溝通問題而一方面處在潛在的地位，另一方面這些需求也被另外的藝術形式在某種程度上『分流』並在某些層面上被其替代。」〔註 35〕如引文中所言及，並不是說流行歌曲的傳播和流行歌詞的創作可以取代詩歌，但「當代歌（詞）曲的詩意保留」確實一定程度彌補了當代詩歌的邊緣化問題，叩響了當代人詩性情感的回音壁，優秀的歌詞可以從一定層面實踐當代人心靈的安慰。

當代生活的延展與歌詞文本的詩性空間

當代中國社會的轉型，帶來人自身觀念的快速變化，如個人的價值和主體地位得到尊重，個性趨於自由，重視人的價值，生活高於生存，俗世享受再度成為生活主旨，嚮往物質的幸福，在精神境界的開放裏，肉欲的滿足及各種生命本能開始有了更高的要求，這些是正常的，又是規律的。大眾文化生產在這種社會結構中不斷尋求自生、自新、自立和繁榮的可能。按照拉康的觀點：藝術可能時時面臨著兩種物化的傾向。一種是過分重視社會的物質性，一種是過分重視形式，走向一種形式的物化。這兩種物質性的偏重，都可能對藝術造成傷害。藝術一方面要保持對現實生活的開放性和接納能力，另一方面又要防止形式的僵化，就是在追求二者的平衡時，產生了一些好（的歌詞）作品。在這樣一個意義上，我們不把當代歌詞中那些孤立的文字探索看成是跟現代生活對抗的，創造一個另類空間去抗衡時代的物化。相反，它是通過語言保持人的完整的感性，展開詩性的想像，它通過大眾化的文化形象和大眾化產品的定位，介入當代生活，它仍然存在著用文字、詩性之思去重新塑造社會這樣一個功能，雖然它的作用遠遠不如經濟、政治，但是它是

〔註35〕 李怡主編：《中國現代詩歌欣賞》，北京：高等教育出版社 2004 年版，第 4 頁。

有意義的。這恰恰是流行歌詞在詩意和現實生活中遊走的最好解釋。

如前文所述，流行歌詞與現實生活的緊密關聯是文化生產與消費同一性所致。在信息時空及傳媒意識高度發達的時代，流行歌曲作為大眾一般生活方式的一種，日益廣泛地進入日常生活，它可以直接影響人們的情感情緒，成為大眾日常生活的一部分。可以幫助人們從日益急迫的工作生活壓力的束縛中解脫出來。流行歌詞與大眾隱蔽心靈和個體的存在意義的溝通、共鳴的完成，我們可以從兩個方面進行審視：其一，流行歌詞書寫的是大眾的日常生活、日常經驗；其二，歌詞抒情與個體詩緒在時代、文化場閾、審美接受結構的碰撞和同構時，就會強化個體詩緒的大眾化。

首先，在歌詞中，以平凡的日常生活敘事和日常經驗的捕捉去打動大眾，喚醒其內心樸素的人倫、道德、親情、友情……的感動，從瑣碎的生活經驗中汲取和昇華詩性的審美敘事，這是流行歌詞為大眾接受和喜愛的一個不可忽略的因素。比如：《常回家看看》、《小城故事》、《完美一天》、《大城小愛》、《爸爸媽媽》、《天亮了》、《白樺林》、《父老鄉親》、《吉祥三寶》、《相親相愛》、《朋友》……這些歌詞有一個共同的特徵：樸素、簡單，口語化，日常敘事清晰分明；在普通的日常生活場景和情感的表達中抒發了當代人的心靈渴求，表達了人們淳樸的心聲。有些歌詞還抓住平凡的人生細節，分享流年的詩意和生命的感動。細節牽連著歲月和時光的流失，人生的諸多回憶，在每一個片段中閃耀著詩性的靈感，比如《走過咖啡屋》、《同桌的你》、《再回首》、《外婆的澎湖灣》、《恰似你的溫柔》、《漫漫人生路》、《鄉間小路》、《美人吟》、《庭院深深》、《十年》、《光陰的故事》等。

愛情、生命感懷、追逐夢想……是歌詞與詩歌共同青睞的主題類型，在精神空間與生活現實之間，流行歌詞與生活的距離更近，更適合展現豐富、有當下感的現代人的生活圖景和現實的精神向度。不同年齡、不同的人生閱歷對不同主題的喜愛也有所差異：年輕人喜歡那些樂觀的情感表達，輕鬆的人生狀態以及對理想的堅執追求。比如《大海》、《揮著翅膀的女孩》、《我的未來不是夢》、《奔跑》、《隱形的翅膀》、《最初的夢想》、《明天會更好》、《我悄悄地蒙上你的眼睛》、《瀟灑走一回》、《萬水千山總是情》、《跟著感覺走》、《張三的歌》、《春風吻上了我的臉》……中青年尤其是有一定文化修養的人更欣賞那些富有隱喻色彩，滲透人生韻味的作品，《一天到晚游泳的魚》、《一顆秋天的樹》、《野百合也會有春天》、《女人花》、《橄欖樹》、《忘憂草》、《男

人海洋》……或者是能表達高潔的人生境界和理想，例如《藍蓮花》、《天路》、《飛得更高》、《追夢人》、《奉獻》、《祈禱》、《旅行》……但是，流行歌詞中不乏那些「大白話」，輕鬆、活潑的口語取代了詩歌創作中的沉重、嚴肅、多義，當然也淡化了語言本身的張力。比如，沒有曲的影響，僅閱讀歌詞文本，很難想像《老鼠愛大米》、《縴夫的愛》、《牽手》等歌詞會進入流行之列。究其原因，它們為人喜愛的正是簡單的語言，真誠地表達了人類最平凡的情感——千古如一。

其次，優秀的歌詞離不開詩性的抒情、感懷，當大眾化的抒情與個體詩緒同構共鳴時，就完成了流行的「基因」。愛是各類文學體裁最青睞的情思，歌詞中凡眾之愛的表達更是豐富、精緻，有糾結的愛（失戀、失意、矛盾的情感）：《把悲傷留給自己》、《霸王別姬》、《斷點》、《情網》、《電臺情歌》、《安靜》、《千年之戀》、《失蹤》、《戀戀風塵》、《難捨難分》、《飄雪》、《一直很安靜》……有悲傷的愛：《獨角戲》、《星願》、《酒干倘賣無》、《覆水難收》、《為了愛夢一生》……有濃鬱的愛：《情人的關懷》、《我只在乎你》、《真的好想你》、《那些花兒》、《風中有朵雨做的雲》、《愛如潮水》、《千千闕歌》、《好久不見》、《情書》、《白月光》、《三生三世》、《月亮代表我的心》……有傳奇的愛：《神話》、《紅豆》、《朋友》、《為了愛夢一生》……有對祖國的愛：《東方之珠》、《相約1998》、《春天的故事》、《歷史的天空》、《你》、《中華民謠》……歌詞承擔了大眾的情感，並借助詩性的表達抒懷、迎合了接受者的審美趣味與個體心理，所以很多流行歌詞沒有時間之隔，不同時期、不同階段都有欣賞者，憑藉詩性的共鳴，它可以延展生活空間。如果從法國社會學家皮埃爾‧布迪厄的「預設認知行為」觀念理解流行的相續性，可以進一步找到社會學的依據。

時下，在大陸最為流行的民謠是馬頔作詞作曲的《南山南》，它經歷了一個逐漸被人們認可的過程。該曲是馬頔第一首正式發表的單曲，並於2014年9月26日通過網易雲音樂首播，收錄在馬頔2014年11月06日發行的專輯《孤島》中。〔註36〕歌詞如下：

> 南山南
> 作詞：馬頔

〔註36〕2015年2月2日，豆瓣音樂人公佈了第四屆「阿比鹿音樂獎」獲獎名單，《南山南》獲得年度民謠單曲。

你在南方的豔陽裏大雪紛飛
我在北方的寒夜裏四季如春
如果天黑之前來得及
我要忘了你的眼睛
窮極一生做不完一場夢

他不再和誰談論相逢的孤島
因爲心裏早已荒蕪人煙
他的心裏再裝不下一個家
做一個只對自己説謊的啞巴
他説
你任何爲人稱道的美麗
不及他第一次遇見你
時光苟延殘喘無可奈何
如果所有土地連在一起
走上一生只爲去擁抱你
喝醉了他的夢，晚安

他聽見有人唱著古老的歌
唱著今天還在遠方發生的
像在她眼睛裏看到的孤島
沒有悲傷但也沒有花朵

你在南方的豔陽裏大雪紛飛
我在北方的寒夜裏四季如春
如果天黑之前來得及
我要忘了你的眼睛
窮極一生做不完一場夢

你在南方的豔陽裏大雪紛飛
我在北方的寒夜裏四季如春

如果天黑之前來得及
我要忘了你的眼睛
窮極一生做不完一場夢

大夢初醒荒唐了這一生

南山南，北秋悲
南山有穀堆
南風喃，北海北
北海有墓碑

南山南，北秋悲
南山有穀堆
南風喃，北海北
北海有墓碑

　　這首民謠歌詞中的詩性感懷是多元和敞開的，由此，不同的人有不同的解讀，幾乎每個人都能找到自己情緒的落腳點，都可以講述一個歌詞背後的故事。歌詞最打動我們的是千帆過盡的滄桑感、純淨簡樸的詞句、錯置的詩意、反向的張力，這些詩性的元素經音符點化、器樂相協，一經唱出，所有悲戚、悵惘與惶惑，頓時蘊藉而濃烈⋯⋯，直至歌詞結尾將徹骨之痛昇華為死亡般的寧靜之美：「南山南，北秋悲／南山有穀堆／南風喃，北海北／北海有墓碑」。由上不難看出，從流行的角度看，讓流行歌詞肩負起判斷生活價值、反思時代問題、叩詢靈魂傷痛的職責無有必要，畢竟歌詞是文化生產，文化生產源於生活，最後還要返回其中。

第三章　詩人培養機制及其演進

　　任一時代都有唯屬於時代自身的詩歌現場，受特定語境和文化的多元影響，詩歌活動、詩教現場等對詩歌創作會生發不同的影響；這個場域在時間維度上連接過往、側重當下、指向未來。21 世紀的詩歌現場標準和向度多元，是一個詩歌事件繁多駁雜、個人詩集和民刊以及不同版本的詩選競相出版的場域。其間，破碎的片段與跨語際的格局，沉潛與浮泛的觀念，新銳與喧囂的創作態勢以及代際與地緣區域的劃分標準林立，諸多症候並置渾融。本章以詩人培養機制、新詩教育問題、詩歌的公眾影響力和媒介時代新詩的發展為切入點，從新詩研究中鮮為人關注的幾個視角入手，以整體性、關聯性、合璧性甚至是逆向思維關注 21 世紀以來的詩歌發生場域，突破既有的研究範式、理路，盡可能立體化、多維度地呈現新世紀以來的詩歌現場，充盈新詩研究的盲區或被遮蔽的現象。

第一節　「青春詩會」在當代詩歌史上的意義

　　目前已經出版的幾個版本的當代詩歌史普遍存在一個問題，即編撰者對詩歌現場活動、詩人制度的培養關注度不高。新世紀以來，從「文學體制與文學生產」的角度研究當代詩歌的發生、發展引起部分學者的關注。對詩人的培養機制研究雖然構不成焦點性議題，卻係當代詩歌無法繞開的，它足以開顯當代漢語詩歌的建設工作。本節以詩刊社的「青春詩會」與首師大駐校詩人制度為切入點，力圖還原當代漢語詩歌發生現場的多元構成。

　　早在 20 世紀 80 年代，《詩刊》發起、組織的「青春詩會」影響極大，它

不僅豐富了詩歌現場，見證了80年代詩歌思潮的產生，亦為青年詩人提供進入主流視野的機會，因其敏銳的詩歌潮流的預見性，「青春詩會」被譽為詩壇的「黃埔軍校」。

「《詩刊》以青春聚會的方式，邀請此一年度成績突出的年輕詩人，舉行一次青春的聚會，展示新作，切磋技藝，交流心得，最後以專刊或結集的形式發表作品。」〔註1〕「青春詩會」是青年詩人的聚會，也是展現詩歌青春的活動。它由《詩刊》社策劃主辦，在全國挑選小有名氣的青年詩人，他們攜帶各自未發表的詩歌作品集中到詩會舉辦地，由《詩刊》社指定的負責編輯進行指導，此間與會詩人互相交流詩歌創作心得，評論、修改詩歌作品。1980年5月〔註2〕，由《詩刊》副主編柯岩先生提議：以《詩刊》為陣地，「從近年來在《詩刊》發表過作品、創作勢頭良好的全國青年詩作者中擇優，把他們召集到北京來，開一個『創作學習會』，給他們提供一個交流創作經驗、研究詩藝、聽取前輩詩人輔導、加深對時代和自己認識的機會，以此推動中國詩歌的發展和青年詩人的成長」〔註3〕，這一倡議得到《詩刊》領導嚴辰、鄒荻帆、邵燕祥等先生的贊同。在隨後的策劃中，《詩刊》社斟酌了「會名」，決定以「青年詩作者創作學習會」命名。之所以不稱呼他們是「青年詩人」是為了讓他們「保持謙虛，不滋生驕傲情緒」，「強調『創作』，又突出『學習』」〔註4〕。「青春詩會」得以正式命名是在1985年。第一屆稱「青年詩作者創作學習會」，第二、三、四屆是以「青年詩作者改稿會」命名，到1985年正式稱為「青春詩會」。自1980年至今，「青春詩會」已經有35年的歷史。原計劃1980年之後每年舉辦一屆，但是由於種種原因，1981年、1989年、1990年、1996年、1998年沒有舉辦。在已舉辦的32屆裏，共有500餘名青年詩人參加過「青春詩會」。值得一提的是，從1980年至1989年，「青春詩會」

〔註1〕謝冕：《青春如此美好——記「青春詩會」三十而立》，序《「青春詩會」三十年詩選》，《詩刊》社編選，作家出版社2014年版，第8頁。

〔註2〕根據王燕生的《與青春作伴——1980年日記摘抄》中「7月19日」篇記載：「籌劃近兩個月的『青年詩作者創作學習會』的帷幕即將拉開」作出推斷，應該是1980年5月開始策劃。王燕生：《上帝的糧食》，江蘇：古吳軒出版社2004年版，第9頁。

〔註3〕苗春：《青春的聚會——「青春詩會」十八週年紀念》1998年04月11日，《人民日報·海外版》第七版。

〔註4〕王燕生：《與青春作伴——1980年日記摘抄》，《上帝的糧食》，江蘇：古吳軒出版社2004年版，第9頁。

共舉辦八屆，有 109 名青年詩人與會，在這些青年詩人隊伍中，很多詩人在此後的詩壇上有一定的地位，在當代詩歌史上留下許多詩歌名篇，如梁小斌的《雪白的牆》《中國，我的鑰匙丟了》、葉延濱的《乾媽》、于堅的《尚義街六號》等，構成極具實力的青年詩人隊伍。

「青春詩會」為青年詩人交流詩歌創作體會，發表自己的詩歌觀點提供諸多條件。很多參加過「青春詩會」的詩人回憶起期間的培養及後續影響，都感慨良多。據西川回憶，在「青春詩會」的交流會上，他的作品「像乾屍一樣被禿鷲啄食」，「那種言辭犀利的程度，足以把任何人的自尊心擊得粉碎」〔註5〕，這有效地推進了青年詩人之間的交流，提升詩歌寫作的熱情，在討論、修改中也誕生了不少佳作，西川的《輓歌》即是最好的案例。在討論中，責任編輯的指導作用很大，如梁小斌的《中國，我的鑰匙丟了》，在他糾結於稱呼「祖國」還是「中國」時，邵燕祥和王燕生提出建議，認為「中國」與詩歌的主調比較符合〔註6〕，類似改稿的意義不容忽視。此外，詩會期間的采風活動、生活體驗，為青年詩人提供了創作源泉和靈感，詩人們在詩會期間屢有新作產生。〔註7〕

在第一屆「青春詩會」上，邀請著名詩人、評論家、翻譯家為「青年詩人」講課。艾青、臧克家、田間、賀敬之、張志民、黃永玉、馮牧、顧驤、袁可嘉、高莽等作家都蒞臨親自指導，這個指導陣容具有歷史意義。此後的幾屆詩會，沒有這樣雄厚的「師資」力量，不過，柯岩、邵燕祥、王燕生、雷霆、李小雨、趙愷、寇宗鄂、劉湛秋、王家新等詩歌編輯都曾負責過80年代的「青春詩會」。

《詩刊》社領導在創辦「青春詩會」時，原計劃每年舉辦一次，但是現

〔註5〕楊芳：《詩人西川：「詩人生在中國，真是太不幸了」》，《中國青年報》，2009年7月20日。

〔註6〕田志凌：《這裡能看到中國詩歌發展的縮影》，《南方都市報》，2008年7月4日。

〔註7〕「渤海2號」鑽井船遇難事件調查報導之後，舒婷寫了《暴風過去之後》、高伐林寫了《長眠在海底的人的起訴》；在采風時，從新疆來的詩人楊牧參觀完天安門後，寫了《天安門，我該怎樣愛你！》，歐陽江河在參觀耀華玻璃廠後寫了《玻璃工廠》等等。在一些詩歌作品中，也能夠體現出詩會舉辦地，如貴州、秦皇島所具有的歷史風貌和自然景觀，張燁的《高原上的向日葵》、唐亞平《我舉著火把走進溶洞》等展現出高原特色；程寶林的《廢墟上的玉米》是對「天下第一關」的感悟。

實中的很多因素往往中斷詩人們美好的初衷。第一屆「青春詩會」原計劃是
15 人，但是「恰好梅紹靜回京探親，也加入進來。在詩會即將舉行的時候，
東北師大的徐國靜不知從哪兒得來青春詩會的消息，拿著自己的詩來毛遂自
薦。邵燕祥在看了他的詩以後，覺得還不錯，就把他也吸納了進來」〔註8〕。
第二屆「青春詩會」的特殊性可以在表面上更好地解釋時代、政策對詩歌活
動的影響。原計劃 1981 年召開的第二屆「青春詩會」，由於對電影《苦戀》
的批判，當時規定涉及到「文革」的不能寫，涉及到部隊的不能寫〔註9〕，所
以原計劃 1981 年召開的第二屆「青春詩會」推至 1982 年 7 月。當時計劃 9
人參加：劉犁、新土、周志友、筱敏、陳放、閻家鑫、趙偉、王自亮、許德
民，其中新土、周志友、閻家鑫三個人參加了「青春詩會」，但是由於種種原
因沒能在《詩刊》上發表詩歌作品，「而是從稿件中選了八位（曹增書、沈天
鴻、錢葉用、鄭建橋、張敦孟、孫曉剛、祁放、凌代坤，筆者注）沒有參加
詩會的青年的詩編了進去」〔註10〕，這樣就有了 14 人的名單。《詩刊》在 1998
年 5 月號公佈的《1978～1998 中國作家協會詩刊社歷屆青春詩會與會青年詩
人名單》〔註11〕中列出以上第二屆 14 人名單。在 80 年代被青年詩人譽為「黃
埔軍校」校長、《詩刊》的老編輯王燕生在給《詩刊》社的信中指出這一「失
誤」〔註12〕，但是在 2000 年 8 月刊登的 1980～2000 年名單中依然是 14 人名
單〔註13〕，直到 2001 年 12 月才糾正〔註14〕。總體來說，在 80 年代，「青春
詩會」確實能夠代表當時的詩歌寫作思潮，無論是 1980 年「朦朧詩」大討論
還是 1986 年的「現代詩歌大展」，無論是朦朧詩、後朦朧詩、現代詩還是口
語寫作等詩歌藝術的探索，在「青春詩會」的青年詩人群體中都能找到參與
者。

　　無論是在「青春詩會」上發表了成名作，如梁小斌《雪白的牆》《中國，

〔註 8〕 王燕生：《與青春作伴》，《上帝的糧食》，江蘇：古吳軒出版社，2004 年版，
　　　　第 10 頁。
〔註 9〕 田志凌：《這裡能看到中國詩歌發展的縮影》，《南方都市報》，2008 年 7 月 4
　　　　日。
〔註10〕 王燕生：《鄉里二佬倌劉犁》，《上帝的糧食》，江蘇：古吳軒出版社，2004 年
　　　　版，第 67 頁。
〔註11〕 參見《詩刊》，1989 年 5 月號，第 67～68 頁。
〔註12〕 《老編輯的來信》，《詩刊》，1998 年 7 月號，第 79 頁。
〔註13〕 參見《詩刊》2000 年 8 月號，第 76～77 頁。
〔註14〕 參見《詩刊》2001 年 12 月號，第 78～79 頁。

我的鑰匙丟了》、于堅《羅家生》、《尚義街六號》，或者是在此後的詩歌創作中形成自己獨特的風格，縱觀 80 年代與會青年詩人，「青春詩會」為他們提供了展示創作才華與實力的平臺，舒婷、梁小斌、江河、王家新、于堅、韓東、翟永明、西川、楊克、林雪、海男等影響跨度很大的詩人，已被載入當代詩歌史冊，步入新世紀，他們依然活躍於詩壇，創作力不減。從上個世紀 80 年代初至今，社會文化語境輾轉遷移，「青春詩會」的宗旨卻未曾改變過。歷屆「青春詩會」為中國詩壇輸送了大批重要的詩人，創作出了大量得以載入史冊的優秀作品，為中國新詩的發展做出了不可替代的貢獻。每一屆「青春詩會」都會有一批青年詩人茁壯成長起來，並藉此成為中國詩壇的中堅力量，那些堅持下來的「少數」詩人如今已經成為當代漢語詩歌史的象徵性坐標，「一年一屆，年年都有新面孔，年年也都有新經驗。」〔註15〕2010 年《詩刊》社也舉辦過「青春詩會」30 週年的慶祝活動。

　　新世紀以來，「青春詩會」依然是《詩刊》培養青年詩人的一個品牌活動。《詩刊》每年 12 月份專設「青春詩會」專稿，亦如「青春詩會」的見證者著名詩評家謝冕教授所言『青春詩會』幾乎就是中國詩歌強大生命力的象徵。每年一次的青春聚會，就是一批新詩人如約前來向中國詩歌報到並承諾的快樂而莊嚴的盛會。一批年輕人向中國詩歌交出他們的新作品，他們希望被接受，他們要以自己的加入證明自己。中國詩歌就在這樣的聚會、加入和證明中，日復一日，年復一年地充實、豐富并壯大起來。」(《青春總是永遠》)

　　新世紀以來歷屆青春詩會詩人名單如下：

2000 年　第 16 屆
汪漫　殷常青　老刀　宋志剛　江一郎　陳朝華　芷泠　田禾
姜念光　起倫　耿國彪　安琪

2001 年　第 17 屆
馬利軍　李雙　寒煙　姜樺　趙麗華　沈娟蕾　南歌子　友來
李志強　葉曄　黃崇森　金肽頻　王順建　俄尼‧牧莎斯加
牧南　東林　凌翼

2002 年　第 18 屆
哨兵　黑陶　江非　劉春　張岩　龐餘亮　杜涯　魏克

〔註15〕謝冕：《青春如此美好——記「青春詩會」三十而立》，序《「青春詩會」三十年詩選》，《詩刊》社編選，作家出版社 2014 年版，第 8 頁。

姜慶乙　魯西西　胡弦　李輕鬆　張祈　雨馨

2003 年　第 19 屆

北野　雷平陽　路也　啞石　王夫剛　桑克　沙戈　蘇屬銘
胡續冬　黑棗　三子　蔣三立　谷禾　宋曉傑　譚克修
崔俊堂

2004 年　第 20 屆

孫磊　葉匡政　陳先發　盤妙彬　周長圓　徐南鵬　劉以林
王太文　劉福君　大平　朱零　葉麗雋　阿毛　川美

2005 年　第 21 屆

郁笛　梁積林　陳樹照　謝君　晴朗李寒　曹國英　張傑
李見心　木杪　周斌　鄭小瓊　鄧詩鴻　唐力　姚江平
金所軍　王順彬

2006 年　第 22 屆

孔灝　高鵬程　邰筐　徐俊國　宗霆鋒　哥布　成路　黃鉞
霍竹山　吳海斌　單永珍　楊邪　蘇淺　娜仁琪琪格　李小洛
李雲　樊康琴

2007 年　第 23 屆

熊焱　商略　唐詩　胡楊　成亮　陳國華　尤克利　孫方傑
周啓垠　寧建　阿卓務林　徐敏　包苞　南子　胡茗茗
馬萬里　鄧朝暉　李飛駿

2008 年　第 24 屆

程鵬　黃金明　金鈴子　蘇黎　李滿強　魯克　韓玉光
郭曉琦　周野　閻志　楊方　張懷帆　蔡書清　劉克胤　林莉
天界　張作梗　陳人傑　張紅兵　李輝　劉濤　王文海
王妍丁

2009 年　第 25 屆

李成恩　津渡　黃禮孩　韓宗寶　橫行胭脂　丁一鶴　謝榮勝
曹利華　董瑋　申豔　阿華　談雅麗　麻小燕　葉菊如　文心

2010 年　第 26 屆

許強　慕白　黃芳　李山　賴廷階　東涯　泥馬度　柯健君

劉暢　扶桑　唐不遇　俞昌雄　劉小雨

2011 年　第 27 屆

金勇　陳忠村　楊曉芸　徐源　夢野　花語　王琪　萬小雪
青藍格格　蘇寧　張幸福　秦興威　純玻璃　馬累

2012 年　第 28 屆

陳倉　沈浩波　燈燈　唐果　莫臥兒　三米深　泉溪　泉子
天天　唐小米　翩然落梅　王單單　馬占祥

2013 年　第 29 屆

魔頭貝貝　劉年　陳德根　羅鋮　郁顏　離離　桑子　田暖
林典刨　笨水　江離　天樂　馮娜　微雨含煙　藍紫

2014 年　第 30 屆

王彥山　玉珍　吉爾　麥豆　陳亮　張巧慧　李宏偉　李孟倫
杜綠綠　林森　孟醒石　愛松　徐鉞　影白　戴濰娜

2015 年　第 31 屆

楊慶祥　白月　江汀　李其文　天嵐　劉秀峰　張二棍
武強華　秋水　林宗龍　趙亞東　茉莫　錢利娜　黎啓天
袁紹珊　宋尚緯

　　新世紀以來，「青春詩會」參與者的遴選方式並沒有多大改變，依然層層篩選，這確保了參加詩人的質量。恰如首屆「青春詩會」的指導老師王燕生在會議紀實《青春的聚會》一文中對第一屆學員的描述「如果把這由六名工人、一名社員、三名幹部、七名大學生組成的小小的隊伍推到一個大的歷史背景之上，那麼，我們看到的，是一個在創新和探索道路上前進的一代朝氣蓬勃的新詩人的縮影。」〔註 16〕具體到指導層面，指導老師對每一位學員都負責耐心地引導、教授，他們視野開闊，既不漠視傳統價值，又不排斥具現代性的詩歌作品，如此一來，促使參加青春詩會的青年詩人能夠較快地成熟，在《詩刊》社及指導老師的推薦下，這些詩人的作品很快得到社會各界及時的瞭解。一般來講，參加「青春詩會」的詩人們的作品較少膚淺的、表層的和形式主義的，更多表達詩人們的悲憫、愛戀和憂患的社會情懷。

　　2014 年 9 月，《詩刊》社編選，霍俊明執行編選的三十年青春詩會詩人的

〔註16〕王燕生：《青春的聚會》，《詩刊》1980 年 10 月號。

代表詩選《「青春詩會」三十年詩選》由作家出版社出版，謝冕先生為該書做了題為《青春如此美好》的序言，序中謝冕以新世紀的眼光首先對詩刊社當年的慧識魄力給予肯定和贊許：「瞭解和熟悉中國詩歌歷史的人們都知道，不僅是這種『青春的聚會』前所未有，由權威刊物主動邀集「不見經傳」的年輕人的聚會也是史所罕見，更何況，他們的到來對於當時停滯的、刻板的詩歌而言，不僅意味著要承擔風險和壓力，更可能意味著一場向習以為常的詩歌秩序的質疑與挑戰。數十年後的今天想到這些，情景猶如昨日，依然令人激動，應該感謝《詩刊》，感謝那些開明的、不懷偏見的詩壇前輩，感謝他們的寬容，也感謝他們的膽識。」〔註17〕從上個世紀 80 年代初至今，《詩刊》社始終持續地推進對「青春詩會」的重視和對詩壇人才的培養與發掘，從持續的時間和效果影響等方面看，在中國歷史上，這一培育詩人的機制可謂開歷史先河，功勳卓著，新世紀以來，它不斷帶給讀者和詩壇驚喜。

第二節　駐校詩人制度與青年詩人的培養

將駐校詩人制度與「青春詩會」並置而談，除卻它們性質上的相近——面向社會、公平公開、非盈利性培養詩人的機制，還有一點原因即二者之間存在著內在的聯結。

與始於上世紀 80 年代、新世紀持續完善的「青春詩會」不同，在中國，「駐校詩人」〔註18〕的培養機制純屬於 21 世紀才出現的新生事物。首都師範大學中國詩歌研究中心〔註19〕是最先設立駐校詩人制度的高校，該校中國詩歌研究

〔註17〕謝冕：《青春如此美好——記「青春詩會」三十而立》，序《「青春詩會」三十年詩選》，詩刊社編選，北京：作家出版社 2014 年版，第 4 頁。

〔註18〕駐校作家和駐校藝術家制度在國外早已有之，它是世界上一些著名大學在教育領域上創新而出的嶄新的教學模式，它旨在把作家和高校聯結起來，通過舉辦文學講座、沙龍、寫作指導等系列活動，促進教學相長、互相提高，同時它也是文學（或藝術）與大學教育溝通互補的教育體制體式。在國外，很多著名詩人在大學內以駐校詩人的身份做階段性的研究、創作、講學。

〔註19〕首都師範大學中國詩歌研究中心，是教育部批准的全國唯一的以詩歌研究為中心的人文社會科學重點研究基地。中心除去要對中華民族古往今來的詩歌作品及其相關理論形態進行基礎性研究之外，還承擔詩歌教育與傳播等面向現實的任務。2003 年底，時任《詩刊》社主編葉延濱、編輯部主任林莽與首都師範大學中國詩歌研究中心主任趙敏俐、副主任吳思敬做了溝通，探討並最終確定讓華文青年詩人獎獲得者進入高校駐校。

中心與詩刊社合作，當年駐校詩人人選從《詩刊》社評選的上一年度「華文青年詩人獎」〔註20〕獲獎詩人中遴選而出，自 2004 至 2016 年，青年詩人江非、路也、李小洛、李輕鬆、邰筐、阿毛、王夫剛、徐俊國、宋曉傑、楊方、慕白、馮娜，共計 12 位駐校詩人相繼駐校〔註21〕。與其它院校駐校詩人主要以著名的國內外詩人爲重點選取對象不同的是，首師大駐校詩人制度更側重對優秀有潛力的青年詩人的培養。在該制度持續十餘年間，駐校詩人和駐校制度的存在已然成爲首師大校園文化極具特色的一部分，構成了首師大校園文化的某種傳統，其社會、校園影響不斷擴大、日富聲名。繼首師大後，國內多所高校如北京大學、中國人民大學、北京師範大學、雲南師範大學〔註22〕等紛紛設立了駐校詩人培養機制，駐校詩人制度呈現出蓬勃的發展態勢。

　　除了穩定、完善的遴選機制，首師大駐校詩人制度在不斷探索中總結經驗。首師大歷屆駐校詩人入校後都有兩場「春秋講學」活動，秋季入校時針對廣大在校學生（主要是本科生）的講座，在這場講座中，詩人側重暢談自己的人生經歷和創作經歷。個體生命詩學的豐沛、詩歌地理的遼闊、生活細節的微小閃亮，生存場景與隱蔽的個性等等無所不包。從第一首詩的誕生到個體生命詩學的意味；從家鄉到遼遠的展望；從詩意的生活片景到刻骨難忘的生活經歷；此外，還有生與死的考量……小與大、輕與重都滲透在他們的入校講座報告之中。平墩湖、江心洲、遼寧神秘憂鬱的黑土地、安康小城、葳蕤繁茂的南方、北方無名的小島和村莊、鵝塘村、紅海灘、異域伊犁、包山底等等，詩人們對心中故鄉詩意的凝望增加了校園的詩性氛圍，學生感動於詩人們如何詩意地生存，如何感性地守望，如何自療傷痛，如何眞摯地與坎坷較勁，如何去愛與懷念。甚至於他們的語氣、姿態都影響著學生對生活、

〔註20〕這是面向年輕詩人的有重要影響的獎項，獲獎詩人年齡限制在 40 歲以下，評獎採取讀者推薦與專家結合的方式，堅持公正、公平、公開的原則，最終根據專家背靠背的評分，確定獲獎者。2003 年，第二屆「華文青年詩人獎」評出了江非等三位獲獎詩人。此時這個獎項已頒發了兩屆，《詩刊》在探討怎樣把「華人青年詩人獎」辦得更深入人心，即除卻評出獲獎詩人、頒獎之後，更爲關注如何切實幫助獲獎詩人，如何爲他們提供更多的提升的空間，在社會上發揮更大的作用。最終把眼光投射到了剛成立不久的首都師範大學中國詩歌研究中心上。

〔註21〕本書封稿時間 2016 年 2 月 22 日，馮娜爲當年駐校詩人。

〔註22〕2015 年 6 月，雲南師範大學文學院三位領導專程來首都師範大學取經駐校詩人制度的培養方案，作爲首都師範大學駐校詩人培養機制自始以來的在場者、躬身參與者，我比較詳細地做了介紹，並饋贈相關資料。

對詩歌和所有隱蔽著的生存空間的進入和展望。首師大駐校詩人入校後的第二年春天，會爲他們舉行一場研究生與駐校詩人對話的研討會。這場研討旨在深入瞭解和進入駐校詩人詩學和創作技藝與觀念的交流、碰撞。在讀碩士研究生和博士研究生們基本都充分閱讀了駐校詩人的作品，加之前期與駐校詩人的接觸，形成了立體多維的評判角度，對話每每富有張力的延展，打開了學生的研究視野、切入點和思路。

當然，學校的書香氛圍、學子們的熱情也會點燃駐校詩人們的靈感。較有代表性的是李輕鬆駐校期間詩劇《向日葵》的排演，關於詩劇的排演，李輕鬆在一篇文章中寫道：「我從 2005 年開始，進行詩歌戲劇化的寫作實踐，我寫了大量具有戲劇效果的詩作，比如《生死恨》《七點一刻》《江山美人》等等，我力求尋找屬於我詩作的空間感，讓我的詩並不感到局促，或者也可以說是另一種張力。但我依然不滿足。我一直醞釀著完成一部真正的詩劇。這個機會在 2007 年隱隱到來。那一年我成爲首都師範大學的駐校詩人，在爲期一年的創作生活中，我將完成寫作研討兩方面的任務。我追求的目標已經顯現出來，那就是我充分地利用這次機會，做一部戲劇來重新地詮釋詩歌。」〔註 23〕在駐校期間，李輕鬆帶領首師大和中戲的學生督導、排演了小劇場詩劇《向日葵》〔註 24〕。《向日葵》的公演成功實踐了李輕鬆思考許久的詩體與文本之外的探索，做到了「集思想性、先鋒性和詩性於一體，爲詩人在更加廣泛的領域提供一個不僅僅限於文本的探索。」〔註 25〕詩意以不同的形式得以呈現，李輕鬆的探索完全打開創作的新領域，她堅定地認識到「詩在我這裡，是戲劇的源頭，也是手段，更是結果，讓詩歌能夠出現多種可能性的表達，不僅出現在朗誦會上，也出現在流光溢彩的舞臺上；不僅彌漫著外在的儀式感，還要飛揚著內在的精神核心。我所要寫的戲劇，都能夠最大限度地詩化，以對抗那種平庸與日益的娛樂化。」〔註 26〕

駐校詩人「春秋講學」的影響和效應始終是雙向的，彰顯出駐校詩人與高校之間雙贏的關係，詩人的思想、學養、對文學、詩歌的態度和思維方式，會潛移默化地影響到學生。學生可以集中、系統地閱讀駐校詩人的作品，架構了

〔註 23〕 李輕鬆：《如此戲劇如此詩》，《中國詩人》2014 年第 4 期，第 88 頁。
〔註 24〕 筆者當時任課班級的一位文學院的女生擔任了該詩劇女一號的替補，全程跟蹤排練，直到在北京公演。
〔註 25〕 李輕鬆：《如此戲劇如此詩》，《中國詩人》2014 年第 4 期，第 90 頁。
〔註 26〕 李輕鬆：《如此戲劇如此詩》，《中國詩人》2014 年第 4 期，第 93 頁。

駐校詩人與學生充分交流的平臺，他們可以隨時在郵件和電話中、在生活的現場暢談詩歌、溝通見解，學生也會將自己的創作發給詩人們修改。〔註27〕駐校詩人也毫無保留地就詩學問題、藝術觀念、審美判斷等問題與在校本碩博學生切磋。以此成就了霍俊明系列的首師大駐校詩人訪談文章，以及眾多高質量的本碩博（以碩博爲主）對歷屆駐校詩人的研究論文。〔註28〕反過來，學生的視野觀點和對文本的理解、嚴謹熱情的學術態度也激發駐校詩人不斷地提升、自我反思和批評、創作。〔註29〕

　　繼首師大駐校詩人後，中國人民大學是較早設定駐校詩人制度的大學，這與中國人民大學國際寫作中心負責人王家新教授本身也是詩人密切相關。從 2010 年秋到 2015 年秋，人大駐校詩人分別爲多多、藍藍、顧彬、陳黎、陳育虹，這幾位詩人都與首都師範大學中國詩歌研究中心做過互動交流。北京大學開展駐校詩人制度〔註30〕的機構是北京大學中國新詩研究院，由著名詩評家謝冕教授負責。北京師範大學國際寫作中心在莫言任主任後也實施了駐校詩人制度〔註31〕，主要負責人爲國際寫作中心執行主任著名詩評家張清華教授。這幾所學校所遴選的駐校詩人有一定的趨同性，即入選詩人均是著名詩人，又都具足國際聲譽、國際影響力或「國際化」身份。

第三節　「青春詩會」對駐校詩人的影響

　　「一次詩會。一部分詩人繼續留在詩壇，且日新月異，冉冉升起，終成長天裏的一顆栩栩生輝的明星，一部分終究黯淡、泯滅，難敵歲月和流年，時間的侵襲，成爲一閃而過的流星，甚至消失在浩瀚的銀河，無蹤無影⋯⋯一次詩會，雖然並不能夠輕易就決定了一個詩人的命運，成長和她最終的歸

〔註27〕不僅限於對學生詩歌的修改，還涉及小說（比如楊方還針對研究生王琦的小說《青姨》提出修改意見，最後刊發在《延河》2014 年第 3 期。）
〔註28〕霍俊明、榮光啓、崔勇、龍揚志、王士強、陳亮、李文鋼、林喜傑、羅小鳳、朱林國、董延武等博士生或碩士研究生都一次或多次寫過駐校詩人研究論文。
〔註29〕邰筐與比較文學系的一位研究生就李白、海子評價觀念因存在差異曾在交流會上激烈爭吵，這也是一種學術立場的堅守。
〔註30〕北京大學自 2011 年秋產生第一位駐校詩人葉維廉，2012 年春第二位駐校詩人余光中駐校。
〔註31〕2013 年至 2015 年受聘的駐校詩人分別爲歐陽江河、西川、翟永明。

屬，但對於一個尚在摸索期的青年詩人來說，這無疑是一次最好的關照。猶如一個在夜色中停頓下來正在爲懵懂混沌難辨去向的獨行人，忽然聽見搖晃風中有人叫了一聲你的名字，那是一個充滿著『希望』『自信』和『力量』的召喚。這聲召喚不僅通向了中國詩歌的遠方，也令人深切感受到的詩歌所帶來的詩意教化和溫暖。」〔註32〕對於青年詩人來說，能夠參加「青春詩會」是一種榮耀，也是一種肯定，「青春詩會」爲青年詩人提供了多面向的舞臺。

上文中從「青春詩會」與駐校詩人制度兩個層面分別呈現了當代漢語詩人的培養制度，將它們並置而談的另一個重要原因是二者之間關聯緊密——「青春詩會」與華文青年詩人獎之間具有高度關聯性。到目前爲止，華文青年詩人獎評選11屆，33位獲獎詩人中有31人參加過「青春詩會」，另有一位未參加「青春詩會」的獲獎詩人藍野爲《詩刊》社編輯。「從深層來講，兩者之間具有一定的『美學一致性』的」〔註33〕。一定程度上，首師大的駐校詩人是需要同時滿足參加「青春詩會」和獲得華文青年詩人獎這兩個條件的，這種選拔本身已經比較嚴格，符合條件的詩人並不太多。應該說，這種制度設計保證了入選者的基本水準，也就是說，能參加青春詩會的，一般來說是已經嶄露頭角、有一定影響的青年詩人，而華文青年詩人獎則在此基礎上優中選優，每年選出三位獲獎者，首師大駐校詩人則又是從三位獲獎者中結合各方面條件（比如駐校詩人應爲外地，北京的詩人不再考慮，此外有的詩人因工作、家庭等具體原因而無法駐校等）擇優而定，可謂層層選拔。首師大歷屆駐校詩人除馮娜爲「80後」外，多爲「60後」、「70後」詩人，駐校時的平均年齡不到40歲，全都參加過「青春詩會」，〔註34〕駐校時均已具有一定的創作經歷和影響，且絕大多數爲參加青春詩會二至數年後開始駐校，這其

〔註32〕李小洛：《詩意，更詩意的》，筆者2016年1月14日與部分首師大駐校詩人筆談《「青春詩會」與我》整理。

〔註33〕王士強：《「駐校詩人」在中國：回顧與展望》，吳思敬主編《詩人與校園——首都師範大學駐校詩人研究論集》灕江出版社2014年11月版，第5頁。

〔註34〕第一位（2004～2005）江非參加時間2002年，第二位（2005～2006）路也參加時間2003年，第三位（2006～2007）李小洛參加時間2006年，第四位（2007～2008）李輕鬆參加時間2002年，第五位（2008～2009）邰筐參加時間2006年，第六位（2009～2010）阿毛參加時間2004年，第七位（2010～2011）王夫剛參加時間2003年，第八位（2011～2012）徐俊國參加時間2006年，第九位（2012～2013）宋曉傑參加時間2003年，第十位（2013～2014）楊方參加時間2008年，第十一位（2014～2015）慕白參加時間2010年，第十二位（2015～2016）馮娜參加時間2013年。

中只有一個例外，即李小洛〔註35〕是在剛開始駐校時接到《詩刊》社第22屆「青春詩會」的通知前往參加。首師大駐校詩人們對「青春詩會」記憶猶深，多年過去後都不能忘懷一些細節，如路也回憶說：「我參加的是第十九屆青春詩會。那是唯一一屆由《詩刊》下半月組織的青春詩會，據說那也是唯一一屆沒有組織改稿會的青春詩會，唯一一屆在舉辦之前就已經把《詩刊》青春詩會專號出版出來帶到會上去的一屆青春詩會。」〔註36〕由於這些詩人參加「青春詩會」時還比較年輕，創作上還並未達到巔峰期，所以「青春詩會」與駐校培養對詩人自身是一個很好的學習、提高、再出發的機會。從首師大歷屆駐校詩人的回憶中可以看到有形與無形的影響〔註37〕：

　　第二位駐校詩人路也認為「青春詩會」對她的影響是潛移默化的、并在對比中發現了自己的不足之處：「如果說到青春詩會對我的影響，那影響並不是立竿見影的，倒是潛移默化的。這麼多年過去了，我依然記得當時的一些人和一些細節。那時，我能感受到詩人們之間寫作的差異，也能感受到跟那次去的同屆詩人和嘉賓詩人之中的優秀者相比，當時我自己的詩歌寫作其實還存在著一些不夠完善之處。」

　　第三位駐校詩人李小洛以「手藝人」隱喻了「青春詩會」對她藝術、人生的警示作用：「距離2006年的22屆青春詩會，已經過去了整整十年。當年關於手藝人之說還言猶在耳。事實上，這些年，無論是寫詩，還是寫詩之外的書法繪畫……我都一樣懷著一個原創工匠的虔誠和敬畏去鍛造，去創作。……作為手藝人，我懂得手藝……緩慢，笨拙，憨重，少量，甚至粗糙，不圓滑……，所有的手藝人都是專注的。他們，以手藝為美，也以手藝而崇高。他們也許並不羨慕手藝的本身，但會專注執著於手藝背後帶來的溫潤和寧靜，以及細膩優雅的慢生活。」

〔註35〕李小洛，20世紀70年代初生於陝西安康，學醫，繪畫。曾參加第22屆青春詩會、就讀第7屆魯迅文學院高研班，獲第四屆華文青年詩人獎、郭沫若詩歌獎、柳青文學獎。當選「新世紀十佳青年女詩人」,「中國當代十大傑出青年詩人」,「陝西省百名青年文學藝術家」。首都師範大學2006年度駐校詩人。陝西文學院簽約作家。安康市文聯副主席，安康市作協副主席。著有詩集《偏愛》、《偏與愛》、《兩個字》等。

〔註36〕路也:《路也談青春詩會》，筆者2016年1月14日與部分首師大駐校詩人筆談《「青春詩會」與我》整理。

〔註37〕筆者2016年1月14日，就「青春詩會」以筆談方式採訪了首師大幾位駐校詩人，整理系列採訪文稿《「青春詩會」與我》，截至目前尚未發表。

　　第四位駐校詩人李輕鬆側重「青春詩會」中的交流給她帶來的提升意義：「青春詩會對我更大的影響是結識了一些好詩人，其實期望能在與會的幾天內使詩藝得到多大的提高，也是不現實的。它的影響力應該是在會後漫長的時光裏慢慢體現出來的。因爲結識所以熟悉了，就會有一些往來，這裡分兩個層面的交流。第一是會格外關注他們的作品，在品讀的過程中，會很關注他們的動態與寫作的改變，這樣長期地追蹤一個詩人，會在他的寫作軌跡中，發現一些陌生的、過去不曾注意的東西。它可能十分微小，但對自己的影響可謂是以小見大，有時一個啓示就夠了，就會改變自己的很多看法。這是一個互相影響的過程，它使你身在這個團隊之中，有一種鞭策的作用。第二是長期的友誼所帶來的交流。這已經不是停留在品讀的層面上了，而是通過書信、電話、面談進行的全面的深入的溝通。這種好處不是在任何一個研討會上能夠得到的。它不功利，超越世俗，偶而的眞誠交換意見，對當下詩壇的認識、對某些詩作的看法、尤其是雙方彼此的評價意見，以及對自己寫作中遇到的困難、解決的方法，是最爲珍貴的體驗。這不是各種會上的泛泛而談，也不是循規蹈矩的正式評論，沒那麼高大上，而是從細微處著眼，個體經驗的總結，彼此觀念的碰撞，很容易找到自我的一些缺口。」

　　第九位駐校詩人宋曉傑從再學習的視角談「青春詩會」：「回想這段不尋常的時光，我願意用新鮮和偏得來定義。因爲我沒讀過大學，是詩歌給了我額外的補償，把生命中缺少且我很在意的重要一環『合上』了！」

　　第十位駐校詩人楊方從多個方面回憶並強調了「青春詩會」是她詩歌創作的一個分水嶺：「參加青春詩會之前，我對詩歌，是一種模糊的狀態。我弄不清，詩到底是怎樣的。當別人在大談詩歌的時候，我常常閉口沉默，因爲我不知道自己能說些什麼。可以說青春詩會之前我的寫作是淺顯的，混亂而隨意的，我的寫作狀態雖然可以用原生態這個詞來形容，但同時也毫無章法，只能觸及表面而不能及裏。只能寫到疼痛而不能深至靈魂。記得青春詩會上要求我們講述自己的詩歌觀點，我是這樣寫的：一直以爲，不會飛的植物，和會飛的鳥一樣是有羽毛的。在植物的身上，最能體現生長的快樂和隨意。寫詩也是這樣的，要有一顆植物一樣簡單的心，越自然越好。越眞實越好。詩歌就應該像馬蘭頭開花，樸素，自然，平易，但發自靈魂深處。

　　那一年的青春詩會在岳陽召開，時值洞庭湖的深秋，水光山色皆宜人，我們白天開會和遊覽，晚上是集合和分散的改稿時間。大家總是認眞地改稿

談稿到深夜。《詩刊》老師給每個學員做認眞的輔導。那一期一同參加的詩人有郭曉琦，林莉，蘇黎，黃金明等，他們都是些優秀而成熟的詩人，和他們的交流，讓我對詩歌有了頓悟般的感覺，本來需要漫長的時間才能領悟的事，被一道閃電，給我映照得十分清晰。

青春詩會之前，我對詩歌理論很不接受。在對待翻譯詩歌上，我也是排斥的。我尤其不喜歡那些用翻譯體和翻譯語言寫詩的人。青春詩會之後，我開始系統地讀一些詩歌理論和外國詩歌。這些閱讀讓我改變了觀念，開闊了視野。我開始認識到，如果沒有詩歌理論的指導和昇華，詩歌的飛翔是不穩定的。而一個詩人，首先是生活的經歷者，對自己的生活不單是描述，還要不斷拓寬生活的寬度和廣度。要從抒發自己作爲生命個體的感受出發，並對生活做出回答。

因爲參加青春詩會，我開始受到省作協的關注，2010 年參加了魯院高研班在杭州舉辦的學習。我的詩歌開始發生了很大的改變，不論是語言上，還是技巧上和思想上，都開始找到了一種脫離了肉體的空靈和輕盈。我的寫作也開始了靈魂和精神的思考。之後寫的一系列詩歌，獲得了華文青年詩人獎。這是通向駐校詩人的通道。它讓我離詩歌越來越近。可以說，青春詩會，是我的一個分水嶺。」

第十二位駐校詩人馮娜從「青春詩會」爲其出版個人詩集談起，並再度解析了「青春」的含義：「我參加的是 2013 年在紹興舉辦的第 29 屆青春詩會，第一次給每個詩人出版了一本詩集，我藉此機會出版了詩集《尋鶴》……流逝的歲月將我帶向一個詩人的命途，而那不曾衰老的聲音依舊在我們身邊響起：『人睡到不知道時候的時候，就會有影來告別，說出那些話──』是的，青春不過是影的告別，詩歌的世界，『那世界全屬於我自己。』」

懇切而言，首師大駐校詩人對「青春詩會」的回憶和評價，在某種程度上形成了見證的意義，如同「青春詩會」見證了新時期詩歌的輝煌歷史。通過詩人們眞誠地回述我們不難看出：「青春詩會」對駐校詩人的影響直接而深入，其記憶的刻度深入到生命和流年之中，許多潛移默化的滲透都值得我們去尋溯研究。當代中國詩壇上有影響與活躍的詩人，基本上都從「青春詩會」走出來，雖然由於諸多主客觀的原因，一些重要的詩人沒有進入到詩會的視野〔註38〕，但是，自 2004 年以來，有培養潛質的詩人都入選爲首師大駐校詩

〔註38〕霍俊明：《那些恒星、流星、閃電或流螢》，《「青春詩會」三十年詩選》編後

人。值得充分肯定的是，首師大駐校詩人培養機制爲新世紀以來的當代詩壇動態持續地培養了不少優秀的青年詩人。截至目前，相關研究尚有欠缺，從意義關聯的視角闡釋它們的影響意義更是研究的盲區。如何從文學史、詩歌史的視野彰顯其影響和意義，如何從詩歌生產機制內在環節窺探其價值，這些都有待我們做出深入研究和分析。

記，《詩刊》社編選，北京：作家出版社 2014 年版，第 440～441 頁。

第四章　詩教現場

在中國文學的研究中，對中國古代詩教研究比較充分，多集中論述具體詩教主張、特定時代詩教特點、比較中外詩教理論，強調詩教的實踐性等。在中國古代文學研究中，「詩教」作為傳統意義上的人格、道德、審美、倫理等教化的一般形式，負載著複雜的歷史與文化內涵，是一個不斷被闡釋的命題，為我們提供了比照「詩教」傳統與民國時期「詩歌教育」的學術積累和準備。

伴隨文化結構所發生的本質性變革，知識結構也隨之發生轉變，這勢必會影響到詩歌教育問題。社會形態與文學語言形態的轉換和心理結構的調整共同誘發了詩歌教育理念發生某些變化，此外，「校園」作為獨特的文化生態場域也是直接影響詩教現場的因素。本章以新世紀以來中學、大學詩歌教育為考察對象，結合新詩發展、新詩文體建設、中學新詩教育中存在的困惑、新詩寫作與大學詩教等議題，再現與分析新世紀以來新詩教學現場的真實處境與主要問題，在中學與大學文化和審美教育的景觀中反思新詩教育的發展空間。

第一節　詩教理論建構與中學新詩教學現場

現存關於「詩教」一詞的文獻記載最早可溯源到《禮記・經解》，從這篇文章中可以篤定中國詩教傳統的建立與孔子密切相關：「入其國，其教可知也。其為人也溫柔敦厚，詩教也。」在中國古代，《詩經》的學習與教育，對人格的薰陶與培養具有重要意義，《詩經》揭示了「寓教於樂」的藝術本質，

是周代禮樂文明的產物，也集中體現了周人的詩樂觀：周人認爲，樂的本質是心靈的愉悅，周人看重詩樂，並且把它帶進日常生活當中，使他們的生活充滿了高雅的情趣。《左傳・昭公元年》有「君子之近琴瑟」之說，《禮記・曲禮》和《詩經毛傳》也有「士無故不撤琴瑟」「君子無故不撤琴瑟，賓主和樂，無不安好」的說詞。周人的詩樂觀念和他們對待《詩經》的態度，賦予了古代詩教豐富的內容，簡要概括爲：詩教融情感的、審美的、文化的教育爲一體，詩人修煉完善自己人格與詩學的修養二者缺一不可。

「詩教」在中華民族文化精神和文化人格塑造過程中發揮過重要作用，步入當代，「詩教」的內涵與現場都發生了改變：前者側重於新詩的教育，後者集中於當下的新詩教學現場。長期以來，學界對傳播介質之一的詩歌教育關注不夠，新詩教學研究游離於新詩研究之外，本節以當代中國中學詩歌教育爲考察對象，結合新詩發展、新詩文體建設等問題，全面梳理十五年來，大陸中學新詩教育存在的諸多困惑和問題，著重從新詩的思維術，新詩的主體性教學等具體施教方案入手，分析改進教學的可行策略，再現與分析中學新詩教學現場的諸多問題與現實處境，反思在中國當代文化建設中，特別是在中學文化和審美教育中，新詩教育的探索路徑。

新詩教學存在的主要問題和研究現狀

中學新詩教學伴隨新課程和新課標改革已經進入新的階段，但是在教學實踐中，很多難題令人堪憂。從上世紀末至今，已有研究者和一線教師注意到新詩教學存在的問題：1994 年第 5 期《中學語文教學參考》發表了顧冠群的《中學詩歌教學誤區初探》，該文指出中學語文教學中的四個誤區。《江蘇教育學院學報》（社會科學版）1995 年第 4 期發表了吳高華、陳國俊的《簡論中學詩歌教學的誤區及調控策略》，該文從整體上對詩歌教學的誤區進行揭示，並指出解決的辦法。《語文教學與研究》1996 年第 3 期發表了林國爽的《走出詩歌教學誤區的四個步驟》，該文爲我們走出詩歌教學的誤區提供了具體方法上的指導。1999 年《讀書》第 12 期上發表譚德晶的《我們需要怎樣的「現代詩教育」》，該文從現代詩愛好者的角度呼喚「適當」的現代詩教育，造就現代詩的讀者。《中學語文教學》1999 年第 2 期發表胡孝華的《詩意的放逐與語文的蒼白——論語文教學的一個盲區》，該文認爲在中學語文教學中詩意被放逐，青少年無法走近新詩，這種狀況令人憂慮。《語文學習》2002 年第 3 期

上發表文章《語文教學呼喚「詩教」回歸——「詩歌與詩歌教學」網談錄》，特級教師錢夢龍等就詩歌教學的方法等問題展開了討論，特別提到中學語文教學中新詩教學淡化的問題，呼籲當代人讀當代詩，引發學生欣賞的熱情，呼喚「詩教」的回歸。《宿州教育學院學報》2002 年第 4 期上發表倪慶選的《談談與新詩教學相關的幾個問題》，該文從新詩教學的地位、新詩教學過程中存在的問題等方面指出新詩在教學過程中令人堪憂的現狀。《教學與管理》2002 年第 31 期發表祝杭斌的《新詩教學憂思錄》，該文針對中學階段新詩選篇匱乏，詩意被肢解，新詩的詩體問題倍受冷落，學生的審美意識和詩情感知匱乏等問題，倡議大力關注新詩教學。《中學生》（作文版）2004 年第 1 期發表藍野的《新詩教育，中國語文教育的軟肋》，該文一針見血地指出中學語文新詩教學的困窘。《語文教學與研究》2004 年第 4 期發表孟凡軍的《對中學詩歌教學現狀的思考》，該文陳列了詩歌教學嚴重不足的具體表現，涉及教師的文學素養和詩歌理論修養不足，教師的情感投入不夠和在具體教學中分析有餘，鑒賞不足等，提出一些教學實踐的建議。當代詩人、詩歌評論家王家新在 2005 年第 2 期和第 3 期的《中學語文教學》上發表《「它來到我們中間尋找騎手」——談新理念下的中學語文詩歌教學》，該文集中探討了中學詩歌教學中存在的一些問題，就怎樣解決這些問題提出建設性意見，呼籲通過新詩教學的改革使詩歌進入年輕的心靈。《內江師範學院學報》2006 年第 21 卷發表王旭、郭模琴、董軍的《中學語文新詩教學的困境與出路》，該文反思中學語文新詩教育在語文教育中的模糊定位問題。《語文教學之友》2006 年第 4 期發表王珂的《中學語文現代詩歌教育亟待改進》，該文認為現代詩歌教育的意義有待重新發掘，從現代詩歌的編選問題，中學生寫詩的利與弊等問題進行探討，指出現代詩歌教育的缺陷和不足。2006 年第 11 期《語文建設》發表袁愛國的《詩意的消解與建構——新課程背景下詩歌教學的問題與對策》，該文以教學案例為主剖析詩意怎樣在教學中消解，並從詩歌閱讀知識缺失，教師讀解能力的匱乏，詩歌評價考查的局限等角度來分析產生「寫詩難，讀詩亦難，詩歌教學尤其難」的原因。2007 年第 12 期《文學教育》發表了范磊的《中學新詩教學隱而不顯原因新探》，該文探析了詩性智慧與理性思維在具體教育中難以調解的矛盾，探討新詩在語文教學中所處尷尬地位的原因。

　　發現問題的同時，研究者始終在努力探詢新詩教學方法的出路：2001 年第 3 期的《浙江海洋學院學報》（人文科學版）發表吳玉琴的《淺談中學詩歌

教學》，該文將詩歌教學分爲抒情詩教學、敘事詩教學和哲理詩教學三種類型。
2001 年第 11 期《語文教學與研究》「教研新成果」欄目發表了余占清的《新詩教學的兩個要點》，該文從節奏內容高度統一和形象構成的基本特點兩個方面對實際新詩教學環節給與指導。2005 年《語文學刊》第 2 期發表了吳積雷的《高中詩歌教學中的幾點思考》，該文就如何培養學生的鑑賞和感悟能力提出教學建議。《中學語文》2007 年第 7 期發表了林靜的《在藝術的氛圍中品詩——高中現代詩歌教學價值及途徑探索》，該文集中探尋詩歌教學境界的藝術化途徑，提出現代詩歌教學理念和教學設想。2006 年第 8 期的《語文》上發表了劉六蘭的《新教材的新詩教學》，該文結合生活經驗分析詩歌形象，充分發揮想像力，細緻品味詩歌語言，加強朗讀訓練這幾方面突破新詩教學的問題。2008 年第 2 期的《語文學習》發表了林喜傑的《談談現代詩文本意義的教學》，該文對現代詩歌文本意義的教學進行系統的介紹和闡述。全面探討教學方法的文章還有《石油教育》2000 年第 9 期王兆本的《現代新詩教育拾零》，《社會縱橫》2002 年第 6 期王玉蘭的《中學詩歌教學淺談》，《語文教學通訊》2002 年第 3 期賀敏的《詩海探珠不宜遲——從初中語文實驗教材新詩教學談起》，《教育評論》2005 年第 1 期蔣德均的《中學詩歌教學方法探微》，《四川教育學院學報》2000 年第 1、2 期劉源的《「不讀詩無以言」——關於新詩教學的一點感想》。此外，教育碩士的論文也值得關注：華中師範大學教育碩士李三琴 2005 年提交題爲《詩趣的培養、激發與鞏固——論高中現當代詩歌的教學》的論文。作者在興趣理論、闡釋學美學原理和接受美學等理論指導下，探索詩趣的培養、激發熱情與鞏固教學的方法。揚州大學課程與教學論（語文）方向的碩士林玲在 2004 年提交題爲《論中學語文詩歌教學》的論文。作者在基礎教育課程改革的大背景下，探討中學語文詩歌教學的本質、教學目標、教學內容與教學規律，爲當今的中學語文詩歌教學提供一份參照性的意見。首都師範大學教育碩士李紅利 2005 年提交題爲《中學詩歌教學初探》的論文。作者從教材演變、教師素質和高考指向三方面對中學詩歌教學現狀進行思考，在反思的基礎上對中學詩歌教學進行了探索實踐。華中師範大學教育碩士張暢立足於語文教學，在《中學生新詩興趣養成教育研究》論文中，對如何實施新詩興趣養成的教育原則和方法作了探索性的研究。華中師範大學教育碩士李俊《論中學語文教材中愛情詩歌的教育功能》，對 2004 年 9 月上海中學語文教材初三課本中單列的「愛情單元」進行分析，研究視點擴大到整個中學愛情詩歌教學，強調語文教

育應充分結合愛情詩歌的特點，培養學生的審美觀念和能力，以此爲基礎使學生形成正確的價值觀並應用於實際。2010 年首都師範大學中國詩歌研究中心中國現當代文學方向的碩士魯華夏提交題爲《選篇・接受・教學——當代中學語文教材新詩選篇與新詩教學的問題與啓示》論文，從新詩研究的角度出發，以提出問題的方式對中學新詩教學和新詩選篇存在的問題進行呈現，進而分析問題產生的原因，提出解決問題的方法。

此外，不少論文從具體細節入手，摸索新詩教學的有效性和出路：一、從朗讀的角度探討新詩教學方法的主要論文有：2006 年第 19 期《甘肅教育》發表了李彥彬的《「咬文嚼字」讀新詩——新詩教學略談》，該文強調在新詩教學中朗讀的重要性，主張細讀、美讀。2007 年第 5 期《考試》（教研版）發表了王育林的《始於朗讀　終於朗讀——關於現代詩歌教學過程和方法的探討》，該文認爲現代詩歌教學的過程，就是詩歌朗讀的過程，就是教學生詩歌朗讀的過程。二、針對長達半個多世紀的詩歌寫作教學訓練的「空白」，從新詩創作實踐的缺失問題商榷新詩寫作訓練的必要性的論文有：《語文學習》2000 年第 8 期發表了周萬清的《詩歌，寫作教學的金礦》，該文發出「趕快把詩請回課本，請回教室，請回校園」的呼聲，並中肯地指出中學寫作教學應當把詩歌寫作納入訓練系統，努力開掘詩歌寫作這座金礦。《中學語文教學參考》2004 年第 1～2 期發表了梁濤的《呼喚詩歌在高考作文中的眞正回歸》，該文強烈要求允許學生在高考作文中寫新詩，讓學生在詩歌作文中體會應有的自由和酣暢。《廣西民族學院學報》（哲學社會科學版）2004 年第 2 期發表了陸淩霄的《詩歌寫作教學的缺位對新詩發展的影響》，該文剖析中國詩歌寫作教學訓練長期空白的原因，及其帶給詩歌事業的不利影響。三、從課堂教學實例和大綱細則等方面論述新詩教法的論文有：《西南民族學院學報》1988 年第 1 期發表新憲的《談新詩教學中的「理解因素」》，《中學語文教學參考》1998 年第 4 期發表吳長青的《試論詩歌的意象及其教學》，《中學語文教學》2004 年第 8 期發表吳小紅的《讓課堂成爲學生的舞臺——現當代詩歌教學新探》，《語文教學與研究》2005 年第 1 期發表李金平的《中國現當代詩歌教學淺談》。在此，特別指出的是教育部語文課程標準組的方智範在《新課標》2004 年第 7～8 期發表的《關於「詩歌與散文」選修課目標的問答》，該文對新大綱要求開設的「現當代詩歌散文選修課」的目標設定做出了詳細的回答，針對廣大中學教師不太清楚的具體條目，進行詳盡的闡釋。

新詩的思維術

中學新詩教學存在的眾多問題中，最關鍵普遍的問題是新詩的施教傳統——很多教師始終沒能跳出小說、散文等文體的講授方式，甚而習慣性地用簡單的歸納中心思想和概括段落大意的方式分析、講解新詩，或者從意識形態方面判斷詩歌文本的「善」與「惡」，側重詩歌的思想教育功能，很少從根本上認識新詩文體的獨特性——新詩的新異品格、新詩的審美範式、新詩的形態特徵，挖掘新詩內在的精神光華，探究新詩意象的豐富性，分析新詩的抒情和敘事方法，並因此採取相應的講授方式。誠然，新詩的講解、欣賞本身帶有很大的主觀性，對於部分教師而言，講授新詩的空間越大，講解的自由度越充分，反而越不知從何入手。那麼，該如何針對新詩的獨特性展開教學，如何切實提高新詩教學質量和效果，如何真正讓學生喜歡並接受新詩呢？解決這一問題的突破口在於，詩教過程中確立新詩的思維術這一教學觀念。

新詩的思維術從「詩的思維術」發展而來。「詩的思維術」一詞，是早期象徵派理論家穆木天 1925 年在《譚詩——給沫若的一封信》中提出來的，他說：「我希望中國作詩的青年，得先找一種詩的思維術，一個詩的邏輯學。作詩的人，找詩的思想時，得用詩的思想方法。直接用詩的思考法去思想，直接用詩的旋律的文字寫出來：這是直接作詩的方法」。〔註 1〕顯然，穆木天是從詩歌創作的角度提出「詩的思維術」一詞的，從創作層面來看，這是個具有開創性、能切實提高詩藝水準的提法。他認為，只要是用「詩的邏輯學」想出來的文句，其結構就會超越形式文法的組織方法。詩的邏輯學主要體現在以下幾點：1、「不固執文法的原則」，2、超越常規思維邏輯，3、遵循詩性的邏輯學。就新詩的非邏輯問題，金克木在他的一篇重要詩論《論中國新詩的新途徑》提出過自己的觀點，他認為新起的詩有三個內容方面的主流，一是智的，一是情的，一是感覺的，在智的詩，有兩個特點，其一便是情智合一：「這種詩的智慧一要非邏輯的，因為邏輯的推論便需要散文的表現；二要同感情的，因為感情的出現最直捷，而詩的特色（其實可說是一切藝術的特色）也便是要最直捷的一拍即合而不容反覆的綿密的條理。」〔註 2〕

〔註 1〕穆木天：《譚詩——給沫若的一封信》，《創造月刊》第 1 卷第 1 期，1926 年 3 月 16 日。

〔註 2〕金克木：《論中國新詩的新途徑》，發表於《新詩》第 4 期，1937 年 1 月 10 日，署名柯可。

　　顯然，新詩的作者們寫詩需要詩的思維術，只有用詩的思維來作詩，才能產生眞正的詩。作詩不能用散文的思維，不能用小說的思維，更不能用議論文的思維，詩歌是非理性的創作。要將詩寫得眞正像詩，得從詩的思維方式著手，詩必須有詩情、詩意、詩美，這些是詩歌區別於其它文體的關鍵。不然作出來的東西不論形式如何，都不是詩，因爲詩和文的區別，最根本的就在於思維方式的差別。詩的思維術有著絕然不同於其它文體的邏輯和程序，它要符合詩歌文體自身的要求、規範和寫作機制。詩的思維的邏輯不同於文的邏輯，詩有詩的語法規則，絕不能用散文的（更不能用小說的）文法規則和閱讀規則去約束和把握它。這就使得詩歌與小說等其它文體嚴格的思維邏輯要求截然不同。由此，新詩講授者需要首先在意識中確立詩的思維觀念，以和其它文體的講解方式、側重點相區別，調整出詩的思維模式是施教的關鍵前提。新詩與其它文體和古典詩歌比較，最關鍵之處就是把握新詩的情緒和意象，這兩點是打開新詩思維術的突破口，也是引導學生掌握新詩的特點、把握新詩的思維術的核心所在。

　　新詩的情緒是新詩的「原形質」〔註3〕所在，關於新詩的情緒，從新詩發軔之初就得到新詩作者的高度重視。郭沫若率先提出新詩創作「情緒的自然消漲」之說，他認爲：「詩之精神在其內在的韻律（Intrinsic Rhythm），內在的韻律（或曰無形律）並不是什麼平上去入，高下抑揚，強弱長短，宮商徵羽；也並不是什麼雙聲疊韻，什麼押在句中的韻文！這些都是外在的韻律或有形律（Extraneous Rhythm）。內在的韻律便是『情緒的自然消漲』」。〔註4〕新月派的主腦徐志摩以情緒的和諧區分好詩與壞詩，他認爲：「眞好詩是情緒和諧了（經過衝突以後）自然流露的產物。」反之「假詩也是剽竊他人的情緒與思想來裝綴他自己心靈的窮乏與醜態。」〔註5〕現代派作家施蟄存在主編《現代》雜誌回答讀者來信時尤其強調情緒的重要性，他在回覆中寫道：「……有

〔註3〕「原形質」借鑒郭沫若的說法，郭沫若認爲「詩的原始細胞只是些單純的直覺，渾然的情緒。到了人類漸漸文明，個體的腦筋漸漸繁複，想把種種的直覺情緒分化蕃演起來，於是詩的成分中，更生了個想像出來。我要打個不倫不類的譬比是：直覺是詩細胞的核，情緒是原形質，想像是染色體，至於詩的形式只是細胞膜，這是從細胞質中分泌出來的東西。」——郭沫若：《論詩》，選自「郭沫若著作集初集第一種」《文藝論集》，光華書局1925年12月版。
〔註4〕《論詩》，選自「郭沫若著作集初集第一種」《文藝論集》，光華書局 1925 年12月版。
〔註5〕徐志摩：《壞詩，假詩，形似詩》，《努力周報》第51期，1923年5月6日。

韻律的作品，也不能算是詩，必須要從景物的描寫中表現出作者對於其所描寫的景物的情緒，或說感應，才是詩。」〔註6〕隨後，在《又關於本刊中的詩》一文中，施蟄存再次強調詩的情緒問題：「《現代》中的詩是詩。而且是純然的現代詩。他們是現代人在現代生活中所感受的現代的情緒，用現代的詞藻排列成的現代的詩形。」〔註7〕同為現代派作家，戴望舒結合自己的創作，對現代的詩的情緒有更深入切實的理解：「詩當將自己的情緒表現出來，而使人感到一種東西，詩本身就像是一個生物，不是無生物。」〔註8〕到了40年代，戴望舒進一步直陳「詩：以文字來表現的情緒的和諧。」〔註9〕戴望舒突破了詩歌題材的新與舊，認為所有符合現代人的情感的都是新的詩情：不必一定拿新的事物來做題材（我不反對拿新的事物來做題材）舊的事物中也能找到新的詩情，「舊的古典的應用是無可反對的，在它給予我們一個新情緒的時候。」〔註10〕就此，現代派作家金克木給與比較可觀的比較分析：「新的主情詩既然特色在此，我們便可以說它是發揮舊有詩中較純粹的一部分，目的在使感情加深而內斂，表現加強而擴張。至於現代的人的感情方面有新的情況與從前不同，因此也要使這種詩有新內容，這倒是很自然的事可以姑置不論，因為一則感情的本質究竟是很少隨時變化的，二則詩既主情，若情並不新，只足證明作詩者是生錯了時代的古人，於詩無干。」〔註11〕

誠然，除文體形式外，新詩的情緒是新詩區分其它文體和中國古典詩歌最關鍵的所在，也是完善新詩教學方法的試金石，抓住這一點，可以有效地拓展那些早已習慣於從意境和意象兩方面講授古典詩歌的語文教師們的教學方法。

從詩歌表層來看，新詩與古詩的不同體現在語言、形式、創作觀念、生產背景等諸多因素中，從施教策略來看，古典詩歌的講授明顯易於新詩。最主要的原因就是古典詩歌創作與鑒賞之間是協調的，古典詩歌的鑒賞理論是豐盈的。我們必須正視一個事實：古典詩歌時代同時也是一個鑒賞的時代，

〔註6〕施蟄存：《關於本刊所載的詩》，《現代》第3卷第5期，第727頁。

〔註7〕《又關於本刊中的詩》，《現代》第4卷第1期，第6頁。

〔註8〕《望舒詩論》，1932年發表於《現代》雜誌，第2卷第1期。

〔註9〕1944年2月6日《華僑日報‧文藝周刊》第2期，《詩論零箚》（二）。

〔註10〕《望舒詩論》，1932年發表於《現代》雜誌，第2卷第1期。

〔註11〕金克木：《論中國新詩的新途徑》，《新詩》第4期，1937年1月10日，署名柯可。

創作與欣賞相得益彰，而且大部分學生在學前教育階段就已經接觸過古典詩歌，並潛移默化地習得了相關欣賞方法，而這些對於現代詩歌來講，正是所缺乏和亟待建設的。很長時間以來，一線教師迫切期求解決古典詩歌教育對新詩教育的遮蔽問題。客觀地說，新的鑒賞理論仍沒有完備起來，這給教師講授新詩帶來普遍的難度，創作與欣賞之間出現了斷裂，這就要求我們在講授新詩的時候自覺建立起與古詩不同的「新詩的思維術」。

古典詩歌在具體的事物與抽象的感念之間，側重於具體；在婉曲的抒情與直接的敘述之間，側重於直接敘述，體驗與人生經驗直接相適應，加之長期自覺建立的集體無意識創作觀念的驅使，古典詩歌很容易在欣賞接受者中達成認識上的統一。同時，古典詩歌的欣賞結構擁有層次性和完整性，這不僅體現在情感表達、敘述抒情上，也體現在畫面的構製上。當然，與新詩講授的困境比較，古典詩歌的講授是少歧義、少茫然的，這主要得力於其詩歌鑒賞理論的豐富、成熟，其創作和批評長期以來形成了完備的體系。從孔孟、老莊開始，不僅詩人論詩，思想家論詩，並且還出現了陸機、劉勰、鍾嶸、司空圖等一大批以論詩而著稱於世的文論家和不計其數的文賦、詩品和詩話著作，從而形成了豐富的、體系十分完備的詩歌鑒賞理論，它不僅提供了系統的詩歌品評語彙和概念，同時也打開了讀者走進詩歌欣賞結構的各種有效路徑。古詩批評和鑒賞的成熟，自然影響了新詩的接受與閱讀，不可否認，目前很多中學教師依然用古詩詞的教學觀念和方法講解新詩。我們不妨試用新詩的思維術這一現代詩歌教學觀念，解決新詩與古典詩歌教學方法斷裂的現狀。

新詩怎麼樣都是講，怎麼講都能講。由此看來，除了方法和策略之外，還有一點就是施教者責任感的確立，究竟什麼是新詩講授者的責任，應該至少確立怎樣的責任意識？我們不妨看看 1995 年獲得諾貝爾文學獎的當代愛爾蘭詩人（也是批評家和詩歌翻譯家）希尼的一段話，在《面對面的注視——與謝默斯‧希尼對話》中，希尼針對詩歌在西方的尷尬處境說：「事實是，在西方、在英語文化的世界，尤其是在美國，以及英國，還有愛爾蘭，人們對詩歌這個詞都有點害羞或害怕。我最初是當中學教師，而不是大學教師，因此我的一部分動力，就是要讓他們不那麼迴避詩歌，幫助他們。」這段話足以引起所有一線語文教師的內省——對於新詩，我們在內心深處有沒有建立起這樣的責任感？如何積極建立學生對新詩理解和接受的熱情，在既有的古

典詩詞成熟鑒賞理論和集體無意識先驗的對古典詩詞的肯定觀念中，生發出
新詩閱讀、接受、思考的興趣，自主更換、調整閱讀方式，突破系統分析的
影響，避免輸入和輸出式的被動教學目的，這需要施教者充分調動學生的主
體性。

新詩的主體性教學方法

新詩是多義性的文體，其時代氣息濃鬱，內涵多元化，由此而致其闡釋
空間的開闊：現代人的智性哲思、情感的複雜跳躍、陌生化技巧的探尋和獨
異風格的追求、時代的深厚語境和個性化的人格確立、詩人主體的美學訴求
和寫作觀念的特性，中西廣博的詩學背景和跨世紀的人文關懷……都可以在
新詩文本中尋出端倪。無疑，上述諸種承載恰恰是新詩教授者施教的難點、
困惑和棘手問題，這在中學語文教學業內已經成爲不爭的事實。通常我們會
認爲：方法的滯後源於觀念的滯後，事實上，從本書的第一章顯見，新世紀
以來，中國大陸並不缺乏新詩教學的理論和有關重視，在新詩教學中，觀念
先行至少十年，我們多年的困惑停留在教學實踐的少有進展：相關理論具體
式微，眞正放到教學實踐中，會不知所措，無從下手。如果想從根本處改善
這種差強人意的實況，必當在新詩教學中實施主體性教學。在當代教育領域，
對主體性的呼喚已然成爲跨學科的共識性的核心式教育理論。新詩的主體性
教學有兩個層面所指：一、教師的主動性所指——教師不是複製知識的機器，
在課程資源面前，也並非被動的傳播者，教師有權利將講授的文本視爲重新
創造的對象，其教授本身就是主觀再創造的過程。具體到新詩的講授技巧和
手段。二、學生的主體性學習——尊重學生的主體性、發展學生主體性的教
育，而非賜予學生主體性的教育，這是一切以發展學生主體性爲宗旨的教育
活動首先必須明晰的問題。明確了這一點，在實施課程教學過程中，必須致
力於將學生主體性發展的主動權還給學生。培養他們的詩性的活力、主觀能
動性、創造性、參與性、自我提升的能力。

課堂上學生的學習效率取決於教師，一方面，教師要懂得掌控教師的自
主權，靈活使用教授策略；另一方面，教師應該具備維持學生學習該課程興
趣的能力，講授新詩的難度高於其它文體，教師首先需要確立突破固有的教
學方式的教學理念，避免灌輸現成結論的教學方法。但是，另一方面，系統
成熟的新詩教學理論又沒有形成，分散的研究理論目前還沒能迅捷地轉化爲

新詩教學第一線的教育生產力。

杜威說：教育並不是告訴和告知的事情，而是一個主動和建設性的過程。新詩對教師主體能動性要求非常高，教師滿懷激情的講授本身就符合詩性的美學要求，切入新詩情緒的過程也是教師調動自我情感的過程。「切記與學生的關係首先是平等的人，其次才是學生和老師，也不要忘記作為一名教師，你既是主人也是客人」〔註12〕教師能否把握主客的身份，如何處理兩個角色的轉換，其實是教師主體性教學成功與否的重要環節。那麼，如何在講授新詩時成功有效地調動自身和學生對詩歌文本的熱情，啟發學生自我質疑、參與創造和文本探究的興趣，避免空洞講析？對此，可以實施「新詩的細讀式鑒賞教學」觀念，這一教學觀念的提出來源於語文教學中一個重要話語和環節「閱讀教學」。

什麼是閱讀和「閱讀教學」呢？高中語文課程標準中明確闡釋：「閱讀是搜集處理信息、認識世界、發展思維、獲得審美體驗的重要途徑。閱讀教學是學生、教師、教科書編者、文本之間的多重對話，是思想碰撞和心靈交流的動態過程。閱讀中的對話和交流，應指向每一個學生的個體閱讀。教師既是與學生平等的對話者之一，又是課堂閱讀活動的組織者、學生閱讀的促進者。教師要為學生的閱讀實踐創設良好環境，提供有利條件，充分關注學生閱讀態度的主動性、閱讀需求的多樣性、閱讀心理的獨特性，尊重學生個人的見解，應鼓勵學生批判質疑，發表不同意見。教師的點撥是必要的，但不能以自己的分析講解代替學生的獨立閱讀。」這裡，對「閱讀」和「閱讀教學」進行了原則的界定，尤其對教師在閱讀中的地位和作用做了較為透徹的說明。但是，具體教學環節實施方法語焉不詳。可見，提出「新詩的細讀式鑒賞教學」的理論意義。

細讀是個體閱讀的基礎，鑒賞是詩歌閱讀特性所在。任何「閱讀」，首先和首要的都是「個體閱讀」。「個體閱讀」是閱讀及閱讀教學的基礎與前提。無論是學生、教師，還是教科書編者，離開了「個體閱讀」，所謂「多重對話」、「思想碰撞」、「心靈交流」等等，全成了無源之水、無本之木。探究中國傳統的「個體閱讀」，實為「細讀」。中國古代早有孔子刪《春秋》，乃「細讀」；《左氏傳春秋》，亦為「細讀」的說法。在新詩教授中，教師是否掌握細讀的

〔註12〕約瑟夫・羅曼：《掌握教學技巧》，杭州：浙江大學出版社 2006 年版，第 97 頁。

方法，能否在細讀中調動學生的參與很關鍵。

教師的細讀包括對詩歌文本的外部研究和內部研究兩個方面：外部研究側重分析文本誕生的歷史和時代背景、詩人的創作觀念、人生經歷、詩學積累、作品的意義影響等等。在教學環節中，教師對外部研究的生動融彙是吸引學生提高閱讀興趣的因素之一，是輔助教學提高課堂氛圍的方便手段。很多學生在感性上是排斥新詩的，他們認為新詩不及小說生動、不及散文輕鬆、不及話劇親切、不及古典詩歌易吟誦……面對學生潛在的閱讀障礙，教師對詩歌文本的外部研究成為生動講解分析作品的調味劑，這一環節可以緩解甚至是破除學生的排斥心理。外部研究的介紹對教師接受能力、融合方式和篩選側重要求很高——選取什麼資料、放在哪個環節和部分講解、如何融彙得無生硬的痕跡，這些都充分體現了教師主體性教學的靈活度，其效果取決於教師細讀的質量和教學中換位體量學生求知的觀念。

教師帶動學生細讀的過程就是鑒賞式啟發的對話過程。對於師生雙方而言，對話不僅是一種表達與傾聽的教學方式，而且是一種教學情境，在更深層意義上理解，它將成為師生在教學情境中的一種新的生活方式，當然，踐行的關鍵環節是施教對象。在現代教學理論研究中有一個共識性觀點：施教者通過剝奪學生主體地位的手段來塑造自己的教育權威的形象，這是「主導」對「主體」的壓制，無法帶來理想的教學成果。古羅馬教育學家普魯塔克強調：學生的頭腦不是填充知識的容器，而是用來點燃的火種。在新詩教學中如何點燃這沈寂的火種，是目前教學的難點。中國是一個詩歌大國，古典詩歌豐富的資源成為民族的驕傲，當然也是進入新詩學習的障礙。在古典詩詞面前，學生都有一定的學前教育閱讀的基礎，而新詩（這裡不包括兒歌）的學前教育經驗多數是空白。面對新詩，中學生普遍成為「沉默的他者」，以容器的姿態等待被灌輸，當然，這不影響學生對新詩陌生的期待和渴望瞭解的好奇。恰恰是後者，成為施教者調動學生主體性學習的突破口，亦如「德國教師的教師」第斯多所說：誰要享有發展，必須用自己內部的活動和努力來獲得激發。因此，在新詩教學中我們必須致力於將學生主體性發展的主動權還給學生。

新詩教學中，所謂學生的主體性學習，是在尊重學生的主體性、發展學生主體性的教育基礎上，調動學生自主實踐學習，掌握學習的主動權和熱情的行為方式。新詩文體的靈活性、創作觀念的現代性、解詩空間的開闊性等

等，這些尤其決定了新詩教學不能被賜予程序化的方法和刻板的概念。如何調動學生主動接受、進入新詩學習，使其內在生發獨立探索和創造精神呢？朗誦和寫作是兩個具體可施、頗見成效的途徑。

中國古典詩詞的誦讀方式是吟誦，吟誦，是中國古人對漢語詩文的傳統誦讀方式，是中國古代高效的教育和學習方法，因爲漢語的詩詞文賦，大部分是使用吟誦的方式創作的，所以也只有通過吟誦的方式，才能深刻體會其精神內涵和審美韻味。今天比較來看，如果說吟誦是古漢語詩文的活態，那麼朗誦就是現代漢語詩文表達的活態。新詩的音樂性是把握新詩形式節奏的核心話題，在教學中，引發學生對詩歌聲音的關注能幫助他們在朗誦中自主完成對詩歌內蘊、詩歌情緒的多重性、複雜性的豐富拓深的感受，增進對作品多維度的理解。朗誦是學生自主學習的重要環節，它首先可以激發學生對作品的感覺，有了感覺才能進一步談鑒賞問題，正如上個世紀二十年代，王獨清所說：「詩，作者不要爲作而作，須要感覺而作，讀者也不要爲讀而讀，須要爲感覺而讀」。〔註13〕其次，朗誦可以增進對作品的理解，輔助理解作品情感的深度、探究語言形式的特點等等。英語世界中有著十分悠久深厚的朗誦詩歌的傳統，而且他們經常把詩歌和戲劇聯繫在一起，使朗誦中包含著表演的成分，這在我們新詩的傳統中是匱乏的。朗誦對於現代漢語詩的意義在學術界少有關注，同樣，新詩教學也較少給予重視，這足以引發我們的反思。詩人寫下一首詩是沉默的，但是他的聲音就在這首詩中，通過聲音進入作品，是很直接的方式。從中國新詩史來看，上世紀 20 年代的新月派就經常通過朗誦來辨別音韻，可以說這是他們創設新格律的一種途徑，到了 30 年代，朱光潛在北京組織過讀詩會，朗讀的範圍非常廣泛，很多京派作家在讀詩會上朗讀自己的作品，他們試圖通過聲音表達詩歌的意義。對於學生而言，朗誦是有聲音有情感有語調的閱讀，朗誦過程中存在著三種聲音：詩歌文本絕對的聲音，詩人的潛在的聲音，朗誦者自己的聲音。朗誦方式也存在三種類型：正確地適度地表達，創造性地理解，誇張或偏離的誤讀。無論哪一種方式，都可以帶動自身和聽者反思朗誦的準確度，即韻律和節奏的把握是否適度，語速語調的變化是否合理，重音語態的轉變是否完成等等。朗誦行爲的發生、互動，就是學生實踐主體性學習的過程。它的發生突出了三個在場：朗誦者

〔註13〕《再譚詩——寄木天、伯奇》《創造月刊》第 1 卷第 1 期，1926 年 3 月 16 日。

主體的在場，詩歌作品和詩人的在場，聽眾的在場，每一部分都有主角意義的顯現，所以，在新詩教學中，教師可以通過這一環節，調動學生的主體能動性和課堂的互動效果。

除朗誦外，還有一個調動學生主體能動性的教學策略——詩歌寫作。中學生的文學創作主要是小說、議論文和散文，而詩歌和戲劇少有問津，這一方面源於高考沒有納入新詩寫作，另一方面，中國已經出現了長達半個多世紀的詩歌寫作教學訓練的「空白」，詩歌寫作的教學長期以來沒有進入詩歌教學課堂，其關鍵原因是沒有重視詩歌寫作的訓練對調動學生主體性學習的重要意義。要寫好詩，首先就要清楚好詩的標準，探究標準的過程，也是學生提升自身鑑賞力、分析力、創作力的良性循環過程。在具體寫作訓練中，學生真實觸及到詩歌的語言、邏輯、結構等諸多問題，消除自身與新詩的隔離感、陌生感。就詩歌語言的訓練而言，它可以調動學生對新詩語言把握的興趣，瞭解什麼是好的詩歌語言，其特性所在。新詩的語言有別於我們日常生活的慣性思維，不過，它又依賴日常生活語言。只有進入詩的語言系統，才能領悟其內涵和詩性所在，亦如古人有言「詩向會人吟」，學習把握新詩語言的同時，學生自然會明白好的詩歌語言妙處所在。此外，新詩的形成過程——詩歌的結構問題，新詩情感的邏輯，形象的斷裂問題，新詩的忌諱問題，想像與新詩生命的關聯問題，具象與抽象問題，新詩意象與意境的營造與古典詩詞的差異等等問題，這些問題在具體寫作實踐中，學生自己就必然會面對，必須要瞭解，甚或最終要解決。新詩寫作的訓練，還可以提高學生想像力、語言能力、省思力、創造力。學生的主體性學習在寫作、互相鑑賞、評析中充分發揮。

在新詩寫作訓練中，教師扮演很重要的引導角色，教師可通過命題同題詩作的方式，鍛鍊學生創作後互評優長，在課堂上逐一分析出精彩的詩作，再逐一讓學生提出問題及修改方案。課堂上，學生的熱情高漲，他們發現原來詩歌創作並不是很艱難的事情，有很多可以把握的技巧和寫作方式，只要掌握了，誰都可以寫出好詩來。而且，通過互相修改自己的作品，大家對詩歌鑑賞理論的把握和角度有了明顯的改進。文學感悟力大大加強，詩歌鑑賞、批評、朗誦等一系列能力都有所增進，很多學生也改變了對新詩的偏見和誤解，充分實現了主體性學習的最大價值。

北大錢理群教授在談到中學語文教育改革時，中肯地指出教育改革的成

敗取決於一線教師：「我要說的是，中國的語文改革發展到現在，它的關鍵在第一線教師，即第一線教師的積極性、主動性與他們的素質」〔註 14〕。語文教育改革要調動教師的主動性，我們的新詩教學在發揮教師的主體性同時，還要提高學生主體性學習的能力。新詩發展的未來必須從中學語文教學抓起，如此方可以爲大學新詩教學奠定基石和橋梁。

第二節　日常審美空間與當代大學詩教的一個維度

在談及當下大學詩教問題之前，有必要從源頭處對新詩教學歷史做一個簡要梳理：中國大學設立中文繫於清末民初便已出現，當時稱之爲「中國文學門」（簡稱「國文門」），它的設立是中國文學研究現代化轉型的開始。由最初的「中國文學門」到後來逐漸走上正軌的「中國文學系」中間還隔著很長的一段距離，直至 1920 年代末，時任清華大學中文系主任的楊振聲對全國範圍內的中文系做批評性總結時，仍不無失望地指出，中文系研究的是校讎目錄之學、語言文字之學而非文學〔註 15〕，這說明在早期的大學中文系，所進行的研究範式仍然是傳統國學的研究模式。1928 年楊振聲擔任清華大學中文系主任，積極倡導新文學，並確立以「創造我們這個時代的中國新文學」〔註 16〕爲辦系宗旨。在楊振聲、朱自清等人的積極籌備下，清華大學率先爲學生開設了「中國新文學研究」等數門與新文學有關的課程。相較於傳統國學的研究模式，新的研究範式的產生和確立應從新文學進入大學的課堂算起。其中開設的「高級作文」課程，就包含了詩歌、散文、小說等新文學文體的試作。不久，1929 年 9 月，北京大學的國文系也開設了「新文藝試作」課程，按照詩歌、散文、小說、戲劇四種文體分爲四組，分別由徐志摩、孫大雨、周作人、馮文炳、余上沅等任教員，對學生進行指導。此外，在燕京大學任教的冰心也爲學生開設了「新文學習作」課程，對學生進行白話文和新文體創作的訓練。由此，新詩作爲新文學的一個文體進入到大學課堂的教學中。

〔註 14〕錢理群、孫紹振：《中學語文教育改革對談》，《書屋》，2005 年，第 9 期。

〔註 15〕楊振聲：《中國文學系概括》，載《國立清華大學二十週年紀念刊》，1931 年。

〔註 16〕清華大學中文系：《中國文學系的目的和課程的組織》，《國立清華大學一覽》，1929 年，第 39 頁。轉引自李蕾：《1928～1937 年北平大學文學教育觀念考察——以清華大學爲中心》，《清華大學學報》（哲學社會科學版），2011 年第 4 期，第 91 頁。

　　新詩教學講義的出現最早可以追溯到 1929 年，朱自清爲其在國立清華大學中文系開設的「中國新文學研究」課程而編寫了一部講義，即《中國新文學研究綱要》。其中，新詩雖然只是其講義「各論」五章中的一章，然而卻也是講義中「內容最爲豐富」〔註 17〕的部分。而在此之後又相繼出現了沈從文的《新文學研究──新詩發展》、蘇雪林的《中國二三十年代作家》、王哲甫的《中國新文學運動史》、林庚的《新文學略說》、廢名〔註 18〕的《談新詩》等大學課堂講稿，他們或將新詩作爲其中的一部分進行論及，或全力圍繞新詩展開教學，爲 1930 年代的大學課堂教學添上了濃墨重彩的一筆。〔註 19〕到了 40 年代，朱英誕在北大的新詩教學〔註 20〕與昆明西南聯大的新詩教學都別具特色。上述諸家對詩歌的教授，不僅關乎詩歌史的發展，且多有涉及詩歌的本質論、形式論及其個人的詩學淵源。他們對新詩的成績都極爲肯定，比如，20 世紀 30 年代，廢名曾在北大課堂將他對新詩的特別的思考體現在每一個主題講座中，其中對新詩成就的判斷頗引人思考，他說：「中國的新文學算是很有成績了，因爲新詩有成績。」〔註 21〕蘇雪林在其講義《中國二三十年代作家》的第一編「新詩」的前言中說：「新文學第一次試驗的文藝創作，不是小說，不是戲曲，卻是新詩。自胡適發表《嘗試集》以來，作家相繼而起，失敗者固銷聲匿跡，以後不再爲此試驗，成功者卻興高采烈，繼續向前努力。現在新詩已成爲新文學主要潮流之一了。」〔註 22〕新詩作爲新文學的最早嘗試，應是講現代文藝，先講新詩的一個原因所在。廢名和蘇雪林對新詩成績的認可與關注可謂一語中的。然而，時隔半個世紀，在新時期大學現當代文學教學中，新詩的分量卻是公認的不堪想像的輕，新詩能否承受如此之輕，

〔註 17〕王瑤：《先驅者的足跡──讀朱自清先生遺稿〈中國新文學研究綱要〉》，《朱自清全集》（第八卷），朱喬森編，南京：江蘇教育出版社，1996 年，第 130 頁。

〔註 18〕1936～1937 年，廢名在北京大學開講新詩，後因抗戰爆發離京回鄉。

〔註 19〕目前，針對這些講義，研究最多的莫過於廢名的《談新詩》及其與朱英誕新詩講義的合集──《新詩講稿》，而其它幾部講義雖然也被研究者提及，但多是將其置於文學史或文學批評的框架中進行論述，而很少將其作爲「新詩講義」從大學課堂新詩教學的角度進行深入細緻的探析。

〔註 20〕1940～1941 年，廢名的學生兼朋友朱英誕接續廢名在北大講新詩，對廢名的觀點多有承繼和開發。二者均留下系統的詩歌批評講稿。

〔註 21〕馮文炳：《談新詩》，人民文學出版社 1984 年版，第 165～166 頁。

〔註 22〕蘇雪林：《中國二三十年代作家》，臺灣：純文學出版社有限公司，1972 年，第 39 頁。

這是教材編寫者和教學大綱制定者需要進一步探討和審愼對待的問題。立足新詩教學現場，我們會發現「輕」不僅僅是觀念的問題，還有實踐的因素，也就是說大陸新詩教學現場始終以教授現當代詩歌史爲詩歌教學的主脈，以講授詩人詩作、詩潮流派、詩學思想爲主線，鮮有從新詩寫作訓練的維度引導受教者深入詩歌本體特性，鮮有從詩歌文本生成的內在因素反觀新詩發展歷程，鮮有從日常經驗的視點反思寫作的動因。學生缺少從碎片、習常的生活中發現詩意、發現震撼的美，賦予日常經驗以詩韻的光澤等必要的詩寫訓練。大學詩教在何種程度上、以及應該以何種方式對學生產生影響、如何汲取前輩學人新詩教學的經驗是我多年以來始終關注和思考的問題。針對上述列舉的問題，本節以我在教學實踐中開創的「外國詩人走進大學課堂」的教學側記與首都師範大學文學院本科生的詩歌創作實踐爲例，再現當下大陸大學詩教課堂的部分實踐成果。

爲什麼寫詩──詩教的一個切口

「什麼是藝術，藝術即經驗」〔註 23〕經驗包括生命經驗和文化經驗，前者即在日常生活中的一些體驗感受；後者是從古典或現當代文集那裡閱讀的積累，這兩方面構成創作的基礎。在眾多經驗中，日常經驗是從此在通往彼岸的必經路徑，是現代詩寫者的大地。作爲日常經驗的核心元素，「日常生活」是一個現代概念，「涵蓋的是有差異和衝突的一切活動」，〔註 24〕最直接最具體的生存形態。差異與衝突通過具體紛呈的生存形態，構成了詩人不同層面和維度的內眞實，在詩歌創作中展現出一個與自己重疊或者迥異的個我。如何在碎片、習常、重複的日常生活中發現詩意、發現至少能讓自己震撼的美，這需要詩人具有慧敏獨具的觀察力和捕捉能力；如何讓日常經驗經過詩人的

〔註 23〕【美】約翰‧杜威的《藝術即經驗》（商務印書館 2010 年版）一書，對當代日常生活審美化思想影響最大，該書認爲：人們關於藝術的經驗並不是一種與日常生活經驗截然不同的另一類經驗。他要尋找藝術經驗與日常生活經驗、藝術與非藝術、精英藝術與通俗藝術之間的連續性，反對將它們分隔開來。他強調藝術品要從日常生活經驗出發，他從日常生活經驗中發現了一種他所謂的「一個經驗」，即集中的，按照自身的規律而走向完滿，事後也使人難忘的經驗。

〔註 24〕「日常生活」作爲一個現代概念於 1933 年率先被法國哲學家列費伏爾在其和古特曼合作的論文《神秘化：走向日常生活批判的札記》中論述，Henri Lefebvre, Critique of Everyday Life (London: Verso, 1991), 97。

處理發散詩韻的光澤，這是詩藝打磨的錘鍊過程。從一首詩的誕生到它的完美出爐，從初涉詩壇到遊刃於詩意之海，詩歌與詩人並行巡弋於日常經驗中，探索並分享心靈的旅行。

「爲什麼寫詩」這個看似初級的問題卻可以直接打開充滿偶然與必然、眞實與變幻的詩歌創作的本源，同時也是創作觀念的一種釋放。2014 年，我請來西班牙、美國、伊朗、南非、斯洛文尼亞等不同國家的優秀詩人以「詩歌與我」爲題爲首師大的學生做報告、交流，旨在讓詩歌在中國的大學課堂上眞正完成跨越國界、跨越語言的溝通，讓學生現場感受領略不同語種、風格、經歷的國際詩人的創作經驗、歷程，以及爲詩歌所投注的眞誠的生命情感……以此啓發學生們的詩性情懷和創作的興趣，融化和體悟他們從教材中學過的詩歌理論與概念。詩人們所談芸芸紛呈，但幾乎無一例外，都觸及到詩歌寫作與日常經驗的話題。詩歌本在日常生活中產生，說得越抽象，聽起來就越虛假，反而，將詩歌寫作放置在日常經驗中，其內涵、意義、魅力自然得以凸顯。本節採擷 2014 年度我在首都師範大學新詩教學課堂中擇錄的部分外國優秀詩人的相關發言，再現不同詩人創作的詩意「源頭」：

伊朗／美國雙語寫作的女詩人修蕾・沃爾普（Sholeh Wolpe）說：「詩歌對於我是從痛苦中產生的，因爲與周圍人的不同、異國身份帶來的痛苦……我想表達壓抑、苦悶、孤獨，就開始寫詩。但我對自己的寫作非常苛求，只有十分明確想向世界展示什麼之後，才會把自己的詩拿出來發表，我做了很多年的秘密詩人。」

西班牙 70 後女詩人尤蘭達・卡斯塔紐（Yolanda Castano）說：「七歲開始寫詩源於讀到了第一本詩集，喜歡上詩歌的表達形式。十五歲時看到一本精緻昂貴的喬叟詩集，不好意思讓我的窮媽媽買，正巧看到詩歌大獎賽的廣告，後來拿著獎金買到詩集，這尤其激發了我的創作潛力。從此開始了持續至今已經二十年的詩歌寫作生涯。」

南非 80 後女詩人姆芭麗・諾斯丁茨（Mbali Kgosidintsi）說：「童年讀到的兒歌、童謠之類的詩句，使我喜歡上詩歌的形式，在學習戲劇表演中，愛上了莎翁等人的臺詞和古典文本。詩歌有激起情緒的力量，幫助我表達情感；詩歌讓我變得更安靜、更願意傾聽、閱讀、探索。各種東西都可以封存在詩歌這個形式裏，詩歌是我表達所有瘋狂情緒、理清情緒的方式，籍此認識世界。」

　　美國當代詩人、學者托尼‧巴恩斯通（Tony Barnstone）說：「詩歌是一個小小的容器：它可以裝入歷史、神話、感情，可以裝入一次開心大笑、也可以裝入一個靈感、童年的某個時刻，隨著我變老，沿著我們能享有的百年壽命前行，我試圖留下裝著我生命點點滴滴的一顆顆小寶石。」

　　斯洛文尼亞寫作中心主任布萊恩‧莫澤蒂奇（Brane Mozetic）說：「出於青春期的困惑，我開始寫詩，把我的問題以及無人討論的事情都寫進詩裏，這些詩多多少少都是個人日常經驗的表達。」

　　南非詩人佐拉尼‧米基瓦（Zolani Mkiva）說：「我的家庭有傳統吟誦詩人的血脈傳承，我深受活到 105 歲的曾祖父的啟發和指導。我們用非洲土著語之一 Kasa 吟誦我們部落的故事、歷史，作爲傳統吟誦詩人，我有資格在任何時間對任何人說任何話，其它人沒有這樣的言論自由，不能自由表達自己的評判。在上大學一年級時，開始從更爲廣泛的語言意義上眞正接觸英語，並更深地認識自己，更多地瞭解到我在自己民族和團體中的作用和代表性。寫詩不僅是用持久的記憶去提醒人們來自何方、如何行事，還要有預見未來的意義；詩歌是武器，是與社會邪惡抗爭的武器。」

　　斯洛文尼亞青年詩人阿萊什‧希德戈（Aleš Šteger）說：「詩歌創作的靈感來源於我時常問自己作爲阿萊什‧希德戈一個個體在這個世界上感受到了什麼、認知到了什麼。寫詩是試圖表達個體與生活的複雜性和衝突，趨向於用這種複雜性不斷拷問我是誰，藉此寫出我覺得有意思的詩歌。」

　　臺灣詩人、翻譯家陳黎說：「我除了在大學讀書的四年之外，幾乎過去半個多世紀都在花蓮長大，這與我寫作的一些定位有些關係。我幾乎是足不出戶，沒有離開過臺灣，可是通過閱讀和寫作，在我的小城花蓮裏複製了所有的城，通過我自己閱讀和寫作的世界去旅行。」

　　在大學詩教現場，新詩教學的國際化視野是筆者近幾年推出的新詩教學實踐，這一教學設計也汲取了 20 世紀 40 年代昆明西南聯合大學新詩教學的經驗。王佐良等青年詩人受益於當時在聯大教書的英國青年詩人燕卜遜，他講授的英國當代詩歌對中國 20 世紀 40 年代現代主義在昆明的興起影響巨大，當時在西南聯大就讀的「九葉派」詩人在他的影響之下，找到了「當代的敏感」與現實密切結合的方式，打開了寫作路向。受此啟發，自 2011 年我開創北京國際詩會以來，已經成功舉辦 3 屆，每屆邀請來的外國優秀詩人都應邀走進大學課堂，從個體生命經驗、創作感悟、學識譜系談起，雖然詩人

們寫詩因由不同，差異明顯，不過他們都有一個共性即詩歌創作與生命緊密伴隨，那就是詩歌源於日常經驗。其實，生活中每一個人都生存在事件當中，是大事件的一個小的組成部分，在這個過程中每一個人會通過自己的詩歌創作給大事件或細小的情結加一些東西，寫詩成為與自己、與他人、與世界交流和分享的一個自選的路徑，雖然無法完全掌握登臨彼岸的時間，但是過程本身是心靈的美好旅行，日常經驗是觀光或留在心中的各色風景。

詩意無處不在

20世紀90年代以來，隨著冷戰的結束，市場經濟的全球化全面提速，以費瑟斯通等研究者為代表，提出了「日常生活審美化」等重要理論。新世紀以來，「日常生活審美化」成為文論界一段時間內相關研究和爭論的重要關鍵詞。在詩歌創作中，日常生活的審美化就是詩意生存，詩性智慧的展現。在臺灣的蘭嶼島上住著以捕魚為生的達悟族，這個保持原始生活方式的部族，每次殺魚時，他們都會非常認真地用靈魂和魚對話：「很對不起！殺死你是為了我活下去，我不會濫殺。」一場靈魂的對話後才會吃掉魚，同樣，他們每次砍樹的時候也會非常虔誠地與樹的靈魂交流。雖然他們沒有學過詩歌理論，不懂得日常生活與審美化的關係，不過他們的日常生活就是在用靈魂寫詩，簡單質樸卻閃耀著詩性的光芒。中國當下詩教課堂最為匱缺的是對學生的詩性情懷的激發，鮮有教師重視學生在日常生活中體悟和捕捉詩意經驗的能力。在筆者的詩歌鑒賞課上，第一節課從生命的韻致講起，引導學生去感悟、聆聽、觀察生活與生命的姿態，並以「楊樹」和「我聽到……」命題或半命題的方式逐步鍛鍊學生通過詩歌創作完成從對事物的觀察到自覺於日常生活中的詩意、直至對心靈沙漠的開掘；從意念的生發到詩藝的錘鍊，從表達到不同維度的靈魂的交談和對話。有的學生通過對校園中楊樹的書寫表達出植物與自然，植物與人類，植物與世界的緊密關聯，甚至寫到了孤獨。比如黨訓福同學的詩歌《樹與我》：

> 此刻，我在用昨天的詩
> 寫著今日的楊樹
>
> 橫是你的土地
> 豎是你的幹

　　撇是你的枝
　　點是你的葉
　　折是你的痕

　　你看，你的身上刻滿了孤獨

　　這首詩語言簡潔，畫面感很強，結尾尤其好。一棵挺拔的楊樹呈現在我們的眼前，可觸可摸，甚至連它的傷痕也歷歷在目。這棵楊樹的深切的孤獨，讓我們聯想到萬事萬物的孤獨，世界的孤獨和自身的孤獨。白楊樹其實也就是詩人自己，是他心目中的自我之影。

　　同樣寫楊樹，多數同學寫得比較平實和普通，缺少想像力，他們沒有從日日穿行而過的校園中的夾道楊樹身上「尋訪」出詩意，雖然這並不妨礙有的同學將詩寫得很像詩，比較好的如張旭同學的《狂想》:「我的天空是一塊破碎的玻璃 ／我痛恨身邊的白楊 ／他奪去了本屬於我的陽光 ／燥春 ／楊花在天空來回飄蕩 ／好像孩子手中不小心飛走的棉花糖 ／熱夏 ／烈日炙烤著大地 ／我在高高的影子下酣睡 ／蕭秋 ／枯葉踮起腳尖跳舞 ／我看見枝幹指著天空的方向 ／寒冬 ／寂寞的星空下 ／我多想要擁抱你 ／可是，晚安白楊」。作者在詩中寫了一年四季的白楊樹，時間拉得比較長。他所想要表達的卻在最後兩句，前面都是岑長的鋪墊。從詩中可見詩人有著一顆青春的心靈，他無法感受到時間在一棵楊樹上的老去，更無法感受到時間在自己身上的老去。這首詩充滿了孩子般的青春氣息:痛恨，不小心飛走的棉花糖，破碎，寂寞等詞語充分表明了他稚嫩的心態，全詩遍插日常生活的隨感、片影和青春滋長的茱萸。但是最大的問題是讀起來缺少詩的韻味——穿透情感的詩意。

　　布羅茨基曾經說過:「一首詩若想在時間中旅行，就必須具有獨特的音調和洞察」〔註25〕，那麼這種「獨特的音調和洞察」是如何產生的呢?優秀的詩作一定要經歷具體生活的鍛造，汲取人性的、自然界的精髓，並結成生命的晶體;這樣，讀者在閱讀時才會讓詩作重新釋放現實的能量，才會感受到明亮和溫暖。詩人情感要豐滿，就要有銳度，要有對自然、對自己的判斷。有經驗的攝影師拍照，總是十分重視選擇角度，以突出所拍攝對象的特點。以鄒雨晨同學的詩歌《我喜歡養花》為例:

〔註25〕約瑟夫・布羅茨基:《詩歌是抗拒現實的一種方式——托馬斯・溫茨洛瓦《冬日的交談》序，劉文飛譯，《中國南方藝術》2015 年 11 月 30 日。

我喜歡養花
多肉、石斛蘭和茉莉
葉插、播種和分株
日復一日
從不覺疲倦
然而
我無法培養在小小的陽臺上的
是我最愛的寒梅，和孤竹
於是
我把它們養在心裏，從不提及

無論是被鐵絲綁架的
無香的梅
還是養在水晶插瓶裏的
寓意富貴的竹
皆不是我的所愛

清傲寒梅應盛放在霜雪中
勁節孤竹應挺立在風雨裏
或許我所喜愛的
只是我
希望自己變成的樣子

我喜歡養花
年復一年
從不疲倦
若有人問起
我喜歡養花
——多肉、石斛蘭和茉莉

　　批閱水平不一的學生詩作時，這首詩溫厚的人生情味讓我眼前一亮。作者平中見奇，感受洞幽探微，在平凡事物中善於發現和挖掘那些新奇端麗的

東西，同時懂得如何在敘述中「獨闢蹊徑」。顯然，鄒雨晨同學是一位敏銳感受生活的人，她從日常經驗中提取事物的潛滋暗長，開拓個人的想像疆域。我相信，即便是換一個題材她也可以寫出好的詩作來，因爲她的生活中浸潤著詩意。相反，有些同學對周圍事物平時缺少觀察，甚至是熟視無睹的狀態，更不會提取日常經驗的詩性韻味，這樣寫出的詩一定是乾枯的漿果。

10 年前，我邀請葉維廉教授來首都師範大學做詩歌講座，曾就新詩的教學方法向他徵求意見。他談及其在美國大學考核學生詩歌課成績的方法，形式不一，屢有創新和嘗試：比如他只給學生空礦泉水瓶作爲道具，讓他們在樹林中分組排演詩劇；比如，帶學生坐在大海邊，冥想傾聽，讓學生交流聽到了什麼，這是伸展詩意觸角的有趣的形式……諸上大膽創新的考核方式，在我們的大學課堂上不便實施，不過完全可以隨機靈活地轉換現有的硬性考核模式。其中，鍛鍊和鼓勵學生寫詩就是一個靈巧的切口。通過寫詩的訓練，我們發現，有的學生非常敏銳，天然具備感受現實生活的能力，有的同學則善於從各色日常經驗中提煉詩意，自覺地反思，富有深蘊。以黃成傑同學的《聽到……》爲例：

> 鷹的一聲鳴叫
> 把天空叫得越來越高！
> 比屏風似的高樓更高。
>
> 馬的一聲嘶嘯
> 將草原嘯得更廣闊了！
> 比網一般的街道更廣闊。
>
> 鹿的一聲呼喊
> 把森林喊得更深了
> 卻比不上城市的幽深。
>
> 自然在向我們吶喊
> 聽不到我們的回聲。

這首詩有整體的意象感，每一節鋪展出矛盾而又關聯的兩幅畫面的景深，浸透著現代人的共鳴與心聲，結尾兩句擲地有聲，且與詩題和每一節的

首句構成了撞擊的張力。這首詩雖然表達略顯稚拙，但在學生習作中頗具異質性：是一首有回音效果的詩，是一首呼喚詩意的詩，是一首反思現代生活狀態、反思人類文明、反思人和自然關係的詩，是一首質樸有感受力量的詩——寫詩不是玩文字遊戲，它需要我們付出真誠。這首詩讓我想起伊麗莎白·畢肖普曾說，她的詩服膺三樣東西：簡單，準確、神秘。簡單不妨看作生活與寫詩的態度——真誠、不造作；準確不妨看作語言、修辭的表達姿態與能力；神秘則是汪洋的精神海洋或熠熠的星辰，浩瀚蔚藍，深遠不可測。想做詩人，就要學會保留一顆澄藍色的詩心，葆有對瑣碎的現實生活、自然景色、以及世間萬相的欣賞和審美的心態。詩意無需刻意尋寶，它也沒有被刻繪或放置在什麼固定的地方。只要擁有詩心，驀然回首，詩意無所不在。

錘打的手藝——在日常經驗中提煉詩

詩歌在任何時代都被認作是崇高的精神產品，雖然它並不高於日常的生活歷練，流水作業的日常生活中，獨有詩意感悟者為詩人。在這個世界裏，詩人常常是一個尋求寧靜、高遠甚而把生活願景託付給想像空間和思維能力的人，他們用自己的詩歌讓人們相信生活中任何地方、任何時節都有詩意。詩人的心裏有一塊常綠的土地，這塊土地生產綠色的思想，爆發突破冰封雪蓋的力量。寫詩是「橫看成嶺側成峰，遠近高低各不同」，任何事物總是多層次、多側面的，從不同的角度去觀察，便會有不同的感受和不同的發現。而詩人之所以為詩人，就在於獨闢蹊徑、立意新穎，就在於能給人以豐富獨特的感受，就在於詩意的提煉和凸顯。

懂得捕捉日常經驗的技巧和方法，不足以創作出優秀的詩篇，如何將日常生活的現成物取代藝術品，將日常生活轉化為詩歌的影像和情感元素，這是需要技藝、需要錘鍊打磨的能事。很多學生不會從日常經驗中提煉出詩，有一個重要的原因是缺乏錘打詩歌的手藝。一般地說，在寫日常經驗的細微感受時，學生容易出現共識性的問題，即認為日常經驗非審美的制高點，寡然的詩性，或者走向另一端，過於「元白」地書寫。以劉藝涵同學的《窗》為例：「眼睛正盯在那塊玻璃的後面，／一個神奇而多彩的世界。／白晝和陽光交織的火焰，／和那夜晚燈火迷離的倒影。／一扇透明的窗，／分出了外面的世界，／和青春熱切的張望。／聽，醉人的歡笑聲，／把我的心拉到了外面；／聽，失意者無奈的歎息聲，／夾雜著高腳杯的碰撞和汽車轟鳴。／

走走又停停，／窗內靜謐而安詳，／安歇著迷茫的雙腳和旁觀的眼光。／但是，／歲月無情，／有一天我會變成窗外的自己，／在如織的人流中流浪。／但我想我會是不一樣，／勇敢、堅強，／不跟從，／不狂妄。」肯定地說，劉藝涵同學不乏詩情，有詩歌的感受力和較深刻的構思能力，問題出在詩歌不需要把話說得太清楚直接，詩歌不是胡適在「五四」之初所倡議的「想怎麼說就怎麼寫」，詩人也不是生活的傳聲筒。

　　詩人可以是「現代生活的畫家」，〔註26〕可以是多維度穿越的幻想家，簡單不等於原生態、不等於原封不動地還原生活，詩人需要對世界保持陌生感。保持陌生感就是要對一切事物保持敏感、保持新鮮，這讓我想起保羅・策蘭。他是一個喜歡用植物做一些特定事物的隱喻的詩人，比如會找一些生長在集中營附近的植物，通過對它們的描寫來揭示一段歷史。曾有一位德國的文學評論家問他：「你到底想說什麼啊？」策蘭說：「讀到你讀懂的時候就自然明白了」。我還想到了勒內・夏爾，閱讀他的詩猶如在原始森林中歷險：意象的叢林繁茂繽紛，瑰麗奇譎；詞語的藤蔓相互纏繞扭結，意義的小徑忽隱忽現，雖然這方原始叢林中有清澈的溪流，整體而言，還是比較晦澀難懂，可是這絲毫不影響其詩作激烈的情感力量。與保羅・策蘭和勒內・夏爾一類的詩人不同，中外還有很多優秀的詩人，不用生僻的語詞，也不用晦澀的意象，都是日常話語的排列與組合，但這些日常話語經詩人藝術處理後，又常常能於日常蘊超常，於樸素中見深邃，透射出綿裏藏針的藝術功效和震顫心靈的審美魅惑。每個人選擇怎樣的詩路，由每個人的自主性、審美維度與性格等因素決定，但是，這不等於說詩歌是任性而為的創作過程，誠然，它需要詩藝的錘鍊。

　　首先，構思是一首詩的鋼架。構思作為詩學策略之一，對於每一個詩人、每篇作品來說都絕對必要，只是因其技巧的精粗，造成了作品的優劣，對此謝冕先生有一段話說得形象而在理，「超凡的構思可能造成華美的殿堂，平庸的構思只能產生千篇一律的火柴盒。」這種「超凡」是指新穎、獨特和深刻，是一種艱苦而富有創造性的勞動。以郭紫瑩同學的《飢餓》為例：

　　　　熾烈的驕陽是煎得半熟的荷包蛋
　　　　我是蒼鷹

〔註26〕　【法】波德萊爾《現代生活的畫家》，《波德萊爾美學論文選》，郭宏安譯，北京：人民文學出版社，2008年版，第485頁。

與天狗撕咬最後一口殘食

我爲最後一塊屹在峰頂的頑石
取一個響亮的名字
麵包峰

奔襲在黑夜與黎明的分界
固執的胃在哀悼
在悽愴的輓歌動人

爲何我要咆哮？
你看那隱匿在原罪角落的餓獸
伺機而起

我是天地間
最美味的一餐

做自己信念的猛獸，始終保持著亢奮與警覺。在精神宏大與生活俗常之間歎息，狐疑，搖擺，罪己。這首詩對素材的選擇、組織、提煉均有一定的斟酌，結構鮮明清晰，情感主幹節節關聯盤錯，有獨得獨悟，「得之在俄頃，積之在平日」，對於 2013 級的學生而言，寫出這樣的詩作比較可貴，也絕非一日之功。〔註27〕

其次，還要掌握詩歌寫作的技巧，錘鍊詩藝。寫詩的基本功就是鍊字、鍊詞，詩中所用到的每一個字和詞，都要反覆推敲、斟酌。以佟緣圓同學的《曇花》爲例：

你喜溫喜濕喜陰，
我爲你澆水填肥遮光。
忘了，你是小小仙人掌，
忘了，窗外的冬季。

〔註27〕後來得知今年讀大二的郭紫瑩同學已經出版兩本個人詩文集：《恰同學少年》，哈爾濱：北方文藝出版社 2008 年版（24 萬字）；《正逢高中時》，哈爾濱：北方文藝出版社 2011 年版（35 萬字）。

刺座生於圓齒，
毛刺鋪滿幼枝。
有多久，
你偏愛稱讚的目光，
疏離質疑的話語。
你，是頑強的，
你，是倔強的。

月下美人，曇花一現。
你那白色的大花，如夢一場。
你在東方的上空閃耀，
瓊花反轉浮空，裸露著，
碧波灑在你的裙下。

一窗一門，
一明一暗，
一春一夢。
黑白暗影交錯，
因你，生情，
只為瞬間便是永恆。

古人寫詩，十分講究鍊字，常是「吟安一個字，撚斷數莖鬚」，「兩句三年得，一吟雙淚流」。詩貴精練，應以一當十，以少勝多，一句廢話毀全篇。一行詩的內容，不能像抻麵似的拉成三行；三行詩的內容，濃縮在一行詩裏，才是真正的佳句。因為詩人對日常生活的複雜經驗、獨異感受並不是由詩人直接抒發、陳述出來的，而是將其寄寓、投射，在遊走中綻現。

除上述所提及之外：好詩要含蓄，將思想感情融鑄於精練、鮮明、生動的語言之中，寄寓於作者精心選擇的形象之內，不一語道破，而讓讀者去揣摩，去體會。只有含蓄的詩才能在普遍的日常經驗中「言在耳目之內，情寄八荒之表」。

好詩是詩人與語言的不期而遇，詩歌通過有內在節奏的文字喚醒讀者的

想像力和再創作的欲望。語言豐沛，詩歌飽滿，語言冷靜，詩歌深邃，沒有一個詩人可以脫離語言的咒語。豐富的語言，產生於豐富的生活經驗，反之，日常經驗的詩意滑行，離不開語言的助力。

好詩要有好的結尾。好的結尾，不是詩意終結的標誌，而是畫龍點睛、破壁騰雲的神來之筆，是詩韻的昇華，是賦予事物內在底蘊的「撞鐘之筆」。「清音有餘」是詩歌特有的魅力，它使詩意超越篇章之外，言有盡而意無窮，行有限而情無限，促使讀者跳出生活與經驗的慣性，帶上自己的思考，過濾咀嚼現實的層面。

「因為詩無濟於事：它永生於 ∕它辭句的谷中，而官吏絕不到 ∕那裡去干預；「孤立」和熱鬧的「悲傷」 ∕本是我們信賴並死守的粗野的城， ∕它就從這片牧場流向南方；它存在著， ∕是現象的一種方式，是一個出口。」功利地講，詩無法直接地滿足我們日常生活的物質需求，更不能增加我們的物質財富，尤其是在現代語境中，越來越多的先鋒藝術家強調藝術與日常生活的分離，倡議一個獨立於日常生活世界之外的藝術的世界。但我們卻常常自覺不自覺地喜歡上某些詩歌。為什麼呢？作為人的生存，我們每一個個體與詩歌之間有著某種必然的聯繫。這個連接點在哪？很簡單，就是日常生活、日常經驗，它離我們最近，無時不在，無時不誘惑著我們。但是，我們必須時刻警惕審美認識的陷阱，詩歌創作中「將存在的事物化為瓦礫，並不總是為了瓦礫本身，而是為了那條穿過瓦礫的道路」〔註 28〕我們將日常經驗、日常生活審美化的最終目的不是呈現或複製生活的不確定性、經驗的現實性、細節性，更不是落腳於常識、流俗、成規舊習、習慣看法等，而是從庸常的日常經驗和習見的生活中提煉新鮮的審美經驗、亮彩的碎片、宿命的偶然與靈魂被雷擊的顫動。

綜上，本節從個體詩性經驗和詩歌寫作指導入手，在大學新詩教學實踐現場，側重引導學生以生活親歷者的身份深入詩歌，探索新詩教學的有效方案，旨在為當代漢語詩歌教學探尋出一條可行的路徑。

〔註28〕 【英】戴維・弗里斯比：《現代性的碎片》，盧暉臨、周怡、李林豔譯，北京：商務印書館 2003 年版，第 4 頁。

第五章 多元景觀視域中的故鄉詩寫

　　20 世紀 70 年代，法國哲學家、著名空間理論家亨利・列斐伏爾強調，空間問題是當代人文社會科學必須認真對待的重大問題，他認爲空間性與社會性、歷史性的思考應該同時成爲人文社會科學的內在理論視角：「人類的研究活動如果缺少空間的維度，其它的維度就會被片面誇大，空間維度的引入要求我們必須『重構』社會理論的整個框架」。詹姆遜在爲後現代定義時更是果斷地判斷：「後現代」的特點之一是以空間定義取代時間定義。〔註 1〕從本質上講，詩歌也是一種空間藝術，如果說建築藝術使詩人「在寫作中更注重空間意識和視覺效果，以及一定程度上的體積感」，〔註 2〕那麼，與建築不同的是，詩歌營構的是專屬於心靈的詩性空間。本章試圖從空間詩學的視角探討新世紀詩歌文本中的故鄉與故鄉在詩人觀念中的多元演化，從故鄉的地緣性、精神指向、詩人心理地圖構成等方面入手，挖掘故鄉的地方生態與精神生態，以及由地理空間歸宿向精神棲居地漂移的時代因由，分析其由經驗到情感、由記憶到彼岸，從現實到精神寄寓的轉換過程，以及作爲封閉與開闊、困囿與敞開、原生與遷移的故鄉在詩人作品中所滲透的牽纏和複雜的情感。

第一節　故鄉的地理性與民族性

　　瑞士結構語言學家索緒爾在他的《普通語言學教程》一書中將作爲表意

〔註 1〕【美】弗雷德里克・詹姆遜：《文化轉向》，胡亞敏：《譯者前言》，胡亞敏等
　　　　譯，北京：中國社會科學出版社 2000 年版，第 5 頁。
〔註 2〕翟永明、周瓚：《詞語與激情共舞——答周瓚問》，翟永明：《完成之後又怎樣》，
　　　　北京：北京大學出版社 2014 年版，第 165 頁。

符號的語言的作用歸納為兩條軸線，一條是語序軸（syntacmatic Axis），另一條是聯想軸（Associative Axis），語序軸指語言結構的次序，它是構成語言表意作用的重要因素，但在語言表意作用以外，人們還要考慮每一語彙可能引起的聯想作用，這些起聯想作用的語彙構成的系譜便是聯想軸。當人們選擇其中一個語彙時，這語彙就有了一種表意的作用，而當這些語彙依語法次序列成語串時，則這語串除依語序軸所表明的語意外，還可以由聯想軸的作用而隱含有另一組潛伏的語串。從語序軸的角度言及故鄉，首先指的是它的地理性——成長的地方和既定空間中的經驗；從聯想軸的角度審視故鄉則包涵著情感與精神的寄予——懷鄉與精神彼岸的建構。

顯而易見，故鄉是古今中外作家最熟悉和青睞的書寫對象，這緣於他們對故鄉空間感受的熟識以及由此產生的深刻的記憶。福克納（William Faulkner）曾說過：「我發現我家鄉的那塊郵票般小小的地方倒也值得一寫，只怕我一輩子也寫它不完。」〔註3〕誠然，故鄉對作家童年的浸潤更像是一塊文化的胎記：福克納的約克納帕塔法、馬爾克斯（Gabriel José de la Concordia García Márquez）的馬貢多、老舍的北平、沈從文的湘西邊城、林海音的北平城南、大江健三郎（おおえ けんざぶろう）的北方四國森林、莫言的高密東北鄉、奈保爾（Vidiadhar Surajprasad Naipaul）的米格爾大街、杜拉斯（Marguerite Duras）的湄公河岸、蕭紅的呼蘭河、路遙的陝西黃土高原、賈平凹的商洛……諸多中外小說作家筆下的故鄉在中外文學長廊中已經具有了經典的符號意味。新世紀以來詩人筆下的故鄉同樣具有很強的地理標識性——雷平陽詩中的雲南、沈葦詩中的新疆、潘洗塵詩中的東北、陳東東詩中的江南，朱朱詩中的「清河縣」和南京小巷，潘維詩中的「鼎甲橋鄉」「太湖」與「蘇小小墓」，都是這些年來中國詩歌中的著名的「地方」……。

以故鄉為地理詩歌寫作的核心，在新詩創作歷程中並不少見。詩人最熟悉的經驗空間往往是詩人出生和成長的故鄉，山川河流，風俗人情，都給詩人留下深刻永恆的記憶，融入詩人的生命感悟之中。但以往大多數的地理詩歌寫作，多以對異地風情的獵奇或游子抒懷鄉愁為主，缺少獨特的地理經驗或地方詩意的建構。而新世紀的地理詩歌寫作的獨特性體現在地域特徵與精神氣象的一致性，是帶著地氣的精神產品，滲透著「地理靈性」的衍生物。

〔註 3〕《福克納談創作》，李文俊編選：《福克納評論集》，北京：中國社會科學出版社 1980 年版，第 74 頁。

故鄉作爲經驗的原點和文化的氣場，不再停留於思維起點，更多地融入了詩人的詩學積累以及從地理層面對民族和傳統的詮釋。如詩人陳先發在長詩《寫碑之心》中所寫：

> 我總是說，這裡。
>
> 和那裡，
>
> 並沒有什麼不同。
>
> 我所受的地理與輪迴的雙重教育也從未中斷。

　　1967 年，陳先發出生於「戶戶翰墨馨香，家家燈火書齋」的桐城，這個從特定的區域意識和地理經驗上對中國文化本體的接受和重新詮釋的文學派別烙印著深深的地理色調，詩人認爲尊重「地理靈性」，就是對個體心靈經驗和民族文化傳統的尊重，就能對人類當下的生存現狀作最爲眞實的記錄和歷史的還原。換一種維度分析，地理既是詩人觀照世界的思維起點，也是一種經驗的原點和文化的氣場。詩人在《黃河史》一詩寫道：

> 源頭哭著，一路奔下來，在魯國境內死於大海。
>
> 一個三十七歲的漢人，爲什麼要抱著她一起哭？
>
> 在大街，在田野，在機械廢棄的舊工廠
>
> 他常常無端端地崩潰掉。他掙破了身體
>
> 舉著一根白花花的骨頭在哭。他燒盡了課本，坐在灰裏哭。
>
> 他連後果都沒有想過，他連臉上的血和泥都沒擦乾淨。
>
> 秋日河岸，白雲流動，景物頹傷，像一場大病。

　　立於歷史地理和文化地理的交匯點，詩人對流經故鄉的「黃河」進行現實的反觀。恰如張德明對陳先發地理詩寫的評價：「在一定意義上構成了當代新詩地理詩學和文化詩學建構的表徵。在新的歷史語境和文化條件下，陳先發不僅將桐城派的精神傳統作了不失精彩的現代漢語的詩性書寫，還以此爲基點，擴延爲對中國新詩的民族品格的思考與塑造上。他一方面尋找古典傳統闡發的現代性出口，另一方面又注重新詩現代性的中國經驗賦意，在以古觀今和以今發古的雙重維度上不斷拓展著詩的疆土。他的詩體現出多重性，既是古雅的，典麗的；又是現代的，繁複的。是一種深烙著地域性格、民族色彩和現代性氣質的藝術樣式。」〔註4〕

　　T.S.艾略特在《傳統與個人才能》一文中說：「歷史的意識含有一種領悟，

〔註 4〕張德明：《陳先發與桐城》，《名作欣賞》2012 年第 34 期。

不但要理解過去的過去性，而且還要理解過去的現存性。」〔註5〕這種地理與歷史、經驗與藝術的雙重自覺，在新世紀地域詩歌的寫作中，得到了最為生動和有說服力的體現。新世紀以來，以民族視域堅守故鄉地景的詩人有吉狄馬加、阿爾丁夫・翼人和列美平措等，最具典型意義的是吉狄馬加，他筆下的故鄉——大涼山是一個民族的歷史源流。懷著對土地和天空的膜拜，吉狄馬加在其史詩式的追溯中將民族的生命之源娓娓道來。「我看見他們從遠方走來／穿過那沉沉的黑夜／那一張張黑色的面孔／浮現在遙遠的草原」（《一支遷徙的部落——夢見我的祖先》），踏著河山而來的先祖帶來一部講述著生與死的古老史詩，由此開啟了彝人追尋永恒的序幕。當祖先賦予彝人以生命，象徵著彝人最高智慧的畢摩則用其特有的方式連接著人與神的世界。他的聲音「漂浮在人鬼之間／似乎已經遠離了人的軀體／然而它卻在真實與虛無中／同時用人和神的口說出了／生命與死亡的讚歌」（《畢摩的聲音——獻給彝人的祭司之二》）。在彝人眼中，畢摩是部族的心靈守護，他的話語具有召喚神靈與超現實的力量，代表著一種文化，甚至是一個時代：「畢摩死的時候／母語像一條路被洪水切斷／所有的詞，在瞬間／變得蒼白無力，失去了自身的意義／曾經感動過我們的故事／被凝固成石頭／沉默不語」（《守望畢摩——獻給彝人的祭司之一》），畢摩作為彝族文化的傳承者和原始宗教的祭司，用他那神秘而又溫情的念誦溝通著彝人與神靈。當畢摩漸漸消隱，詩人成為彝族歷史新的記錄者和傳播者，從死去的生命中找尋重生的希望。或許他沒有瞬間通靈的本領，但他願意化身為民族漫長記憶中的點點滴滴，與之發生最初的共鳴。

　　將個人記憶融入以往盛行的「集體無意識」書寫，吉狄馬加返回民族文化的根部，與之進行了一次深入肺腑的傾訴，直至盤踞於其核心。「大涼山男性的烏拋山／快去擁抱小涼山女性的阿呷居木山／讓我的軀體再一次成為你們的胚胎／讓我在你腹中發育／讓那已經消失的記憶重新膨脹」（《黑色狂想曲》）。吉狄馬加從不掩飾自己天生為彝族而歌的強烈使命感，為了讓自己的追憶更加鮮活，他甚至希望故鄉將自己重新孕育，讓他成為空氣、陽光，成為岩石、草原，只為復原族人創世時的姿態和蹤跡。他在死亡和生命相連的夢想之間浮沉，與祖先共擔消失的風險，與民族同迎明亮的新生。吉狄馬加

〔註5〕T.S.艾略特著、卞之琳譯：《傳統與個人才能》，《「新批評」文集》，趙毅衡編選，北京：中國社會科學出版社1988年版，第26頁。

說：「我寫詩，是因爲我相信萬物有靈。」〔註6〕在他筆下，大涼山已然轉化爲超越現實世界的符號載體，它承載著彝族過去與現在的歷史、文化，承載著彝族人的夢想與期待，承載著宿命的生死與強旺不熄的生命活力。大涼山裏的一切都處在由一個世界通往另一個世界的途中，可能由生而死，也可能向死而生。現實裏的物質存在本身只是兩個世界的中介和橋梁，沒有既定的歸宿，只是在不斷的穿梭輪迴中體驗著深入骨髓的血脈交融。「篝火是整個宇宙的 ／它劈劈啪啪地哼著 ／唱起了兩個世界 ／都能聽懂的歌 ／裏面一串迷人的星火 ／外面一條神奇的銀河」（《獵人岩》），火作爲彝族神話傳說中的一個重要原型，給彝人以自尊和啓示，讓子孫，在冥冥中，於溫暖的火焰裏，看見祖先的模樣。身處兩界的火彷彿燃盡了籠罩在禁忌之上的神秘面紗，「當我們離開這個人世 ／你不會流露出絲毫的悲傷 ／然而無論貧窮，還是富有 ／你都會爲我們的靈魂 ／穿上永恆的衣裳」（《彝人談火》）。透過洪荒的底片，狂野的火突然變成了太陽在大地上的變形體，相比劈啪作響、歡快跳躍的火，太陽以其無聲的靈性穿越時間與虛無：「神秘的太陽，縹緲的太陽 ／爲所有的靈魂尋找歸宿的太陽 ／遠處隱隱的回聲 ／好像上帝的腳步 ／就要降臨光明的翅膀 ／告訴我，快告訴我 ／那裡是不是有一片神聖的上蒼」（《羅馬的太陽》）。時而滾動不安，時而酣眠如水，緊握生命根鬚的太陽讓萬物於晝夜間變幻，一邊是受孕的海洋，一邊是超現實的土壤，彝人視若神明的太陽在銘記與遺忘間實現瞬間的永恆。這種處處皆循環的宿命觀，究竟源於何處？本尼迪克特・安德森在《想像的共同體》中這樣表述：「民族主義的想像如此關切死亡與不朽，這正暗示了它和宗教的想像之間有著密不可分的關係。」〔註7〕透過這一論調，確實可以令我們對彝人特異的生命情結有所頓悟。

　　拋開初期同聲合唱式的寫作，新世紀以來，吉狄馬加在詩歌創作道路上日漸以卓然的創作活力、多元開闊的文學眼光，不斷求索實驗的超拔精神，爲彝族文學拓展了新的出路。然而接踵而至的由全球化帶來的民族文化身份的認同危機又讓他陷入了深深的焦慮：「我站在這裡 ／我站在鋼筋和水泥的陰影中 ／我被分割成兩半 ／／我站在這裡 ／在有紅燈和綠燈的街上 ／再也無法排

〔註6〕吉狄馬加：《一種聲音（代後記）——我的創作談》，《鷹翅和太陽》，北京：作家出版社2009年版，第441頁。

〔註7〕【美】本尼迪克特・安德森：《想像的共同體——民族主義的起源與散步》，吳叡人譯，上海：上海人民出版社2005年版，第9頁。

遣心中的迷惘 / 媽媽，你能告訴我嗎？ / 我失去的口弦是否還能找到」（《追念》）。剛剛獲得自我闡釋權的少數民族文化，在迅速蔓延的全球化進程中失去了地緣意義上的天然屏障，還未完全擺脫邊緣化的尷尬境地，又被扔進了全球化的版圖。此時的吉狄馬加，在繼續將「文化自覺」進行到底的同時，把目光投向了和自己的母族具有相似命運的其它民族。「理解你 / 就是理解生命 / 就是理解生殖和繁衍的緣由 / 誰知道有多少不知名的種族 / 曾在這個大地上生活 // 憐憫你 / 就是憐憫我們自己 / 就是憐憫我們共同的痛苦和悲傷 / 有人看見我們騎著馬 / 最後消失在所謂文明的城市中」（《獻給土著民族的頌歌》），他以一種不同於以往的開放的文化視角，將母族與他族的精神傳統相連接，在「感同身受」中協調了各種充滿張力的民族經驗。這種以包容姿態把文化危機普遍化的書寫策略不僅賦予了少數民族文化以新的生長點，還引起了兄弟民族詩人的注意。當代拉丁美洲詩人格雷羅就曾這樣表述自己閱讀吉狄馬加詩歌的感受：「他的詩句引導我登上大涼山，找一個山坡躺下，在那裡傾聽我西班牙的、印第安的、非洲的不同種族的祖先的聲音，我覺得他的祖先好像在通過一條地下的秘密網絡和我的祖先交流。」〔註8〕

除吉狄馬加之外，女詩人楊方筆下的故鄉亦極具濃鬱的地理和民族色調，對故鄉的書寫標識了楊方的獨特性。從故鄉中走出，在外地漂泊的詩人不少，但與「故鄉永遠是我這樣在外漂泊的人最溫馨的記憶」（鄭小瓊）不同的是，故鄉在楊方的詩歌中滲透著極為複雜、糾纏的情感記憶。童年生活之地新疆是故鄉的源發地。故鄉在楊方的記憶中「滿滿滋長」著美好的細節和片景：蘋果園，斯大林街，勝利巷……葡萄藤鬚上的籽實，哈密瓜的瓜秧（《我還沒有回到我的故鄉》；小時候用烏斯曼草描眉，用海納花塗染指甲（《寄往故鄉的郵包》）；「乾旱地帶的無花果樹林 / 自牛奶和月光的白色香味中吸取營養」（《在傷口上建立一個故鄉》）；「農閒時節敲打著手鼓在打麥場上跳麥西來普」（《淡灰色的眼珠》）；「葡萄架下的木桌上有新鮮的乾饢和奶酪」（《對一匹老馬說薩拉木里坤》）；「路過清真寺，有高大的拱門和迴廊 / 每天，白色鴿群和曙光一起落在綠色拱頂上」（《悲傷是這兒的，也是我的》）；「飄蕩的溫泉水和白色霧氣纏繞的葦草間 / 天鵝的叫聲多麼清亮」（《天鵝來到英塔木》））；「人

〔註8〕 【委內瑞拉】何塞·曼努埃爾·布里塞尼奧·格雷羅：《遠在天涯 近在咫尺——讀吉狄馬加的詩》（代序二），趙振江譯，《鷹翅與太陽》，北京：作家出版社2009年版，第4頁。

們聚集在蘋果樹下唱木卡姆，喝伊力特／用羊骨占卜命運，用天鵝羽避災去邪」(《阿力麻里》)；「騎驢的木卡姆歌手，莫合煙袋懸掛鞍邊／拖長，低沉的調子，低過新疆最低的盆地」(《出生地》)……。在種種細節和片景的呈現中，故鄉的記憶融入了異域風格的美好和詩意的地景。

身為漢族的江南女子，新疆是楊方地理空間意味的故鄉，她生於斯，長於斯，大學畢業後才返回父輩的原籍浙江，詩人回憶故鄉時摻雜著複雜的情感：「有豐富快樂的兒時記憶，獨特的西域風景和鄉土人情，也有被擺成玫瑰的斷頭。所以才有故鄉對別人，是一種溫暖和歸宿，是母親子宮般安全的住所，對我，是一種傷害和逃離。你越熱愛，你就越被傷害。正如我一首詩中所寫：彷彿我再不能奢望回到這兒，死在這兒，安葬在這兒。」〔註9〕由此，她對新疆地域空間、風土人情的記憶書寫，同時融聚、糾結著兩種情感，這構成了她詩歌創作的獨特性。

一方面，她渴望歸屬於這個既存的故鄉，渴望「和這裡所有的人一樣／把安睡和吃飯的地方當做故鄉／把一棵開花的蘋果樹當做童年」(《我是故鄉的》)；詩人「多少次，想回到從前」(《出生地》)，渴望返回朝思暮想的家園：「那是我一直想回去的地方，植物的紋理有條不紊／乾淨的冬天，除了群羊細細嚼食乾草和鹽／除了天籟，那一兩聲來自果木腹腔裏清脆的琴音／沒有別的聲音傳來，避風的冬窩子，柴垛堆積／野鴿子像碩大的雪花紛紛落地／過多的人從容出門，返家，就算大雪封山／寒光閃爍的絆馬索星也會在頭頂低低地凝望／善良與幸運的光線，它是精神的果實，前往的路途」(《冬日果子溝》)。詩人對故鄉真摯的愛和濃濃的思念之情感人肺腑，動人心弦。

另一方面，這方讓她愛戀的土地卻烙印著滲血的疼痛——「對故鄉愛的越深，它對你的傷害越重」〔註10〕，她必須承載故鄉附加的無以抹去的記憶：「那是一長串阿拉伯數字，斷頭的紅玫瑰般依次排列／／(那一年暴亂，恐怖分子把受害者人頭砍下，依次排列)」(《寄往故鄉的郵包》)。歷史瞬間的刺痛感讓詩人聯想到有一天，在故鄉，自己無辜的死：「如果有一天我無辜死在這裡／我請求以這棵石榴樹的形式再次回來／以六月花朵的熱血和熱愛／以九

〔註9〕楊方、霍俊明：《「走在分叉的樹枝上，走在分支的河流上」——楊方訪談》，《詩人與校園——首都師範大學駐校詩人研究論集》，吳思敬編，桂林：灕江出版社2014年版，第286頁。

〔註10〕楊方在首都師範大學給本科生的一次講座錄音整理《一首詩的誕生》(2014年10月28日)。

月果實打碎的牙齒和疼痛／充滿恐懼地顫抖著回來／在高高的土圍牆上，我們哀悼我們自己／當秋天帶來悲慘的頭顱，我們必像阿開亞人一樣／一邊奮力抵抗，一邊低頭接受命運／看，石榴果實是土炸彈的形狀／樹幹具有野性十足的體力／葉子，發出磨刀霍霍的聲音／它往我脖子裏使勁地吹吐涼氣／我嗅到了植物的瘋狂」（《我無法找到一個新的故鄉》）。這些隱喻色彩濃鬱的詩句帶給我們的顫慄和悲痛遠不如它們投擲給詩人的重擊。然而，詩人卻在另一首詩中從容而堅定地回擋了所有可能的傷害：「我在那流血和開花的地方生活了很久／我在那流血和開花的地方還將生活很久／我的情感，傷害，邊界線，是國家的／我的熱愛，悲傷和思念，是故鄉的／我，是故鄉的，我的死亡，是故鄉的」（《我是故鄉的》）。詩人對這個既定的故鄉，始終「有一種無限親近又無限疏離的感覺，我回來了，同時我又是再也回不來了」〔註11〕的糾葛之情。

秉具對故鄉無法拂去的複雜情懷，詩人在《我還沒有回到我的故鄉》開篇即確立了全詩憂傷的基調：「日落時分總是很憂傷／一天的結束，彷彿就是一生的結束／甚或一個世紀的結束」。如此化不開的憂傷基調不是偶然的閃現，楊方在另一首詩中也表達了類似的情感：「我注定在這憂傷的氣息裏終老，在靜靜的果園／傾聽流水在果木的身體裏弦絲一樣冰涼地行走」（《阿力麻里》）。寫故鄉時，楊方特別善於將時光流逝的不可逆轉、時間之殤的疼痛和傷感附著在故鄉的記憶裏和故鄉的影像中，以至於我們要同時品嘗兩種深摯、不可解開的痛，它們像舊時女性服飾的盤扣，細密地盤結、緊合。這又產生了楊方詩歌中割捨不掉的愛，又抹不掉被歸屬於外鄉人的痛和靈魂無法返回的願望：

> 但我不打算離開這裡，和你一樣
>
> 母親給了我一個彎月的天空和低垂的大地
>
> 我怎能將它捨棄
>
> 我無法在其它地方找到一個新的故鄉
>
> 或者在陌生的土地上重新建立一個故鄉
>
> 關於故鄉，那是與生俱來的，我們捨此無他

〔註11〕楊方、霍俊明：《「走在分叉的樹枝上，走在分支的河流上」——楊方訪談》，《詩人與校園——首都師範大學駐校詩人研究論集》，吳思敬編，桂林：灕江出版社，2014 年 11 月版，第 290 頁。

> 無論用漢語還是維吾爾語，它都在詞語裏熾燃
>
> 它和世界上任何一種語言發出的聲音一樣溫暖
>
> 它是你的，也是我的，我們終將在此花落燈息，死不復生！
>
> ——《我無法找到一個新的故鄉》

　　對故鄉地理空間的記憶融入了詩人生命中美好而詩意的感受。以此爲原點，故鄉在其筆下經常被幻化爲精神的居所，而淡化了實體存在的意義和地域空間的具象，從而賦予故鄉以詩學的象徵韻味。楊方筆下的故鄉是兩個維度，實存的和精神的故鄉。它們分別具有不同的指向和含義，如果不剝離清楚這個問題，既無法走進其地理故鄉，也無法打開詩人情感的象徵的森林。在情感層面上，詩人留戀生育她的故土；在精神層面上，詩人更渴望返還的是超現實世界，多年來在其生命情感中孕育的精神故鄉——它孕育於眞實的西域，綿延於詩性的滋長。這個具有符號學意味的故鄉恰恰是不斷蠱惑詩人遊弋、返回的根源，是詩人詩性的緣起，它具有巨大的魔力，吸引著詩人對生命之源不斷探察。詩人渴望超脫浮沉，返回這孕育過她詩情和生命年輪的精神原點，那是無限空間的永恒，是眞實故鄉的缺席，是人與神、主體與靈魂對話的現場。

第二節　精神空間：回歸與重建

　　故鄉在每位詩人筆下除了地理性、民族性的差異，還存在認識與感受的差異。詩人趙野說過：「我出生在古宋，位於四川南部，現屬於宜賓地區。那個地方沒有給我留下什麼印象，破敗、雜亂、完全沒有想像中的古樸和詩意。我自認爲和它離得很遠，從未深入到它的內部，感受它的節奏和紋理。我只是在那兒寄居了一段時間，多年以後我終於意識到，我其實是沒有故鄉的人，『鄉愁』這個詞對我而言，永遠只有形而上的意義。」〔註 12〕美國地理學家段義孚在《經驗透視中的空間和地方》中對人的知覺感官主導個人對某個空間感知的確立進行深入地闡釋。從生物學的觀點看，通過「肌肉運動的知覺、視覺及觸覺」，個人得以建構對某地的空間感。〔註 13〕也就是說，雖然對應相

〔註 12〕趙野：《詩歌情懷是萬古愁和天下憂》，《雲南藝術》，2014 年第 2 期，總第二十期。

〔註 13〕段義孚：《經驗透視中的空間和地方》，潘桂成譯，臺北：國立編譯館 1998 年版，第 10 頁。

同的地方，但因爲個人感知不同，個人對某地的空間感的描述也會不同。在娜仁琪琪格的詩中，故鄉遙遠的遼西，拒馬河，大淩河和香磨村是身體裏滋生綻放的梨花，浸染著鄉愁在心靈和體內「大朵」地開放，對故鄉的空間感受比時間更能激活詩人的情感：「她的梨花　先是開出一條河的清澈 / 叫大淩河　再開出一個村莊的純樸 / 叫香磨村　她素白潔淨　不張揚 / 卻開出一大朵一大朵的白　一樹一樹的白 / 一個村莊的白　那玉質的剔透與晶瑩 / 是整個大遼西的底色」（《身體中的梨花》）。體內的梨花有詩、塵土還有故鄉的氣息與記憶，故鄉已然融入詩人的內部空間──精神居所，形成無法割捨的認同感。

像許多從鄉村、小城走出來的詩人一樣，慕白的精神之鄉與故鄉緊緊交織在一起，然而，對故鄉的書寫與回望卻在他的詩作中呈現出某些異質特徵。這跟慕白的個人氣質有關，商震曾在《包山底的孩子》一文中提及見到慕白時的印象：「初見慕白，無論如何也難以把他和詩歌聯繫在一起，他粗獷得有些愣頭愣腦，言談舉止充盈著匪氣。尤其是喝酒，他有一種勇往直前、不怕犧牲的精神讓人生畏。」〔註 14〕「匪氣」二字用得貼切入神，將他內心的放達自在，無所拘束，不斷突圍，始終渴望不安分的行走姿態和氣質提煉出來。由是，方有他在 2015 年出版的詩集《行者·序》中所寫：「名之『行者』。只是一種狀態。或者說，我還在走。沒有抵達。」〔註 15〕詩集《行者》爲我們呈現的故鄉卻浸潤著糾結、分裂的痛苦。現實的、歷史的、魔幻的事物碎片般紛紛揚揚，它們淩亂而又自成體系，它們純淨如一而又光怪陸離，它們寧靜而又聒噪，溫和而又憤怒……是的，它們擾亂了正常的秩序，它們引領著我們突圍、背叛常見，向另外的世界游蕩，終將會有那麼一瞬，心境閃亮，一扇門敞開來，通向天地宇宙，廣袤而遼闊的彼岸與記憶和想像的故鄉融合在一塊展板之上。

即便是同一個詩人，對故鄉的書寫也會有認識上的轉變過程，鄭小瓊最初從事詩歌創作時，剛剛離鄉出來打工，十分懷念老家，多寫鄉愁以及對故鄉的眺望，創作中她寫荷花、池塘、樹木、河流等一批懷鄉的詩歌，五、六年後，當她第一次從廣東回四川老家後，創作了系列長詩《黃斛村紀實》、長

〔註14〕商震：《包山底的孩子──序慕白詩集〈在路上〉》，《在路上》，慕白著，上海：上海錦繡文章出版社 2009 年版。
〔註15〕慕白：《行者》，武漢：長江文藝出版社 2015 年版。

詩《返鄉之歌》，隨後不到兩個月，又寫了七、八十首關於故鄉的短詩——收錄於她的第一本詩集《兩個村莊》。接下來，每隔一段時間，她都會創作一些關於故鄉的詩歌。不過，她不再停留於懷鄉的抒情，而是著力於家鄉的變化，希望藉此「呈現社會的變化更多一些」（鄭小瓊）。

　　這一情感寄寓的轉變並不鮮見，新世紀以來，伴隨都市化大規模擴建、鄉村不斷的異化，故鄉的存在日漸「孱弱」，被「位置的客觀限定性」（皮埃爾‧布爾迪厄）遮蔽了豐富面向的故鄉已經消散了濃鬱的鄉愁的意味和地理的界定意義，詩人在創作中不耽沉於故鄉的物象和地理上的變換，轉而書寫故鄉在「內心空間的廣闊性」。亦如巴什拉所說，空間總是和夢想連著的，夢想總是寄託於某種形式的空間，而且往往是別處的空間中。〔註16〕於故鄉建構精神的家園，是很多詩人的夢想。這一點在安琪的創作中體現得較爲分明，無論是身居福建的漳州還是客居北方的京城，安琪詩歌中的故鄉不斷擺脫物理空間的束縛。《南山書社》、《石碼小鎮》（《祖居地》）、《泉州記》、《東山記》等，這些寫家鄉及附近遊歷感悟的詩作，充滿巫性和難以索解的靈魂密碼。2002年底至今，安琪移居北京，我們在她的《在北京》、《永定河》、《寧夏》、《青海詩章》等長詩中都可捕捉到精神故鄉的靈魂與影子。〔註17〕就空間來說，安琪定居北京後的詩作呈現的是一種空間的廣闊性——地域的廣闊和想像力的廣博，如巴什拉所言的這是一種沒有現象的現象學，它「只需等待想像的現象自行構成，自行固定爲完成的形象。」由於廣闊性不是一個形象，所以廣闊的意識就尤爲重要。〔註18〕按照巴什拉的說法，廣闊性在我們的心中，它關係到一種存在的膨脹，它受到生活的抑制和謹慎態度的阻礙，但它在孤獨中恢復。皮埃爾‧阿爾貝—比羅在其三行詩中，寫出了超越一切具體而微的空間及其廣闊性的一切：「我用一筆創造出我自己／世界的主人／無拘無束的人。」〔註19〕安琪在對故鄉的書寫中表達了個體精神的建構：「我生在閩南就把自己紮到中原，從南到北，我就這樣乘風而上」（《風不止》）；「背簍

〔註16〕【法】加斯東‧巴什拉：《空間的詩學》，張逸靖譯，上海譯文出版社2013年版，第200頁。

〔註17〕此觀點參見王洪嶽：《作爲生活和信仰方式的詩歌寫作——安琪長詩研究》，《南方文壇》2013年第1期。

〔註18〕【法】加斯東‧巴什拉：《空間的詩學》，張逸靖譯，上海譯文出版社2013年版，第200頁。

〔註19〕【法】加斯東‧巴什拉：《空間的詩學》，張逸靖譯，上海譯文出版社2013年版，第201頁。

塗上亡國之音 / 由西向東，一層一層剝去自然誇飾」(《各各他》);「詩歌以外一切都是不存在」(《事故之四：變數或災難》);「詩歌死去就沒有什麼能夠再活」(《羅馬是怎樣建成的之五：一條路走到黑，黑到底》);「我寫了然後我活著」(《灰指甲》);……故鄉大跨度的空間轉換開拓了安琪的寫作場域，她不滿足於對故鄉地理空間意味的書寫，而是追求敞開的世界——無限深度的精神家園。

　　與安琪的多處故鄉略有相近的是李小洛筆下的兩個故鄉：一個是她不離不棄的安康小城——「哪裏也不去了，就在這個小城 / 坐南朝北，守著一條江 / 這是我最後的地址 / 一封信可以到達的地方」;一個是她靈魂趕赴的精神故鄉——「一封信也不再到達的地方」(《安康居》)。前者是詩人當下置身的居住地，後者是「我們失去的故鄉」(米沃什《吹彈集》)。在尋找精神故鄉的途中，繁複的現代生命從縈繞的夢幻中沉澱下來，小洛由在場的介入參與轉向退場的悟徹。從《我正走著的這條路》、《我說的牧羊人》這兩首詩中我們可以看出，小洛沒有放棄過突圍，早些年，在《我要把世界上的圍牆都拆掉》一詩中她就表達過祈望拆除圍牆，擴張自己嚮往的世界：「我要把世界上那些籬笆都抽開 / 欄杆都拔走 / 把那些圍牆都拆掉……在這個世界上 / 太陽想去哪兒就可以去哪兒 / 花朵想在哪兒開放 / 就可以在哪兒開放」。不同於《當風吹過他的墓碑和田野》一組詩中的其它幾首作品，《我正走著的這條路》、《我說的牧羊人》表達了詩人對某種神秘力量的渴望，是內心回歸的訴求，也是探索生命潛力、超越自我的呼喚，具有超驗而強烈的精神引導趨向和主體重建的意味。從這兩首詩中，我們可以看出詩人試圖從自我的視域中走出，借助陌生的他者身份，思考故鄉含義與個體生命雙重延展的徑向，借助詩歌尋找永存的精神空間，打開通向永恒的密道。

　　顯然，在詩人的筆下，故鄉的山川水色滋養他們的身體，故鄉的風土人情和歷史文化潤澤他們的心靈，故鄉已然成為一種精神的支柱和寄託，不僅有一種情感的聯繫，更有牢固的心靈聯繫、靈魂聯繫，被指稱的故鄉成為作家永遠割不斷的精神故鄉。恰如謝冕對詩人亞楠筆下的新疆的剖析「他把中國西部那一大片疆域美麗而神奇的風景，以他獨有的語言和風格展示在我們面前。我知道，他不是單純地寫風景，他是在藉此抒寫他的情懷。打開他的詩集，滿紙煙雲，到處都是新疆和西部，也到處都是他的情、他的心、他的魂。他筆下的山川湖泊，有的我們聽說或到過，更多的則是我們未曾知曉的。

但毫無疑問，不論他在寫什麼，他總在寫他自己，那些外在的風景折射出他內心的風景，而這些來自他生命深處的情思，甚至比我們看到的那些讓我們震撼的動人氣象更爲博大、更爲豐富、也更爲深邃。」〔註20〕

作爲一個具有使命感的知識分子，一個大地的游子和行吟詩人，亞楠不僅守望一種詩意化的人生，而且安然地守望著自己的精神家園。他說：「多少風疏雨驟的秋夜，多少殘陽如血的黃昏，你都在茫茫的海波裏四處尋找。尋找自然的心音，尋找人類的眞情，尋找靈魂的家園。」（《夢之舟》）在亞楠看來，遠行的目的，不在於消遣娛樂，增長見識，而在於從出走中找到精神的家園，因此，旅程的終點不意味著心靈的歸宿，心靈的歸宿恰恰存在於行走的風景中，存在於變化可感的大自然中，正如詩人爲其散文詩集命名所揭示的，這是一種「行走的風景」。〔註21〕

縱覽亞楠的幾本散文詩集，行走顯然不是詩人的精神旨歸，它只是守望風景的一種方式，失去了風景的單純的行走，會喪失精神苦旅的意味。雖然詩人曾慨歎說「我不知道，一滴水怎樣才能回到自己的源頭，抑或永遠只能行走在回家的路上？」（《歸途》）詩人豈是眞正不知？詩人非常清楚，人不會永遠行走在回家的路上。一滴水終歸會回到自己的源頭，那就是大海；一個人也終歸會回到自己的精神家園，那便是心靈和自然的風景。故而，詩人才會在一個悲愴的發問之後，忽然跌出一句：「啊，山無言，心亦無言。」當心與作爲風景和自然的象徵的「山」驟然相遇，冥冥之中昇華到一個海德格爾式的澄明境界，兩者達到了心物一體的高度契合。這種境界，也即儒家所謂的「天人合一」，道家的「天地與我並生，而萬物與我爲一」；它使人想起王維的禪詩，想起李白的「相看兩不厭，只有敬亭山」。此時無聲勝有聲，它是玄學家的「得意忘言」，是禪宗的「不可說，不可說」，是維特根斯坦的「凡不可說的應當沉默」。在亞楠這裡，這一難以言說、不可言說也不必言說，詩人不僅在「遠行」中找到了自己的心靈故鄉，在「我所居住的城市」〔註22〕，詩人亦找到了自己的心靈故鄉。

亞楠祖籍浙江，風景秀麗的江南自然成爲了詩人的第一故鄉；詩人在伊犁出生和成長，生長於斯的西北熱土成爲詩人的第二故鄉。超越上述兩個現

〔註20〕謝冕：《是腳印，就應該留在時光裏》（代序），亞楠：《在天邊》，北京燕山出版社2014年版，第1頁。
〔註21〕亞楠：《行走的風景》，新疆人民出版社2013年版。
〔註22〕亞楠：《我所居住的城市》，四川人民出版社2002年版。

實存在的故鄉，亞楠在散文詩中建構了具有符號意味的第三故鄉——靈魂的家園。這一心靈的故鄉與其說是相對於現實的故鄉而存在，不如說是相對於現代人漂泊其中的世俗世界而存在。世俗的無根狀態，不論在現實的哪一個故鄉都不可避免，而唯有心靈的故鄉才能完全免疫。面對曖昧而喧囂的世界對土地的放逐，物欲的暗潮對靈魂的腐蝕，詩人不禁發出深深的感歎：「還有多少清潔的精神，能夠守住人類最後的家園？」(《午夜的寂靜》)在這個以欲望代替了土地（海子《詩學：一份提綱》）的悲劇時代，我們一次次出現精神危機，更可悲的是，我們甚至不知道精神危機，這才是真正的精神危機；我們的內心早已分崩離析，然而我們甚至對此毫無感知，這才是具有顛覆意義和警示意味的分崩離析。

詩人亞楠在對風景和自然的守望中，打破了現代人分崩離析的魔咒，找到了一個屬於自己的安身立命之所。他不無驕傲地斷言：「啊，紅塵滾滾，喧囂的世界已經膨脹！我知道，只有在青山綠水間，靈魂才能獲得安寧。」(《九寨之戀》)當他投身於群山溪澗之中，他發現的是「群山用色彩令你嫵媚，用澄澈讓純潔的靈魂安息」(《水的童話》)；當他來到大草原，他感到的是「草原正用自己樸素的手，收留那些漂泊者的魂靈」(《牧歌》)；當他進入高大的明屋塔格山腹地，他欣慰的是「我們並不感到孤單」(《明屋塔格山》)。當他徒步行走於溪邊，徐徐的清風便會「蕩滌我內心的幽暗」(《旅程》)；當他抵達西天山深處的波馬，波馬的風景便會使他的心「漸漸清亮起來」(《在波馬那個地方》)；當他看到無邊的大雪紛紛揚揚，溫暖地覆蓋著遼闊的大地，他甚至聽到了天空對大地的講話：「好好珍視這些雪吧！當世界一片混沌，她們是唯一能夠拯救人類的天使」(《遲來的雪》)……在詩人的體驗和思考裏，風景已不再是一種單純的風景，而是具有了一種內在的精神向度；風景不僅是精神的表徵、精神的載體，甚至就是精神自身。正是在這一意義上，守望風景就成了守望精神的故鄉。

因此，當象徵著精神故鄉的風景無可挽留地在大地上消失時，詩人才會表現出那樣一種極度的無奈、惆悵和痛徹心扉之感：

> 大地如此蒼茫。那些我們曾經迷戀的風景，都在記憶的長河裏消亡了，許多鳥，已經落在更遠的山林。……我不知道一隻孤獨的鳥，能否回到生命的故鄉。
>
> ——亞楠《鄉愁是一隻孤獨的鳥》

王光明教授認為亞楠的散文詩「從風景的消失中看到生命的孤獨和無家可歸」〔註23〕，詩人筆下的「家」和「生命的故鄉」就是人類的精神家園。在全球環境問題日益嚴峻的今天，我們記憶中大片美好的風景確實令人痛惜地永遠消亡了。對於環保主義者而言，這是一個生態問題；對於詩人而言，這卻是一個精神問題。自然生態的隱憂堪比人類精神生態的失衡，自然、人類和個體在歷史變遷的交織中，彼此滲透為無法分割的生命場域，詩人對於一隻孤獨的鳥如何返回生命故鄉的憂慮，正是對於風景消亡後人類如何安頓自己靈魂的憂慮。也正是出於對風景消亡的憂慮，詩人才選擇了在行走中去親近更多尚存的風景，正如他自己所說：「不論我們奔走的目光駐足何處，都會朝向生命的源頭。」（《走進香港》）因此，詩人對於「天地之美」的用心描繪，就不僅是一種自我拯救，沉痛地省思、深遠地憂思中，詩人還自覺地承擔起對人類破壞大自然罪行的批判：

> 貪婪之手為何總在一味地攫取？我想，大地所承受的悲憫，比我的想像更沉重，也比我的愛更寬闊。
>
> 可我只能面對土地，空懷一腔幽怨。我知道，人類從大自然中掠奪的，必將在時間的注視下加倍償還。
>
> ——亞楠《歲月之殤·無法返回》

亞楠突破了傳統對故鄉內涵的定格，他守望的與其說是地理空間層面的故鄉毋寧說是人類心靈的精神家園——當然，兩種守望並不矛盾而是彼此聯繫和貫通。守望精神家園是以故鄉為基礎，而守望精神家園，又必然表現為對故鄉的的守望：在《一隻小船》中，詩人曾感佩於一隻小船「沿著故鄉的方向獨自守望，在茫茫天地間，把自己凝固成一道蒼涼的風景」，而詩人自己，又何嘗不是？詩人守望風景本身也成了一道風景——如一株雲中杉樹般亮麗的風景，那是詩人在《雪嶺雲杉》中所寫的：「我們已經站立成風景」！這使我想到著名語言學家雅克慎結合索緒爾的「二軸說」提出的詩的功能說（Poetic Function），他認為這種功能的形成，主要是因為把屬於選擇性的聯想軸的作用，加在了屬於組合性的語序軸之上，使詩歌具有了一種整體象徵的復合多義的性質。

在新世紀詩人的筆下，故鄉作為詩人對精神家園的建構，其內涵在新世

〔註23〕王光明：《南方北方·序言》，亞楠：《南方北方》，河南文藝出版社 2012 年版。

紀景觀更迭發展中得以豐富，它融通了地理空間和心理空間，鋪展開遼闊的情感界面，正如劉小楓所言：「遺忘和背離都意味著人離棄了自己的超越的本源，離棄了自己真正的故鄉；回憶和返回就是超越的本源，重返自己的精神家園。」〔註24〕當詩人以一個異鄉者的身份在距離性的觀照中重新回視自己的故鄉時，故鄉不再是一種生命的存在，而是一種精神的理想，一種存在於美好記憶和個人精神氣質中的骨血。鄉愁成為表達這種精神血緣的最好方式，似乎只有在遠離父母之後，一個人才能更加深刻的認識親人，認識自我與親人、故鄉的「血緣」關聯：

> 我從未贏過他
> 我使出嬰孩和一個少女的全部力氣
>
> 我從未想贏他
> 當他還能將一個遊戲視為遊戲
> 當他還能將一個遊戲重新想起
>
> 我不能察覺他在老去
> 我不能總讓他贏
> 我必須伺機　在他突然的疏忽中
> 扳回一局

——馮娜《與父親掰手腕》

從「從未贏過他」到「從未想贏他」，再到「扳回一局」，詩中反映的既是父親日漸蒼老的過程，也是我逐漸長大的過程。在這一過程中，掰手腕構成這種親情的基本紐帶，兒時作為父女之間的遊戲，長大後是父女對往事的回味，而當父親一天天老去時，這種遊戲變成了父女與時間之間的角力。父親贏得的也許是遊戲，而當女兒在父親老去時希望扳回的卻是父親的青春。詩人從一個小小的遊戲入手，整體性地把握住自己與父親之間關係的轉變，而這種觀照的獲得只有在離開父母，思念父母的視野中才能有更刻骨的體會。對親情的回憶是重構精神家園的一個紐帶，借親情觸摸故鄉的脈搏，在距離之上，建構起已經遙遠飄逝的故鄉。

〔註24〕劉小楓：《拯救與逍遙——中西方詩人對世界的不同態度》，上海：上海人民出版社 1988 年版，第 163 頁。

第三節　彼岸：無法抵達的故鄉

「空間軸上唯一的實點代表家鄉」，但是，在「現代」與「後現代」的語境中，原生的定點由實轉虛，詩人重構了精神的故土，故鄉被放逐爲一種想像，不再是一種唯一，在文字與影像的縫隙中，「歸」與「不歸」成爲很多詩人糾結的拷問。詩人開始以「返回」的形式抵達澄明之境獲得新生的契機，這構成新世紀詩人故鄉詩寫的一個突破。

尤記英國文豪康拉德在他所寫的名著《黑暗之心》裏，借著主角馬羅的口，說出了這麼一段話：當我還是個孩子的時候，就對地圖滿懷熱情，我會看著南美、非洲、澳洲的地圖，一看就看好幾個小時，並在那種探索的榮光裏完全失去了自我。那個時候，我認爲在大地上有許多蒼蒼莽莽的空間，看著地圖就等於是一種邀訪，我會用手指著地圖說：「長大以後，我要去那裡。」〔註25〕誠然，那讓人情思牽纏的遙遠的異地，可能正是與詩人精神有某種理不清的精神血緣的精神故土，或許正是這種情懷激發人無論置身何地、何境都要去追溯尋訪。正是這種情懷讓我們在面對地圖時不由自主地生發出邊緣人的心態，無論你身在何處。同理，遙視精神的彼岸，我們永遠是奔赴在路上、穿越空間的行者。以自由的心態和邊緣的身份，趕赴靈魂的召喚；情繫故土，遊走異域他鄉，渴望在異地的經驗中獲得救贖，在省思和敞開的視域中踐行靈魂的邀訪。上述兩種精神維度促使慕白的詩擁有了自由伸展的多種可能——詩人無有拘束地想像並建構著無法觸及的精神烏托邦——生命的彼岸，詩人「在地」的行走其實是履行內心的遊歷。

「每位大詩人都擁有一片獨特的內心風景，他意識中的聲音或曰無意識中的聲音，就衝著這片風景發出。」故鄉不僅僅是地理版圖、歷史版圖，同時也是心理版圖，比如「對於米沃什而言，這便是立陶宛的湖泊和華沙的廢墟；對於帕斯捷爾納克而言，這便是長有稠李樹的莫斯科庭院；對於奧登而言，這便是工業化的英格蘭中部；對於曼德里施塔姆而言，則是因聖彼得堡建築而想像出的希臘、羅馬、埃及式迴廊和圓柱。溫茨洛瓦也有這樣一片風景。他是一位生長於波羅的海岸邊的北方詩人，他的風景就是波羅的海的冬

〔註25〕本段文字內容，轉引自：南方朔，《奇幻，是想像的泉源》，時報閱讀網：http://www.readingtimes.com.tw/ReadingTimes/ProductPage.aspx?gp=productdetail&cid=mclg (SellIte ms)&id=FT0104&p=excerpt&exid= 38629，2009/02/12。37 詹宏志：《前面探險者爲後來者畫地圖》，遠博知識網：http://www.best100club.com/bestfocus/explore_03.htm，2009/02/12。

季景色，一片以潮濕、多雲的色調爲主的單色風景，高空的光亮被壓縮成了黑暗。讀著他的詩，我們能在這片風景中發現我們自己。」〔註26〕不論是詩意的棲居地，還是遙想神秘的歸宿，都充滿了對於「根」的渴望和牽纏的情懷。「詩人的天職就是還鄉，還鄉使故土成爲親近本源之處。」〔註27〕在覓訪途中，詩人往往求助於生養自己的故鄉，祈望從它們那裡獲得心靈的慰藉。於是，我們看到了鬱蔥的「燕趙熱土」、路也的「江心洲」、李小洛的安康小城、徐俊國的「鵝塘村」、宋曉傑的紅海灘、楊方的伊犁……，無一例外，它們是詩人靈魂深處的愛與痛，烙印著主體獨特的生命氣息和幽微的詩緒，揮之不去。與眾多詩人筆下的故鄉不同的是，慕白的「包山底」處於「回不去」的空間夾縫之中。

用雙眼行走，用心靈記錄，用愛召喚，慕白寫了許多獻給故鄉「包山底」的詩：《我出生在一個叫「包山底」的地方》、《我是愛你的一個傻子，包山底》、《包山底的小溪不見了》、《一個煙頭的鄉愁》、《一生都走不出你的河流》、《包山底》……在包山底生活，然後，從包山底走出。包山底是讓早期的慕白詩魂升騰的鄉里——那是一個山水環促，雲霧騰繞，茗香泉清的世外桃園；那是養育鄉音、包容窮困苦難的生命搖籃。《行者》，旅者、行動者，在行走過程中省思和洗滌，探索與追逐。在最初離鄉的行走中，詩人提醒自己：「包山底不敢走得太遠 / 不敢遠離鄉村」（《包山底》）。然而，歷經不斷的行走，在邂逅一個又一個他鄉之後，詩人卻漸漸地發現「我離家時曾背走了家鄉的一口井 / 還帶走了包山底純樸的鄉音 / 一不小心卻又都弄丟了 / 現在，我成了一個無家可歸的人」（《我把故鄉弄丟了》）；「山上 / 沒有明月，我不是東山客 / 一路上，我抬頭我低頭 / 都看不見故鄉」（《夜車過夜郎》）；「我騎著一縷月光星夜兼程 / 回到在飛雲江水底飛翔的那一朵雲裏？ / 我該怎樣在一個人的內心裏，焚燒自己的手臂 / 照亮回家的路？回到母親最初的一滴 / 乳汁裏，埋下我全部的辛酸和經年的頑疾？」（《我該從哪兒回家》）千回百轉，鄉村終無法回轉，只有奔赴城市，可是，城市也不能容納自己，或者更準確地說，「我」無法眞正接納城市。「我」在城市裏感受到一種荒誕和無意義：

　　　　我只打了一會盹，紡織廠裏就沒剩幾個姑娘

〔註26〕約瑟夫·布羅茨基：《詩歌是抗拒現實的一種方式——托馬斯·溫茨洛瓦《冬日的交談》序，劉文飛譯，《中國南方藝術》2015 年 11 月 30 日。

〔註27〕海德格爾：《人，詩意地安居：海德格爾語要》，郜元寶譯，張汝倫校，廣西師範大學出版社 2000 年版，第 69 頁。

她們離開桑麻，不願繼續和我探討純棉的愛情

對面工業園區機器轟鳴，老闆出來介紹經驗

他們從來不生產宣紙，但造紙廠的利潤很好

然後照例合影留念。橘子花的香味在車窗外閃爍

我們驅車前進，零星的油菜地和蠶豆花節節後退

守護著一隅農田的烏鴉踩著拖拉機的舞步

鄉村與高速公路的距離越來越短，不到十五分鐘

來到花園似的現代農業園區，一種新的時尚

令我大開眼界，我的眼睛超過我的想像能力

魚蝦在網箱裏歡蹦亂跳，公豬住上了別墅

——《大江東去》

「說你不是過客／你又無故鄉」（《你能說些什麼》），恰如詩人的自省，離開故鄉的他，如同過客，無論走到哪裏，都無所歸依。詩人無法逃離現代人的集體宿命：一個不安分的人，搖擺於城市與鄉村的夾縫之間，並且只能在這夾縫間不停地行走，一旦停下，就意味著被歸屬和局限。而行走本身不屬於任何一地，任何一域，它是生活本身在場的突圍和介入。由是，「我」所見之物，皆在彼岸——「我擔心我的漁火／會在大海上走失／更擔心，我達到彼岸的時候／鬱金香的花期已經開過」（《再不相愛就晚了》）；「我」成了夾縫中清醒的看客——「你可以選擇做一個旁觀者，在沉默中／觀察水的清澈，看它如何自我沉澱，過濾」（《龍遊石窟行》）；經過冷靜地審視，城市與鄉村皆拉開了距離——「我在錢塘江畔行走，第一次被工業的鏈條／剝奪了睡眠，記憶從此與／裏秧田，馬金溪，茶坪，烏溪江，溪東村／胖子，豔豔，曹家，下山蛇／這些帶著泥土氣味的村莊，河流，農家民宿／拉開距離，變得模糊」（《宿衢江上》）。此在的鄉村卻立於彼岸，反之，相對於鄉村而言，城市中的「我」也是一種彼岸，「親友評論說，你蒙著臉／周圍全都是灰濛濛的／到北京城裏才一個月，你不會學人家／做了什麼見不得人的事吧？」（《我給自己蒙羞》）置身現代文明中，相對於城市，「我」又是另外的彼岸，誰都無法靠近誰——「我再怎麼努力，再怎麼使勁／也無法打開北京的房門」（《酒後》）。「我」與城市、鄉村的關係，與其說是「審視」，毋寧說是一種「錯位」。正如《酒後》中，「我」打不開客居異鄉的房門，最後才發現「我」拿錯了卡——「我手中的是一張外省的，包山底的身份證」，「我」的身份在遊走中依然

保留著出發時的狀態。

「審視」是一種主動、有意識的疏離，而「錯位」卻帶有更多被動的意味。就像詩人在《墓誌銘：沒有別的》一詩中寫他的父親：「他像一個敗走麥城的士兵／被飛雲江洗劫去全部的積蓄，被迫再次走出包山底」，「他」「在城鄉結合部／爲自己選了一穴廉價的，面積剛好容得下骨灰的墓地／他的墓誌銘，卻沒有別的」。除了包山底，慕白的詩中多次提到「城鄉結合部」──「我行走了不過六天，住了五個夜晚／四十年來，在故鄉包山底養成的良好睡眠／只一個夜晚，會在衢江邊的城郊結合部──／模還鄉曹村，分歧爲南北兩流」（《宿衢江上》），「沒有計劃／毫無目標，只想看看城區的防洪排澇／以及城鄉結合部的河道治理，達標與否」（《跨湖橋考古錄》）。「結合部」就是城市與鄉村之間的夾縫，只不過「夾縫」一詞的表述，令人更覺辛酸。慕白恰恰不是一位善於煽情的詩人，他怎麼捨得讓詞語變得心酸呢？他是那麼的樸質厚納，寧願將心底的淚水化作腳下的流水湧動出來：「腳下的流水／不會再次讓我們回到秧田／回到我們失去的彼岸，錢塘江的源頭」（《蘭溪送馬敘至樂清》）。

「回不去」恰恰是詩人對在夾縫行走過程中自己內心深處情感的直觀表達。身在夾縫之中，置於城市與鄉村的雙重彼岸，詩人是充滿了自責、惶惑、不安與無奈的，連一隻蚊子咬我額頭上的腫包都讓「我」想起童年時在包山底的記憶，讓「我」不忍心拍死與自己方言相似的蚊子，「這個肉小的蟲子」「把我再次一個人留在今晚，成爲自己的過客」，而此時「鄉村日漸消瘦，夜色深邃，高樓林立，我居住的地方／被城市包圍的城中村，天空以及讓人分不清南北西東」，於是，「我」以過來人身份遙祝蚊子「千萬別忘記了來時的方向和返鄉的道路」（《城中村紀事：告別春天》）。詩人無奈地寫道「當時出走多麼簡單，比一個人偷渡出境更容易／似乎不費吹灰之力，只是，漂泊了十年，三十年，五十年之後／隨身帶有手機，開著汽車，卻找不到去哪裏才能辦理返鄉的證明」（《包山底方言：他們》）。

「回不去」的寓言，就像詩人意識到的「方言是一個人返鄉的通行證。／其實，它們不是死在故鄉就是在路上」（《包山底方言：他們》），「方言」從不曾到達過城市，它要麼在出走的那一刻就死亡，要麼夭折在到達彼岸的路上。所以，城市與鄉村，永遠無法結爲一體，永遠無法親密無間，這也就寓意著，永遠會有那樣一個縫隙，一個與城市和鄉村都保持距離的「結合部」

存在，而「我」正身在其中，無法停留。似乎到這裡，已經可以解釋最初讀《行者》時，爲何會感受到一種分裂的痛苦。然而，這種分裂的痛楚，不僅僅是源自現實中「我」在城市與鄉村中的無所依歸，還源自詩人在夢與現實邊緣的精神漫遊。

　　楊方對故鄉的書寫同樣存在著回不去、無法抵達的精神痛苦：「候鳥回到北方，群羊回到多窩子，世界回到原處／但我還沒有回到我的故鄉」（《我還沒有回到我的故鄉》，苦苦尋覓，詩人無法返回的顯然不是地理空間層面的故鄉，而是人類或詩人個體精神的發源，是詩性的故鄉，是靈魂的高地，它無跡可考，無處不在，時時衍生和變化萬千：

> 我還沒有回到一條大河的上游
>
> 在那裡，一切剛剛開始
>
> 萬物靈動，幼畜初生
>
> 我還沒有回到一座山脈最高的峰頂
>
> 那時光聳立的峰頂，只有明亮的風在那裡
>
> 只有霹靂，雷電，雨雪，冰雹，只有行星和恒星
>
> 我還不曾被白雪，山嵐，瀑布，流雲所感動
>
> 我還走在裸露的平原，山川和盆地

——《我還沒有回到我的故鄉》

　　好詩常常呈現出生命本身被語言攫住時的狀態，正是在這種狀態中，生存的終極實在才可能顯露出來。「攫住」是一種互爲糾葛的力量，它使我們轉向與表象的鬥爭。楊方的這首詩《我還沒有回到我的故鄉》，從題目到文本，真正攫住我們的是多次出現和被強調的「我還沒有」這個句式。榮格（Carl Gustav Jung 1875～1961）說，紮根於大地的人永世長存，可是詩人無有遮攔地告訴我們她還在行走，還沒有返還「一條大河的上游」或「一座山脈最高的峰頂」，她在廣袤千里的空間中尋找的是能夠讓她聽到宇宙歌唱的地方，看到歷史紮根的村莊，感動到值得感動的「暗寓意」（黑格爾），而這一切，她還沒有找到，她還在——返鄉的途中尋找。

　　在霍俊明的訪談中，楊方說：「我在伊犁河邊長大，我寫過《伊犁河左岸》，還寫過貴州仡佬族的洪渡河，也寫過浙江的甌江。河流其實就是一個孤獨的人，從一個孤獨的地方來。我總是想尋著流水，走到一條大河的上游，看看它最初的源頭。在新疆我看見過一條乾涸的河流，看見它帶走了自己的流水，

時間和光亮，但是卻帶不走它本身。我們的一生，也像一條河流一樣，青春流走，夢想流走，剩下老邁腐朽的身軀。『拉薩河，紅河，額爾古納河，或者更遠的多瑙河，印度河，密西西比河，我從未去過的地方，有誰看見它們日日空流，奔波在綿延的歸途』」。楊方筆下書寫過不同地域的河流，不過，這些河流都是詩人生命之河的分支：「在我的寫作中，河流是人生的追問，也是追尋。如果逆流而上，我們的靈魂終會回到最初的潔淨的源頭。」〔註28〕除了故鄉，河流是楊方的詩寫中的另一個關注點，她試圖穿過某個缺口，回到一條河流最初的源頭。河流既是其探尋的軌道，又折射出詩人對流動的、始於源頭的動態的生命的熱愛，同時，她的詩歌美學風格恰恰充分體現了水的磅礴與柔和的兩極面相，河流的動態暗寓了詩人不斷行走探源的追尋精神。

在《我還沒有回到我的故鄉》第一段中，詩人排列了一系列故鄉的片景和實物，給人呈現出返鄉後景象；第二段首句卻從實景中陡然一轉，詩思很快變換了維度——「我還沒有回到一條大河的上游」，這條大河由前面的實指轉向虛擬「在那裡，一切剛剛開始」。作者收束了令人振奮的即將達到的興奮感，由具象轉向了遼闊——「山脈」「峰頂」，甚至是「行星」、「恒星」，隨之在情緒激烈的排比句後，突然轉換了句式「我還走在裸露的平原，山川和盆地」，呼應了段首的尋找，所有令人心潮澎湃的自然景象安靜下來，時間就定格在行走上，在哪裏行走已經不重要，平原就是「遠離喧嘩與浮躁」、遠離攀岩和探尋的激烈瞬間，詩人回歸了行走的靜與行為本身，回歸到尋找的過程——「我認為我的尋找是永恒的，我的尋找可以是心靈裏的故鄉，也可以是另一個故鄉，另一個自己。這個尋找將如影隨形跟著我。」〔註29〕這與保羅・策蘭（Paul Celan, 1920～1970）所說的詩是「生存的草圖，也許，是自身對自身的派遣，為尋找自身……是某種回家」有異曲同工之妙。正如楊方在《伊犁河左岸》一詩中所表達的「很多時候，我不比一條河流更知道自己的去向」，詩人無時不在尋找自己、尋找生命的棲居地，這恰恰是現代性對生命主體的擊打。在詩作的第三段，詩人由抒情的浪漫回歸到對宿命和

〔註28〕 楊方、霍俊明：《「走在分叉的樹枝上，走在分支的河流上」——楊方訪談》，《詩人與校園——首都師範大學駐校詩人研究論集》，吳思敬編，桂林：漓江出版社，2014 年 11 月版，第 295 頁。

〔註29〕 楊方、霍俊明：《「走在分叉的樹枝上，走在分支的河流上」——楊方訪談》，《詩人與校園——首都師範大學駐校詩人研究論集》，吳思敬編，桂林：漓江出版社，2014 年 11 月版，第 290 頁。

現代生命的叩問：

> 空蕩蕩的馬車，命運之輪
>
> 像衰老一樣緩慢，像死亡一樣緩慢
>
> 我還沒有在宿命之國，彩虹之門
>
> 在一個叫納達旗牛錄的荒涼小鎮
>
> 遇見一位陌生的錫伯青年
>
> 他的眼神像掛在貼木里克山岡上藍光閃爍的星星
>
> 很多時候，我懷疑自己已成為隆起山梁的一部分
>
> 那麼地接近，一生都可以望見，一生都不能到達

　　馬車是往返於命運旅程的意象，其衰老的緩慢，與死亡連接起來。詩人以返鄉的方式打開探尋現代生命本質和靈魂歸屬之門。在詩人將故鄉陌生化和互文化的過程中，她對生命的探尋也隨著抵鄉旅程的完成而深化至對現代個體生命的反思——永遠在路上、永遠在探尋、卻無有終點。記得楊方在首師大給本科生的一次講座中說：「我們人和一條河流一樣，最終都要回到某個地方去。」〔註30〕她始終在詩作中尋找著捕捉著「某個地方」，不同的詩人對「某個地方」的理解和設立是不同的。比如，芬蘭女詩人艾迪特·索德格朗（Edith Irene Södergran 1892～1923），她是一個流浪者，沒有地方屬於她，她也不屬於任何地方。她有一首詩表達了這種在路上的毫無歸屬感的荒涼以及她心目中的「某個地方」的美好：

不存在的國土

　　我渴望那不存在的國土，／因為我對懇求存在的一切感到厭倦。／月亮用音色的古老文字對我講起／那不存在的國土。／在那裡我們一切願望得到奇妙的滿足，／在那裡我們所有的枷鎖紛紛脫落，／在那裡我們流血的額頭冰涼下來／在月光的露水中。／我的生命有過高燒的幻覺。／而有一件事被我發現，有一件事為我所得——／同向那不存在的國土之路。／在那不存在的國土裏／我的愛人戴著閃爍的王冠散步。／我的愛人是誰？夜沉沉／星星顫抖著回答。／我的愛人是誰？他叫什麼名字？／蒼穹越來越高／而一個淹沒在茫茫霧中的人類的孩子／不知道回答。／可是一個人類的孩子

〔註30〕楊方在首都師範大學給本科生的一次講座錄音整理《一首詩的誕生》（2014年10月28日）。

除了肯定沒有別的。／它伸出的手臂比整個天空更藍更高。／在那
裡出現回答：我為你所愛，永遠如此。

（北島　譯）

　　索德格朗是芬蘭的瑞典人，她的母語是瑞典語，可是自小就搬到了芬蘭，但她並不認為芬蘭或瑞典是自己的故鄉。楊方和索德格朗，兩個不同國度、不同時代的女詩人，她們都是行走在人生旅程上、探尋精神故園的尋美者，在她們內心深處，「某個地方」或根本「不存在的國土」是她們創作的根源，是靈魂棲居的詩性空間。

　　詩歌是一種創世的藝術，其動人處莫過於詩人善用語言的精妙給靈魂尋找一個出口，用心底的細膩與想像的瑰麗創設一個世界。這個藝術的世界裏，想像恣意騰飛，每一字句都靈動著詩人獨特的生命體驗。澎湃與節制彼此呼應使詩歌的整體情致臻於生命的極致。楊方在《我還沒有回到我的故鄉》一詩中所暗含的生命的極致恰恰是不斷返回，永遠抵達不到的靈魂的原點——那裡顯然不是一個地理空間的故鄉，這種近乎超現實的探尋本身，近似於布伯（Martin Buber, 1878～1965）在其 1913 年出版的哲學論文《達尼爾》的前言中描述他由於一棵樹的對話引發的精神思考：「似乎只有當我找到這棵樹時，我才找到了我自己。那時對話出現了。」

　　恰如布伯所言，對於彼岸——精神的故鄉，我們每個人都是異鄉人，都在尋找自己：

　　　　異鄉人！行走在兩種身份之間
　　　　他鄉的隱形人和故鄉的陌生人

　　　　遠方的景物、面影，湧入眼簾
　　　　多麼心愛的異鄉的大地和寥廓

　　　　在異族的山岡上，你建起一座小屋
　　　　一陣風暴襲來，將它拆得七零八落

　　　　回到故鄉，田野已毀村莊荒蕪
　　　　孩子們驅逐你像驅逐一條老狗

你已被兩個地方拋棄了
卻自以為擁有兩個世界

像一隻又髒又破的皮球
被野蠻的腳，踢來踢去

異鄉人！一手揮落僕僕風塵
一手捂緊身上和心頭的裂痕

——沈葦《異鄉人》

　　異鄉人的感受建構在當下生存環境與地理故鄉的調融和差異上。詩人在異鄉尋訪故鄉的影子，又常常將當下的生活空間視為原鄉，這種異地與故鄉的兼容以及創作的空間意識在藍野的詩集《回音書》裏體現得最為分明。《回音書》結構安排別具匠心，第一輯：京華志，第二輯：旅行記，第三輯：故鄉謠，第四輯：天空。這四部分提供了詩人行走和建構的一份個人地理和空間景觀，京華志寫其當下工作和棲居的北京；旅行記寫的是作者以京城為圓心以不同半徑遊走於全國各地的感受；故鄉謠寫的是美麗的山東半島的一隅；天空是各種地域景觀和空間的一個綜合構境。在這本詩集中，上述四個空間維度都有故鄉的影子，故鄉被詩人不斷地遷移，真的不再是「空間軸上唯一的實點」，真實的故鄉浸滿了刻骨的鄉愁，貫穿著詩人對土地親人的摯愛和清醒的自剖意識。「父親，你在那裡一定知道／我時時憂傷／一定知道我的身體裏埋下了時間的鞭子／從裏往外抽打／我的頭髮白了／我再次愛上了故鄉」，身在京城的藍野在心裏為故鄉豎起一塊紀念碑，他承受思念的鞭打，為生養的村莊歌唱。時間和空間的阻隔更加深了藍野對故土的熱愛，「這一切，這塵世的事物是我願意看見的／這塵世的悲苦是我願意承受的」（《回音書》）。藍野以廣闊的心胸擁納生活賜予的一切，他沒有停留在對故鄉的追憶與返源途中，作為異鄉人，他將北京定格在每一個片景和細節之中，從東直門到長虹橋，寫了通州、三里屯、東四十二條，他還寫了從高井上車怎樣經過英家墳團結湖到鐵獅子墳，詳細記述從三環到二環需要走多長時間，東四八條是戲劇家協會，裏面住著什麼怪人，介紹百子灣、廣化寺或紫竹院，使館區一個叫「那麼那麼」的越南菜館，或者去雍和宮和保利大廈之間的一個小酒館……。這絕對不是一個異鄉人的京城，藍野用詩歌這種分行的文字為

我們繪製了一幅北京地圖，它的比例尺也許是 1：35 首詩的總行數，在這張地圖上他又用他最喜愛的顏色和圖標畫上了他的那些可愛的朋友們……藍野寫京城的詩滲透著濃濃的「鄉愁」——在紅磚碧瓦雕梁畫棟中纏繞著的文化和生命尋根的鄉愁。當他懷著文學、詩歌的夢放逐自己的時候，古都的景觀細節喚醒了他的文化的鄉愁：「北京啊，我的愛已像刀片一樣劃進肌膚」，這鄉愁已經由靈魂漫延滲透至肉體，既是心理上的鄉愁又是生理上的鄉愁了。這鄉愁不是黑大春那「米釀的鄉愁」，而是從四環到三環、從三環又到二環、再到老城、直至靶心的那「一環，一環，又一環」的鄉愁。可是當這鄉愁需要詩人用口頭語言直接地表達出來的時候卻又是那樣不卑不亢了，只是「聽到自己低聲說了一句 /北京，你好！」顯然，作為一個異鄉人，北京已經成為融合了故鄉、文化記憶和精神原鄉的土地。這種膠著的複雜情感在昌耀創作於世紀之交的《鄉愁》中體現得頗為分明：

> 他憂愁了。
> 他思念自己的快谷。
> 那裡，緊貼著斷崖的裸岩，
> 他的犛牛悠閒地舔食
> 雪線下的青草。
> 而在草灘，
> 他的一隻馬駒正揚起四蹄，
> 蹚開河灣的淺水
> 向著對岸的母畜奔去，
> 慌張而又嬌嗔地嘶嘶……。
> 那裡的太陽是濃重的釉彩。
> 那裡的空氣被冰雪濾過，
> 混合著刺人感官的奶油、草葉
> 與酵母的芳香……
>
> ——我不就是那個
> 在街燈下思鄉的牧人，
> 夢遊與我共命運的土地？

「故土已喪失實質，消融於記憶。但放逐地和故土無以比擬，異地的存

在往往觸發對故土的緬懷。〔註 31〕昌耀的鄉愁顯然不是對故鄉湖南常德的思念之愁。作爲一個異鄉的流浪者，他生活在與自己共命運的土地——青海之上，兩者之間也建立起神秘的「鄉愁」關係。直至死亡——2000 年 3 月於青海，詩人與他熱愛的土地才眞正消融一處。但是在昌耀的這首《鄉愁》中，與詩人共命運的「土地」並非簡單地實指此在的青海，而是精神的彼岸，無法抵達的故鄉。精神的彼岸是一種無形的存在空間，更是精神的存在之所，他經由地理空間和精神空間構境爲一種景觀、記憶與空間交融的經驗，被注入作家主體的生命意義。這些「地方」不單單是記憶空間的建構符號，充滿生命與空間之共同體驗，從視覺、意象、聲音、氣味、氛圍、詩情、生命經驗等方面營構出多維度的空間景觀和精神視域。新世紀以來詩人筆下的「地方」爲新世紀詩歌創作版圖再次擴容，傳遞出更爲多面的自我認同感與主體精神的訴求。

〔註31〕簡政珍：《放逐詩學》，臺北：聯合文學 2003 年版，第 27 頁。

第六章　日常經驗與詩意空間的建構

　　日常生活幽微的奇妙，日常生活的豐富、憂傷與疼痛，是二十一世紀以來中國詩人尤爲關注的主題。在廣闊的社會歷史和社會現實之外，每個詩人獨特的日常經驗，實際上是一個無比深邃和豐富的世界，它折射出詩人獨特的氣息和鍾愛的領域，觸及生存的情境，有親情與人性，有批判與諷喻，可以充實超越也可以輕靈混沌。新世紀以來，在後現代文化語境下，美學實現了「跨界」和轉型，詩人們致力於在日常實踐中感受世界和自身；日常生活構成景觀社會重要組成部分，像食指的《家》、藍藍的《正午》、翟永明的《洋盤貨的廣告詞》、王家新的《和兒子一起喝酒》、李少君的《抒懷》、周慶榮的《日記》、林莽的《夏末十四行》、潘洗塵的《肥料》、孫文波的《這隻鳥》、胡弦的《夜讀》、侯馬的《靜電》、馬鈴薯兄弟的《春天如此蔓延》、沈河的《昨日大雪記》、藍野的《石榴》、李小洛的《省下我》、張維《寧靜的美與痛》以及臧棣的「入門系列」〔註1〕組詩等很多篇什，都專注於日常生活，詩人們在個體的私人空間中，發現、挖掘、感受那些「高於」或「低於」乃至超越生活的元素，它們有很豐富的精神指向，激發人們品味、體驗著「日常的奇跡」（黃燦然《日常的奇跡》），在與生活的和解、與歷史的相遇中重新發現、提煉日常生活詩意，並注入了對社會的批判與關懷，完成了對現實表象的超越。比如詩人燕窩努力地以幻想使日常生活變形爲一種帶有尖銳穿透力的超現實景觀（《聖保羅的蝴蝶花》、《穿越陽光下的大街小巷》），翟永明（《馬克白夫人》、《雛妓》）和藍藍以警覺犀利的姿態關注生存現實問題和人的處境：「樓

〔註1〕《非常暖流入門》《紅果冬青入門》《情人節入門》《元宵節煙花入門》、《紫羅蘭入門》等等，臧棣這組新近創作的詩均源於詩人對日常經驗細節的感發。

下的釘鞋匠，取出含在嘴裏的釘子 / 掄起鐵錘，狠狠地楔進生活的鞋底，毫不 / 猶豫。」（藍藍《未完成的途中》）正如藍藍所寫，詩人在日常生活中並未丟失良心的鐵錘，而是將所有的犀利深深地楔入生活的底層，楔入現實有形和精神無形的空間之中。本章從私人空間入手，探討個人生活空間與社會公共空間中的詩意書寫，以及新世紀詩人如何在日常經驗的詩意建構中完成對物化和欲念膨脹的時代的反叛。本章以李元勝、李小洛、李琦、宋曉傑等詩人的代表詩作爲研究對象，探究其詩作中日常經驗的詩寫及營構的詩意空間。

第一節　「肥胖時代」的詩意建構

　　德里克·沃爾科特在評論拉金的詩時曾說道：「平凡的面孔，平凡的聲音，平凡的生活──也就是說不包括電影明星和獨裁者的、我們大多數人的生活──直到拉金出現」〔註2〕。當代詩歌所要突破的不僅是詩歌本身的限制還要包括生活多層次的禁錮，自「第三代詩」以來，詩人們把抒情對象轉入到生活裏那些瑣碎、繁冗的事物中，並把「我」作爲詩歌的重要成分，用心描繪著身邊的每一個細微的事物。他們以詩人的個性爲出發點，將「口語寫作」作爲對當下生活和詩歌的重新建構的符碼，在「現實存在──人──語言」的相互關聯中，「突破了『知識分子寫作』過於宏大精神關注的寫作，他們更關注周圍的日常生活，關注生活細節本身。關於本土資源的一種積極生活方式的建構」〔註3〕，關於詩歌與生活的關係，李元勝在《在肥胖的時代》一詩中寫道：「在肥胖的時代，寫清瘦的詩 / 時代越大，詩越小 / 時代越傲慢，詩越謙卑 / 每讀一次，它就縮短數行 / 它從森林縮小到樹枝 / 還在不斷縮小 / 直到變成堅硬的刺。」〔註4〕在物質化和高速信息化的時代，人們開始反思一個疲於交際的時代究竟帶來了什麼？與快節奏的生活相比，詩歌呈現給我們的是一種更爲平和、舒緩的處世方式，與此同時它也像一根尖銳的刺，穿透生活的每一個角落。詩歌不同於散文和小說等其它文體，詩本質上是比喻性

〔註2〕哈魯德·布魯姆：《讀詩的藝術》，王敖譯，南京大學出版社，南京，2010 年版，第 159 頁。

〔註3〕董迎春：《反諷時代的孤寂詩寫──當代詩歌話語研究》，黑龍江人民出版社，黑龍江，2012，第 47 頁

〔註4〕李元勝：《無限事》，重慶大學出版社，重慶，2012 年版，第 95 頁。

的語言，集中凝練，故其形式兼具表現力和啓示性。〔註5〕李元勝所說的「肥胖的時代」是一個高科技網絡急速興起、信息日益膨脹、時尚彌漫、喧囂浮躁的時代，如何在這樣一個時代「發現和珍視自己日常生活中原初的感覺、感受、體驗和感悟，保持其原生性、個性、特異性、甚至是唯一性」，〔註6〕完成日常生活的詩意建構，這是新世紀以來，每一位詩人都要面對的問題。

後退與「慢」：日常生活空間的擴容

　　新世紀以來，當代詩人們不再簡單描摹日常的一草一木，透過這些平凡事物，開始反思平凡的詩意。當他們以「省下我」的宣言從世界撤退時便開始關注平凡生活中的人、事物，或者說將滿心的愛傾注於「對短命者的悲憫」。在李小洛的詩中可以看到她經常「以女性的直覺對物欲膨脹、精神衰頹的世界保持警覺和距離，又以平淡、善意、敏銳之心關照熟視無睹的日常現象，在似不可能處進行嫁接和想像，在極庸常之處作出絕妙的聯想。」〔註7〕詩人從生活表象中消弭，站在旁觀者的角度觀察和描寫世界並把自己的靈魂作爲標本進行深度剖析，「省下我對這個世界無休止的願望和需求吧／省下我對這個世界一切罪罰和折磨」。李小洛的這首代表作，展現了詩人面對日常經驗的獨特姿態——「後退」，詩人從周圍的「生活場景」和話語秩序中解放出來，「一點一點地接近從前的春天／從前的房屋和車站」，最終抵達個人眞實和自由的生存策略：「像一部老電影的回放／一些重要的片斷總是可以一遍遍重來／我就在這其中一再返回河流／一再返回青草，禾苗和田野／我喜歡把那枚後退鍵／掌握在自己的手裏／這樣一路倒退／一路倒退著從後來的結局／從你的身邊離開／一直退回到遙遠的那個清晨／母親的柔軟，溫暖的子宮」。「後退「作爲生存策略的一個變形，實則是在重新建構的空間中書寫個體的生命詩意。每個人退守的空間不同，建構的詩意也有所不同：

　　　　請刪除，舌尖上的遙遠甜蜜
　　　　請刪除，春天到秋天的回憶

〔註5〕哈魯德‧布魯姆：《讀詩的藝術》，王敖譯，南京：南京大學出版社2010年版，第1頁。

〔註6〕苗雨時：《關於詩歌日常生活寫作的思考》，《星星‧詩歌理論》（中旬刊）2015年08期。

〔註7〕朱燕玲：《新世紀十佳青年女詩人詩選》，北京：時代文藝出版社，2006年版，第92頁。

雨水是必需的，泥濘是必需的
一封信，從開始到結束，醉生夢死是必須的

——李元勝《必須》

「刪除」與「慢慢地活著」（李小洛《我要這樣慢慢的活著》）對於這個浮躁的消費社會而言，不啻為一劑鎮定藥，是詩人們饋贈給這個「活得匆忙，來不及感受」（普希金）的時代一份真誠樸素的禮物——沒有過度雕琢的語言，沒有矯情的修辭，沒有詩藝的炫耀，沒有浮躁的物欲功名心，甚至不表彰大愛的磅礴、萬象的恢弘。在李元勝的詩歌裏，「虛度」、「浪費」、「矛盾」、「醉生夢死」等易被我們視為貶義詞的反向詞彙是詩人矛盾詩學的獨特表達，也可以看作一種對生活表象的規避或曰「後退」。矛盾成為一種美，浪費無可迴避，就連生活也本該無意義。詩人將這些反向詞語賦予了另一番含義：最純粹的生活便是無意義的。詩人在《我想和你虛度時光》中寫到：「我想和你互相浪費／一起虛度短的沉默長的無意義／一起消磨精緻而蒼老的宇宙／比如靠在欄杆上，低頭看水的鏡子／直到所有被虛度的事物／在我們身後，長出薄薄的翅膀」。這首詩之所以被廣為傳頌，緣於它所描繪的每一件事都是生活中最為平凡而普通的小事，恰恰是這些微小的幸福，常常被我們遺忘。亦如受這首詩的影響，吳少東在《我的虛無日子》中所寫「我虛度的時光，／幾乎都是我虛無的日子。／一條游過萬里的魚，忘記了／淡水與鹹水」。人們每天忙碌奔波，試圖去尋找生活的意義的時候其實已經忽略了生活的真正含義，於是那些虛度和浪費對我們而言就變成了一種奢侈。「所以，好的人生／須有基本的無聊／好的時光須有適當的浪費／讓我們歷經旅行和壓抑／眼前終於出現沙漠般的真實、冷峻之美／這樣，當我們揮別人世／終於可以欣慰地說——／謝天謝地／我沒有相信過《讀者》的說教／也沒有過上它所描述的生活」（李元勝《墓誌銘》）〔註8〕

如果說在《省下我》（李小洛）、《我想和你虛度時光》（李元勝）等詩作中詩人建構了一個後退的詩學空間——從現實中回歸到落日、茶敘等這些平凡的事物中去，那麼《墓誌銘》則寫出了詩人所要傳達的生活觀。好的生活並非像小說、電影中描繪的那樣完美，正如詩中寫到：「好的友誼必須有基本的距離／好的愛情，必須有適當的缺陷／我喜歡你，緣於你微笑時那細微的不對稱」，

〔註8〕 李元勝：《無限事》，重慶：重慶大學出版社 2012 年版，第 59 頁。

詩人正視並接納了繁瑣枯燥的情節，適當的煩悶都是生活中的一部分，現在的我們應當正視生活中的不美好與不完美，敢於摘下面具去接納這一個並不美好的自己。詩人在《給》中寫道：「生活越枯燥，越有機會看到一本書裏的繁花／一個人讀到海闊天空／遂依稀想起，我也曾／在另一個星球放牧過羊群／／雨停了，窗外的桃樹／在自己的果實裏打坐／／哎，歷經多少朝代／我們仍深陷在／各自甜蜜的牢籠中」。〔註9〕現實中帶著面具生活的人們，看似忙碌，但無非沉浸在各自甜蜜的牢籠中，抱怨著生活的枯燥、平庸卻不願停下腳步去發現生命中的詩意。李元勝用「盲目」來形容現代人的精神狀態，比如《黑色的鐘錶》、《土豆是盲目的》、《咖啡》等詩篇都反覆提到「盲目」一詞。「盲目」即是詩人在內的人類和人性的普遍遭遇而且無法逃離的精神幽暗困境。我們多數時候都和詩人一樣「像無主的蜜蜂一樣困惑著／忙亂，沒有目的」；「多數時候，我們盲目著，談不上美好」，不僅如此，盲目的代價便是「還要經歷碾碎成泥的過程」（《土豆是盲目的》）。但人們依舊前赴後繼地擁擠著，朝著虛無，朝著所謂的幸福。詩人用土豆隱喻生活中的大多數人，因爲盲目而逐漸失去自我，被替代，被消解。時代所吸納的庸常氣息以及對自身存在深度認知後的悲觀、迷茫、黑暗使詩人不執著於追求「眞理」，轉而作爲一個冷靜的旁觀者並開始「陰暗的懷疑」，悄悄積累生存所需的全部毒素，這種冷靜是詩人對黑暗、絕望、疼痛甚至是死亡的接納。受博爾赫斯影響，李元勝將「黑暗書寫」運用到自己的詩歌中。他在《黑色鐘錶》中這樣寫道：

> 我微弱的心跳
>
> 搭載著春天狂熱的心跳
>
> 我單調的嗓音，搭載著春天的抽泣
>
> 我的盲目和幻影
>
> 集中了一部詩集的眞實
>
> 啊，我已安睡
>
> 絕望的泥濘還在濺起
>
> 我短暫的一生中，一切仍舊漫長
>
> 在那些蒼老的詞語裏
>
> 有什麼晃動著，像黑色的鐘錶〔註10〕

〔註 9〕李元勝：《詩刊》，2015 年 11 月號上半月刊，第 5 頁。

〔註10〕李元勝：《無限事》，重慶：重慶大學出版社 2012 年版，第 53 頁。

法國詩人博波德萊爾曾在《惡之花》中向現代人提出忠告：讀者們啊，謬誤、罪孽、吝嗇愚昧， ／佔據神的精神，折磨人的肉體， ／就好像乞丐餵養他們的蝨子 ／我們餵養著我們可愛的痛悔 ／／我們的罪頑固，我們的悔怯懦；我們爲坦白要求巨大的酬勞，我們高興的走在泥濘的大道，以爲不值錢的淚能洗掉污濁。〔註 11〕李元勝在《黑色鐘錶》中以「微弱的心跳」、「盲目和幻影」、「絕望的泥濘」使內心的孤寂表現出來，通過詩寫對孤寂進行消解與克服，從而尋找到生命的另一條途徑。一生的短暫與漫長構成詩歌的時間概念，在有限的的時空裏詩人已將這種「孤寂」不斷內化，以自身微弱的心跳來克服時間的蒼老，用內心去感知源自暗處的孤寂。因而詩歌也成爲了同盲目、黑暗、孤寂相抗爭的武器，一時充斥在內心的絕望與不安漸漸變得平和、淡然。儘管生活中依舊還會有種種不安，但詩人顯然已經從現實語境轉向自我沉思，將「孤寂」落成審美化、藝術化的自我關照。「在那些蒼老的詞語裏 ／有什麼晃動著，像黑色的鐘錶」在這些詞語裏晃動著的就是詩人對生活的思索。

日常生活中的時光

「詩歌中的時間要以現實中的時間爲基礎。如果生活中的人沒有時間觀念，那麼詩歌中的時間觀念也根本無法形成。詩歌中的時間無論多麼精緻奇特、複雜多變，歸根結底是現實中時間變化的反映。」〔註 12〕時間不息，它給予我們的是一顆更加成熟、穩重的內心。面對歲月的流逝，我們都曾用時間消耗著青春，用它爲我們短暫的一生獻祭，但是在這樣短暫的一生裏我們學會了如何與時間「和平相處」，正如李元勝在《湖畔偶得》中寫到的一樣：「時光轉動，風起了，我走過的湖堤一如當年 ／身體似扁舟，我仍愛人世間的起伏飄蕩 ／時有靠岸之心，時有銀輝滿艙。〔註 13〕」時間概念在李元勝的詩中常以回憶的方式承載對過往的追問，並與空間意識融彙，是在空間——滿艙、博物館、市井、磨坊等空間形態的寄寓中完成對時光的書寫。他相信詩歌是一種回憶，詩人選擇回憶，有對當下生活的感慨還有對生命衰老流失的深沉歎息，回憶成爲了詩人對時間概念的重要的認知方式。比如詩人在《選

〔註11〕 【法】波德萊爾：《惡之花》，郭宏安譯，桂林：廣西師範大學出版社，2002年版，第 199 頁。
〔註12〕 吳思敬：《詩歌基本原理》，北京：工人出版社，1986 年版，第 88 頁。
〔註13〕 李元勝：《無限事》，重慶：重慶大學出版社，2012 年版，第 39 頁。

擇》中寫道:「我選擇微弱的 / 看不見火星的愛 / 我選擇回憶,而不是眺望 / 像一座謹慎的博物館 / 只把你的一切一切 / 在新的一天重新擦試、收藏 / 我選擇躲避 / 一個人翻看冰雪之書 / 我的曾被春天的蜂群蜇痛的手指呵 / 我選擇順從 / 不是向命運 / 而是因為回憶而繁茂的心靈 / 它在喃喃自語 / 像風中的樹葉簌簌作響」。詩人在回憶與眺望之間做出了果斷的決定,因為回憶之中包含了「看不見火星的愛」,這些愛經過時間的沉澱變得更加堅固,以「過去」來面對現在及將來的疼痛和焦慮。詩人選擇「逃避」和「順從」不是向命運而是向「因為回憶而繁茂的心靈」。從另一方面來說詩人是在順從心靈的指引,從現實的虛無中抽離出去。回憶是對破碎時間的整合,詩人在《靜夜思》中將時間這一抽象概念具體化,時間如同千萬面摔碎的鏡子,而回憶則是要在這「破碎」之中將這種時間之痛轉化為某種生活的智慧。「落葉的回憶是網,站臺的回憶是腳步」,詩人想要用回憶裹住「破碎的時間」但是「太難了」。因此,詩人將時間、回憶轉化成一種對自身命運的思考,在不經意之中對「衰老」、「暮年」、「生死」等字眼發出詰問。於是詩人寫下了《遙望李元勝之 80 歲》、《塵埃之想》、《命運》、《一生》等諸多詩篇,一生之中我們要「用自己的群山,平衡窗外的市井」;「偶而,我們一起回顧愛,那巨大的磨坊 / 永不停止的旋轉,以及身後被碾碎的麥香。」(《磨坊》)

　　這種對時間的思索也同樣體現在李琦的詩歌中,她把自己關於生活的感悟寫進詩歌,用平實的語言講述有關日常生活、生命的故事。她感動於葉芝的那首《當你老了》,「蒼老」一詞對於每一個正值中年的人來說都是極力迴避的,而對於李琦,在「當你老了」羽絨一樣輕柔的句式裏「充滿著愛和疼惜」,「語調柔和而充滿溫暖」;那雙「暮年裏相望的眼睛」,那個「朝聖者的靈魂」甚至是從容敲響最後鐘聲的愛情」都是詩人盼望和期待的。詩人笑看時間的蒼老,生活的平常:「當你老了,我真希望 / 這首詩是寫給我的,或者、多少年後,我是寫這首詩的人」。詩人積極的生活心態來自她對日常生活的觀察與感悟,她寫下組詩《這就是時光》,所謂時光就像詩人所說的那樣不過就只有三件事:「把書念完、把孩子養大、把自己變老」,青春時代裏,我們同詩人一樣有著夢想,有著對未來生活的幻想與憧憬,而隨著時間的推移我們變得更加現實:「所謂付出,也非常簡單 / 汗水裏的鹽、淚水中的苦 / 還有笑容裏的花朵 / 我和歲月彼此消費 / 賬目基本清楚」。在與時光的交易裏詩人漸漸忽略了得失,時間使容顏蒼老,使詩人時常困於日常生活的瑣事,但是詩

人並不後悔而是感饋「汗水裏的鹽、淚水中的苦以及笑容裏的花朵」。平凡之中流露出對生活的熱愛，對詩歌的熱愛，對親人的牽掛。就像詩人在《誰是誰的孩子》中表達了對父母日漸蒼老的疼惜，以及在字裏行間流露出對父母無言的愛：「我的父母，一起老了 / 兩片秋風中日漸枯萎的黃葉 / 這麼快，他們就變成了老人 / 風燭殘年，讓兒女的心生出疼惜 / 我曾經那麼排斥他們曾為遠離家門而心存慶幸 / 沒完沒了的利弊分析 / 經久不息的叮嚀和囑咐 / 那幾乎是我少不更事時 / 最為厭煩的聲音」。風燭殘年中父母讓詩人不禁感慨，回想起自己兒時的點點滴滴，有愧疚，有憐惜還有對時間飛逝的感歎。詩人想起小時候父母牽著自己去劇院看戲的場景，如今的父母與「我」像是交換了身份，他們日趨沉默寡言，對「我」言聽計從，從國家大事到生活小節他們都失去了指點的能力和信心而我則「唯恐稍有不慎 / 讓我損失了他們」，「誰是誰的孩子？」詩人反覆地在思考這一問題，曾經的父母，彼時的「孩子」。時間的輪迴也就是在這一刻告訴我們那些流逝時光的去向。

在日常的鏡象中體味出精微的哲理，在瞬間的細節中昇華個人的感悟沉思，在李小洛的詩中萬象生長的秩序沒有改變，「一切都按 / 原來的模樣 / 只有我老了」（《一切都按原來的模樣》）。馳隙流年，韶光易逝，從「密封瓶裏的蜜糖」的童稚到悄悄地變老，人世百歲，仿若彈指一揮間。這首詩恰恰應和了李小洛對時間的態度：「時間是我的敵人，也是我的朋友，它所給我的和拿走的是一樣的，很多時候，饋贈就是索取。」原本沉重的生命主題，在詩人的筆下動靜兼容，閃動著熠熠靈光。無論時光是饋贈還是索取，詩人感喟：人生最美的姿態就是「在路上」。

時光最能呈現日常經驗的審美性，除了時光的書寫，對自我的剖析也是日常生活詩意建構的重要維度。

「我」的日常經驗

只有曾經猛然收縮的心

沒有交出，它拒絕了所有的融合

憑著對虛無的懷疑

憑著對自身卑微的精確測量

——李元勝《心靈為什麼有股杏仁味》

作為社會學和歷史學範疇的日常生活，馬克思和恩格斯認為它在人類社

會發展中具有本體性的地位，而在現象學家胡塞爾和存在主義哲學家海德格爾看來，日常生活對人類的存在具有「原初性」，這就涉及到對個體「我」的反思。李元勝在詩歌中提出這樣的問題：「心靈爲什麼有股杏仁味？」在時代的強大壓力之下，心靈要承受所有未知的甜蜜和苦澀，同時還要不斷地認識自我，反思自我。《假裝》一詩深刻地反映了當下社會中人們的普遍狀態：「坐在花窗前，喝一杯咖啡／我們假裝坐在歐洲的街上／就算沒有坐著，也沒有咖啡／我們同樣假裝著思考／感歎。假裝自己有著悲憫／我愛你，我們假裝愛著／假裝著感動，假裝著呼吸／假裝著健康，在心中奔跑——／啊，那顆心／我們假裝它還活著」〔註14〕我們常深陷於自我設定的幻象中，在假定的「美好」中逐漸迷失。一切「假裝」背後是對自身生活處境的惶恐與不滿。我們假裝擁有感動、健康和悲憫之心其實早已在針尖大的生活中用虛無掩飾眞實的內心。詩人就是要將這種掩飾的苦澀在人們面前公開，在認識自我的同時也換一個角度去認識生活，認識世界。「寫詩的人和社會的關係，我覺得永遠在這種戒備的、緊張的、敏感的狀態中，在『我不相信的』這樣一種狀態中。」〔註15〕因此詩人寫道：「我在悲泣著，幸福著，逃亡著／我是他們中的一個／也是他們的總和／這麼多個我在悲泣著，幸福著，逃亡著／在身不由己地包圍著什麼／像桌布周圍激動的花邊。」（《回答》）詩人一面悲泣著似乎是在等待著從黑暗、疼痛與空白之中逃離；同時又是幸福的，因爲他在逃離的過程中已經發現了自我，「我」同自然中的生物一樣是渺小的同時也是值得被尊重的。

　　布羅茨基曾說過：「作家不能代表作家說話，詩人尤其不能代表詩人說話，他們只代表自己說話。」〔註16〕詩人在詩中總是不由自主地表達自己想要表達的話語，就像李小洛的詩歌常常以「我」作爲敘述主語一樣，在她的一系列詩歌中，例如《省下我》、《我要這樣慢慢的活著》、《我要把世界上的圍牆都拆掉》、《我要做一個享樂主義的人》、《我要出趟遠門》等，詩人善於捕捉瞬間的情感，善於從生活細微處尋得感悟和表達自己的主觀立場，「我」對於世界而言是平凡而渺小的：「你告訴我／一個城市，是那麼的小／小的，

〔註14〕李元勝：《無限事》，重慶：重慶大學出版社2012年版，第45頁。
〔註15〕王小妮：《今天的詩意》，《當代作家評論30年文選——詩人講壇》，林建法選編，瀋陽：遼寧人民出版社2014年版，第245頁。
〔註16〕翟永明：《詩人離現實有多遠》，《當代作家評論30年文選——詩人講壇》，林建法主編，瀋陽：遼寧人民出版社2014年版，第265頁。

就像一滴螞蟻的眼淚／我們從來就不是螞蟻／卻像螞蟻一樣，低微卑謙地呼吸／迎著墓草和回憶（《查拉圖斯特拉如是說》）。詩人就是這樣敏銳地洞察著世界，無邊世界裏的每一座城市，城市中的每一個人都顯得如此的小。作為人，我們曾蔑視螞蟻這樣卑微渺小的生物，而在不知不覺中我們每天又生活得如螻蟻一般，迫於生存不得不「低到塵埃裏」。於是詩人也無需站在宏觀的角度去看待這個世界，同在人世間，不管身份高低貴賤你和「我」都是一樣謙卑地呼吸著，回憶著，尋找著。作者將視角轉向那些和她一樣簡單的平凡生命中去，她寫麻雀，寫烏鴉，寫忙出忙進的郵差們，在這些意象裏似乎有著一種難以言說的生命力量，有一條隱形的紐帶將他們緊密聯繫在一起：「身體上有著相同胎記的人／身體上有著相同胎記的蜂鳥／身體上有著相同胎記的烏鴉／注定要在孤獨中生／在孤獨中死。」（《見字如面》）詩人會愛上一隻麻雀就是因為它可以無視世界的陌生，從黑暗、孤獨中飛向屬於自己的自由。

　　詩人出於對自身「渺小」的認識，從而對自己進行反覆檢索。詩人很清楚地認識到：「我們生活的時代似乎就是一個大『我』。我是我，我們生存在這個世界這個時代裏的人何嘗不是如此？可以說，人是世界上最自私的動物，不管你否認與否，終究得承認：私欲是人類的重要品性。自私導致了人的矛盾和虛偽。但我想人能把這種自私說出來會好一些，所以我就用那些「我」字認真仔細地把自己檢索了一遍，以期自己能做到這一種語境下的自我反省。」〔註17〕詩人在詩中將人類特有的這種品性反覆強調，把人的「自私」、「虛偽」毫無粉飾地表現出來進而大膽地承認「我」所固有的缺陷。比如在《我捏造的》一詩中詩人開篇就以「我承認」來表白自己的內心。「承認」意味著「我」通過自省開始敢於面對自己，並把以前所捏造的種種事實說出來。表面上詩人在自我揭露，包括謊言、充滿期待卻無法實現的美好願望，實則是在通過自省來讓更多的人認識到自身具有的劣根性。詩人所捏造的是春天裏的花朵，河邊的青草以及愛得沒有退路的情侶，甚至詩人還要捏造一個「你」，讓「我」可以感動地流下狐狸的淚水，這些美好事物的背後有著強烈的諷刺意味，詩人要捏造它們是因為身邊的人事物已不再美好，我們常以懷疑、否定的目光對看待他人卻從未真正地反省過自己。所以詩人在最後還要捏造一個更為完美的自己，虛構中的完美與現實中的虛假形成鮮明對比，這

〔註17〕吳思敬：《首都師範大學駐校詩人研究論集——詩人與校園》，北京：灕江出
　　　版社 2014 年版，第 91 頁。

種「沉靜中的自省和豁達，使他超越了性別的局限。」〔註18〕

　　李小洛在許多詩中都提到了上帝，誠然，我們並非虔誠的基督徒，但是我們也相信上帝的存在。因爲上帝正「躲在天上看我們」，我們的言行將影響我們的一生。我們通過不斷自省，承認自己的過失、虛僞以求得心靈上的救贖，正如《聖經·箴言》中所說的那樣：「遮掩自己罪過的，必不亨通。承認離棄罪過的，必蒙憐恤。」李小洛通過這樣反覆深刻的自省讓自己孤寂、沉重的心情得到釋放，使上帝「不再恨它的孩子，也不再追究那些有過失的人。」

　　與此同時詩人又不甘於這種「孤寂」的書寫，「我」對於世界是孤獨的個體，但是「我」有權利來表達自己強烈的情感。李小洛曾在《上帝也恨我》一詩中這樣寫道：

> 我只是一個簡單的身體
> 所以電話裏只存一個號碼
> 所以窗子上只塗一種油漆
> 所以園子裏只種一種植物
>
> 我只是一個簡單的身體
> 所以我有簡單的眼睛
> 簡單的唇角
> 頭髮也是簡單的
> 簡單的黑著
>
> 所以上帝也恨我
>
> 它只讓我認識一條向北的路
> 只讓我聽到一首春天的歌
> 就連秋天我也不要它的漿果
>
> 所以，我常常挨餓，常常孤獨
> 看到的天空，也總是一種冷冷的顏色

〔註18〕柯坪：《新世紀十佳青年女詩人詩選》，北京：時代文藝出版社2006年版，第92頁。

　　從李小洛的詩中不難發現，她在反覆強調著「我是」、「我想」、「我要」等主觀意願。「我」是與世界相對立的，詩人以個體的簡單對抗著世界的複雜。李小洛在前面敘說著自己的簡單：簡單的眼睛、簡單的唇角、簡單的身體。因為只有簡單才可以清醒地認識這個世界，在黑與白的交錯中轉而對這個世界進行控訴和反抗。這種反抗基於詩人對生活的觀察和對自己的剖析。作為讀者我們常常會被這樣的敘述語氣所吸引，「我」的引入不僅僅是作者在言說，另一方面也是通過詩人的話語來傳達每個平凡個體的心聲。在讀詩的時候我們會思考這樣的語氣要表達怎樣的感情又建立了怎樣的對話情景。在「我」的敘述中我們會發現詩與詩之間，詩歌的前後段落之間是相矛盾的，比如在《我並不是一個貪婪的人》中詩人首先就提出「我」並不是一個貪婪的人，可綠草、花朵、玻璃、鏡子我都要。我並不是一個貪婪的人，而「我要一身美麗，一路通暢／走到你的面前，走到上帝的門前」……我一面說著自己並不貪婪而另一面又渴望擁有一切，讀到這裡我們不禁會想這不是貪婪又是什麼？但是詩人在後面寫到要將這些本就屬於自己的「財富」分給那些窮人和富人，那些仇人和親人，要讓他們和自己一樣在「對這個世界充滿愛和欲望」。在李小洛看來「我」固然是孤獨、簡單的個體，但是有權利衝破世界束縛，有權利去追求愛和欲望。同時將這些快樂、愛、希望傳遞給更多的人。詩人時而謙卑地從世界中撤退，時而又以前進的姿態回應著世界，她要吸納世間所有的愛和痛，用這些「碎片」構成一個完整的「我」和「我們」：

　　　　　　我們坐著，被歷史忽略，被萬物忽略
　　　　　　彷彿我們就是歷史，就是萬物

　　　　　　　　　　　　　　　　　——清荷鈴子《不知深淺》

　　人可以被歷史抽象、被自然忽略，甚至成為消費品，但是依然可以在生活中安身立命，這是人的生命存在的深度，它在日常生活的不同維度和空間中得以彰顯。

「慢」節奏敘事中的詩意人生

　　　　　　我喜歡突如其來的電閃雷鳴
　　　　　　也喜歡雨後，群蜂寂靜無聲
　　　　　　熟悉花朵彷彿舊友重逢

冷僻物種猶如深奧文字

我讀的很慢，時光因爲無用而令人欣喜

——李元勝《雨林筆記》

　　美國著名詩人艾略特在談及詩歌的音樂性時這樣說道：「比起形形色色的潮流，以及來自國外或者過去的影響，有一條自然規律更加強有力，即是不能過分偏離我們日常使用和聽到的普通的日常語言。無論是輕重音型的還是節奏數型的、有韻的還是無韻的、格律的還是自由的，詩都不能同人們彼此間交流所使用的不斷變化的語言失去聯繫。」〔註19〕從《我想和你虛度時光》到《雨林筆記》，李元勝的詩歌總會給人以一種舒緩、平和的節奏感，閱讀之時彷彿詩人在與讀者圍爐夜話。正如《雨林筆記》中所描繪的一樣，突然地電閃雷鳴、雨後的群蜂、熟悉的花朵等等，詩人會用細膩的筆觸來描寫這些事物是源於詩人對生活節奏的把握，他將生活節奏放慢，珍惜那些可以用來「虛度浪費」的時光，同時也將這種「慢節奏」寫進自己的詩歌中，李元勝的這些詩歌經歷了時間的沉澱，對於詩歌創作本身而言就是一個緩慢生長的過程，對於同一個事物通過反覆的觀察與思考就會產生不同的藝術效果。就像《小路》這首詩，詩人一定是非常熟悉這條小路，熟悉兩旁花開的順序，從迎春到棣棠，這些對外人看來不起眼的變化對詩人而言則是一種季節甚至是生命之間的傳遞：「黃色的花朵就像從未凋謝 / 只是在它們之間傳遞、每次傳遞，都會發生奇異的變化。」季節的交替並未讓這些黃色花朵凋謝，它們就像是不同版本的畫稿，被一再推敲、塗改，每一次的變化都帶有一種安靜、平庸之美。詩人每一次經過這條小路時不是快步地走過而是把步子慢下來，靜靜地觀察著這條小路上的一草一木，「小路」是一個非常普通的主題，而詩人已將這條路沉澱在自己的心裏，路旁的黃色花朵作爲詩歌的切入點，花朵之間的傳遞也是生命的輪迴，就像我們的人生也會經歷這樣的過程，從開始到盡頭；從迎春到棣棠這之間會經歷生命的萌芽和凋謝但始終會有一些東西是永恒不變的。因此詩人說：「我想走的慢些，再慢些 / 再一次開始、分岔和盡頭 / 讓我在迎春、蒲兒根和棣棠 / 之間變化、旅行 / 讓我呼吸虛空中的線條，帶著歡喜 / 一想到我也會死亡 / 世間的萬物立即煥然一新」。

　　李元勝的詩歌就像他筆下的這些植物一樣富有生命力、有綿延感，經歷

〔註19〕T.S.艾略特：《二十世紀外國大詩人叢書　艾略特詩學文集》，王恩衷譯，北京：國際文化出版公司 1989 年版，第 179 頁。

了時間的沉澱，慢慢地推敲，詩人曾說：「其實，寫詩這個過程就是慢慢推敲，慢慢讓詩句自己冒出來。好的句子從來都不是寫出來的，它是有一個東西，有一個動機在你心裏邊，然後不停地生長出來。」〔註20〕每一首詩都像是鮮活的生命，它們都有著自己的命運，也會經歷時間的洗禮就像人一樣，從出生到死亡，這樣漫長而短暫的一生中我們會走過許多條道路，經歷各種各樣的事，那些「走得太快的人」會「走到自己前面去」，時間和速度會讓他難以停下腳步而產生幻覺，而「走得太慢的人」會「掉到自己身後」；還有的是「坐在樹下的人」，總的來說「他都坐在自己的附近」。李元勝在《走得太快的人》中把人分成三種，具體說應該是人生的三種階段：年輕的時候我們都是走得太快的人，追求速度與快感，奔跑著前行因而時常被眼前的幻覺所迷惑，而現在的我們恰恰還是「走得太快的人」生活中我們忙於種種瑣事，被事業、家庭等因素所困，時常想以最快的速度完成要追求的目標，多數時候，我們都深陷於「針尖大的生活／閱讀，上下班的軌道交錯」，深陷於「母親的病情，兒子／對事物的全新看法」（《時光吟》），年輕時的我們急於奔跑，因而錯過了生活中種種不可思議的美好，錯過了那些可以虛度的時光。當一個人已經年老就成為了「走得太慢的人」，「他只用微弱的光／照著周圍人的空洞」走得太慢的人會「走到自己的身後」深陷於對過去的回憶之中，此刻也只剩下在回憶與遺忘之間撿拾著過往的青春和盛年。因此詩人希望當一個人處於盛年之時就靜下來做一個「坐在樹下的人」，雖然那個人也並非就是他自己，但是此時已放慢疾行的腳步，給自己留出時間去過一種「慢」生活，在落日和茶敘中平衡那顆沾滿塵埃的心靈，以此來填補生命的空白。

這種「慢節奏」敘事不僅出現在李元勝的詩歌中，在李小洛的詩歌中更是將「慢敘事」上升為一種理想化的生活方式，她要這樣慢慢地活著：「我要這樣慢慢的醒來／慢慢去曬那些照進院子裏的太陽／慢慢的喝酒，寫著詩歌／在一些用還是不用的語句上／慢慢的猶豫」。（《我要這樣慢慢的活著》）在詩人眼中，「慢」生活便是要去享受生活中的一切美好。在一切微小而不可言的幸福中體悟生活的悲歡。「慢慢的醒來」、「慢慢的」去曬院子的每一縷陽光、「慢慢的喝酒，寫著詩歌」……如此，李小洛將生活過得更像是一首悠遠的歌，慢慢的調子，慢慢的感受著每一個音符的起落。在慢節奏中詩人有足夠

〔註20〕引自 2016 年 1 月 9 日在成都市高新區輕安書店詩人李元勝與作家潔塵、詩人龔學敏的一次訪談記錄。

的時間親近自然，那些要開的花朵、將融的冰雪、「比我還要快」的蝸牛，在當下快節奏的生活中，詩人便是要「背離」時代的大趨勢，放慢腳步感受更爲眞實的生活。一生的快樂就是要隨時停下腳步，累了、凋謝了就停下來然後慢慢地愛、慢慢地恨，這樣所有的哭泣和歡笑都是有意義的。正如詩人所說：「這些火車，每一列／我都想隨它們走走／不管它們開往哪裏／不管鐵軌在這兒鋪／在哪兒鋪／一直鋪到了南極／那些遙遠的冰雪／我都願意熱愛它們／熱愛這個世界的寒冷和殘缺」（《一生的快樂》）由此也讓我想起日本當代著名詩人谷川俊太郎所寫的《春的臨終》：「我把活著喜歡過了／先睡覺吧，小鳥們／我把活著喜歡過了／／因爲遠處有呼喚我的東西／我把悲傷喜歡過了／可以睡覺了　孩子們／我把悲傷喜歡過了」。李小洛便是在這種慢生活中將世間的一切連同滿腔的愛與恨一起喜歡過了，以一顆悲憫之心傾注於對卑微事物的關照和思考。如此，她走出了主體的封閉性，把自我植入個人與世界的空間性關聯之中，生發出了一種新的生存倫理。在這種生存倫理中，對大地上的生命的同情，變成了詩人最爲引人矚目的品質，而詩人也因此從一個在沉重的命運和生存的貧困中揚著頭走路的反抗者，變成了一個大地及其生命的關愛者：

> 「我喜歡從高處往下看。／就像上帝從高處看我們。我喜歡看／地上的倒影，地上的印跡。／地上的一片紙屑，一片落在路邊的樹葉／一朵花瓣，一隻正在搬家的螞蟻／一行莊稼，一粒發黴的種子／面對它們，我都會低下頭／讓大地，在我低頭的一瞬間／看見，我／一隻含在眼裏的這顆淚滴」

——《我喜歡從高處往下看》

詩寫深處的悲憫情懷

> 如果不需任何努力就可以變回一株菠菜
> 如果可以選擇兩種方式的生活
> 我就選擇離你最近的一種
> 停下來，不再生長
> 一直沉默，一直病著

——《沉默者》

翟永明曾在《詩人離現實有多遠？》一文中提出這樣的問題：「當代中國

詩人真的遠離過他們所處的社會現實嗎？」〔註21〕關於這個問題我想答案是否定的，曾引起劇烈論爭的「口語寫作」強調的就是詩歌與現實的密切聯繫。他們通過對自身所處以及個人經歷的詰問和思考，以更為冷靜的態度反思當下的時代與命運。李小洛在詩歌中反覆寫到醫院裏的種種場景，通過對醫生、病人、醫院裏人與人的關係來反映當下日益膨脹的生活狀態。李小洛曾在自述中這樣寫道：「在小城小巷待過十年，在學塾之中呆過十年，在婦產科也呆過十年；見過女人怎麼把女人生出來，也見過女人怎麼把男人生出來，偶而也見過女人生著生著就扔下這個世界撒手不管了。」〔註22〕從醫的特殊經歷對李小洛的創作產生重要影響，生死的無常，生命的無奈、冷漠、麻木，和麻痺的神經在醫院中早已見慣不驚，習以為常。在這些「病人」身上李小洛以冷靜、清醒的思考來面對生死，在醫院的病房裏詩人看到的是：「一個人停在石膏裏的手 / 醫生、護士們那些僵硬的臉」；「病床上，正在維修的老人 / 看看擔架、血袋，弔瓶在漏。」（《到醫院的病房去》）在病房中老人的痛苦與醫生護士們僵硬的表情形成鮮明的對比，此時的李小洛已不是救人濟世的醫生，而是清醒、理智的詩人，但是她依舊要到醫院中看看，因為這裡是離生死最近的地方。

詩人置身於醫院中，看到那些醫生們在忙著 / 忙著把一團哭聲包來包去；看到母親的臉忙著來臨，照耀，或者流淚；看到春天裏　世界和世界上那些在秋天奔跑的人 / 忙著拔草、收割，活著或者死去 / 像一條街道，一片房屋，一家店鋪一個忙著縫製壽衣的老裁縫（《我看到》）。世間所有人似乎都在忙碌著，他們都盲目地在生與死之間徘徊，此時的「我」也並未停歇，我和他們一樣的忙碌著：「我自己也在忙著，忙著說話，睡覺，喝水 / 忙著愛，想念或者怨恨 / 忙著從這個世界，這些白天，黑夜 / 從他們當中，大步地跨過去」。詩人忙著做一個「享樂主義」的人，在愛與恨之間找到了平衡點：「我」便是要後退著撤離這個世界回到最原始、最純淨的地方去，李小洛把自己視為一種植物、一個病人，所以在李小洛的詩歌中世界上一切事物都是平等的，「整個世界都躺在一張病床上 / 男人和女人擠在一起」，都是深陷於「欲望」

〔註21〕翟永明：《詩人離現實有多遠》，選自《當代作家評論30年文選——詩人講壇》，林建法選編，瀋陽：遼寧人民出版社2014年版，第265頁。
〔註22〕李小洛：《新世紀十佳青年女詩人詩選》，《詩刊》選編，長春：時代文藝出版社2006年版，第93頁。

的黑暗中等待治療的的病人。「那些有欲望的人 ／ 那些走在路上的人 ／ 有的快，有的慢 ／ 有的去了北邊 ／ 有的去了南邊 ／ 但他們都是一些有欲望的人 ／ 他們不說話 ／ 都是一些朝著自己的欲望走去的人」（《你們為什麼都從不相信》），所以李小洛時常在兩種角色中轉換，一方面她是病人，需要從這個世界中撤退，以詩歌治療自己「孤獨」的內心，唯有詩歌可以「且濕（眼窩）且歌而不息，少小為之，老大為之，活下去意欲為之。」〔註23〕另一方面，她也是一名醫者，她既要治療這個世界上連同上帝一起患了「欲望」症的病人，也要進行自我治療。她時常反思自己，在絕望、悲憫和愛中書寫著對平凡事物的悲憫。

　　同樣作為女詩人的李琦也將一顆悲憫的心靈獻給世界上那些孤獨者、逝者和孩子們，她在詩裏多次描繪墓園中的場景，將目光放眼於世界上那些在苦難中生生不息，甘願做出自我犧牲的平凡生命與血肉之軀。用女性獨有的細膩情感同時又不失理性地對這些普通人致以敬意。比如《這麼靜——拜謁騰沖國殤墓園》這首詩寫的是為國捐軀的三千烈士，詩人站在墓碑前安靜地注視著這些犧牲的英雄們，在詩人眼裏這些隱去身軀的人，「每個人的身體裏，都有子彈 ／ 有怒火、血性，愛恨情仇」，他們既是為國捐軀的英雄也是有著兒女之情的普通人，墓園的靜與詩人內心強烈的情感形成強烈的視覺衝擊，這使詩人相信：「這裡一定發出過巨大的聲音 ／ 某個雷雨之夜，或許 ／ 三千多個聲音會一起呼喚 ／ 喊疼，喊彼此的名字，喊未了的心願 ／ 喊故鄉，喊妻兒，喊至愛親朋 ／ 喊得雨水滂沱，喊得星光顫抖 ／ 喊出如此空曠而愴然的一片寂靜」。伴隨「情緒的自然消漲」〔註24〕李琦將內心中噴薄欲出的強烈情感寫進詩中，那種對已逝生命的痛惜，對當下生活的沉思，讓我們也為之動容。在騰沖墓園詩人看到那些逝去的年輕生命，輕輕地念著那年輕的名字，百感交集之中詩人在《這裡安葬的》中寫下這樣的詩句：「二〇一四年歲末，一個月之內 ／ 我兩次到騰沖，每一次都有 ／ 驚心動魄的感覺，每一次都接近 ／ 肝鬱氣結。想說點什麼，又最終止語 ／ 站在墓園，想到生命的輪迴 ／ 以命換命，我們是在替他們活著 ／ 因而，不可以匍匐著走路 ／ 不可以輕狂，不可以卑賤」。詩人以其對生命的思索來勸告生活在當下的我們，對短命者的悲憫

〔註23〕 李小洛：《新世紀十佳青年女詩人詩選》，詩刊選編，時代文藝出版社，長春，2006，第 93 頁。
〔註24〕 吳思敬：《詩歌基本原理》，北京：工人出版社 1986 年版，第 75 頁。

中流露出對平凡生命的敬畏。詩人寫《遺孀》，寫《特蕾莎修女》，還要寫下在彼得堡看的《天鵝湖》，從李琦的詩歌中我們可以看到詩人是在爲「生命而歌」，爲「和平而歌」，詩人讚頌「只爲苦難活著的」特蕾莎修女，謳歌那些在苦難中依然勇敢，堅強生活的「遺孀」們，也渴望用一場潔白的大雪換來世界的安靜與祥和。

　　無論何時生命與自然都是密不可分的，我們自認爲用人類的智慧就可以改造自然，其實我們又在不知不覺中從自然世界裏獲得了心靈的撫慰。因此在金錢、物質、欲望日占上風的今天，我們不得不從這些自然事物中尋找一片屬於自己的詩意，無論是古今中外，詩人們都會從自然生命中獲得人生的的啓迪，詩人葉芝從果實累累的橘林和檸檬林中感受藍色間落下的溫暖陽光，那些溫暖使他意識到：「我是它的一部分，也許無法擺脫，忘記生命，又回歸生命，不斷輪迴就像草根裏的一隻昆蟲。低語時沒有恐懼，甚至是狂喜。」〔註25〕

　　一朵花，一棵草都是有生命的，一個詩人通過對生命的觀察也是在不斷地認識世界。吳思敬曾在《詩歌基本原理》中指出詩是生命的律動，「凡是有人的地方就有詩，凡是有生命的地方就可以發現詩」〔註26〕。生命從來不是孤立的，封閉的，就像一滴墨水落進水池，它會迅速擴展到周圍，甚至更遠的地方。你周圍的許多事物都會帶著你的顏色，你的呼吸甚至你的心跳——如果你好奇地觀察它們，熱愛它們。〔註27〕詩人李元勝同時又是一名生態攝影師，他用鏡頭拍攝雨林中的昆蟲、草木。每當詩人在森林徒步的時候都會激發詩人寫詩的興致，積累寫詩的素材。那些被我們常常忽略的美反覆呈現在流動的鏡頭之下，就像詩人在清晨想要拍好紫色的喇叭花，我們很少會爲這些紫色的花朵停留，但是在詩人眼裏就連鏡頭也無法解釋如此美的紫色，詩人看到「酒杯般的花瓣／美得過分的紫色，斟得太滿」（《紫色喇叭花》），彷彿漂亮的曲線之下是另一番世界，詩人順著紫色的曲線不斷地撤退，經過黑暗、淩亂、疼痛和虛無，最終從現實生活中撤退到最原始的環境中，而在那一刻「世界尚未開啓，我們尚未出生」，詩人在觀察和記錄的過程中也將自己融入到自然當中，對生命的思索，對生活的體味都在「一隻蝴蝶的翅膀」上延展開來。自然本身是詩性的創造，嚴格地區別於粗俗的自然。從粗俗的

〔註25〕葉芝：《幻象：生命的闡釋》，上海：上海文化出版社2005年版，第8頁。
〔註26〕吳思敬：《詩歌基本原理》，北京：工人出版社1986年版，第75頁
〔註27〕李元勝：《昆蟲之美》，重慶：重慶大學出版社2009年版，第1頁。

自然跨越到精純的自然。是學會自身與自身相區別的痛苦歷程。〔註28〕詩人不斷地觀察著思考著，對詩人來說自然更像是一本讀不完的書，「它不止是一本地理之書／記載群山的輪廓，使用過的身體。」（《紫藤》）它們也同詩人一樣生長著，旅行著，要經歷堅硬藤條的牽扯，共同經歷漫長的修剪。他們彼此交換著身份，所有的疼痛和喜悅已融合到一起。就像李元勝在《另一種蕨類》中寫到的一樣：「它們在比牙縫更狹小的角落紮下根來／在靠近心臟的地方／在我的身後／／我即使突然轉身／也無法把它們看見／／我從哪裏繼承了它們／它們又來自／我的哪一些過失／在夜深人靜時／它們開滿四周／醜陋的葉／已把我的許多部分覆蓋／並通過秘密的路徑蔓延／在所有的生活和夢境／／也許該用刀對付這些莖葉／但我又怎能／挖到它的根」。每當我們讀到這些帶有自然氣息的詩歌時，總會有一瞬間隨著詩人的指引回到自然中去，用自然的淳樸對抗城市生活的沉悶與浮躁。詩人寫植物寫自然世界裏的昆蟲，可以看到詩人天性中對「一些微弱的，易被忽略的事物」的憐憫和同情。不僅如此，詩人還將自己置於自然世界中，以獨特的方式與昆蟲花草進行對話。比如《觀蝶》一詩中寫道：「當一場小雨／全部落進某個傷口／緩緩鬆動的花正在打開天堂／／百年滄桑／擦著我們心中的那只銀盃／而我只留在自己的小小生命裏／面對龐大的春天發呆／這樣的一生難以置信／如同蝴蝶展翅的一刹那」。詩人驚歎生命的不可思議，自然的龐大，自身的渺小都體現在詩歌的字裏行間，這讓我們也不得不承認自然中的一切事物和我們一樣都值得平等看待，詩人的悲憫之心是出於對生命本身的尊重。

第二節　「原始之野」：靈魂的棲居地

在《空間的詩學》這本書中，巴什拉認為空間並非填充物體的容器，而是人類意識的居所，他說：「在家屋和宇宙之間，這種動態的對峙當中，我們已經遠離了任何單純的幾何學形式的參考架構。被我們所體驗到的家屋，並不是一個遲鈍的盒子，被居住過的空間實已超越了幾何學的空間。」〔註29〕因此，我們所要關心的不是住屋形式或舒適與否的分析；易言之，建築學就是棲居的

〔註28〕《荷爾德林文集》第一卷，慕尼黑：漢瑟出版社1989年版，第660頁。
〔註29〕【法】加斯東‧巴什拉：《空間的詩學》，張逸靖譯，上海：上海譯文出版社2013年版，第57頁。

詩學。書中最精彩之處，莫過於對於親密空間的描繪與想像。他指出家是人在世界的角落，庇護白日夢，也保護做夢者。家的意象反映了親密、孤獨、熱情的意象。我們在家屋之中，家屋也在我們之內。我們詩意地建構家屋，家屋也靈性地結構我們。但是，每一個作家筆下的「家」的意涵並不相同，比如，宋曉傑詩歌中的「家」是以「原始之野」的形象呈現的，這與日常經驗看似有些突兀的意象，卻源於日常生活，紮根於日常生活，成爲靈魂的棲居地。

所謂「原始之野」不是原生態空間，而是記憶開始的地方，那裡有人類最初的童年和記憶，有宇宙洪荒時代的樸質和簡約，有無鐘錶計量的時間和守望，有靈魂的棲居地故鄉……在那裡，童年即故鄉，回歸即是出發。新世紀以來，宋曉傑等詩人用未經文明和世俗規約打磨的瞳孔發現生活之美、自然之美，而這份美便是詩人內心深處詩意的棲居地，也是詩人發現日常生活詩意的源點。

原始之野，童年與記憶的居所

1970 年代末期，日本思想家柄谷行人在《日本現代文學的起源》一書中首次從風景的視角來考察「現代文學」時指出，其學術視域中的風景並非人們觀念中俗常意義的名勝古跡、自然景點等，炳谷行人受康德的啓發〔註30〕，他發現風景是通過某種「顛倒」，即對外界不抱關懷的「內面之人」發現的——亦即「風景之發現」。一般而言，風景作爲自然風光是先於描寫風景的作品而存在的，由是，人們常常將描繪風景的作品如文字作品和視覺作品等視爲第二位。柄谷行人指出，這其實是現代性認識論裝置「顛倒」的結果，我們誰也不會否認自然風光是第一位的存在，但它作爲「自然物」的存在和作爲「風景」的存在是不一樣的。作爲「風景」的存在，恰恰是被描寫風景的這些作品以及隱含在描寫背後的一套透視法所生產出來的，這就是「風景之發現」〔註31〕。於是我們發現，被當成是「起源」的「風景」變成了深層的風

〔註30〕 根據康德的區分，被視爲名勝的風景是一種美，而如原始森林、沙漠、冰河那樣的風景則爲崇高。美是通過想像力在對象中發現合目的性而獲得的一種快感，崇高則相反，是在怎麼看都不愉快且超出了想像力之界限的對象中，通過主觀能動性來發現其合目的性所獲得的一種快感。因此康德説：「對於自然美，我們必須在我們自身之外去尋求其存在的根據，對於崇高則要在我們自身的內部，即我們的心靈中去尋找，是我們的心靈把崇高性帶進了自然表象中的。」

〔註31〕 柄谷行人：《日本現代文學的起源》，北京：生活・讀書・新知三聯書店 2003

景——內心中極具個人情感和經驗的景觀，柄谷行人所強調的作家「內面」的豐富性在宋曉傑的詩集《忽然之間》中體現得極爲鮮明，她以「原始之野」作爲童年與記憶的居所，「顛倒」了常態的觀念。

宋曉傑曾多次提到，童年對她來說有著極爲重要的意義和影響，然而在詩中，我們卻很少發現有「童年」、「小時候」之類的字眼，這是因爲詩人將個人的童年記憶融彙到人類童年的集體記憶中去，用一顆童年時代的純淨之心觀察萬物。詩作中出現的景象多是人類童年時代觀察到的世界，那裡的雨、雪、夜晚和星辰閃動著生命的光暈，簡單、樸質而又神秘。而人類童年時代的影像正是詩人的精神棲居地——原始之野。那裡既是一段過去的時間記憶，也是一個虛幻而又眞實的空間所在，詩人在詩作《那時候……》中呈現了「原始之野」的狀貌：

> 那時候，天地洪荒、混沌初開
>
> 分不清什麼畫夜、寒暑、稼穡或春秋
>
> 那時候，山谷幽靜、溪水清澈、空氣濕潤
>
> 蛇不毒人，獅子和羊羔住在一起
>
> 那時候，沒有充足的綠葉蔬菜和黃澄澄的穀物
>
> 也沒種植茶樹、煙草、咖啡、香料、罌粟
>
> 那時候，不用脫坯、燒窯、織布、曬麻、漿洗被褥
>
> 也不存在撒謊、中傷、猜疑、算計、相互埋葬
>
> 那時候，一抬頭就是晴空，一俯首就是甘露
>
> 在水邊的空地上，點燃篝火，爲生死歡呼歌哭
>
> 沒有音樂、美酒和權術，也可以尋歡作樂

「原始之野」的生活是簡約的，正如人類最初的童年時期，「分不清什麼畫夜、寒暑、稼穡或春秋」，也「沒種植茶樹、煙草、咖啡、香料、罌粟」；「原始之野」的生活也是萬物相合，安然自得的和諧生活，「蛇不毒人，獅子和羊羔住在一起」，「也不存在撒謊、中傷、猜疑、算計、相互埋葬」。「那時候」帶給我們的久違的童稚的感動恰恰是詩人所懷抱的理想狀態：簡單、和善、自由。「那時候，簡直太離譜了。我一直懷疑／它只是夢寐的理想，是虛無縹緲的美麗傳說／但很快，就有了改變」（《那時候……》），原本詩人質疑「那時候」只是一個理想，一個「虛無縹緲」的傳說，然而，隨後的「改變」使

年版，第 17 頁。

詩人相信童話和傳說是確然存在過的，也許更確切地說，是詩人從詩意的邏輯上尋得了人類原始存在狀態的印記。所謂的印記也許便是人類的「文明」從無到有的這段「改變」或者說是「據說——」所代表的人類記憶的空缺，「……後來，後來，就產生了所謂的文明／文明：就是那片樹葉和致命的蘋果」（《那時候……》）。從這些抒寫中，我們不難發現詩人對「原始之野」的懷戀和憧憬，不僅僅是針對美好、浪漫與詩意的，還是對一切歸於簡單質樸的生活的嚮往。

對原始之野的執迷和憧憬源於詩人自身的童眞和純摯，「我喜歡這樣的迷失，像著了魔／被看不見的什麼，牽著／跌跌撞撞地，如一個沒長大的小人兒／愛上子虛烏有的過去和神話傳說」（《晚禱》）。詩人所追憶的「那時候」，也是在原始的神話和傳說中，祈禱和願望能夠被實現的時候，就像詩人在「眩暈」的福祉中感歎的那樣：「當我們說到：鷹！／就有大鳥在空中驚掠而過、優美地俯衝／當我們說——天鵝！／天鵝就臥在冰面，剔透、晶瑩／彷彿上帝說：要有光，就有了光」（《語氣詞》）。而「在願望還能被實現的年代」〔註32〕，美好的結局便有了成爲現實的可能，而生命也往往以美好、浪漫的形態出現，結局更是充滿詩意的圓滿。然而詩人並沒有一味地投入到這些虛幻的理想中去，而是將它們作爲在現實生活中身心疲憊後的休息之地，並在調整之後重新出發，尋找日常生活中詩意的因子。在詩中，詩人使用的一個意象是「野外」，它「像個不安分的人，有古怪的壞脾氣／在無人的風口，有流浪的靈魂和／奔跑的禽獸、隨風搖曳的花朵……」而正是在這裡，「月光、草色、植物，依然年輕／而我這百無一用的虛弱生命／是汪洋中的船，日益破敗、漏風／藏不住太多海水和風雲／急需好好調整」（《我需要一個人滯留在途中》）。所以，與其說「原始之野」的存在是詩人生活理想的寄託和嚮往，不如說是在詩人的潛意識裏佔有一定空間存在的靈魂棲居地，它是詩人自童年時代逐漸積澱下來的對世界的想像和期待，在成長的歷程中，詩人並沒有將其丟棄，而是精心保存著，時時想望：「我要一個人滯留在途中。我沒有奢望／眞的沒有。但是，我有野心——／要替不爲人知的一塊土地秘密命名」。這塊「不爲人知」的土地便是「原始之野」的一個化身，「我」所需要的「滯留」也只是人生之途中疲乏時的休息，迷失時的反思與省視。而在「原始之野」停留的時候，詩人看到的景象是「……大河奔湧、山川壯美，蘆葦和夕陽／使一灣湖水生動；愛幼獸如愛

〔註32〕出自《格林童話》之《青蛙王子》。

我們的孩童」，這些皆是詩人重新啓程的給養和力量，也因之，詩人執信「我的大溪地呵，我的烏有之鄉／幾乎使這一切成爲可能」(《我需要一個人滯留在途中》)。這些無不體現著詩人內心對靈魂棲居地的堅守和護持。

　　巴什拉曾在評價艾呂雅的詩《鳳凰》時指出「詩歌是一種即時的形而上學……應該同時展現宇宙的視野和靈魂的秘密，展現生命的存在和世界諸物」。詩人如鳳凰，「……即使在死亡中依然確信自己的生命，把自己的彼世展現在作品中，把自己的新生託付給讀其作品的人類」。沒有物質元素，就無法美妙地思考天地萬物，就會使想像的含量殘缺不全。物質元素成爲藝術創造的原則。藝術家在對火、水、空氣和土諸元素進行想像時，就開始獲得創作的天生萌芽。同理，「原始之野」雖然是指向靈魂，指向記憶和童年的，卻體現著日常生活無處不在的感染力和穿透力。也是在這裡，詩人用純淨的，像孩童一樣的眼睛注視和觀察生活，發現生活場景中的點滴感動和美麗。「在密林和群星中，睜開露珠的眼睛／一一復活。倦鳥歸林，親人相擁／青草的氣味素雅得愛憐、心疼，沒法說」(《晚禱》)，詩人被眼中和心中感受到的世界所吸引，用皈依的虔誠，形象而熾熱地表達自己對生活和歲月的愛：「我就是其中：一隻飛禽，一支翎羽／一聲低至無限的顫抖的喜悅……」這種愛的抒寫是深入骨髓的，不禁讓我們想起艾青對那片土地的愛，愛到死後連羽毛也要腐爛在土地裏，然而兩者卻有著明顯的不同，艾青表達的愛是極致而又決絕的，是筆走偏鋒的孤注一擲，而宋曉傑表達的愛的濃烈卻是走的另一端，將自己無限拉長，然後放逐，呈現出一種綿延不絕的力量。生活有其吸引人、感化人的一面，也不可避免地擁有令人無可奈何的一面，站在「原始之野」上時時擦拭人生的詩人，也早已發現了這一點，並選擇心態平和地加以面對，正如在《這個秋天，在田野裏呆得太久》一詩中，詩人寫道：「這個秋天，我不說感恩與熱愛——／稻垛，英勇地匍匐在地！／是因爲更多的生活，需要繼續／更多的酒，需要醞釀／田野呵，秋天呵／我來，不讚美；離開，也不傷悲。」

　　詩人在訪談中也曾提到，希望讀者看到她的詩時不感到陌生，她表述的「不陌生」指的是「一種廣義上的認同，是一種人類情感所共有的提示、喚醒和回憶的功能」〔註33〕。「原始之野」映照的正是這塊人類情感共有的棲居

〔註33〕　《顛覆二：宋曉傑訪談：一切離去的都將通向未來》，採耳、宋曉傑，《詩歌月刊》，2004年第9期，第36頁。

之地，那裡儲藏著人類精神童年時期對世界的記憶和發現，之後它們便像烙印一般伴隨著人類的成年，稍加提示便可被喚醒。而作爲記憶開始的地方，「原始之野」還是詩人還原世界最初本相的依據所在，是詩人重建生活詩意的源泉和起點。詩人從這裡發現庸常生活中的閃光點，那些質樸的、原始的詩意源源不斷地供給著詩人靈魂的生命線，也爲詩人發現和進入日常生活打開了一扇窗口。

在宋曉傑的筆下，「原始之野」是詩人靈魂的棲居地，也是亘古以來孕育著樹、草、雨、雪的自然空間。這兩重身份並不衝突，因爲越是與自然無比地接近，便越是容易接近人的內心。閱讀詩集《忽然之間》時，我們會發現一些頻繁出現的意象，比如樹、草、雨、雪、河流、季節等自然物象。這些自然物象既在現實生活中存在，也構成了詩人的精神空間——「原始之野」，它們不僅僅代表了某種複雜的象徵，還代表著它們存在本身，即它們單純的自己、單純的自然。人們往往慣於附加在這些物象身上太多的意義，而忽略它們作爲自然的物象，本身就是對生命絕好的闡釋。「在這睡得太久的深山老林中 / 精神、奢侈和佔有，都是沒用的 / 任何一朵蘑菇、一片樹皮、一枚松果 / 都是祖宗」(《隔世的森林》)，這裡的「深山老林」是現實生活與精神空間裏共存的意象，然而不管將它歸於哪一端，在詩人看來，它都是原始的、本初的存在，不受精神奴役和曲解的本眞，任何一朵蘑菇、一片樹皮、一枚松果都是不可褻瀆的尊者，它們不像徵什麼，也不代表什麼，它們在詩人這裡只是它們自身。而唯有如此純粹地看待自然的存在時，人才算是眞正懂得了生命，才會對一棵草、一片葉充滿血脈相通的生命痛感。所以詩人會在想起鑽出地面的第一棵小草時，心「動了一下，又疼了一下」(《返青》)；在面對雪野時感動不已，「喜鵲不必說了，它們橫空出世 / 推送枯枝，使這場隆重的祭祀栩栩如生 / 即便是烏鴉，也使我驚喜萬分」(《面對雪野的感動》)。

在「原始之野」，大自然與人類生活是交融在一起、不分彼此的，有著樹、草、雨、雪的大自然也便是有著這些本眞大自然物象的現實生活。在詩集《忽然之間》裏，河流、蘆葦、稻田、雪野、早春、鳥群、野外等是隨處可見的意象，它們的出現不是孤立的、單調的，而是浸染著生活氣息和人間煙火的：「——是春的，也有可能是秋或夏 / 夕光裏，有牛的叫聲、青草的苦香、 / 流水和遠山」(《暮靄》)，「在這一天，都請醒來吧： / 扭著身體的幼蟲、騰起四蹄的小獸 / 還有——睡得太久的故人 / 在暗夜，輕輕地翻個身」(《今日驚

蟄》)。而從這些自然物象上,詩人也發現了日常生活瑣碎外的另一面,它們純粹、溫暖、不言不語卻又了然一切,像一個俯察人世的聖者睿智、敦厚,「總之——河面平緩,土地靜默,蘆葦纖纖／露出地面的部分,都將寬大爲懷」(《荒:荒野的荒……》)。同時,詩人還從這裡發現自己在生活內外所屬的角色,一重是生活內的,帶著一個主婦的思量,站在「一邊是父母,一邊是孩子」(《不欣喜,也不悲傷》)的中間,用「平衡術」肩挑著柴米油鹽的瑣碎生活;一重是生活外的,以自然的「寬大爲懷」爲胸懷,對人世萬物飽含厚愛,詩人熱切地讚美延展的日月星辰,讚美「彎腰的人、洗塵的人、打馬過山的人」(《讚美》),讚美「水汽、陽光、青草和純淨的色澤」,讚美森林、土地、露珠兒和「醒轉的生命」。這兩重角色對詩人而言都是眞實的,自然界裏細微生命的律動使詩人保持著對日常生活的敏感和詩意的發現,就像詩人在《春天,應該……》寫到的那樣:「春天就是這樣子呵,它實在太稀薄太透明了／應該有耐心,我們應該好好地心疼……」。謝冕教授曾經給詩人寫的評語用在這裡頗爲適宜:「她是那麼細膩地感受著周遭的一切。她把自然界和人生的絲毫都體察入微,一切如對溫馨的愛人。」〔註34〕

　　在詩作中,詩人一方面不加掩飾地還原自然本身,無限地貼近它、聆聽它,另一方面又將其淡化爲日常生活的背景和環境(這裡的「淡化」並非消解之意,而是類似於繪畫中使用的技巧),以凸顯日常生活中樸質詩意的一面,然後對這樣的生活充滿讚美和熱愛——在春天「應該望著窗外,托著腮,靜靜地發呆——／不鬆土、不紡線,也不獨自翻山、過河,更不抱怨／應該在陽光充足的正午,做一個短暫的美夢／應該寫下幾個字或兩行詩;應該看到無處不在的光／和它們乾淨的色澤;應該讚美、歌唱、熱愛」(《春天,應該……》)。

　　「又多了一圈年輪——／如果我是植物,這不是罪!」(宋曉傑《站在田野上》),在宋曉傑的詩集《忽然之間》裏,時間是異常活躍的字眼,它以各式各樣的形態出場和呈現,它可以是一枚生了鏽的釘子,作爲「時間的傷」(《鏽釘子》)提醒著人們曾經有過的年輕歲月和鋒芒;它可以是「三月的最後兩天」,讓「我」不忍放手,不能心平氣和地「張望暮色」、「回憶童年」(《三月的最後兩天》);它可以是具體的某一天,「這一天」可以是「尋常的一日」,也可以是清明,是驚蟄,是雨水,是小雪,是夏至……它可以是銘記於心的

<hr />

〔註34〕《詩評家、詩人眼中的宋曉傑》,《詩潮》,2009 年第 7 期,第 33 頁。

「那時候」「多年前」，也可以是「這河流」、「這土地」(《暮晚的河岸》)，長了一歲又一歲，但相對於浩蕩的過往來說卻「約等於無」。時間如影隨形般存在，詩人對於時間的敘述也在不經意間流露出感傷，然而，我們細加品味便發現，在這感傷裏卻很少有對時間無孔不入的焦慮和恐慌，在詩人的筆下，時間給我們的感覺更多的是平靜和安穩，它不急不緩地往前流動，該帶走什麼就帶走什麼。之所以會這樣，是得益於詩人對另類時間，即其靈魂的棲居地——「原始之野」裏的時間的敘述。

「原始之野」的時間是漫長，乃至永恒的，它是一棵樹、一條河流、一片土地的時間軸，也是四季輪迴不息、日月星辰轉換不止的時間周期，在這裡「雨轉爲雪，雪化成河 ／一年又一年，彷彿從未來過 ／曠野裏，徒然改變著色澤」(《最後的美》)。雖然現實人生是短暫和瞬息即變的，「順著流水，卻不一定能夠回到從前 ／手握繁華的人已經離開 ／來不及悲傷，來不及懷念」(《最後的美》)，但詩人側重的卻不是這些，她跳出時間之外，在「原始之野」永恒的時間線軸上，用輕緩的語調營造出與時間安然共舞的氣氛來。詩人寫時光的「魔法師」，刻畫他的目光「轉得多麼遲緩，多麼平靜」時，語氣中不乏羨慕，而這正透露出詩人在現實生活「日復一日，年復一年」的時間流變中，所追求的是像「他」那樣「守成」、「有著自己的準則」、「不抱怨」、「不責備」，「保持著身體和生活的平衡」(《時光的魔法師》)的從容和波瀾不驚。這是一種面對時間如陽光般「萬箭穿心」時，最好的應對心態和策略。也因此對於時間的流逝，詩人表現出的是哀而不傷的淡然與心平氣和：「雪落無聲……。雪落的時候，我們不在這裡 ／而冰面上的變化，亦不在我們的考慮之內 ／它們舒緩，像季節的戀愛與生殖 ／是自然而然的秘密」(《沿著河流走》)。

「原始之野」永恒得近似於無的時間，帶給詩人的不僅僅是羨慕，還是在將其與人世對比中的醒悟和發現。「要有參照才能知道距離」(《最後的美》)，所以詩人回轉身來，發現現實生活中流動和疊加的時間，不只是給人消逝的傷感，還給人以年歲雕刻、沉澱中的成長、變化和收穫。於是詩人對自己擁有的和擁有過的時間充滿感激。「又多了一圈年輪—— ／如果我是植物，這不是罪！ ／每一次雕刻，都是我榮耀的盛年 ／彷彿曠野中靜默的一棵白樺 ／我用四面八方的眼睛，注視並銘記 ／來不及說出感激！」(《站在田野上》)時間因爲流動，而在人生中留下了點點滴滴的印記，這是生命中彌足珍

貴的記憶，所以詩人對舊的事物充滿敬慕和懷念，「提前老去的人多麼令人敬慕！／時間每增加一分，她們就昂貴一分／聖潔一分……」（《小街》）同時詩人也對自己經歷過的時光心懷感恩，「相對於那些早早離去的好人，我有點過分了／佔用了三十九年的土地、空氣和陽光、布匹、柴火／還佔用了三十九年的關愛、體恤、惦念、恩澤……」（《偏得》）這種感激之情伴隨著詩人對時間的審視和思考，而值得一提的是，在這裡也隱含著詩人對個體生命和時間關係的另類思考，認為人的離世並不是個人時間的終結，只要被人懷念，他們便是活著，便「佔用」著時光，正如「我」在人世那邊的親人，「由於我的關係，他們在人間又額外地／多活了——不知多少年……」（《那邊的親人》）生命個體的存在由此得以延展，並逐漸地彙入到血脈延續的人類歷史長河中去，而其最終的結果便是，個體的生命會在人類集體的生命中得以長久，乃至走向永恒。因此，對於死亡，詩人並不感到恐懼、絕望以及隔閡。詩人在《訴與故去的親人》中對那些去世的人傾訴，「請原諒，我還在過著你們的生活／還過著曾經有你們參與的生活」、「請原諒，我不是時時想起你們」、「請原諒，我還偷偷地稱你們為負數／以土層為分野——我們就是相反的正數」在這三節的抒寫中，詩人對那些故去的親人並沒有那種對死者的敬畏，而是像對待依然活著（只是活在了土地的另一面）的親人一樣，沒有劃分出兩者的界限，「我還在過著你們的生活／還過著曾經有你們參與的生活」；也沒有對已逝魂靈的詔媚或安慰，「我不是時時想起你們」；甚至帶著些玩笑似地將故去的人稱為「負數」，活著的「我們」比作「正數」。

　　「原始之野」是詩人靈魂的棲居地，儲藏著人類集體的童年和記憶，也存放著詩人的詩意生活理想；那裡是都市生活疲乏之後的郊外，是純粹、本真的大自然，也是這大自然環抱著的樸質生活；那裡是一個時間運轉緩慢得近似於靜止的所在，為詩人更好地審視和感受現實生活中時間的存在提供了一個極好的角度。總體來看，「原始之野」讓詩人與現實生活保持了一段恰當的審視距離，並從時間、空間、經驗三維角度出發，使詩人對日常生活有了新的發現，這也便是詩人的詩作所煥發出來的詩意與生活相交融的魅力。

衝突與和解：在原始之野與日常生活中存在

　　在詩人的世界，詩意與世俗生活是同時在場的，詩人將它們不著痕跡地融合在一起，於是我們看到了詩意與世俗生活相逢後，所形成的來自於原始

而又歸於簡樸的生活：

> 他們吃麵包和酒，外加一點肉和
> 綠的蔬菜。他們鄙視飲酒無度的人
> 他們讓頭髮和鬍子，永遠乾淨、整潔
> 喜歡游泳，不喜歡俗艷的色彩和怪誕的圖案
> 他們收集詩歌，以歌頌勇敢的先祖。他們喜歡
> 穿白長袍，就像藍長斗篷的意大利軍官
> 「萬事守中庸」，他們建造小而精美的廟宇
> 他們還喜歡看妻子戴首飾，但從不公開地炫耀
> 一離開家，她們就穿得極其普通
>
> 他們深知閒散之樂。露天的院子裏
> 小噴泉、半身的雕塑、幾株愛開不開的植物
> 總能使樸素的房舍，看起來漂亮一些
> 但四壁和一個房頂構成的——家
> 會有一扇門，通向大街……

——宋曉傑《我一直想要的生活》

這是詩人筆下古希臘人的生活，正如詩首引用美國作家房龍的話，總結道：「古希臘人的故事／是節制的故事，也是簡樸的故事」。如果說，通過「原始之野」的自然，詩人發現的日常生活的詩意是充滿善與愛的感動和溫情，那麼當「原始之野」與日常生活相融後，詩人對詩意生活的想像是簡單、古樸、從容而又富有小情趣的。一如古希臘人，生活中的飲食起居、性情偏好、裝飾打扮都是質樸無華，卻又從內裏閃出光彩來的，所以詩人禁不住在心裏念叨著「在公元前六、七世紀的天空下／在愛琴海、小亞細亞沿岸，古希臘人／過著我一直一直想要的生活」。然而，越是對詩意理想熱切地嚮往，便越是說明了現實生活中這份詩意的難以追尋，於是我們看到了詩意與生活相融合的過程中所隱含的衝突。這種衝突不是詩人本身調和的問題，而是源於時代。古希臘人的生活是我們曾經有過的，那時候有「同樣數量的土屋、牛羊和田疇／曲巷中，神廟的聲音和氣味，均等／妻子也是一人一個。我們像最早的古希臘人／可以在集市上聊天兒、自由走動」(《規律》)，然而，我們卻將其失去了，「當村子變爲城市，眼神兒裏有了火光／一部分人累彎了腰，活命；一部分

人游手好閒／靠空談統治思想；更多的人／發牢騷，搖著腦袋，無奈地接受」，現代人眼裏的「火光」和欲望打碎了原本簡單、樸質、閒散的生活。在這裡，詩人唱出了一首工業時代詩意生活的輓歌。

在詩集中，雖然詩人竭力避免提及工業時代、都市等字眼，只將筆觸指向「野外」那些原始而純淨的自然物，但我們還是在詩人詩意生活理想的背後發現了詩人及我們身於工業時代的尷尬與無奈。詩人所構建的靈魂棲居之所似乎也難以擺脫幽靈般尾隨而至的都市生活的魅影，當詩人在「天地洪荒、混沌初開」（《那時候》）的原始之野徜徉的時候，卻被工業時代的文明驚醒：「……後來，後來，就產生了所謂的文明／文明：就是那片樹葉和致命的蘋果」。於是我們猛然發現，詩中的讚美、嚮往、懷念從另一個角度看，便成爲了對都市生活、工業社會的質疑和逃避，「那時候，山谷幽靜、溪水清澈、空氣濕潤／蛇不毒人，獅子和羊羔住在一起／那時候，沒有充足的綠葉蔬菜和黃澄澄的穀物／也沒種植茶樹、煙草、咖啡、香料、罌粟／那時候，不用脫坯、燒窯、織布、曬麻、漿洗被褥／也不存在撒謊、中傷、猜疑、算計、相互埋葬」（《那時候……》），「那時候」的生活是與現代文明的生活對比而存在的，詩人對「那時候」生活的讚美與熱愛溢於言表，而這傳達的另一層含義便是對現代文明中的繁瑣與爾虞我詐的厭倦和排斥。然而，衝突並不是詩人著力表達的重點，詩人要展現的是在工業文明的逼仄之下對詩意生活的爭取和挽救，於是她懷抱著一顆溫良之心去珍惜所感知到的一切事物和景象。所以，從這裡我們也明白，「原始之野」給予詩人的不僅僅是開闊，不僅僅是發現生活的詩意之眼，還是怎麼樣與世俗生活詩意相處的智慧——「我承認：你是智者，迅疾的掠奪和征服／不爲澆灌，卻讓我像莊稼一樣／孕育、破土，搖搖晃晃拔地而起；／不是規勸，卻造就一隻溫順的綿羊」（《荒：荒野的荒……》）。

與世俗生活詩意地相處，便需要化解詩意理想與現實生活之間的衝突，借用詩人的說法便是需要與生活「和解」（《最後，我留下……》）。但既然是和解，總要有一方是屈從於另一方的，詩人與生活的和解從某種意義上來說也正是對生活的「屈從」，但「屈從」不是委曲求全，而是對生活心悅誠服地皈依，「還有什麼，能讓我心悅誠服地依靠？／我依然驕傲而執拗，但是微微地／低了一下頭……」（《荒：荒野的荒……》）。與生活和解便是「不宜過於計較每件事」，「不難爲花朵，也不強迫果實／只要求綠色——最好是攀援向

上的那種／微微癢癢地，向著光……」(《返青》)與生活和解便是要知足、守成、收斂鋒芒，「我是知足的：只需一個下午的四分之一／一個人生中微不足道的小間隙／便飽滿、充盈。」(《又一次來到曠野》)因為知足，所以面對世俗生活時，詩人多了份從容與平和：「我是個完完整整的人／一定要從頭到尾，活在有滋有味兒的世上／即使看到那些難堪的疤痕，也不要緊／每天都是休息日，我依然不欣喜，也不悲傷」(《不欣喜，也不悲傷》)。然而在詩人內心仍根植著一個原始生活理想的夢，它實實在在地存在於人類先祖那裡，存在於古希臘人生活的時代，又時時地追隨在詩人靈魂的棲居地「原始之野」，這個夢是詩人尋得生活詩意的源點，雖然詩人與生活和解，要留下什麼，順從什麼，但這個夢卻為詩人所堅持「總會有那麼一天，把手中的果實／和璀璨的煙花，統統放下／我們去向無盡的遠方，發現／草根的秘密」(《總會有那麼一天》)，而反過來看，也正是這份堅持使得詩人在與生活詩意相處的道路上行得夠遠。

　　《忽然之間》以「原始之野」為背景和參照來抒寫日常生活，在虛實相間的細節敘述中瀰漫著詩意的感知和發現，而詩作中原野的豪氣與人生柴米油鹽間的溫婉又無形中拉伸了詩歌的意蘊空間和表達場域，使詩作顯示出開闊而又根基深厚的氣象。詩人將對生命的摯愛化為筆端引而不發的溫情，在「原始之野」，一個集時間、空間、經驗於一體的靈魂棲居地上守望生活中的詩意。「原始之野」作為理想詩意生活的存在，與日常生活並不是決然對立的，而是作為日常生活的另一種可能、另一個視角和維度給詩人以啟悟。因為它的存在，詩人發現生命被時間雕刻的痕跡以及日常生活中存在的本真；因為它的存在，使詩人看到現實生活中的不圓滿並教會詩人與生活和解。詩人在這個原始、開闊而又敦厚的「野外」審視生活、感悟生命，對於流逝的歲月以及歲月帶給自己的點點滴滴皆心懷感激：「這樣的日子是銀質的，不刺眼，不黯淡／這樣的日子是秋天，有虧、有盈／還有多久，這樣的日子，我都深懷感激」(《面對這樣的日子，深懷感激》)。於是連同閱讀者的我們也有福了，在她的詩裏獲得了一份難得的飽滿和充盈。

第七章 人間「劇場」與生存空間

　　早在 1967 年，福柯曾大膽地預言：「當前的時代首先是一個空間的時代」
〔註1〕。如果福柯能夠「穿越」到 21 世紀，相信他會重發感歎「當下的時代
是一個眞正彰顯空間意義的時代」。後工業時代，人之存在不再由自己眞實的
需要構成，而是由景觀所指向的展示性目標和異化性的需要堆積而至。劇場
是現代社會不可或缺的景觀之一，人間劇場即個體的生存空間。置身劇場中，
少數人演出，多數人默默觀賞的表演是新世紀人們生活中具有普泛意義的景
觀性演出。如果說「鏡象」理論具有擴大空間的闡釋功能，那麼，「劇場」在
敞開空間意識的同時更爲側重於對個體生存空間的聚焦和注視。約翰・伯格
（John Berger）說：「我們只看見我們注視的東西，注視是一種選擇的行爲。
注視的結果是，將我們看見的事物納入我們能及——雖然未必伸手可及——
的範圍內。觸摸事物，就是把自己置於與它的關係中。」〔註2〕在這個影像的
社會裏，能夠凝聚「我們」注視的最直接的空間形式就是劇場。新世紀以來，
部分詩人在創作中借助劇場獨具的空間形式美學完成了他們對當代社會中個
體生存空間、主體生存感受的詩寫。本章從人間「劇場」與巨量闡釋、當下
與遠方等多個維度對新世紀相關文本和詩人進行研究，進而探討人之生存境
遇、身份與生命的歸屬等問題。

〔註 1〕Michel Foucault, Of Other Spaces, Diacritics, Vol. 16, No.1（Spring, 1986）, p.22.
〔註 2〕約翰・伯格：《觀看之道》，戴行鉞譯，廣西師範大學出版社 2005 年版，第 2
　　　頁。

第一節　人間「劇場」與巨量闡釋

劇場是古希臘重要的公共活動標誌，通常在劇場中有三種人：1、演員或參賽者，他們通過競爭性表演展現個體的卓越品質；2、看臺上的觀眾，作為旁觀者他們高貴地端坐一旁，打量著劇場的一切；3、生意人，趁著人多做買賣僅為個體的欲望，由此他們是劇場中地位最低的人。在哲學史上，常將哲學家扮演的角色比喻為觀眾，他們並不以直接介入現實為要務，而是以旁觀者的角色審讀與思考著認知意義上的真。進入現代社會，「劇場」扮演著與生活日益密切的關聯。首先它是藝術表演的場所，劇場中上演著真相、假象、想像，以及比真相還真實還讓人確信的真相；其次，劇場一定是時間和空間兩個維度交叉的場域，這裡，歷史可以被拉近，現實可以被推遠或被豐富化立體化，冷淡可以變得親近，熟悉轉身為陌生……置身其中，每一位觀眾可以觀看和尋找自己不同的面相；再次，劇場是多維融彙的場域——真實與虛構，當下與歷史，此在與未來，自我與他者，他與他者……縱橫捭闔，無所不包，富有巨大的闡釋能量。劇場本身就是一個豐富的隱喻，它隱喻人在有形的局限中被約束了生存的自在和生命的敞開的宿命；其次，劇場裏上演著生命個體的自我問答，自我與他者、他者跟他者的對話、行為生發的表演，走進其中，每一個人都既是傾聽者又是發聲者、既是演員又是觀眾，它構成了生命場域中的看與被看以及角色、身份的複雜置換。在圖像化時代，現代大眾電子傳媒的迅速擴張所導致的直接且重要的後果就是其對語言為載體的文學產生了嚴重的衝抵，由此德里達在《明信片》中提出了「在特定的電信技術王國中，整個的所謂文學的時代將不復存在」的咒語式論斷，比之更重的是西利斯·米勒提出的「文學終結論」。當現代電子媒介使「文學性」越出傳統的文學領域而向經濟領域、大眾日常生活領域擴展時，傳統意義的文學已然面臨致命的挑戰。劇場的藝術形態，恰恰是對圖像電子信息的有力衝擊和解構。

作為景觀的劇場

在福柯看來，「空間對於任何共同生活而言都是根本的，對於任何權力的運用而言都是不可或缺的」〔註3〕。空間並不是平均化的毫無差別的容器，空

〔註3〕Stuart Elden. Mapping the Present: Heidegger, Foucault and the Project of a Spatial History. New York: continuum, 2001, p119.

間是被人們按照權力意志建構起來的，不同的權力關係將產生不同的空間關係，現代社會中，劇場就是人們生存境遇與個人意志的濃縮舞臺。與都市社會空間作爲亨利・列斐伏爾意義上的「表徵空間」（representational space）相似，劇場也是一種表徵性的空間。它的意義生成與人物活動、日常倫理、經驗記憶、行動表演等密切相關，是話語表達和行動表演的場合，是寄寓、符碼、象徵得以生成的場所，同時也是記憶附著之處，是蘊涵著歷史、時間、個體經驗、群體見識的空間。它絕非一個靜態或封閉的場所，而是一個意義流動和不斷建構擴展的開放場域。一方面，它構成了現代人生活的景觀，並不斷詮釋和表徵著生命存在、個體的生命形態；另一方面，劇場已經成爲景觀社會的重要組成部分，組織、呈現、激發了不同形態的演出，其中的劇情、布景、人物的形象與心理影射了人們的生存狀態與處境，在對生活變型、轉化和昇華的同時，亦成爲現代人所有儀式的展演場：

> 一個小小的劇臺被臨時搭起
> 彷彿我是唯一的觀眾，
> 加歇醫生在主席臺
> 做著他的沉思默想。
> 他的滿面愁容
> 向路人紛紛發出邀請，
> 假如此刻有雨落下
> 那我們同處一個屋檐。
> 觀看他的皺紋和凝固：
> 歷史的石膏正滲入血液。
> 眼睜睜地，一次無形的退場，
> 他不會爲這場戲劇負責。
> 席位從空中墜落，
> 不知道地面在哪裏。
> 只剩下了鐘錶的聲音，
> 它在空間中摸索。
> 手捧的蠟燭在忽閃，
> 燈焰滴落在腳面。
> 一次失誤使我猛然醒悟，

我已經置身這送葬的儀式。

角色們在舞臺上——

練習著言行，

他們就要承認，在這個地方

混亂比秩序更加可貴。

將有一個愚蠢的傢夥

被臺詞弄昏了頭，

而他說出的話

將是最真實的。

我緊緊跟隨那真實

以涉足這劇場內的黑暗，

而正是那讓我們寒冷的東西

再次幫助我們禦寒。

這樣一個時代，

雨在那裡嘩嘩地下著，

地上卻沒有任何痕跡。

——江汀《儀式》

這首詩包涵了法國哲學家居伊·德波在《景觀社會》中指出的景觀構成的三個必要因素：影像（形象）（image）、受眾（spectator）和距離。在景觀社會即「影像的社會」，景觀就是一種「通過消費統一的幸福社會的影像」。從詞源學角度看，景觀與人的視覺有關，景觀——「Spectacle」源自拉丁語 spectāculum、spectāe、specere，意即「觀察」、「看著」、「重複的看」，在法語中它主要有兩個意義：景色、景象、景致、場面；表演、演出、戲劇等。德波主要是在後一個意義上運用這一詞彙——指人們在觀看演出、表演或戲劇時，完全迷失了主體和自我而進入一種沉醉與著迷狀態，人徹底被舞臺上的演出、劇情、布景、景觀所控制與操縱。當人的處境被完全空間化後，受眾——看客即是演員，同時與舞臺的演員互看牽連，臨時搭建的劇場如同我們無可遁逃的生存現實，人生沒有更好的去處，「只剩下了鐘錶的聲音，／它在空間中摸索」，不甘於沈寂的「我」在等待一個救贖的儀式降臨。江汀在《儀式》一詩中表達了他對現實景觀的憂慮「角色們在舞臺上——／練習著言行」，我們在臺下充當著看客——觀眾，索性有角色「說出真實的話」，詩人

「緊緊跟隨那真實／以涉足這劇場內的黑暗」，詩人試圖以清醒的姿態打破虛假的「影像」，以真實直擊黑暗，刻畫出位育「人間劇場」中一類人的生存狀態、精神狀態，極具空間表象意義的劇場被賦予了深刻的寓意。李亞偉的《新世紀的游子》一詩從人間「劇場」的細節處構架出一個真實又虛遠的空間：

> 海淀區的上空，天堂是無人值班的信息臺
> 雲抬著它們的祖母在暴雨中轟隆隆向朝鮮方向走去
> 一絲綠意才呻吟著從上個世紀的老棉被裏輕輕滑進街沿的服裝
> 店
> 變成了無人注意的中關村的初春，我真不知道這點春光是什麼
> 卵意思！
>
> ——李亞偉《新世紀的游子》

在李亞偉的筆下，現實和想像擴展了「劇場」的維度，成為一種想像方式和表現手段，引發我們思考在一個新的時代裏，人生存的空間意味和生命的本質意義，他筆下的劇場是一個形式的構想——作家內心世界的外化，詩人通過心靈的騰飛完成對空間形式的超越：

> 我飛得更高，俯臨了亞洲的夜空，我心高氣傲！
> 人間在渤海灣蒸騰，眾多的生命細節形同狂想
> 我在晴朗的人生裏周遊巡迴，在思念裏升起，觸到了火星的電
> 波
> 我發燒的頭腦如同礦石，撞擊著星空中的行星環
> 穿過夜生活發狂地思念著消逝的大西洲女人
>
> ——李亞偉《我飛得更高》

雖然個體將自己的根基置於有限的空間——劇場之中，但是劇場的空間形態終歸是有限的，當發現真正可以生存的空間與理想相距甚遠，女詩人陳魚筆下的劇場則自覺於向內聚斂，其場景是內心的視像，在劇場中完成的不是人物之間的表演而是詩人情緒的展演。詩歌幻化為舞臺，所有的演出亦真亦假，而表演的細節是從生活中捕捉的每一個有意味的瞬間。在這個內視的劇場中，詩人創造了一個可以用韻文和自己進行對話者——以真實的自我進入界定的詩歌劇場，在這個內心的劇場中，詩人滲入了意識和意識的作用，她不斷提醒自己要獲得真實的內心自我，《向內的劇場》一詩滲透了女性細膩深邃的個體經驗。

先備好旗幟和鼓
再進入尖銳的劇情
撥開頭上的黑暗時，要像
雷雨中劃過閃電那樣迅速

接下來，改變
原有的速度：
想念時就說想念
飢餓時就關心肚腹
沉溺時要仰起冒失的頭顱
望遠時踮起雙腳
空虛時仍要召集聲音來過節
莫名時小心口號
流淚時先打開阻塞的通道
呼救時要愛那棵抓住的稻草

遇上濃重的陰鬱
就在閃電和雷聲之後
像雨水那樣持續地哭
崩潰前學會棄絕，和狂奔
學著為傾瀉而來的流水
趕鋪堤壩。在水上
要微笑著讓酒瓶
代替身體下沉
並帶著響聲
吐出酒後的水泡
在水下，遇見淹掉的莊稼
要在它折斷的地方蹲下
謙卑地想起
那些醒不過來的才華

要以天黑的速度結束

選擇像放鬆著老去的莊稼那樣

睡下。再睡下

——陳魚《向內的劇場》

西默斯‧希尼說:「詩歌與其說是一條小徑不如說是一個門檻,讓人不斷接近又不斷離開,在這個門檻上讀者和作者各自以不同的方式體會同時被喚醒和釋放的經驗。」〔註4〕置身人生的舞臺之中,詩人解構了詩歌的意境,建立起互為感染的微妙情節,轉換著個體生命的感悟,這「向內的劇場」無異於心靈書寫的神秘空間,演放出內心深處隱蔽幽深的景觀。

彌合與分裂:「劇場」背後

「各種構想的空間雖然也能激發人的熱情,但它們的重點是心靈而不是肉身。」〔註5〕如果僅僅是空間形式的營構,並不需要劇場的表達和指涉,事物的空間形式像神話一樣,「是一個複雜過程的瞬間視覺展開(myth is the instant vision of a complex process)」〔註6〕,劇場這一封閉又無限延展的空間形式,可以將所有視覺的和時空的展開收縮於其中,無外乎在新世紀喧嘩的創作中,部分慎獨的詩人自覺建構著個體生命中的劇場,充當著清醒的演員與觀眾的雙重身份,他們在靈魂訴求背後,通過對個體現實處境的揭示,踐行著對現代人類群體行為模式的反思。在詩歌創作中,以「劇場」影射和反觀當下社會及人的生存境遇,這方面寫得最為出色的作品是靈焚的詩集《劇場》和周慶榮的新作《詩魂——大地上空的劇場》。

哲學系出身的靈焚以旁觀者的角色審讀與思考著新世紀人的真實的生存現狀,人生的構成與解構如同劇場,介於其中的人和事件是碎片的宿命,他自己坦言將詩集名為《劇場》實則滲入了深刻的象徵內涵:「自身作為某種『物』的存在,雖然擁有時間的連續性,但是『物』的主體性需要通過『事件』才能獲得存在的意義,而當『物之存在』轉化為『事件存在』時,其連續性必

〔註4〕【愛爾蘭】西默斯‧希尼:《舌頭的管轄》,《希尼詩文集》,黃燦然譯,作家出版社2001年版,第252頁。

〔註5〕【美】愛德華‧索亞:《第三空間》,陸揚等譯,上海教育出版社2005年版,第37頁。

〔註6〕【加拿大】麥克盧漢:《理解媒介》,何道寬譯,譯林出版社2011年版,第39頁。

然被『事件』分解，成為非連續性的各種角色，並被其所替代。《劇場》的命
名，首先源於這種人的生存性質的指認。人活著就是這樣，在時光這個『劇
場』中被構成，同時也在這個『劇場』中被分解、被解構。我的這些作品，
既是自己在每一個『事件』中的不同角色，也是至今為止，在過往歲月中作
為『物之存在』所擁有的一種宿命角色的破碎整體，呈現在各種審美經驗之
上。」（《在碎片裏回溯》）在較為顯在的層面上，詩人意圖通過對過往真實生
命的記錄來勾勒一段完整的自我時光，然而，當這些文字進入「事件」從而
取得存在的意義之時，生命的連續性卻被裂解。時光的「劇場」是完整的，
個體生命的「劇場」卻無法完整，詩人所獲得的只是拼湊想像中之永恒的文
字碎片，但也惟有以這些碎片才能對時光與自我做最真實的記錄。這其中所
隱含的宿命性體認，即不可克服的生存困境——人類擺脫分裂性的欲望與分
裂的必然存在間所產生的矛盾是靈焚意欲反覆揭示的哲學命題。

　　進入新世紀，靈焚一改其成名作《女神》的寫法，他在關注生命「存在」
問題的同時，開始探討存在的虛無性，即存在的虛無也同樣意味著等待在人
類尋求彌合之路盡頭的惟有分裂。在《空谷》中，詩人為我們展現了：

　　　　這裡的時間是古老的，也是嶄新的。

　　　　沒有人指望少女們虔誠的許願，數千年來高懸的星座一夜之間
　　　會在掌心紛紛圓寂。任何一種境況都不能企求自己與他者共同承擔
　　　後果，必然是對於結局的最好闡釋！

　　　　當蒙克的筆觸讓每一個行人都成為影子，每一座橋梁都在痙攣
　　　中扭曲，吶喊者成為一聲不絕如縷的吶喊，與影子一起消失在吶喊
　　　之中……

　　　　曾經飽滿的風從此空蕩蕩，在大地上形隻影單千年萬年地漂泊。

　　　　曾經豐腴的大地，由於空谷多了一種滄桑的記憶。

　　詩人借蒙克之筆表現其對物質存在的真實性的質詢，一切「存在」圖景
乃至「存在」本身的價值與意義都將面對一種共同的結局：歸入空無一物的
虛無之境。對這一生存結局的揭示包含著詩人對於主體歸宿的終極理解，也
映像出詩人的內在焦慮：「任何一種境況都不能企求自己與他者共同承擔後
果，必然是對於結局的最好闡釋！」實際上，與存在之虛無並蒂而生的正是

作為獨立個體之生命為擺脫焦慮及孤寂的危機體驗，尋求與外界各種形式的結合以恢復生命的完整性卻始終孑然一身的命運。誠如詩人所言：

> 有人說，孤獨往往不是發生在一個人的時候。但孤獨恰恰是由於感到自己是一個人。而在一個人的時候，每一個驀然回首都是對生命的深入啊！

> 那時你會明白的。你要明白：所有的在者都會背身而去的。

> ——《某日：與自己的潛對話》

在當下生存空間，人類擺脫分裂性的欲望與分裂的必然存在間的矛盾日益突顯，由此造成的結果是，生命彼此靠近、尋求彌合的行動被眾多外在力量阻隔，靈魂始終處於漂泊狀態，無法回到生命內部的自足原野得以安放，文明異化，機械與荒涼統治著我們的時代。「如何在這種生存背景下讓生命能夠保持鮮活的本真，讓靈魂獲得安寧與平靜，應該是這個時代的宏大敘事背景與思維所面對的審視對象，是生命抵達審美境遇的必經之路。」（《從靈魂的漂泊到生命的尋根（代跋）》）這是靈焚的生命追求，也是靈焚的審美追求。只有通過審美提煉與轉換人類在追求彌合過程中遭遇的生命的分裂性，才能達到對這一生存困境或曰有限空間拘圍的超越。正是人類渴望超越自身生存境遇的本能，促使一部分追求生命的本真與靈魂安寧的詩人，也持續地在創作中追求找尋安放靈魂的新的彼岸。

在《風景如海》中，靈焚以「海」為心靈喻象將其真實刻骨的生命體驗審美化，轉換為動態的心靈圖景，其中彌漫著有關「拒絕」、「距離」、「波濤」、「風暴」的漂泊感受與詩性言說，而結尾多以一種迷惘、失落、黯淡的情緒作結，影射過往許多生命關係的破裂（如身在異鄉的孤寂、情感無歸屬、人類在現代化進程中失去精神的伊甸園……）。在多重景觀的漂移中，靈焚表達出對復歸生命的原始狀態、重建精神的伊甸園的嚮往與渴望：「給我一個夢吧！那欄柵應該是我們失去的森林，我們可以爬上一棵樹，連遮羞的葉子都摘去，旁若無人地。」（《飄移》）隨著對生存、夢想、生命韻致思考的逐步深入，靈焚又在這樣一個時代——我們所居住的、充斥著各種各樣滿足人之生存欲望的技術與工具、卻喪失了生命最基本的自然性的時代中，愕然發現了現實中「遠方」的失去、遠逝：

> 城市化的表情。信息化的脾氣。全球化的性格。

天涯就在身邊。即使有親朋好友遠遊，也在手機那一邊、QQ那一邊、skype 那一邊……隨時擠眉弄眼，兩情何止朝朝暮暮？

那麼我們拿出什麼用來回憶？應該思念誰？有誰還是異客，至今獨在異鄉？

登高？居住的樓房並不低，或者 office 坐落大廈的高層，遠方就在伸手夠得著的地方。臨窗萬家燈火，開門車水馬龍。

現實，已沒有了遠方。

————《重陽·遠方》

　　法國啓蒙學者伏爾泰說：人類最寶貴的財富是希望。希望減輕了我們的苦惱，爲我們在享受當前的樂趣中描繪出來日的樂趣的遠景。如果人類不幸到目光只限於考慮當前，那麼人就不會再去播種，不再去建築，不再去種植，人對什麼也不准備了。從而在這塵世的享樂中，人就會缺少一切。顯然，在靈焚的筆下，都市已被現代信息和科技悄然無情地陌生化爲情感的荒漠，人們沉潛於此在的享樂與物化之中，生命的律動聽不到，遠方的渴求早已黯然，唯剩下方寸間的局促和狹隘，咫尺與天涯的顛倒，距離與空間的縮短和封閉，現代都市人陷入靈魂流離無依的危機之中。然而，靈焚並不是一個絕對的悲觀主義者，他仍舊渴望並相信一處「遠方」、一處心靈棲息地的確切存在，在《重陽·遠方》中他寫道：「當自己成了自己的異鄉。我們，除了相信有一個故土在遠方。」在靈焚的概念裏，「故土」是精神滋長的原點，是生命發源的始初；「遠方」則意味著超脫現實的理想空間的存在，是「詩意的棲居」，是生命前行的方向。由此，一種思路愈加清晰可循：以審美觀照推翻、超越既有的生存困境，追求生命的彌合，擺脫生命的分裂性。「情人」與「女神」這兩個主體意象都被統攝於這樣的思路下得以誕生，在新的作品中，靈焚跳出了單純的意象抒情，他找到一種新的途徑與方式來展現其思考並爲這種動態性意志行動命名——「返源」。

　　毋庸置疑，「返源」是靈焚內心系統的隱秘力量，它的提出一方面源於前文所述靈焚一直以來的生命追求與審美追求，另一方面則源於靈焚的世界觀與哲學素養。於文字中梳理靈焚的所思所感，會發現在其作品中時常顯現出關於「萬物同源」的觀念闡述：「這裡，一朵蒲公英在風的指縫尋找家園。一顆松果保留松濤的記憶從山頂滾落。生命的起源與歸宿，一種存在由可能到

現實，再由現實回歸可能……」(《空谷》)靈焚以萬物衍生消亡的規律道明生命起源與歸宿的對等，起源朝向歸宿，歸宿又返回起源。所謂「萬物同源」，萬物始於同一本質，原點即是終極，而朝向生命終極的旅途就是「返源」。《返源》：

> 橙色攜帶火種，黴綠色綿延肥沃的大地，而那些隱隱約約遊走的乳白水滴，讓一切種子氣息氤氳，在季節裏媾和陰陽的呼吸。

> 正如從地中海、愛琴海邊上岸的歐羅巴，沿著邁各斯路徑回到始基，宣佈萬物同源。

> 抵達源頭，失散千年的兩朵雪花在一條江裏戲水，在你的色彩裏相認相知。

詩人信守惟有「返源」，恒久的生命之孤獨才會在自身中消融，分裂才會退居幕後；立身於強大的生命本源和對這個世界的愛，詩人不想說出他的糾結，以及「糾結的眞相」——「讓眞相留在眞相裏」，基於此，詩人隨性虛構出烏托邦的未來塡補他對宿命和遼遠的想像：

> 這是一場未來的赴約，也許屬於宿命裏的某種眞相。你領走了他爲你備好的奢華，僅僅一次完美的綻放，讓他此後所有的春天不再豐滿。

> 應該是美好的開始，應該是的。他們都這樣相信著。

> 這些，當然屬於願望，即使它是一種信仰。

——《虛構一場春天》

基於靈焚所固有的母性崇拜意識[註7]，女性在「返源」中仍是不可或缺的角色。靈焚賦予女性以造物主的神性，通過意識重建，使女子形象——這一併未確定其具體指稱的虛體成爲「返源」的第一推動力，成爲生命的本原意義與終極理想的對象化本質：「可你，卻如此輕描淡寫，告訴我，你只是盜來了阿爾卑斯峰頂的一朵新雪，在沿途種植一些星光蓄水，營造一次晶瑩剔透的旅程。」(《返源》)；「在源頭，一個東方女子捧著一朵初多的雪在顏色裏受胎，用藍，描摹繁星們的初夜。」(《返源》)；「這是源頭的火焰，讓我只增

〔註7〕從「情人」到「女神」，可從靈焚的散文詩創作中提煉出一種極爲明顯的母性崇拜意識。女性是其主要的抒情對象，在邏輯與思維的遞進中，在情感與審美的昇華中，女性逐漸脫離一般意義而具備了神性，上升爲母性之神。這種「母性」，是作爲生命之源的審美化精神而存在。

不減，只漲不消，只生不死；讓我們反覆確認的相遇消弭時間，直到為我敞開的空間歸零。」(《返源》)；「讓我們在天地之間站立，峰巒般抱緊，尚未掛起樹葉的裸體沐浴乾乾淨淨的陽光，以花朵的姿勢，重新開始芳香四溢的吻。」(《返源》)在男女的愛欲結合中，「返源」的意義得以實現：自然、人體、生命本質的交融，靈魂、時間、空間的絕對彌合。《虛構一場春天》：

> 此刻，陰陽在反覆相遇。時間凝固了，不再孵化下一刻；空間彌合了，不再為此處與遠方預留那些風聲路過的縫隙。
>
> 時間不再挪動一步，空間不再分離。

陰與陽不僅是代表男人與女人的符號化意象，它們構成了人類社會的空間基礎，可以延伸到哲學領域，具有更廣泛的哲學意義。陰陽多用以闡述互相對立消長、矛盾而又統一的運動中的動態平衡勢力，它們性質雖相反，但又和諧地處於一體之中。陰陽的結合，恰恰意味著生命的分裂性能夠得到消融，這也從另一個側面確證了女性形象在靈焚散文詩中出現的必要性。女性地位的躍然恰恰是現代理性進程中的傑作，靈焚從生命現象和人類學的層面跨越了它的局限，在他的審美體系中男女係抱朴合一關係，男性始終在建設、破壞，女性始終是聖潔的救贖者——肩負著永恒的美和修復的意義，於「時間凝固」、「空間彌合」的生態中，人類從陰陽攜手的時空內獲得靈魂、精神與肉體的三重自由，在陰陽結合中返歸純淨的遠古天地，返歸最初的精神家園。

生命的真正歸宿並不是關乎功名利祿和物質享受的自我滿足，而是要揭開生命內核，在審美頓悟中完成對生命本體的超越，還原生命的本源意義，抵達生命真諦。「返源」，即是要恢復人類的詩性情懷，恢復生命的靈動與豐富性，恢復情緒的真誠、飽滿和激情，他「用色彩蔑視一切文字的表白」(《返源》)，逃離現代社會的銅牆鐵壁、紙醉金迷，返回自然自在的原野，返回安放靈魂的家園。在源頭，生命抵達了終極的意義，人類將在永遠的彌合中獲得持久的滿足：「那些在源頭被孕育的人類，每一個都應該是你合格的情人。他們從此懂得愛，懂得萬物不是尤物，不是為了承受毀滅而降生。」(《返源》)；「陽光成為陽光，晴朗就是晴朗。雪山不再成長樹木炫耀高度；雲朵領著綠草自由往高處行走；浪花短暫的一生，只在時間裏悸動；每一陣風過，只有經幡數著念珠，萬物不需要發出存在的聲響……」(《青海湖，穿越湛藍的相遇》)；生命不再懼怕分離與死亡，因那朝向終極的旅途也朝向光明的始初：「只

要白髮長到三千丈，就不需等待了，剩餘的時光都是雪飄飄。那時，過往的歲月都會在每一道皺紋裏回暖，朝著春天的方向，緩緩地流，薄薄地流……」。（《雪飄飄》）靈焚儼然尋找到對現實與精神困境的突圍路徑——反叛的主體意識，在時間與歷史中，物我置換、人我置換、自體置換，世態萬象中，屹立出一個互爲陰陽、互爲情人的「我」，他滋生不息，無所困滯、無所隔離，於芸芸縱橫變遷之所。

在生活的劇場中探尋生命的主體性

一部詩集的命名可以標識一段時間內詩人思想和情感的整體感受與指向，靈焚爲他的新世紀十餘年（包括部分以前的作品）創作精選集命名爲《劇場》，既有新時代的現場感，又富有張力和涵括性，凸顯了生活與藝術的質感。此外，靈焚在創作中運用了多重隱喻和象徵色彩，他借「劇場」探討生命主體性的確立問題。詩人最爲憂思的是在生命現場中，人被事件和行爲消解了主體的完整性之後所致的主體性缺失——有時代所致、有個體迷失自我所致，《傷口》對主體性的失所發出了溫情的呼喚：「向童年借來一縷炊煙，你要讓這座城市回到溫情的角度。」可是，中國人曾經飢餓怕了、窮怕了，出於對飢餓和貧窮的恐懼，人們不再關注精神世界，出於物質生命極大豐富的轉變，人們忘卻了美好的願景和靈魂的訴求。這導致商業的誘惑最終得以淹覆現代人靈魂的疼痛和願想，如同失去重心的齒輪在滑坡下奔跑，飛速旋轉的欲望，使主體生命無法停下步履，直至陷入空洞麻木中，流失生命追索的方向與本初的情懷：

> 這是一種絕症，只能在借來的炊煙中延命。
>
> 自從搬到郊外的別墅區，你企圖繁殖炊煙的數量，卻發現炊煙中潛在更大的商機。
>
> 從此，忘了傷口，爲自己的天賦得意，直到忘形還沒有忘記，繼續得意。
>
> ——《沒有炊煙的城市·傷口》

靈焚準確地捕捉到「飄移」一詞，用它來形容遠離生命之光普照的現代人在商品化時代中主體性的搖擺飄忽與混沌、自我消沉的狀態，頗具深度與明晰度：

> 這是什麼地方？山不像山，海不像海，鳥聲已經絕跡。還記得

那一次我隨你暈眩的目光升起？

這是高原嗎？垂下的四肢如絕壁蒼蒼茫茫。

鐵門的響聲在遙遠的地方滾動，我是被這聲音驚醒了嗎？

在眼睛睜開之前總要回憶點什麼思考些什麼吧！可是大腦混混沌沌，盡是千年無人打掃的風塵。

以手加額，霜雪從心底漫捲而至。額上佝僂著無數男人和女人聖潔的肉體在呻吟。

那個富足的股票經紀人餓死在神秘的塔希提島上，呼喚世界始終沒有回聲，晝夜成為一幅空前絕後的謎。

就這樣閉著眼睛飄移吧！管他從哪裏來，到哪裏去。

——《飄移》

除卻商業誘惑對主體性的綁架，靈焚還犀利地諷刺了現代社會娛樂界的明星們被輿論牽制、為聲譽和利益而活的可笑與悲哀：

一整天，我們用散發油墨味的報紙裹起赤裸的肉體，走過一條一條霓虹燈布滿的街道。我們攙扶著，最後走進豪華的劇場。

吉他沿著打擊樂器的叮咚聲蹣跚走來，雲朵自您臀部一團一團升騰，腰扭成彎彎曲曲一條河。玻璃球旋轉起來了，繁星如流螢飛滿我披長茅草的肩邊。

舞臺是迷人的，吸引演員也吸引群眾。

該輪到你表演了。我們很得意，以追光燈壓迫你，讚美的掌聲僅僅為了掠奪你的風采，並任意把你撕得粉碎。

你是無法掙脫的。我們在你的深處，騷動你的情緒，激昂，激昂，激昂……

——《飄移》

藝術的最高境界就是主體性的獨立和在場，然而媒娛時代，娛樂文化泛濫，藝術被流行褻瀆，主體意識讓位於大眾，文化充其量停在表述層面，多少人在譁眾取寵，多少人在千金買笑，多少人席卷於紙醉金迷的騷動消遣之中？詩人的憂患那麼蒼涼無奈深重，亦如當年德佈雷對很多知識分子淪為追逐名聲的動物的憂慮一樣。根植於對現實的反思和主動的使命感，2013 年，

靈焚創作了一組別具寓意的作品《新聞短訊》，這組作品戲謔而又現實、充滿反諷的意味卻不失曠遠的憂患，拓展了散文詩關注現實時弊、介入當下生活的藝術手法，他以新聞聚焦的視點和快訊方式，片景式集合了當下社會最引人關注的新聞焦點和時弊問題，頗具時代感。他寫火葬場、留守兒童、底層生活、買車搖號、不安全食品、霧霾、下崗等問題，好聲音、星光大道、爸爸去哪了等時尚流行節目，知識、文化被邊緣化等現象，以及明星商機、雙規、潛規則、蝸居、熱點八卦新聞、為房產假離婚、空巢老人等等：

> 今天天氣，PM2.5 正在不斷刷新峰值：北城 300，西城 400，東城 500，東南城、南城已經無法檢測……
>
> 哈哈，親愛的霧霾，託你的福，又一家醫院把太平間搬到地下停車場。
>
> ……
>
> 好聲音，好歌曲，草根們的星光大道……
>
> 真本事的大舞臺，今夜，多少人陪你一起淚飛？
>
> 音樂真好，夢境有價，大舞臺的夜色正在升值。至今為止的孤獨，待價而沽的日子，可以按重量明碼標價了。
>
> 即使我不是明星，但爸爸或者媽媽是明星。爸爸哪裏去了？因為爸爸是明星。明星明星，拓展商機的媒體盯上了明星的遺傳基因。
>
> ——《新聞短訊》

所謂現代性的危機，就是文明之後為何出現荒昧，進步之後緣何出現倒退的問題，幾百年前西方的盧梭這樣問，幾百年後中國的詩人們依然這樣問。用傳統審美改變現實已然很困難了，而與現代大眾傳播媒介不可剝離的「娛樂化」，正深刻地改變著現代人的基本生活方式，在流行趨勢中，大眾媒介文化吞噬了一代人的自主選擇性——人們心態扭曲，尊嚴蕩然飄遠，膚淺成為標籤，一個時代空疏的悲哀被詩人赤裸裸地呈現無餘，面對都市人的處境以及與之相應的文化心理現象詩人發出：「悲哉！此情何堪？／悲哉！此生何堪？」（《新聞短訊》）這一痛徹慨歎，不由得讓我聯想到尼爾·波茲曼的名著《娛樂至死》。在靈焚近年創作的不少散文詩中都可以尋訪到《巴黎的憂鬱》的影子〔註8〕，我們可以權且稱之為當代中國的憂鬱，在這些作品中，人生如

〔註 8〕學界普遍認為，波德萊爾是將美學現代性同傳統對立起來的始作俑者。波德

劇場、城市如舞臺，人與物都被經濟繁榮的時代和繁華的都市異化，面目全非。詩人對現代都市有自己的糾結和痛楚，更有睿智的批判和反省，這在其 2013 年創作的一組散文詩《沒有炊煙的城市（選章）》中可見一斑：城市的運輸如同疲於奔命的螞蟻——「一車一車的夜晚呀！也不管這裡是不是裝得下，反正繼續運，不停地運，運到時間也成了一堆廢鐵，斷電了，熄火了，終於不再喘氣⋯⋯ ／腦血管堵塞了。心肌梗死了。 ／送走螞蟻之後再搬運夜晚的這只螞蟻也死了，終於不再是螞蟻了。」（《都是螞蟻》）隨處充斥著秀色可餐的都市卻陷入飢餓——「一種單一的飢餓順著下水管道，向整個城市的每一家、每一戶私奔。 ／飢餓在傳染。」（《遇到章魚》）沉迷享樂與肉欲的都市人一夜過後筋疲力盡，心靈空虛無依——「此時，一群身體肥碩、四肢卻骨瘦如柴的蜘蛛，正陸陸續續爬出夜總會、酒吧、豐乳肥臀的按摩房。 ／月色正好，霓虹燈在身後逐漸昏暗。 ／河床正在龜裂。等不到楊柳岸，蜘蛛們已經精疲力竭，就地伸出毛茸茸的四肢收集露水，補給一夜之間徹底乾枯的河流。 ／曉風習習，卻聽不到水聲回響。」（《蜘蛛》）在攝像頭、電子產品等冷漠的看與被看中，病態的心理危機四伏（《病態》）；網絡的虛擬空間更換著人們的臉，每個人的出場都帶著詭異的面具，誰也不知道面具下真實的臉，直至在面具的偽裝下丟失了真實的自己《他人的臉》）⋯⋯青春、熱情和勇氣都被支付殆盡，那麼窗外還有什麼？（《患者》）置身沒有隱私的都市，每個人在現代生活中都身患病疾，人們自動與被動地選擇遺忘，「忘了傷口」（《傷口》），不去抵抗，「不承認孤單」、「漂也是一種選擇」《（你不承認孤單）》。所有的問題和症狀正悄然被傳染，「植物也患流行病」（《流行病》）；生命在荒蕪和黯然中不斷地消失，憂心於意義的確實、主體性的消解，詩人唯有反覆地自我敲擊和警醒自身。他承認宿命的偶然，卻無奈於沒有反抗與覺醒的被動；他在「看」與「被看」中保持清醒，卻無法改變事件發生過程中的碎片化；他試圖在生命劇場中重構現實的審美性，卻時而迷離於「返源」的歸途路向。如此地糾結、掙扎、分裂、自嘲和重構，詩人以理性對話存在、經驗，穿越了重重場域的圍困，秉持燭照心靈的蠟炬，

萊爾認為：「現代性就是過渡、短暫、偶然，就是藝術的一半，另一半是永恒和不變。」見【法國】波德萊爾：《波德萊爾美學論文選》，郭宏安譯，北京：人民文學出版社 1987 年版，第 485 頁。這句「自相矛盾」的名言發表於 1863 年 11 月 26 日的《羅加羅報》。不可忽視的是，在很多現代性研究專家（例如齊格蒙特·鮑曼）的著作中隨時都潛藏著波德萊爾的影子，雖然詩人那些「惡之花」式的狂放言辭，根本就無法被看作是對現代性的理論判定。

詩人最終以反現代的抉擇對抗物質現代性的種種問題。可見，靈焚對現時代的
境遇、都市的生活與生命劇場的描寫和隱喻富有濃鬱的理性批判精神，其清醒
之處在於他以對話的姿態書寫，淡化對抗帶來的激進和單一，這一現代性的反
思頗近似於埃德加・莫蘭的觀點：「歐洲文化在把理性作為自己的主要產品之
一和最大的生產者的同時，保持對理性以外的其它思想的開放、并且超越理
性，批判和否定理性。歐洲文化的深刻特性並不僅僅是使理性被解放得到了自
主地位，更是造就了『對話』的體系，在這個體系中理性成為一個不斷演變複
雜的角色，它和經驗、存在、信仰進行著對話和對抗。」〔註9〕「不斷演變複
雜的角色」終歸是為了完成主體的自我認定：

> 昨晚你引我進入黑匣子劇場
> 看戲劇從後臺開始。你的後臺堆滿
> 你不由自主的細節你的飲食你的言談舉止
>
> 在一個散場的樓角你攔住一個可能的
> 同道者，向他掏出你正跳動著的半個心臟
> 另外半個被你循環著的絕望埋藏
>
> 有人停下掂量。誰能在自己的不穩平衡中
> 敢親近向死亡猛烈傾斜的心臟？你是活著的
> 用血液跳動的死者，你是誰
>
> 的代言人。一閃即逝的表演是你不掩蓋本質的
> 做作，偏離你的靈魂低於你的智慧。偶然的
> 這一切我都記著。你和你裂開的那一半兒
>
> ——陳魚《我的朋友》

　　鮑姆嘉通認為：「詩人吟誦詩時，我們就從這些特殊的事物和明晰的確定
性中發展出一個更加普遍的概念，就像從一個例證中能把握到一種普遍概念
一樣。」〔註10〕「假如隨著某一意象的呈現，這一意象和其它同類意象所從

〔註9〕【法】埃德加・莫蘭：《反思歐洲》，康徵、齊小曼譯，北京：生活・讀書・
　　　　新知三聯書店 2005 年版，第 56 頁。
〔註10〕【德】鮑姆嘉通：《詩的哲學默想錄》，王旭曉譯，中國社會科學出版社 2014

屬的種或類也同時得到模糊的呈現，這種呈現就會比這一種或類未得到呈現時更加具有廣延的明晰性」。〔註11〕綜上，劇場在每個詩人筆下的隱喻和延展空間是不同的，它既可以表達詩人的見證與反思，踐行生活軌道的僭越；也可以呈現詩人歷史意識的深度，或者說留有無盡的虛空在其中……但無一例外，劇場的有形並沒有妨礙一個無限敞開的時空場域，滲透其中的是有待完成的巨量闡釋意義。

第二節　當下與遠方：無限敞開的劇場

加斯東・巴什拉在分析菲利普・迪奧萊筆下的荒漠意象時說：「在體驗到的荒漠中，廣闊性在內心存在的強度上發生回響。……世界空間的廣闊性和『內部空間』的深刻性之間相通。」〔註12〕對於任何文類而言恒定優秀作品的標準都無外乎文本的廣闊性和深刻性，好的作品一定有歷史坐標和精神向度，創作主體必然是思想的在場者與行動者。新世紀以來，不乏歷史意識深度呈現的詩作，如柏樺的《水繪仙侶》、翟永明的《魚玄機賦》、耿林莽的《孤城落日》、姚輝的《為自己痛哭的阮籍》等等。作為表達內部空間和外部空間的雙重維度，「當下」與「遠方」聯通了此在與歷史，也超越了日常生活空間的表達，這方面寫得最好的詩人是周慶榮。周慶榮2014年出版的散文詩集《有遠方的人》〔註13〕為我們呈現了一個無限敞開的時空場域，這部作品立足於當下、立足於生命本位，揭開存在的朦朧面紗，從個體生命的細微感受，從宏大主題的當下情懷，從呼喚現代人文精神的內涵出發，對生命現場進行洞悉與批評、審視與反思，思索歷史對當下給予的啟示，探察人類的大劇場中遠方與「我」的內在連接。

歷史與生命詩學空間的建構

在亨利・列斐伏爾看來，空間是物質性和社會性相重疊的存在，而社會性維度的引入，更是空間生產理論中的決定性因素。空間形象背後隱含著不

　　　年版，第54頁。
〔註11〕【德】鮑姆嘉通：《詩的哲學默想錄》，王旭曉譯，中國社會科學出版社2014年版，第56頁。
〔註12〕【法】加斯東・巴什拉：《空間的詩學》，張逸靖譯，上海譯文出版社2009年版，第209頁
〔註13〕周慶榮：《有遠方的人》，春風文藝出版社2014年版。

同的意義的生產方式和意識形態圖景。詩人周慶榮在其散文詩中建構了一個歷史和生命詩學交融的空間，在其間詩人注入其對人類歷史、文明審慎的思考和嚴苛的審判。1984 年創作散文詩處女作《愛是一棵月亮樹》的周慶榮至 2014 年散文詩集《有遠方的人》的出版，周慶榮的散文詩創作整整三十年。周慶榮是一位堅持「意義化寫作」並秉燭精神光環的詩人，他的散文詩「烙印著鮮明的時代脈象」，「以理性的歷史眼光，對人生、歷史、社會進行深刻體察，深入發掘文化的詩性品格與藝術潛質，」「他的散文詩作品與作品之間有整體感，有骨骼，堅硬；有靈魂，無處不在的終極關懷；有歷史坐標和精神向度，完成了文化與現實的焊接」〔註14〕。《有遠方的人》共分為六輯：前五輯收錄作者 2011～2013 年創作的 111 章散文詩新作；第六輯「積微散論」收錄了作者對散文詩的詩學思考和雜感隨筆。在 111 章散文詩中，詩人建構了歷史與生命詩學的空間：他以歷史的長者的身份、以一個公正的思考者形象在《老龍吟》中對人類曾經的罪孽與卑瑣——嗜血的惡蟲、幸福的無知者、黑暗中的貧瘠與苦難、暴虐的捕殺與掠奪、文明的野蠻與病態，以及歷史的痼疾針砭時弊，鞭闢入裏。詩人在瘡痍間遊走而心生悲慟，他試圖通過提出某種解決方案——警示與摧毀來轉換時代的危機，並表明「當下的立場」：「一些內容需在火裏化為灰燼，而一些臃腫需要風的長鞭抽打。」文字背後所隱含的是對公正、平等與共生的偏倚，是對生命權利與尊嚴的強調以及對凌空施威者的鄙夷：「一把麥種撒在土地，不爭麥子王，只做麥穗。田野幸福，人幸福」；「海水必須不能抬高欲望，不能欺負貝殼。海星星是小生物的信仰，要允許它們自由，鯊魚不能掠奪它們的營養。」在《有遠方的人》中，《老龍吟》是隱喻比較深的作品，它不僅有獨特的寫作視角，而且有精神的深度，有機智的批判色彩，有內在與外在憂患的省思，類似的作品是真正可以與人類的步伐同行甚至是具有前瞻意義的佳作。值得注意的是，無論涉及什麼題材，周慶榮都善於思考和發現問題，他以行走的過客身份將其批判性、反省性的思維發揮到極致：比如他以相對隱匿的筆法寄託人世的理想境界：「基諾人的人間，熱帶般暖和，雨水般幸福。大房子是整個世界，社會在世界之外」（《基諾人——西雙版納記一》）〔註15〕；或以忍耐與不屑，淡化或消解黑暗

〔註14〕孫曉婭：《21 世紀，散文詩的世紀》，《新世紀十年散文詩選》序言，灕江出版社 2015 年版，第 5 頁。

〔註15〕周慶榮在文章後自注，「基諾人，是中國人數最少的少數民族，生活在雲南西

的威脅：「這樣，經過萃取的九寨溝，就成為我心中土地的定律。良莠混雜的事物盡可以生長，醜惡或者荒蕪最多只是一種嘮叨」（《九寨溝啟示錄》）。置身於「良莠混雜的事物」之間，詩人選擇返歸內心的真實與平靜，以赤誠之心思考存在的瑣細與具體，以審判者的正義眼光與博大情懷糾正觀念的謬誤：「從根部還原事物與人的本質屬性，捨棄拖泥帶水的蕪雜的關聯」（《積微散論》），反思生命的尊嚴與存在的本質及意義。

面對生活中的諸多問題，周慶榮沒有諱莫如深地做一個清醒的閉目者，而是以「敞開」的方式賡續自己的創作理念，他將整個世界納入思維體系作為對象進行沉思，於平凡、庸常或偉大、壯闊事物中皆能發現生命的意味。毫無疑問，在人類紛呈的劇場中，詩人是深切反觀現象的在場者，是試圖尋覓和解決問題的行動者。這一方面源於周慶榮對現代和後現代社會中人心世相的憂患，另一方面則源於他對歷史與現實、政治、文明關係的精準把握與馳騁縱橫。因而，在文本無形的空間中容納、轉化歷史也成為周慶榮面向並回歸當下的途徑與方式。例如，《數字中國史》將中國五千年的歷史風雲動盪變幻以抽象又具體、模糊而精確的概念與虛指的數字融合為一條數字中國史的譜系：

能確定的數字：忍耐有五千年，生活有五千年，偉大和卑鄙有五千年，希望也有五千年。

愛，五千年，恨，五千年。對土地的情不自禁有五千年，暴力和苦難以及小人得志，我不再計算。人心，超越五千年。

詩人消解掉歷史的邏輯，重構了歷史的意義，他以五千年的蒼茫歲月記錄五千年的人心與人性、戰爭與狂亂、偉大與卑鄙、光明與黑暗，追索生活的苦難，拷問生命的意義與道德的尺度，歷史被濃縮於數字空間中，豐盈了象徵的意味。而在《大英博物館的青花》中，詩人將戰爭與討伐的殘酷對一個王朝的傾覆以及封建帝制的封閉與愚昧濃縮於一排排青花瓷被掠奪、展覽的命運之中，希望祖國以史為鑒，「不能再讓這裡的青花，等來自己新的夥伴。」書寫歷史，何嘗僅為通今博古的追述與回視？周慶榮以理性的公正思維為歷

雙版納，是直接從原始社會跨入現代社會的一個部族」，也即是說，基諾族的發展進化省略了一般社會經由奴隸走向封建的諸種弊端。因此，文本中「社會在世界之外」的「社會」一詞所指涉的是人類歷史的奴隸時代與封建時代，而並非其它。

史把脈，發掘歷史對當下的啓示、喻示或告誡現實生活的走向。詩人說：「歷史的元素或氣味貫穿作品，而非一定要將我們置身唐宋或春秋戰國。歷史在當下是有用的，當下也會成爲歷史，但我們不可能再回到從前，倘若散文詩作品沒有歷史感，它也就很難走進歷史。」（《積微散論》）因此，在散文詩作品中處理歷史、融入歷史感，而非設境於歷史，並以超越塵世者的姿態將歷史納入寫作視野，是周慶榮觀照、批判並介入社會現實的重要手段，其終極目的是指向當下。

　　周慶榮對時代與生命意義的現實關懷與精神關懷是動態且持續的，是共時性與歷時性並存的，他的目光不僅及於歷史與當下，還及於遠方〔註16〕，他似乎不懂得停留，由此，詩人格外鍾愛遠方，這極大擴充了他的寫作容量。遠方首先是詩人心靈的歸宿與棲居地，是朝向未來與希望的所在，詩人藉此得以稀釋現實的疲累與倦怠，得到靈魂的慰藉：「不需要金燦燦的銅號，繫著紅布條的那種。彷彿把聲音吹成衝鋒，我懷念童年的葦笛，抒情的或迷茫的，一聲曲調裏，水鳥箭一樣飛向天空，一隻紙船也同時隨著水流向遠方。」「是的，遠方，我依然樸素地需要遠方。」（《有遠方的人》）然而，遠方對於詩人而言不僅僅是「熱愛的方向」（《迷霧》），不僅僅是遼闊的「釋放出一些空間，好裝下更多的未來」（《正午的山谷》）的空間場域，遠方還是詩人無限精神視域的延展，它顯示出詩人對當下擔當與超越的精神向度及氣魄——「在生命不知所措的年代，去想一個遠方，好好地熱愛，然後，靜靜地忍耐。」（《九寨溝啓示錄》）他以極富啓示意味的細微物象，將生命與存在的尊嚴寄寓其間；他通過對時光碎片的精微捕捉擴展永恒不竭的生命韻致，如同山谷「以向下的深度去實現高度」（《積微散論》）。在周慶榮的精神視域中，遠方的「誘惑」在於自由的精神、平等的信念、人性的復還、公正的人間；面對顛倒的現實世界，他始終以神聖教徒般的熱情與不渝的信念，將規正現實與時代的黑白視爲畢生的責任與使命，《飛鳥》中詩人自況爲堅韌的超拔者：「它的故土總是遙遠，它宿命地飛，地面上一張張網都在說愛它。這些年來，它沒有風化成網上的獵物。」「給我一雙大的翅膀，給我一副強壯無比的體魄，它說。

〔註16〕周慶榮善於通過同一物象思及並使過去、現在、未來（歷史、當下、遠方）在其作品中得到深切的交融。譬如，在《長城》一文中，他通過長城的磚石記述戰爭內外的歷史變遷並闡發其現實意味，賦予其人格與主體性意義，從而生發對一時代的願景。其時空架構與思維態勢是具延展性的：從歷史抵達當下，從此在到達遠方。

它要飛向太陽，那裡一定溫暖，它要把巢建在光芒裏，它要遠離人間，哪怕被曾經的夥伴與人群誤會，它也要把家園遷居到無上高遠的太陽上。」以英雄的氣魄和胸懷，詩人選擇沉默、隱忍或者愛，從平凡的土地出發，直至完成靈魂的沉潛與對此在的超越。

別林斯基曾說：「任何偉大的詩人之所以偉大，是因為他的痛苦和歡樂深深植根於社會和歷史的土壤裏，他從而成為社會、時代和人類的感官和代表。」〔註17〕誠如周慶榮所說「我希望單純屬於整個人類」（《九寨溝啓示錄》）以及「還是要愛。而且，愛一個人遠遠不夠。／這是我慎重的決定：盡可能喜歡更多的面孔，直到世界上最後的那個人」（《人生》）。一個有情懷有思想的詩人，他的寫作空間絕對不會被閉鎖一處的，他不僅要立足於當下，還要從自我出發，關注社會現實，關懷文明、政治、時代與生命的痛楚，在諸多理智深沉的思考中，《有遠方的人》蘊含著一個頂天立地、有大愛胸懷有深廣憂思的「大我」的形象——他以堅定的批評意識與審視姿態反抗苦難、戰爭與強權，呼喚平等、人性與良知（《深淵：眞實及虛構》），申明公民的權利與義務（《一隻螞蟻不去批判它的國家》），並對祖國與大地寄予了厚重的愛與殷切的期待（《土地》）……。詩人有意識地拒絕意義的淺表與空洞，眞誠地渴盼光明與精神的烈火在人類文明進化中星星燎原。

承擔與個體精神深度的拓展

面對大批量推出的快餐化、心靈雞湯式的寫作，面對大眾娛樂傳媒強大的牽引，置身於浮光掠影的物欲場和名利場，優秀的詩人都是作為思想的在場者與行動者而存在的。周慶榮的深厚和敏銳在於他通過當下與歷史、遠方與我兩個重要的寫作維度，挖掘、見證歷史的警示，打開生命詩學的空間，超越小我的局限，堅守知識分子獨立敏銳的批判精神和詩性情懷。他不沉湎於個人的愼思書寫，而是拓展精神的深度，他的承擔精神始於「根部的堅持」（《辯證法》），同時又將命運的囑託和犀利的目光投向遠方。面對現實的貧乏與駁雜，詩人從未在噬人的困境裏迷失自身，並始終懷有明確而堅定的「方向感」，其情感的流動是突破常態、向著仿似不可及的理想的高處奔湧，並散發出燭照人類的精神熱度，他於文字層面開闢了一個異常顯豁的路徑，有形

〔註17〕別林斯基：《查爾查文的作品》，《別林斯基論文學》，新文藝出版社 1958 年版，第 26 頁。

的文字中濃縮著詩人對世間萬物的關懷與擔當的氣魄。他不僅對處於弱勢一方事物的命運格外關注，譬如螞蟻、螢火蟲、飛鳥等，還將整個人類世界乃至宇宙的流轉變遷納入他的胸懷。為此，他質問一切未盡使命的存在：「如果向雲層上面望，只有藍。沒有任何雜質的藍，我不會認為那裡就是乾淨。不食人間煙火的純淨，天堂的意境只為了高高在上地藍？」（《飛行》）「真正的光必須有溫度。在混沌、潮濕和糜爛之上，光明，一定要有明確的態度。……我希望光明有所作為，比如，它讓人溫暖，讓事物熱烈，讓陰暗和晦澀永遠暴露在光天化日之下。」（《想到陽光》）他總是帶著溫情去注視他所愛的事物，並「關懷一切需要關懷的」〔註18〕生命。在這種有溫度的關懷背後潛藏著一種個人感受與表達的「阻滯」，他的文字兼具一種將讀者引向深思的「破壞」效果，從某種閱讀的角度而言，這給讀者真正理解周慶榮的散文詩帶來相應的難度——他避免直書詩思與感懷，寧願以知識分子的責任感去懇切地警醒。這源於詩人對人類苦難和歷史荒謬的疼痛感，對社會時弊嚴正而慎獨的道德判斷，他自覺地肩負起對一個社會乃至整個時代的書寫使命與有溫度的關懷，他以堅執擔當的知識分子情懷，逼視自我的理想主義，辨析正義的真偽，審視遠方的意義。

　　作為一個智識群體，知識分子向來被社會與公眾寄予厚望，然而現實境況中他們也因未對社會產生應有的效用而遭到指責。知識分子應負有怎樣的社會責任？這個問題對於周慶榮來說並不是一個需要論辯的道德難題，他的知識分子情懷本於良知與理性的普世價值觀：他首先斥責獨善其身的做法，倡導愛與關懷——「這一塵不染的心，如果沒有血肉，沒有溫度，世界上許多的不幸你就可以無動於衷？」（《水晶心》）；同時也強調知識分子絕不能與黑暗同流合污，他主張以強大的意志、純正的品質去對抗身邊的黑暗——「在污泥中，在深處，藕，堅持。如地獄裏最後的淨」（《藕》）；而更為重要的是，知識分子應該保持堅定的獨立精神與批判意識，維護真理並積極地介入現實，以其對事實的敏銳的把握與判斷對現實作出回應：「佛音的悲憫，抑或道家的清修，往往刪除了萬水千山，是啊，不能對滾滾紅塵熟視無睹。……我

〔註18〕張清華：《關懷一切需要關懷的：談周慶榮的散文詩寫作（存目），參照《我們・散文詩叢》第1輯・第2輯《時間的年輪——「我們」散文詩群作品精選集》新書發布會暨「我們」散文詩創作研討會論文集，首都師範大學中國詩歌研究中心2015年1月10日主辦。

比很多人都更加憎厭儒家的迂腐和綱常的無聊。但我贊成這條河流告別少女時代，入世，而成為母親」（《關於黃河》）。在現實中，詩人不甘做漂浮的理想主義者——「胸懷不只是說說而已，它需要在實際生活裏生根並檢驗」（《積微散論》）；不被命運和標籤所歸類——「近處的和身邊的，我不會以革命者的姿態去擺脫。我畫了無數地獄的草圖給暴戾者和惡棍們看，我還畫了紅蘋果和紅草莓給旅行中饑渴的人。」（《有遠方的人》）實際上，周慶榮不僅提出了對知識分子的要求與規約，他認為真正的知識分子就是在理性和良知中堅持、抵制，主動地承擔國家與社會的責任，自覺地關懷生命，呼喚健康的人性，參與到平等與民主的建設中：「握筆的手呵，從此不寫苦難和屈辱，不寫仗勢欺人，不允許垂頭喪氣和走投無路，只寫平凡與喜悅，寫人性的善，寫些憧憬寫成理想的模樣。」（《湖筆》）

在人類歷史的大劇場中，周慶榮始終保持著清醒的批判意識和審慎的態度，更為準確地說他在思想中建構了一個超脫生命迷霧的英雄的形象，這不是普泛意義的英雄，而是勇於自我審視的省思著的英雄，是直面現實的瑣碎與無奈的真實的英雄，是偏袒生命、有溫度有熱力的英雄，是迎接涅槃、追求自我新生的有氣魄的英雄——「潮濕和陰暗蔓延在天空下，想念一把火，它烘乾我體內的這些恍惚，然後燎原地燒開去，一切乾爽後，再騰起灼人的光芒」《迷霧》。詩人自信地說「不是山谷裏的黑包圍了我，而是我打入了黑暗的內部」（《山谷裏的黑》），這一份主動的擔當與突圍，其間浸透著溫情與拯救弱者的愛：「需要雄雞的大聲歌唱，唱白天下。事物在夜間認真生長，它們有的緩慢，有的遇到了困難，而更有一些甚至在遭受誤解與不公。它們因此也在注視這隻雄雞，等它的驚天一鳴。／不能再遲疑了呢，雄雞自言自語。在場景豐富的高坡，它引亢。／接下來，是普遍的光明和真相？」（《雄雞——觀徐俊國同名油畫》）出於歷史的規律與慣性，詩人對「英雄」的解救力與命運抱有某種猶疑：「英雄只能睡在露天裏，歷史的暗處，懸掛數把鋒利的刀子，它們善於等待，每個時期總會等來幾顆英雄的頭顱」，但英雄的「原則混合著希望，亂七八糟的落葉不象徵絕境」，他的志向與抱負是「推翻一切冷的，舊秩序」（《英雄，在光芒下醉去》）。詩人將自身物象化為不畏懼蝕心焚骨的錘鍊的一塊玄鐵，它以焠煉自身承諾世間的光明，堅韌地承受自我毀滅的命運：「火中走出的玄鐵秤出人心的重量，浮雲沒有自重，所以它們在飄。／而且，玄鐵還不怕黑暗。／它見識過有溫度的光明，然後含蓄並加以凝固」（《玄

鐵》）；詩人勇於跳出個體存在的局限，以浴火重生的壯麗迎接命運的挑戰：「潮濕和陰暗蔓延在天空下，想念一把火，它烘乾我體內的這些恍惚，然後燎原地燒開去，一切乾爽後，再騰起灼人的光芒」（《迷霧》）。

如果說，在《有遠方的人》中，關懷與包容，承擔與自我超越是「在一種無名的狀態中」（海德格爾）自為自然地呈現出來的精神向度，那麼哲視[註19]是詩人出於理性選擇自主去關懷和審視世界的方式。在新世紀詩人隊伍中，將《二十四史》細讀完的並不多見，周慶榮做到了；他喜歡哲學、神學、經濟學和社會學……廣泛的閱讀奠定了詩人深厚的人文積蘊，建構起闡釋問題的多元維度，也助使他站在歷史和時代的高度關注「當代知識分子豐富而繁複的心路歷程和價值觀念。」[註20]他善於以思辨的視角從別人熟視無睹的地方發現問題——先靜觀地呈現，隨後以詩思做牽引、辯證地演繹事物表象背後深邃的內涵，從日常的真實中理智地融入個體實踐的經驗直逼深度的真實，對不同時期的文化症候他有極富遠見的理解和判斷。以哲視的方式批判自我，審度外部，跳出單純的技藝修煉[註21]，在技巧與空間美學之間建構起緊密的辯證關係。他的散文詩善巧地連接了內在空間與外部空間，極富隱喻和哲理色彩，從容而富有深度地變現著詩人的「當下的立場：忍耐或鬥爭、高尚或卑鄙、閒混或奮鬥。」（《積微散論》）這尤其體現在他新近創作的一組歷史文化散文詩劇《詩魂——大地上空的劇場》中。

在這組作品中，詩人有意於「請你進入一個極為開放的空間」[註22]，或者說是一個文化的場所。他選取了十一個能夠代表華夏詩魂的詩人——孔丘、屈原、李太白、王維、陳子昂、杜子美、柳宗元、李煜、蘇東坡、李清照、岳飛，將他們悲劇式的人生置於統一個歷史劇場、文學劇場——大地上空的劇場之中，古今對話，縱筆馳騁，以跳蕩的筆觸、斷裂的手法，選取了這些詩人具有特別意義的側面和片段，從嶄新的角度切入，讓我們重新認識

〔註19〕哲視是動詞名詞形式，有「留心地觀看到場者的外貌」的意思。轉引自《世界‧文本‧批評家》，【美】愛德華‧Ｗ‧薩義德著作，李自修譯，北京：生活‧讀書‧新知三聯書店 2009 年版，第 229 頁。

〔註20〕孫曉婭：《21 世紀，散文詩的世紀》，《新世紀十年散文詩選》序言，灕江出版社 2015 年版第 5 頁。

〔註21〕海子在《我熱愛的詩人——荷爾德林》這一詩學筆記中寫：「從荷爾德林我懂得，詩歌是一場烈火，而不是修辭練習。」

〔註22〕SOJA E W. Thirdspace:Journeys to Los Angeles and Other Real-and-Imagined Places, Oxford (UK), Cambridge, Massachusetts (USA), Blackwell, 1996, p5.

了這些人，在我們熟知的印象裏加進了一些陌生。「我在皺紋出現之前，一心豪邁。」（第六幕：杜子美）。「灰塵多的時候，詩開始重要。」「巧言毀德時分，或許，詩是最好的眞理。」詩人借孔子表達了他對社會、對詩的看法和觀點。在這個劇場中，周慶榮重新煥發了一些詩人的形象，他筆下的李煜嚴重「江山就是一首詩」，「一顆帝王的心，是否不該輕易地抒情？草木上的露水，像我的人民善良的眼睛。煙花三月，柳絲搖曳自由。玄武湖平靜，我多想用柔軟的詩行，爲大地寫下和平？」這位「汴梁一客」的君，被周慶榮重新刻畫了舞臺的形象。詩人以獨幕劇的自白方式寫李清照這個命運多舛，集亡國之恨，喪夫之哀，遇人不淑和孀居之苦於一身的女子：「請不要責備我走向婉約，人世滄桑之後，我感歎眞情已如瘦月。雖然太陽依舊是我心臟的溫度，但我的雙目經常掛著淚水。更哪堪國破故鄉遠，一傷離別，詩句變軟。」周慶榮以戲劇的筆法從最緊要的片段或側面切入，書寫這些人的靈魂與核心，篇幅雖小，但神魂俱在，並未失之於淺陋或偏頗，思想的深刻性與尖銳的現實批判具足：「我的路漫漫無終，清醒的人，你們願意與我一起求索？求人間正道披著人心的光芒，求黑雲壓城時吹來一陣有力量的風。」（第二幕：屈原）；「一些人在敵人那裡積蓄著財富，一些人把孩子交給了敵人的江山。一些人用我們的銀子換取敵人變質的牛奶和羸弱的馬匹，一些人乾脆在黑暗中放箭。」（第十一幕：岳飛）。岳飛是想收拾舊山河的，但他沒有機會了，他死於「黑暗中」的箭，他感歎：「將來的時間裏，我確實成爲壯志未酬的英雄」。這是英雄的無奈，讓後代的人們久久悵然。周慶榮在組詩中選取的這些人，都是深深影響後世的歷史文化名人，在中華民族歷史長河中，他們是震鑠古今的「演員」，是不同時代的文化烙印，或者說是一個偉大民族的燦爛星河中最耀眼的星辰。

在這部散文詩劇中，詩人不耽於人物的「出演」和劇情的鋪設，他始終精心於劇場的整體構境，從開篇設置爲「大地上空的劇場，」指出這是在天上上演的大劇，到結尾處「風把遠處的雲推過來，閉合了舞臺，掩去了星星。」人類歷史的大幕即將落下──遲早都要落下，雲如同那帷幔，在眞實與虛擬的星河間暫時結束了人間這齣風雲變幻的舞臺。詩人發出感喟：「人間詞話從人間的眞實來，現在，人間沉睡。下一陣風何時出現？烏雲離開，星月再現。」

支撐一個詩人的首先是他的文化儲備、文學格局、藝術的敏悟力與直覺力，這組詩，在沒有搭建舞臺的劇場中上演，在歷史的天空中的劇場上演，

在人類的心靈深處上演，對十一個偉大詩魂的描述旨歸在於闡發詩人主體的感懷、批評和承擔——文人精神的承擔和主體精神的拓展。毫無疑問，從文本形態、創作格局和立意來看，這是新世紀以來難得的佳作，它完成了歷史空間、文學空間、文本空間的多重建構，混沌卻立意鮮明，散發著獨特的熱力，演繹了人生的大舞臺，豐富的小宇宙。

　　空間如果離開人的活動和改造，就永遠是一片廣袤的虛無。從這個意義上講，是人的活動賦予了原生態的物理空間以人文的內涵和文明的烙印。人首先是空間發展的產物，空間發展到了產生了人，空間也就成了「人化空間」。

第八章　複調與對話：心靈空間的構境

　　構境是主體根據自己真實的願望重新設計、創造和實踐人的生命存在過程，由某種方式精心建構生活瞬間，擴展心靈空間的複雜和多維的面向，豐富精神的向度。空間構境是社會空間、文化空間、心靈空間滲透通融後的再生的過程。「空間構境」在具體創設中需要借助恰切的詩學理論輔以完成其意涵及概念的擴容——本章從俄羅斯文藝理論家巴赫金的複調和對話詩學獲取相關思想資源和啟示，從具體文本分析入手，完成對空間構境概念的闡釋。複調理論是巴赫金在研究俄國作家陀思妥耶夫斯基小說的基礎上提出的，巴赫金在陀思妥耶夫斯基小說中發現了一種「總是有許多獨立的、不想混淆的聲音處在同等的地位各抒己見」〔註1〕的文學形態，本章借用複調理論處理詩歌創作的內部空間與外部空間的調融與多維構境。巴赫金的對話理論是指主人公意識的獨立性，主人公之間、主人公與作者之間平等的對話關係。他借用了音樂學中的術語「複調」，來說明這種小說創作中的「多聲部」現象，目前多用於小說文本的分析。巴赫金的對話理論揭示了一個觀點多元、價值多元、體驗多元的真實而又豐富的世界，它的意義已經遠遠超出了文學理論自身的範圍，對話成為聯結古今中外文化和文論的橋梁。它在文學作品中具有獨立性、自由性、未完成性和複調性等特點。對話——獨語——對話的不同形態，展示了人類文化發展的空間。本章從複調和對話詩學入手，以吉狄馬加和翟永明等詩人新世紀以來創作的長詩為研究對象，探究在多元時代語境中複調與對話詩學理論對主體心靈空間的拓展，對文化空間、詩學空間的建

〔註 1〕夏仲翼：《窺探心靈奧秘的藝術——陀思妥耶夫斯基藝術創作散論》，《蘇聯文學》1981 年第 1 期。

構，剖析長詩創作中的多向度意涵，並藉此充實「空間構境」概念。

第一節　複調與詩性的變奏

　　上世紀 40 年代，巴赫金繼承並發展了維謝洛夫斯基的歷史詩學，在《小說的時間形式和時空體形式——歷史詩學概述》中提出了時空體理論，將「歷史方法和批評精神結合起來，把考據和文章分析結合起來」〔註2〕。時空體理論的邏輯起點為歷史類型學的「認識論突破」：在不同民族的相同歷史發展階段中，存在著受社會發展規律制約的文學現象，可以對這些文學現象（如體裁風格情節主題流派思潮等）進行比較。因此，歷史類型學認為社會歷史發展制約著文學的發展，文學發展的規律與歷史規律相一致，而人類歷史發展具有某種程度上的結構相似性，因而文學發展及對其研究進行比較歷史類型研究成為可能。」在赫拉普欽科看來，歷史類型學「要求揭示那些能夠使人們談論某種文學的和審美的共同體、談論某一現象屬於一定類型和種類的原則和因素。這些從屬關係經常也在文學事實互相之間不發生直接聯繫的時候時表現出來」〔註3〕。巴赫金的時空體理論在繼承了歷史比較的整體思路的同時，對其方法做了改造。它在對康德時空學說創造性理解的基礎上，通過時空與小說類型之間的內在聯繫，既在歷史上也在邏輯上，使比較成為可能。巴赫金認為：「時空體在文學中有著重大的體裁意義。可以直截了當地說，體裁和體裁類別恰是由時空體決定的。而且在文學中，時空體裏的主導因素是時間。」〔註4〕時空體概念指在小說中佔有主要地位、與小說的情節展開有重要聯繫的時間和空間構成形式，其創造性在於，時空體理論採納了康德的思想資源的同時卻將時空視為人與世界溝通的橋梁，這突破了康德的時空學說。時空體理論以大量的事實證明，時空是聯繫體裁的紐帶，不同的時空體的運用意味著不同的體裁，而不同的體裁之間必然有著不同的時空體。這個邏輯起點同樣適於對詩歌創作的闡釋。

〔註 2〕艾田伯：《比較不是理由：比較文學的危機》，《比較文學之道：艾田伯文論選集》，北京：生活・讀書・新知三聯書店 2006 年版，第 28 頁。

〔註 3〕【俄】赫拉普欽科：《文學的類型學研究》，赫拉普欽科：《赫拉普欽科文學論文集》，張捷、劉逢祺譯，北京：人民文學出版社 1997 年版，第 172 頁。

〔註 4〕【俄】巴赫金：《小說理論》，白春仁、曉河譯，石家莊：河北教育出版社 1998 年版，第 275 頁。

　　當人類距離自身的出發地越來越遠時，「我們要在精神上找到一條回家的路已變得非常困難，此時的詩歌是一位真正的引領者」（吉狄馬加），詩歌成爲透視時空關係與個體精神的重要路徑。吉狄馬加敏銳地捕捉到這一點，他的詩歌無論長篇還是短製均富有悠遠的民族記憶、深厚的詩學內涵和多元的文化指徵，對現實始終投以詩意敏銳的關注，他爲漢語語境的當代詩寫注入了濃鬱的民族性關懷和思考。這位將詩歌視作「我們對這個世界最深情的傾述」的彝族詩人，孜孜於生命與死亡、自然與空間、民族與歷史、詩歌與當下的峽谷間，探索和拓展著詩歌的「無限」。吉狄馬加說：「我的詩歌對人的關注從未發生改變，它們從來都是從自己的內心出發，從不違背自己的良心。我不僅關注彝族人，也關注這世界上所有地域的每個不同文化背景的人。作爲一個詩人，如果沒有足夠廣闊的視野和胸懷來關注這個世界，他也不能算是一個真正的詩人。」這是一位主動構建心境的詩人，在 2014 年創作的長詩《我，雪豹……》中，詩人秉賦對現實書寫的普世情懷，一如既往地承繼著民族的雄渾強力與自然的野性，同時，他浩蕩的悲情和現實關注已經超越了人類自身的視野，投向雪山的生靈——雪豹：

> 流星劃過的時候
> 我的身體，在瞬間
> 被光明燭照，我的皮毛
> 燃燒如白雪的火焰
> 我的影子，閃動成光的箭矢
> 猶如一條銀色的魚
> 消失在黑暗的蒼穹
> 我是雪山真正的兒子
> 守望孤獨，穿越了所有的時空
> 潛伏在岩石堅硬的波浪之間
> 我守衛在這裡——
> 在這個至高無上的疆域
> 毫無疑問，高貴的血統
> 已經被祖先的譜系證明
> 我的誕生——
> 是白雪千年孕育的奇跡

我的死亡──

是白雪輪迴永恒的寂靜

——《我，雪豹……》

雪豹的出場猶如劃破時空的閃電，在雪山的山巒峽谷之間，它點燃了雪白的火焰，那火焰是飛動的，如同一道燃燒的劍簇，劃過那亙古的黑暗，一往無前，它震撼了寂靜的蒼穹，震撼了心靈。這個風骨奇崛的生命踐行者是雪山之王，雪山的守護神，孤獨的王者，它不僅有著自己的天賦異稟，還能以超越空間與時間的靈魂之思來叩問人類的心靈，在雪山之巔忘情地彈奏著豹魂、詩魂與人類靈魂的三重交響。

眞實與虛幻：穿梭在虛無與存在之間

「在他的詩歌王國裏，既有對傳統的追憶，也有對現實的反思，更有對生命的無限感恩。這位來自大涼山深處的鷹之子用一種古老而又自然的力量呼喚著人們關注他內向深沉的母族文化。即使這相互瞭解的歷程充滿艱辛，他也以一顆久經創痛卻依然堅忍的詩心將這份擔當持續。」〔註5〕作爲彝族詩人，吉狄馬加的詩歌創作空間非常開闊，民族記憶與情感爲其詩歌創作提供了永不枯竭的源泉，自然山野間的英雄原型和充滿原始強力的生命彈唱豐富了詩歌的主題。在長詩《我，雪豹……》中，詩人將自己的目光投向了這個在神秘的雪山與叢林間飛馳的大地精靈雪豹──廣袤空間中躍動的精靈。他結合雪豹眞實的生活習性，以多維視角與想像，塑造了一個能隨意往返於過去、現實、未來乃至超現實之間的雪國王者，並以雪豹的思維與情感來感知世界、反觀自身，探討雪豹與自身與族群乃至整個宇宙的關聯。

雪豹處在高原生態食物鏈的頂端，它晝伏夜出，黎明與黃昏是其活動最爲頻繁的時間點，它確乎是「白雪千年孕育的奇跡」，有著無可度量的王者風範。詩人以第一人稱突出雪豹的主體性，以深夜作爲雪豹在詩篇中首次亮相的背景環境，「流星劃過的時候／我的身體，在瞬間／被光明燭照，我的皮毛／燃燒如白雪的火焰／我的影子，閃動成光的箭矢／猶如一條銀色的魚／消失在黑暗的蒼穹」。這裡並沒有對雪豹的身形作過多繁複的贅述，而是以抽象的、充滿生命力度的詞彙進行了恰切的打量，詩人寫它的影子、它的誕生、

〔註5〕孫曉婭：《尋找靈魂方向的神鷹──走進吉狄馬加的詩歌世界》，選自《全球視野下的詩人吉狄馬加學術論文集》（2011年）。

它的死亡，它的名字、思想、情感與欲望，都摻入了某種神祕與魔幻氣氛，他甚至可以不對任何有關雪豹的具體有形事物進行描寫來展現它的品性：「我忠誠諾言，不會被背叛的詞語書寫」。顯然，借雪豹之口，詩人表達了雙重角色的聲音，這聲音穿插往來於雪豹與詩人二者糾纏交錯的精神空間，將詩人的存在之思與精神走向表達得淋漓盡致，這神予天賦般的筆力，同時將雪豹帶入了與天地融合的境界中。詩人筆下的雪豹，是與自然密不可分、渾然一體的，它的迅疾使它得以擁有上天入地、無所不能的異稟：「此時，我就是這片雪域 ╱ 從吹過的風中，能聆聽到 ╱ 我骨骼發出的聲響 ╱ 一隻鷹翻騰著，在與看不見的 ╱ 對手搏擊，那是我的影子」，「如果一隻旱獺 ╱ 拼命地奔跑，但身後 ╱ 卻看不見任何追擊 ╱ 那是我的意念 ╱ 你讓它感到了危險」。雪豹的影子能與兇猛的雄鷹對抗，雪豹的意念能使旱獺慌張地逃竄，即使是無形的雪豹也散發著震懾性的力量，「毫無疑問，高貴的血統 ╱ 已經被祖先的譜系證明」。

　　吉狄馬加不僅賦予雪豹崇高的品格與威力，同時也賦予其情感、態度與思想，《雪豹》擲地有聲地踐行了詩人始終秉持的詩學觀念、人生信念：「彝人相信萬物平等，並存在微妙的聯繫，人類在發展中不能破壞這種平衡。我一直認為，作家和詩人要在世界發展中起作用，要堅持、要揚棄的都會在我的作品裏得到體現。」（吉狄馬加）詩中，雪豹以自身的獨特視角對自然、宇宙及人類社會都作出了智者的審視和判斷。在雪豹的眼中，自然萬物所構成的是一個「圓形的世界」，自然界中的每一個物體都「有著千絲萬縷的依存」，牽一髮而動全身，「宇宙的秩序 ╱ 並非來自於偶然和混亂」，它肯定必然和有序，否定充滿隨意性的喧鬧，它「無法回答 ╱ 這個生命與另一個生命的關係」，而這恰恰是詩人意欲通過雪豹來探討的主題：生命的真諦本是和諧，「但是我們卻驚恐和懼怕 ╱ 追逐和新生再沒有什麼區別……」。人類以非自然的方式捕殺大地上的一切生靈，這給雪豹帶來長久的不安與恐懼，在殘酷的「追逐」中，本該美好的「新生」只能意味著更多的生命死於人類的罪孽。雪豹已無法憑藉一己之力躲避人類的迫害與現代文明的入侵：「就是那顆子彈 ╱ 我們靈敏的眼睛，短暫的失憶 ╱ 雖然看見了它，像一道紅色的閃電 ╱ 刺穿了焚燒著的時間和距離 ╱ 但已經來不及躲藏 ╱ 黎明停止了喘息 ╱ 就是那顆子彈 ╱ 它的發射者的頭顱，以及 ╱ 為這個頭顱供給血液的心臟 ╱ 已經被罪惡的帳簿凍結」。那代表著現代進程和人類爭鬥欲望的手槍，無情地結束了一隻雪豹的生命，人類文明走向倒置，人性布滿生命之血。雪豹縱有「靈敏的眼睛」，縱有

光般的迅捷，也敵不過人類對金錢、財富和私欲的追逐。在這裡顯現的，是人類文明與現代社會之於雪豹的過分骯髒，是雪豹難以言說的深惡痛絕。

吉狄馬加說：「彝人相信萬物平等，並存在微妙的聯繫，人類在發展中不能破壞這種平衡。我一直認為，作家和詩人要在世界發展中起作用，要堅持、要揚棄的都會在我的作品裏得到體現。」長詩中，雪豹除了在詩中講述對他物的理解，還在抒情與虛幻的空間維度裏反觀自身：「當我出現的剎那／你會在死去的記憶中／也許還會在——／剛要蘇醒的夢境裏／真切而恍惚地看見我：／是太陽的反射，光芒的銀幣／是岩石上的幾何，風中的植物／是一朵玫瑰流淌在空氣中的顏色／是一千朵玫瑰最終宣泄成的瀑布」……它現身的國度是「死去的記憶」與「剛要蘇醒的夢境裏」，它已表明自身能出入於現實與非現實間的超能力，自覺其靈性的雪豹，以一系列富含著驚異味道的物象，向我們展示了作為個體的生物與自然界的合一，它即是自然的神明，有最耀眼的光芒，最瑰麗的變幻，最強勁的力，最剔透的心靈，容納萬物的寬廣，在「大地子宮裏」復活的超能量。不僅如此，在詩的第九章中，雪豹第一次以「我們」的表述，轉變了敘述的視角，由對個體生存狀態的陳述轉向了整個族群，由個體的書寫轉向族類的代言：「在這裡只有我們／能選擇自己的方式」，這意味著雪豹——這孤獨王者之置身族群的高貴，它們的王者氣度使它們得以挑選自身運轉的規則，它們有著為了榮譽而戰的意志、高潔獨立的品格，迸發著生命的強力：「我會為捍衛我高貴血統／以及那世代相傳的／永遠不可被玷污的榮譽／而流盡最後一滴血。」

跨過空間界限的雪豹邁向了超現實的領域，靈魂與宇宙融為一體：「我是雪山真正的兒子／守望孤獨，穿越了所有的時空／潛伏在岩石堅硬的波浪之間」，王者的命運注定是孤獨的，雪豹彷彿被某種精神圍困，因它奔跑的空間是一片「荒野」，那無人知曉的曠遠的寂寞，那對生命永恒的追尋與最深遠的渴望，彌漫在廣袤的荒野之上。雪豹終究是雪豹，它以自身的超能力完成了自我的超脫，它的「面具早已消失」，身形也隨之隱沒，褪去具體有形的表象，雪豹幻為大地的子民，更是大地的精靈，它「在峭壁上舞蹈／黑暗的底片／沉落在白晝的海洋／從上到下的邏輯／跳躍虛無與存在的山澗／自由的領地」，它在精神領域中完成了自我的裂變，「平衡了生與死的界限」，實現了生命的狂歡與超越，使紮根於土壤的真實與垂在星空的虛幻重逢，詩作也因此含有了某種古老而神秘的形而上意味。不僅如此，雪豹還探問著生命的本真：

「其實生命的奇跡 ／ 已經表明，短暫的 ／ 存在和長久的死亡 ／ 並不能告訴我們 ／ 它們之間誰更爲重要？」雪豹在雪地上行過的足跡，如梅花一般，彷彿是雪豹存在的證明，但這存在又彷彿是「虛無的延伸」，你何能以一串腳印證明雪豹的存在？無意義的存在是如此虛無，當存在的足跡能被「一場意想不到的大雪」輕易抹去，「長久的死亡」將遠勝過「短暫的 ／ 存在」，因那「長久的死亡」，也留下了長久的價值與意義。

　　雪豹憑藉其個體的獨異性，傲立於其它任何物種都無法到達的具體的生存位置上，徜徉在單純的維度所不能結構的時空裏，無所顧忌地在他人未曾觸及過的獨特境遇中體驗著人生百態，以「虛無」的血肉彌合著自身與真實間的裂縫。它希望返歸一個靈動而鮮活的世界，宇宙萬物都能找到自身運行的原點，在相惜中重建秩序與永恒，但雪豹博大的情懷卻不能激發人類對自身嚴肅的省察，他們虐殺的興味愈濃，愈置雪豹於難以翻轉的兩難境地之中，雪豹不再耐於等待，在持久的沉默後爆發出湧動著熱力的精神執念與生命訴求：「但是我相信，那最後的審判 ／ 絕不會遙遙無期……！」此時昭然若揭的是人類兩相對比下僞文明的窘態。詩歌因此而呈現出的，不僅是雪豹眼中的世界，更是從雪豹所處的位置看世界，不僅有雪豹體驗的人生，更有從雪豹所遭際的境遇中感受到的人生。雪豹在思維著自身的艱難處境之時，並沒有霸權主義式地遮蔽人類的心靈與世界。具有覺醒意識的人類必能通過雪豹的視點感知到自身的僵死與倒退，必能察覺在生命始初所有靈魂內在的相通：「昨晚夢見了媽媽 ／ 她還在那裡等待，目光幽幽」，是每個生命對母親自嬰孩時期就樹根般生長的依戀，是個體不管離開族群多久仍稠密的眷念，才惹人如此深情地回望。從這個維度上，雪豹所握住的是爲生命而發聲的權利，這樣的話語呼喚著人道主義的悲憫情懷，敦促著人類實現自身的突圍與重塑。

複調與變奏：英雄主義的話語策略

　　複調音樂所強調的，是兩條或兩條以上各自具有獨立性的旋律在一首樂曲中的協調與融合。在長詩《我，雪豹……》中，「我」與雪豹這兩個和而不同的敘述主體，正如同音樂中的兩條旋律，攜手演繹著生命的低沉與高亢。實際上，雪豹仍然是貫穿詩歌外在形式的主要線索，但這其中無不印刻著詩人的情感記憶與生命烙印，因此代表詩人的「我」始終也在詩歌中發聲，兩

重聲部並置融彙，不同聲部，含有各自的微型對話（micro-dialogue）。

巴赫金認為，「我」的「自我」，必須到「自我」的外部或者「自我」與「他人」的交界線上去找。一切內在的東西，都不能自足，它要轉向外部，它要參與和他者的對話。但由於「我」無法離開自我的存在，以他者的客觀眼光從外部來眞正地「反觀」自我，於是人就無法在「我」的眼中看到完整的自我，無論是身體行為的外在形象，還是思想、感情的外化形象，以及心靈的外化形象，「我」的完整形象都只能借助他人的眼光得以呈現。因此自我意識——對自我、世界和人生的終極判斷，是具有間接性的意識，它是在「我」與「他人」的對話中逐漸形成和袒露的。為了這一意識的建構與實現，「我」首先要在自己身上找到「他人」，再在「他人」身上發現自己，在主體的交互過程中完成自我意識的鍛造。

作為雪豹本身，它站在自己的生存立場，無法通過持續而深入的挖掘獲得對自身最終的瞭解，它需要來自外部的眼光以確定自己完整的存在形態，以及自我意識的鎔鑄成形，因此以詩人或人類為主體對雪豹的生活、思想與世界作客觀的判斷，就成為無可非議的選擇。此時，「我」與雪豹兩個並行不悖的聲部間的交響，充當了言語姿態互換的媒介，詩人以一個人類的視角來勘探雪豹的生活：

> 追逐　離心力　失重　閃電　弧線
> 欲望的弓　切割的寶石　分裂的空氣
> 重複的跳躍　氣味的舌尖　接納的堅硬
> 奔跑的目標　頜骨的坡度　不相等的飛行
> 遲緩的光速　分解的搖曳　缺席的負重
> 撕咬　撕咬　血管的磷　齒唇的饋贈
> 呼吸的波浪　急遽的升起　強烈如初
> 捶打的舞蹈　臨界死亡的牽引　抽空　抽空
> ……

詩人以一連串短促有力的名詞和充滿著堅實硬度的動詞，表現了雪豹一次捕獵的日常經驗，語詞間呈現出的是雪豹的兇猛與強悍，它奔跑與跳躍的勁疾，捕捉獵物氣味的敏銳直覺，吞食與撕咬的渴望，茹毛飲血的快感，原始野性的呼喚……動詞與詞組的緊密糾結，正如鼓點般重重地敲擊著我們的心房，肆意撥動著讀者每一根緊張的神經，又在每一次挑逗之後，給予情緒

短暫的舒緩，隨後接踵而來的又是碰撞的巨響，是火山爆發般的滔天火焰，詩人以此突顯的正是雪豹內生命的強力和它根本無從抑制的生命激情。這些詞語的碎片，在盡情直遂地發出原始的生命吶喊的同時，也在另一個維度裏完成著詩性空間的構建，它在詩意的朦朧中展示著雪豹——這雪國之王，在荒寂而顫抖的大地上，以傲者的孤獨和沸騰的熱力完成著生命的獨舞，彷彿一次重生的排演。在這樣的語詞轟炸下，詩歌源源不斷地湧出了荒誕與分裂，湧出了浸潤在神聖氣氛中的戰慄與喜悅，卻又在這種分崩離析的解體之中，形成了高度合一的抽象空間：「生命中墜落的倦意　邊緣的顫抖　回憶／雷鳴後的寂靜　等待　群山的回聲……」一切又復歸於眾籟俱寂的寧靜，復歸於對微小生活的滿足與期待，復歸於飽餐後酣睡的雪豹那一聲小小的鼻息。

　　懷著近乎朝聖的心情，詩人的每一句話都帶著滿腔熱血，這不僅僅是對雪豹捕獵的一次盛況的記錄，更濃縮著詩人對所處的那片熱土民族活力的記憶與傾慕。他的每一句話都具有雙重的指向，既針對言語的內容而發，又針對另外一種言說而發，形成詩歌的微型對話。正是這樣的意識和語言在每一個成分的交鋒和交錯中，詩人也完成了自我生命乃至人類生命的反觀與塑形，詩人的自我形象，他對彝族及世界上所有種族最深摯的愛，同樣需要與他彷彿生命共同體的雪豹——這一自我的外化形象才得以真實有效地呈現，詩人在雪豹的身上找到了「自我」與「他人」的聯結點，發覺在洪荒之初就結為一體的魂靈的秘語。雪豹的話語也同樣有著雙重指涉：「不要再追殺我，我也是這個／星球世界，與你們的骨血／連在一起的同胞兄弟／讓我在黑色的翅膀籠罩之前／忘記虐殺帶來的恐懼」。雪豹在心靈的歌哭中闡發無處容身的艱難處境，而雪豹的話語是經過詩人的思維得以凝聚的，詩人通過雪豹的視閾與雙方言語的潛在交涉來反思人類，叩問人類自身千百年來加諸地球的罪愆，從而愈加突顯了雪豹精神與品質的高貴。詩人一方面自如地運用雪豹的聲音，並肯定它的發聲、它的存在，一方面也在借助雪豹的聲音、眼光與評判，參與並進入到雪豹所獨有的世界以及時地反觀自身、反思人類。這樣的複調結構，既專注於對雪豹——獨決的王者這一完整形象的體驗，又強調了人類與豹的差異性以及二者的契合點。

　　需要說明的是，代表詩人的「我」在詩作中的發聲是極為隱秘的，詩人以一種巧妙的方式將他的詠唱編織進主體的旋律之中，二者雖不盡相同，卻有著同樣的生命命題，這在更大程度上，可視為一種主題的變形，一種音樂

的變奏。「讀一首好的詩，自己的生命隨著他的持續的流流動」，〔註 6〕長詩
《我，雪豹……》從啓篇到終結都貫通著湧動著「持續的流」，那生命的燃燒
的律動，那王者的氣魄與胸懷，攜卷了所有的理想與寬容，疏離的片段與言
語的糾纏，流向低岸，灌注生命之海。詩人正是以複調與變奏這樣的話語策
略來營構一個內外調融的詩性空間，來實現磅礴詩情的湧動，實現其詩歌主
題的合一。在詩歌的後半部分，詩人與雪豹漸漸達到了不可割裂的狀態，作
品彷彿奏起了宏偉的樂章，來呼喚著他的讀者，高揚著他的理想，從而顯示
出一種英雄主義的情懷。同時，詩人運用了多種語言技巧來豐富他的生命樂
章，那充滿著張力的話語：「我不是一段經文 / 剛開始的那個部分 / 我的聲音
是群山 / 戰勝時間的沉默」，那時而敘事時而描繪時而抒情的筆端，無不給讀
者疲勞的審美帶去感知的震醒。

雪豹：置於心靈空間的書寫

在柏拉圖看來，空間是在場與不在場的神秘替換：「當你們用『空間』（存
在）這個詞的時候，顯然，你們早就很熟悉這究竟是什麼意思，不過，雖然
我們也曾相信領會了它，現在卻茫然失措了。」由此引發了亞里士多德的感
慨：「空間看來乃是某種很強大又很難把捉的東西。」〔註 7〕他們對於空間的
這種認識，將空間的現實性與神秘性凸現了出來，空間是現實存在的一個空
間，但同時又是一個無法直接感知的空間。古希臘時期哲人們關注的空間多
是作爲客觀存在的空間，它似乎還僅僅是作爲一個需要認知的對象。到了海
德格爾，他開始明確彰顯人與空間之間宿命般的相關性：「每逢一個世界，
都發現屬於它的空間的空間性。」因爲一切行爲都意味著「在某個場所」。
即人的行爲畢竟是在某個空間中發生的行爲，甚至可以說，沒有空間，也就
是沒有人的行爲的發生，正如列斐伏爾所說的那樣「哪裏有空間，哪裏就有
存在」。

在《我，雪豹……》中，人與空間的相關性體現在詩人對心靈空間的建
構，即一種空間的構境。從長詩中我們可以追尋到這樣的軌跡：詩人由對雪
豹的外在形態進行充滿律動又細緻入微的描繪，並逐漸向雪豹的內心與靈魂
擴張延伸，如此進一步將詩人主體融入雪豹的話語中，二者漸趨一體，共同

〔註 6〕穆木天：《譚詩——寄沫若的一封信》，《創造月刊》第 1 卷第 1 期，1926 年 3
　　　　月 16 日。
〔註 7〕亞里士多德：《物理學》，北京：商務印書館 1982 年版，第 24 頁。

表達著詩人的心靈訴求。雪豹漸漸在作品中成爲了一個符號，成爲詩人生命意志的寄予，詩人借由它來抒發自身對自然的傾心神往，對生命的感悟和玄想，以及古老神秘而原始的民族的情感記憶。他所完成的是由外向到內向的轉變，由外在的粗獷轉向探尋靈魂深處的細膩，而在這轉換過程中呈現的，是雪豹、詩人和詩魂三重靈魂的交響，這三重靈魂共同書寫了對鮮活生命的呼喚，對民族身份的認同，對現代文明的駁難，對無限獵殺的斥責，並抽象出一種悲涼的輓歌情調。

透過吉狄馬加的視野，雪豹作爲符號首先象徵的是野性的散發著光與熱的生命強力。中外詩歌史上不乏以動物爲題的優秀詩作，同樣寫豹，在詩人里爾克的筆下，豹是充滿倦怠的，是昏眩而絕望的：「它的目光被那走不完的鐵欄／纏得這般疲倦，什麼也不能收留。它好像只有千條的鐵欄杆，／千條的鐵欄後便沒有宇宙。」〔註8〕生活範圍以最大程度縮小，生命意志被最大限度磨損，豹的眼前所見只有「千條的鐵欄杆」，它早已失去了能自由奔跑與跳躍的綠色原野，思想發出痛苦的呻鳴。可是豹的體魄依然強健，靈魂依然高貴，但它的所有能量都被壓制被鬱結，它在這外在強力的壓迫中「意志昏眩」，作品在這裡所批判的是空間的喪失之於自然的毀滅性力量。誠然，自從里爾克這首《豹》問世以來，任何詠唱動物的詩作都當面接受著它的考驗，大多數詩作都自慚形穢轉身離開，吉狄馬加同樣也接受著這樣的考驗，其詩歌中含有與里爾克相近的自然保護主義主題，但他並不局限於此，而將重心更多放置在以雪豹本身的生命熱力來蔑視人類的殺戮和他們困窘的心靈處境，他筆下的雪豹極力張揚著生命的活力，是一個鮮活的生命，一個充滿著力度與速度的王者形象正帶著靈魂的灼熱刺進「金屬的空氣」，詩人在其中寄予的正是他對於生命活力的高度讚頌，對於生命意志的永久呼喚。

與此同時，詩人的民族自豪感與關於民族的情感記憶也滲透在作爲符號的雪豹身上：「自由地巡視，祖先的／領地，用一種方式／那是骨血遺傳的密碼」。耿占春在評價吉狄馬加詩歌的民族性時說：「他充當了招魂與對話者，成爲一個族群聲音顯現的媒介。」〔註9〕一個民族的宗教信仰在民族意識中根深蒂固地存在，自然也成爲詩人重要的寫作資源，這不僅是促使其創作的靈

〔註8〕【奧地利】里爾克：《豹——在巴黎植物園》，《里爾克讀本》，北京：人民文學出版社 2011 年版，第 54 頁。

〔註9〕耿占春：《一個族群的詩歌記憶——論吉狄馬加的詩》，《文學評論》2008 年第2 期。

感，更是一個民族背後歷史與文化記憶的顯現：「我活在典籍裏，是岩石中的蛇／我的命是一百匹馬的命，是一千頭牛的命／也是一萬個人的命。因為我，隱蔽在／佛經的某一頁，誰殺死我，就是／殺死另一個看不見的，成千上萬的我」。雪豹「在典籍裏」具有了無上的神性，它超越了生命的限度與精神的度量，在古老而原始的魂靈裏與萬物化為一體。一個民族對自然、和諧、純美世界的嚮往，對原始生命宗教式的崇仰在此得到觀照與彰顯，而人類掐住了雪豹的喉嚨也正暗示著現代社會的法則對一個古老民族活力的窒息，對民族有著深切情感的詩人必然要反抗這悲劇的命運。

詩人從物化的世界裏，看到了現代文明及人類良知的喪失給充滿靈性之光的雪豹與人類自身帶來的雙重災難。在雪豹原本的世界中，「所有生存的方式，都來自於祖先的傳承／在這裡古老的太陽，給了我們溫暖／伸手就能觸摸的，是低垂的月亮／同樣是它們，用一種寬厚的仁慈／讓我們學會了萬物的語言，通靈的技藝」。這本是一個自足的烏托邦，「萬物有靈且美」，沒有冰冷，「溫暖」與「仁慈」是它的名字，一切都閃爍著神性的光芒。當「這個世界亙古就有的自然法則／開始被人類一天天地改變」，「就在每一分鐘的時空裏／都有著動物和植物的滅絕在發生」，雪豹選擇一種嚴肅的交談方式，道出它對人類的告誡：「任何一種動物和植物的消亡／都是我們共同的災難和夢魘」。大地生靈塗炭成為難眠的居所，人類所帶來的巨大負荷使生命邁向緩慢的終結，但「任何一種動物和植物」，都是「連在一起的同胞兄弟」，這狂妄的殺害，也摧毀著人類自身生存的家園。詩人在此借雪豹的形象發出對人類的責難，以形而上的靈魂的對話叩問還未泯滅的良心：「我能在睡夢中，進入瀕臨死亡的狀態／那時候能看見，轉世前的模樣／為了減輕沉重的罪孽，我也曾經／把贖罪的鐘聲敲響」。雪豹與詩人，那精神合一的不畏死亡的勇者，不在乎一己生命的湮沒，在靈魂的漂浮中真切地緬懷著沒有殺戮、傷害、恐懼和罪孽的時光，只為在人間世界「把贖罪的鐘聲敲響」。它所願的，是能「從一千里之外／聞到草原花草的香甜」，那大自然毫無保留的饋贈，而真實的圖景卻是「若隱若現的銀河／永不復返地熄滅」，二者之間的巨大落差使作品昇華出一種濃鬱的輓歌情調，詩人所追懷的，是一個原始、古老、萬物充滿生息的時代，而現實卻是「鋼鐵的聲音，以及摩天大樓的倒影／在這個地球綠色的肺葉上／留下了血淋淋的傷口。」

當雪豹被獵人的子彈穿透之時，人間世界出現了末日般的慘烈景象，一

切生靈都爲著生命的消亡而慟哭哀號。如果說牛漢在《悼念一棵楓樹》中曾借客觀物象記下那噬心的主題和屬於整整一個時代的傷殘的悲劇心理。基於相同命運的「物傷其類」的連帶與感應關係，人與楓樹之間的心靈溝通在詩中密切地融合一體，那是受難者之間悲痛感應的融通。同樣，在長詩《我，雪豹……》中，一隻雪豹的死，也使所有將有著相同命運的生靈爲之哀痛，萬物的交感在大地上久久迴蕩著悲憫的聲響。這是詩人的悲憫，也是詩人心中的大愛，他對世界有著牧歌般的理想：「當我獨自站在山巔／在目光所及之地／白雪一片清澈／所有的生命都沐浴在純淨的／祥和的光裏。」這人間仙境般的景象是美好與純粹的，但「幾乎看不出這是一種現實」，又隱隱表達了詩人內心深處潛意識中對現實的否定與期待，這種焦慮的體驗使詩人顯示出對過去的長久沉湎與眷戀，顯示出一種揮之不去的輓歌情懷。

　　在長詩《我，雪豹……》中，我與雪豹的雙重主體，雪豹、詩人與詩魂三者的合一，使詩歌所要激發的生命意志，所要梳理的情感記憶，所要喚醒的人類良知，都承載著某種宇宙如玄似幻的秘密，他高調地呼喚著人類：尊重生命！詩人的情懷是高蹈的：「在這樣的時候，靈魂和肉體已經分離／我的思緒，開始忘我地漂浮／此時，彷彿能聽到來自天宇的聲音／而我的舌尖上的詞語，正用另一種方式／在這蒼穹巨大的門前，開始／爲這一片大地上的所有生靈祈福……」縱使人類曾犯下深重的罪孽，但那詩人靈魂深處的神明，也一樣要爲著所有的生靈祈福！

第二節　對話與介入

　　對話理論古已有之，在中國文化和西方文化的奠定時期，都有先哲推崇和主張通過「對話」來探究眞理和知識。比如，孔子、蘇格拉底都採用對話的形式來教學，成效顯著，意義非凡。這種對話往往是探索一定眞理、知識的手段，是以回憶爲導向的……意在獲取存在於外部的和先前已知的眞理。對話還被賦予了特定的哲學、社會學、文化學和教育學等多個領域的內涵。對話的哲學層面的意義源於哲學上的「主體間性」。在現代西方哲學中，存在被認爲是主體間的存在，孤立的個體主體變爲交互主體，存在變成一種對話。在這種思想下，許多學者闡述了關於其對「對話」的理解。最早提出對話概念的是巴赫金，他認爲人類情感的表達、理性的思考乃至任何一種形式的存

在都必須以語言或話語地不斷溝通爲基礎,「兩個聲音才是生命的最低條件,生存的最低條件」,對話無處不在,廣泛而深入,「……在每一句話、每一個手語、每一次感受中,都有對話的回響(微型對話)」,而且,「人是作爲一個完整的聲音進入對話。不僅以自己的思想,而且以自己的命運、自己的全部個性參與對話」。被稱爲現代「對話」概念之父的馬丁·布伯認爲「存在」並非「我」自身所具有,而是發生於「我」與「你」之間,他指出個體「我」不應當把他者視爲客體而形成「我—它」關係,而是應當建構平等的「我—你」關係,使人與世界、與他人之間構成平等的相遇,這種「我—你」關係和敵開心懷便被稱之爲「對話」。對話性是詩人創作詩歌的重要方式,也是我們解讀詩歌文本的重要手段。通過解讀詩人作品中呈現的不同對話方式,我們可以透視詩人的內心,理解詩人作品從對話視角對生命本質、現實社會等問題的把握與闡釋。本節以翟永明長詩《隨黃公望遊富春山》爲研究文本,從內容方面的視角轉換、語言指涉、古今對話以及複調結構等方面細讀詩歌的對話性文本生成。進而分析對話與介入的關係,及其對文本創作空間的影響。

對話性文本的生成

翟永明的《隨黃公望遊富春山》以尋訪富春山爲線索,尋訪名山之行與想像入畫之旅相得益彰。作者跟隨黃公望的腳步,領略《富春山居圖》的意境,不僅描繪了圖卷風貌,而且渲染了社會現實圖景。作者在「現在」與「過去」之間自由轉換,借助時間空間的錯置,不僅向我們呈現一個多元素覆疊的文化場域,也架構一個多維度貫通的歷史場域。詩人帶領我們隨其遊盡千山萬水,研閱世間百態。

在長詩中,作者開篇首先提出一個主客體視角轉化問題。詩中第一節把「手卷」比作「電影」,「我」成爲遊的主體,欣賞的「畫心」成爲遊的客體。但是伴隨著手卷在眼前引首展開,在鏡頭推移轉換中,「我」深入「畫」裏,進入「遊」的經驗世界。在畫卷這一場域中,黃公望先生又成爲指導我們遊覽閱讀的主體,「我」變換爲富春山中流動的景色即被欣賞客體的一部分:

> 三百年前,一株樹修成意志千里眼
>
> 三百年前,一隻眼望穿秋天
>
> 三百年前,植物們紛紛生下雙胞胎

　　三百年後我坐在這株樹下寫作

　　撥一個遠方的號碼

　　它的綠色跟連在地球另一端

　　我體內的安靜來自哪兒

　　只要我靠近　這安靜就鋪天蓋地

　　罩住我，就像這巨大的綠

　　罩住我的今天〔註10〕

　　當「我」成為畫中景，景中人，即構成了與描繪客體之間的互相觀照和對話的關係，空間的張力由此生成。在中國古代文學創作中有「神思」和「坐忘」，即將禪宗回互體用的思想原理介入到詩歌的具體創作，詩人思接千載，神遊古今，在「澄懷觀道」與「臥以遊之」雙重境界中恣意穿梭。彷彿詩人隨時可以走入山水美景，又隨地可以從風景中跳脫，在沉浸式的立體感悟與游離式的臥遊神思中完成主客體的書面對話。

　　除了敘述視角的對話轉換，在語言上該詩也構成一種自我指涉的對話關係，在二十七節有一段寫表演詩劇的演員不讀詩的對白：

　　還是讓我們讀讀那些臺詞

　　那些詩　不理解也能默誦於胸

　　『我遁作一枚月亮

　　冷光便蓄積一派浩然之氣

　　我照千古　千古照我

　　裹挾著我一路潛行』……〔註11〕

　　這段臺詞正出自長詩的十四節，詩人的自我重複引用直接形成一種自我指涉的對話場域。這也間接與對其影響極深的福柯的自我指涉理論以及前期寫作受美國自白派的西爾維婭、普拉斯等詩人形成的「自白體」遙相呼應。前文生成的創作文本在陳思安導演的多媒體戲劇《隨黃公望遊富春山》中成為被闡釋的臺詞，這段臺詞又被當成引文重新入詩。這種自我引用充分展現了詩人的預設自信和語言包容。詩人好像在與過去的自我對話，這種自我指涉直指詩人靈魂深處的對話與回應。但是可悲的是，進行詩歌語言闡釋的青年演員毫無緣由地並不閱讀詩歌。以不讀詩的演員去拷問觀眾，用沒有閱讀

〔註10〕翟永明：《隨黃公望遊富春山》，中信出版社 2015 年版，第 41 頁。
〔註11〕翟永明：《隨黃公望遊富春山》，中信出版社 2015 年版，第 67 頁。

清楚問題的年輕人給予讀者答案，這樣的對話循環是無法產生答案的，本來就是一個詭譎的諷喻。詩人在作品中創造一個虛擬世界，讀者通過閱讀作品與詩人進行潛在的精神溝通、對話和交流。詩人在這首長詩裏已經完成了作家、作品、讀者和世界四要素的循環反饋。因此，內容上無法闡釋的問題隔閡與結構上前後迴環的語言架構在長詩中形成一種充斥諷刺感的語言對話畛域，這在詩歌的內容深度與創作技藝上無疑是一項重大突破。

這首長詩最重要的組成部分就是貫通古今的時代透視——介入歷史和當下的時空感。這不僅是時間歷史上的穿越，更是文化空間上的虛擬對話。

> 十四世紀的繪畫經驗
> 將要變成二十一世紀的廣告語
> 十四世紀散點透視的鄰里人家
> 變身為二十一世紀重疊的城市通衢
> 十四世紀向上生長的綠色
> 化為二十一世紀垂直超高的大廈〔註12〕

長詩第二節直接將兩個世界相視相覷，徑直批駁時代的變化。這種寫法也對應著古代繪畫技巧中的「散點透視」與西方繪畫技藝中的「定點透視」，表面的場景對立背後隱匿著文化視角的渙散與對焦。詩人不囿於場域的仄逼，將情景之外的生活狀態、價值觀念、生命秩序一一列之紙面。將兩幅「天地一容膝：枯坐這裡下棋的老人與枯坐中網吧的 90 後」生命速寫進行對比，從中分揀出古代文人穿越時空、直面天地、遠離塵世的生命觀與 90 後逃逸自我、遊戲人間的宅文化的對應特例。在第八節中又再次將老人的荒廢與年輕人的加冕互相映襯。這樣的抽象「進化論」是值得我們思考與審視的生活境遇。詩人描寫古今對話的用意，顯然不僅僅在於歎謂現實場景替代了古代山水風光。當我們深入走進山水圖畫，就更能體察到山水的根脈聯結的是天人合一的生命秩序與物我兩忘的人生哲學。正如詩人所說，「為自己寫作，並非不考慮個人經驗與時代和歷史的關係，個人的人生經驗總是包含有時代和歷史的經驗的。我相信，只要我在寫，我的寫作就與時代有關。我不會刻意去營造所謂的現實使命感，而只會在創造性的自由前提下去關注和考慮更大，更有力的現實。」〔註13〕翟永明筆下的這種古今對話或許是一種引導，它用

〔註12〕翟永明：《隨黃公望遊富春山》，中信出版社 2015 年版，第 8 頁。
〔註13〕翟永明：《黑夜的意識》，《磁場與魔方》，北京師範大學出版社 1993 年版，第

一種自控式的情感形態展現風景的替代、政治的錯位、歷史的更迭與科學的演進。最後要表達的是「時間降一切」的宿命「遁形術」。

翟永明的這首長詩蘊含著豐富的視角轉化、語言技巧和古今對話深意，這些內容上的深入淺出更多倚仗著結構上的匠心獨運。其文本敘事從平行敘述到對話交鋒，經過情感的滌蕩後又在現代與古代的時空交叉中完成靈魂對話。正如巴赫金的複調理論提出的複調結構，翟永明將觀畫～讀畫～寫畫擱置爲第一層的情景敘述，又在其後透視出針砭時弊的第二層現實映像。這兩條主線都以「我」在現實的場域裏神遊古代的風水這樣時空交融的事實基礎爲起點，就好像詩人一眼凝神於畫卷的鋪展，另一眼又追隨著社會的前進，這兩條思路各自推演又在一瞬間相逢交錯。這種圖景與敘述的瞬間轉移正體現詩人應用交流詩學開拓了早期「自白體」的女性困境。羅振亞認爲翟永明的這種拓展方式契合了當代消費語境：「如果說翟永明首創的獨白體式，因昭示了女性主義詩歌的新向度而讓人趨之若鶩，那麼交流詩學則是她爲承載經驗獨闢的個人化通道。它既暗合了消費文化占主導地位的全球化時代的藝術趨勢，也促成了詩歌風格從滯澀向澄明的位移，這是她對當代漢詩的又一個啓迪性的貢獻。」〔註 14〕《富春山居圖》不僅成爲翟永明描繪的客體對象，更是詩人抒發對古代山水詩情與現實社會的快文化以及內心觀照與自我交流的參照物。

詩人在第三節中直言這種正面交鋒：

> 我和十四世紀，摩擦生煙
> 點亮一片密林的頹廢……
> 我在『未來』的時間裏
> 走進『過去』的山水間
> 過去：山勢渾圓，遠水如帶
> 現在：釣臺依舊，景隨人遷
> 過去：先人留下有機物
> 現在：三尺之下塑料袋
> 黃公望的腳印從常熟一路走到臺灣

---

140 頁。

〔註14〕羅振亞：《複調意向與交流詩學：論翟永明的詩》，《當代作家評論》，2006 年第 3 期。

> 我的腳步　紙上一走三百六十年〔註15〕

　　至此，詩人跳出時空體的拘囿，在過去、現在、未來之間「三遠透視」，如古代繪畫技藝一般打破時空桎梏，以「高遠」的姿態睥睨天下，俯視歷史。讓兩條主線矛盾融合，這讓我想到李大釗的一句話：「無限的過去以現在為終結，無限的未來以現在為開始，過去與未來全仗以現在，以承其連續，以承其永遠，以承其無始無終的大時代。」詩人正是站在當下的節點，回望歷史的濫觴，祈盼未來的希冀。

對話性與立場轉換

　　翟永明詩歌中的對話性包含了內容方面的立場轉換，古今貫通、文化觀照以及結構上的複調架構，很近於維特根斯坦所謂的語言遊戲色彩。詩歌語言與結構的多重變化需要詩人注入宏大的情感支持和人文價值關懷。翟永明詩歌對話性正體現了這種自矜式的情感指控與開放式的價值觀念批判的兩重對話語態。

　　自矜式的情感指控指的是，詩人已經擺脫80年代自白體的「黑夜」詞彙，從蟄伏於黑夜之中的情感困境中跳脫出來開始迎接光明對話未來，但是這種情感的流向不是泛濫形骸的火山噴薄，而是依舊裹束著女性矜持外衣的內斂甚至客觀的情感申訴。正如周瓚所言：「她以巨大的激情嘗試著屬於她自己這一性的文本意識和詩歌的結構特徵：這是融抒情和敘事、夢想與觀察為一體的詩歌體式的實驗。」〔註16〕當我們跟隨詩人經歷了「屏息、出神、氣餒、吐氣」的情感過渡，再回到詩歌文本之中，我們看到的是冷靜的人物速寫和井然有序的多聲部複調協奏。

　　開放式的價值觀念批判指的是面對古代的山明水秀中涵養出的文化意蘊與當下的科技社會中製造出來的精神態度這兩種矛盾對立卻又相輔相成的價值信仰，詩人表現出巨大又包容的語言承載力。詩人一方面彰顯出在天地一容膝中老年人的雲淡風輕與年輕人的虛度與覺醒（第五節），另一方面又呈現出老人把自己當成廢品的消極人生態度與年輕人為自己加冕拋光的積極人生觀念（第八節）。對於這些人生價值，詩人並沒有給出更多的評論，情感自我融解於山水畫卷：「唯有山水，不問古今」。這種開放式也體現在作者在古今

〔註15〕翟永明：《隨黃公望遊富春山》，中信出版社2015年版，第10～11頁。
〔註16〕周瓚：《當代中國女性詩歌：自由的期待與可能的飛翔》，《江漢大學學報》（人文科學版）2005年02期。

對照中囊括了時代與歷史的交融感，並沒有單純地將古代風景與現實科技完全對立，山水風景不可能在科技的侵襲之下負隅頑抗，但是可以攜畫入文。翟永明在與木朵的對話中說：「時代是變化的『勢』，對時代的描述也在變化中。今天的詩歌創作，必然帶有今天的氣息，連同當代詩的尷尬，連同城市化對詩歌寫作的傷害，連同詩歌所處的這種邊緣位置，都是今天這個時代的一部分，也散發著這個時代特殊的詩意。端看我們怎樣的去表達和認識它。」〔註17〕詩人正是帶著這種對文化發展的敬畏，將古典詩歌的傳統與現實社會的價值有機融合，秉持一種對文化開放性的寬容態度。在《「女性詩歌」與詩歌中的女性意識》中翟永明闡釋出一種女性詩歌局限的原因：「缺乏對藝術的真誠和敬畏，缺乏對人類靈魂的深刻理解，缺乏對藝術中必然會有的孤獨和寂寞的認識，更缺乏對藝術放縱和節制的分寸感，必然導致極其繁榮的『女性詩歌』現象和大量女詩人作品曇花一現、自我消失的命運。」〔註18〕詩人正是通過交流詩學的開放語境，將山水歷史等宏闊的意向引入長詩體系，以一種開放的胸懷走出了女性詩歌自我消失的圈圈，完成了女性詩歌命運的解放，也打開了文本有形的空間，營構出內外相容的場域，「躍遷」了詩寫的疆界，「以具體超越具體」。

　　陳超曾在《翟永明論》中梳理其創作道路約略可分為三個階段：「80 年代，以隱喻和暗示為主導語型，深入而自覺的女性主義『自白』傾訴期；90 年代，採用轉喻和口語的融合性語型，給激烈的情緒降溫，將更廣泛的日常經驗、歷史、文化，做『寓言化』處理的深度命名『克制陳述』期；90 年代末至新世紀，主要提煉明朗、簡勁、詼諧的異質混合語言，在更為冷靜、準確點染式的世風反諷中，同步完成對人精神困惑的揭示、體諒和惦念。可將之稱為『以具體超越具體』，『少就是多』──『極少主義』（或曰『極簡主義』）寫作期。以上三個階段的劃分，只是就翟永明詩歌寫作方式轉型的主要狀貌而言，它們不可能是絕對的前後斷裂，而是可信的自我躍遷。而且，三階段之間的差異性，又統一於詩人『不斷發掘個人的心靈詞源』這一總體背景的真實和連貫性。」〔註19〕翟永明早期的作品中充滿了自我與黑夜，完全展現的是「自白體」書寫風格。但是其在新世紀寫作時期逐漸走向更加開放的場域，

〔註17〕翟永明：《潛水艇的悲傷》，作家出版社 2015 年版，第 311 頁。
〔註18〕翟永明：《潛水艇的悲傷》，作家出版社 2015 年版，第 255 頁。
〔註19〕陳超：《翟永明論》，《文藝爭鳴・當代百論》，2008 年第 6 期：第 134 頁。

不僅與自我對話，更回眸歷史，面向未來。對話性不僅是在古老與時代的夾縫中尋找一種貫穿時代的交流方式，更是一種包容開闊式的思維方式，將情感語言措置於多維的複雜旋律之中，好像 3D 電影一般給人身臨其境的立體感受，其發散式的想像空間也給人多岔路的靈感啓發。這無論從內容還是結構上都是一次新的征途，更促進了中國新世紀詩歌語言範疇的開拓。

翟永明在詩集序言說：「一個時代不必峰巒羅列，但是幾座突兀的高峰絕不可少」，〔註20〕面對多維對話性的長詩體系，還有更多需要我們探討的問題：比如長詩體系是否能承載詩人長時空遠跨度的對話語境，以及豐富線索和多重表意是否會將複調的結構框架沖散以至於無法直接表現核心思想，空間構境在詩歌創作中的闡釋空間還有多大，新世紀新詩創作在精神理性和審美維度方面還能取得怎樣的突破？這些都值得我們結合詩歌現場、詩歌關鍵詞、詩歌思潮以及詩歌創作症候等角度進行具體深入的探究。

〔註20〕李陀：《隨黃公望遊富春山（序言）》，中信出版社 2015 年版，第 5 頁。

結　語

　　不同時代具有進入歷史的不同方式，相較其它文體，詩歌是最爲敏銳集中地反映時代與文化的文學樣式。進入 21 世紀，寫詩、讀詩再度產生廣泛的社會影響。詩歌創作的繁榮發展也好，詩歌變成文化領域的裝飾品或媒體炒作的焦點也好，都需要我們自覺審視其在發展中被大眾熱潮遮蔽或潛隱的盲區和問題：自古以來，詩歌承擔著多種文化功能、積澱著中華民族深沉的精神追求，泱泱詩歌大國以幾千年的詩道精神爲榮。置身全球化、當代漢語語境之中，詩歌傳播媒介極大擴散，詩人應以何燭照詩心？讀者以何點燃詩歌的能量？施教、傳播者以何積極促進詩歌推廣？評論者該把持怎樣的批評尺度？就此，提出構建當代漢語詩歌精神尤顯必要。

　　詩歌精神首先是詩人的精神世界，它與創作主體的品性、修養密切相關。「情深而文明，氣盛而化神」（《禮記・樂記》），古人尊重詩歌，並強調詩藝的極致，一定要以創作主體正確的人生價值觀、崇高的道德追求、美好的德性爲基石。一部中國古代詩歌史，不僅是詩歌藝術發展史，還是詩人精神鑄造成長史，中國詩歌批評史從未疏離對詩人思想境界與內涵情操的評價。詩品即人品，詩如其人：屈原崇高的社會、政治理想與高潔的人格；陶淵明崇尚自然與隱遁靜謐的修爲；李白豪邁不羈的人生追求、奔湧馳騁的想像力與卓然傲世的個性；王維圓融山水與禪悅澄明的境界；杜甫憂國憂民、普濟天下的聖者胸懷；蘇東坡思致高遠的藝術修養與儒釋道樂觀通達的情志……。偉大的詩人是時代文化的先行者，他們的人格魅力與精神感召力在詩歌中得到充分釋放、展現；高尚的人生價值觀與詩歌境界可以激蕩出動人的詩情，滋養詩歌乃至人類的文化品格。如此，才有了蘊藉醇美、骨氣端翔、卓爍異

彩的佳作，可謂「志於道，據於德，依於仁，游於藝」（《論語・述而》）。

　　中國古代詩人主體精神與詩歌的對應關係足以爲當代漢語詩歌提供借鑒。步入微信時代，信息龐雜紛呈，商業娛樂日漸放縱，消費主義理念依然至上，很多詩人漸離詩心軌道，隱匿了對詩歌精神和曠達志向的訴求。我們不妨以詩歌介入公共事件和日常生活；自覺於人類精神向度的挖掘；自覺於自由、民主、平等、博愛的追求；自覺於審美價值、社會價值的超越志向。總之，培育和充實詩人的主體精神，是構建當代漢語詩歌精神的第一要務。

　　其次，詩歌精神是民族精神。幾千年來，傑出的詩人立志於民族精神與文化理想、生活情趣、政治倫理的書寫，從問道自由到深入現實兩個維度喚醒讀者的內在生命感悟，捍衛剛正不阿的獨立意志、批判諷喻的現實精神、爲國利民的肝膽赤誠，這些已成爲中華民族的精神紐帶。伴隨近現代中華民族的苦難歷程，詩歌屢被推上歷史舞臺。在新詩史上，詩歌精神少有人關注，較早強調詩歌精神的是魯迅，他在《摩羅詩力說》中提煉出其心中詩人的形象——民族精神的代言者。詩人是民族的發聲者，具有呼喚民族內在主體性的特出使命，魯迅對民族詩歌的期待寄寓了文化啓蒙者對詩歌精神的理解。他認爲民主和科學均是詩，是發揚主體性的行爲，他的雜文、散文詩亦是詩。魯迅前瞻而富有問題意識的洞悉力深化了民族精神的含義。肩負啓蒙與救亡的使命，從五四伊始，詩人們堅執地尊崇民的精魂：高揚創造的、動的和力的反叛精神（郭沫若），秉具民主精神、民族道德感跋涉於中華復興之路的赤子情懷（聞一多），在個體自救、民族自救中尋訪生命價值的現代意志（戴望舒），在覺醒與抗爭中塑造中國記憶、追求光明的信念（艾青）；或如現代派詩人通過審美獲得歷史困境的化解、主體精神的超脫，或如九葉派詩人通過在歷史內部的掙扎獲得精神的敞開，或如七月派詩人擁抱生活的主觀戰鬥精神……。歲月如河，基於現代經驗之上的民族精神，映像出個體擔當歷史的主體性行爲。

　　隨著社會的變遷，群體的社會意識日漸轉向個體的生命意識，詩歌角色發生變化，民族精神的建構在歷史化過程中流變延展。20世紀80年代初，從牛漢、邵燕祥、雷抒雁等詩人對歷史的書寫；到朦朧詩人對意識形態的反思，對人道主義和人性復歸的寄託；直至海子、駱一禾試圖改寫新詩的歷史傳統，恢復詩歌整體性的文化功能……他們的詩歌抱負豐富了當代詩歌的民族精神。90年代到新世紀初，個人化寫作滲入了歷史想像、當下經驗、細微事物。

詩人秉燭詩歌與時代對話：知識分子寫作中的批判立場、介入向度負載了堅守的民族精神；口語寫作、底層寫作關涉了在場的民生關懷。新世紀以來，網絡詩歌喧囂沉浮，「祛魅」平庸的氣息彌散，在短視的利益機制和大眾文化中，如何恪守智慧厚樸的詩歌信仰，創作有氣象、骨力的詩，抒發靈性、真誠的情思，高揚富有時代感、主體性的民族精神，遠離浮躁空洞的詩風？為此，我們需要構築烙印著時代特色的民族精神——獨立自由地追尋夢想與自強不息的進取精神和現實關懷。我們篤信：中國當代文化的振興與詩歌形態的多樣化、詩歌創作的繁榮發展互為促進，同表崢嶸。

再次，詩歌精神是探索融合、自我超越的世界精神和大愛無私的人類情懷。「民胞物與」是中華民族追求天人和諧、講究天人之際融通的思想核心。中華民族把人類的文化創造都歸結為對天地法象的觀照，把在這種觀照下生成的精神形態和物質形態稱為文化，將文化詩意地抒發出來稱為詩。在現代化進程中，中華民族的天人和諧觀念已經演化為世界性的天人和諧，成為世界文化發展的共同取向。漢語詩歌愈來愈融入東西方文化溝通、文明交匯的環境之中。作為跨語際、跨文化交流最便捷直通的橋梁，詩歌類似於上古先民崇拜的一種聖樹「建木」——溝通天地人神的橋梁，它貼近世界存在的本相、接近人類心性的原初狀態。詩性沒有國界，這是詩歌獨具的質素，也是它在世界文化中發揮先驅者使命的緣由。

21 世紀，立足世界詩歌版圖之上，以開放的視野和魄力，審視並吸納世界詩歌的精粹，擴展和闡揚當代漢語詩歌經驗，這是自覺推進詩歌精神建設的歷史趨向。以前，我們常說中國古代文學傳統喪失了活力，就詩歌而言，其實真正喪失的是我們的創造力與求索精神。時下，中國古代與西方的思想文化資源遠遠超越以往任一時期的儲備，西川、歐陽江河、王家新、吉狄馬加、樹才等一批當代優秀的詩人汲取古今中外詩歌的給養，已經跨入世界詩歌的軌道。可是，我們仍匱缺世界級卓越的大詩人，缺少富有震撼人心的經典詩作。

縱觀具有國際影響力的詩歌，莫不植根於博大包容的精神境界和人類亙古延綿的母題；莫不有純淨穿越的靈魂和遼遠神秘的信仰，充盈的生命力和真摯的情感經驗，豐沛的詩緒和深邃的批判精神；尤其不能缺少閃光的人性之美！詩人應有「為星球提供能源」（薩拉蒙）的初心，以及「站在地獄的屋頂上，凝望著花朵」（米沃什）的超越和展望精神。「靈魂如果沒有確定的目

標它就會喪失自己」（蒙田），對於每一位當代詩人，最大的挑戰不是修辭技藝的辨識，而是自我突破——面對影響的多元與焦慮，發出個性的聲音，處理好現代性、當下性和個體生命記事的關係，氣韻卓然地回應世界詩潮的波湧，在世界藝術的薰染中完成對詩歌本體的提升！

　　詩歌精神在中華民族日新月異地發展中已經播下傳承不息的生命火種，在多民族多元文化並存的精神文明建設中它必將起到積極的影響。如《周易》所言，人類文明總是「變易」與「不易」的統一。當今，詩歌正處於「變易」的時代，我們需要審慎地思考在漸變中如何尋出生長性的文化基因，發揮和增進傳統詩歌中「不易」的優長？萃取世界詩歌的智慧元素，兼容中西詩藝的精彩。自《詩經》始，中國詩歌容納了所有的瞬間、投射了迥然個體幽微的靈魂，詩歌的活力即一個時代的活力，詩歌的處境彰顯人的處境。構建詩歌精神，旨在激活漢語詩歌創作的潛力，為詩歌、文化乃至靈魂的建設打開無限深遠開闊的空間。

參考書目

1. 【德】哈貝馬斯：《公共領域（1964）》，汪暉、陳燕谷主編《文化與公共性》，北京：三聯書店，1998 年版。

2. 【美】托馬斯‧摩爾：《日常生活的魅力再現》，呼和浩特：內蒙古出版社，1998 年。

3. 段義孚：《經驗透視中的空間和地方》，潘桂成譯，臺北：國立編譯館，1998 年版。

4. 【美】弗雷德里克‧詹姆遜：《文化轉向》，胡亞敏：《譯者前言》，胡亞敏等譯，北京：中國社會科學出版社，2000 年版。

5. 【美】弗雷德里克‧詹姆遜：《文化轉向》，胡亞敏等譯，北京：中國社會科學出版社，2000 年版。

6. 黃鳴奮：《超文本詩學》，廈門：廈門大學出版社，2001 年版。

7. 【美】約翰‧菲斯克：《理解大眾文化》，王曉珏、宋偉傑譯，北京：中央編譯出版社，2001 年版。

8. 【法】皮埃爾‧布迪厄：《藝術的法則──文學場的生成和結構》，劉暉譯，北京：中央編譯出版社，2001 年版。

9. 【比】喬治‧布萊：《批評意識》，郭宏安譯，桂林：廣西師範大學出版社，2002 年版。

10. 包亞明：《現代性與空間的生產》，上海：上海教育出版社，2003 年版。

11. 【法】莫里斯‧布朗肖：《文學空間》，顧嘉琛譯，北京：商務印書館，2003 年版。

12. 【英】西莉亞‧盧瑞：《消費文化》，南京：南京大學出版社，2003 年版。

13. 王文英、葉中強主編：《城市語境與大眾文化──上海都市文化空間分析》，上海：上海人民出版社，2004 年版。

14. 【美】愛德華・W・蘇賈：《後現代地理學——重申批判社會理論中的空間》，北京：商務印書館，2004 年版。

15. 【美】愛德華・索亞：《第三空間》，陸揚等譯，上海：上海教育出版社，2005 年版。

16. 【美】本尼迪克特・安德森著：《想像的共同體——民族主義的起源與散步》，吳叡人譯，上海：上海人民出版社，2005 年版。

17. 【美】安東尼・羅奧姆：《城市的世界——對地點的比較和歷史分析》，上海：上海人民出版社，2005 年版。

18. 【德】瓦爾特・本雅明：《技術複製時代的藝術作品》，〔M〕，胡不適譯，杭州：浙江文藝出版社，2005 年版。

19. 【英】利薩・泰勒、安德魯・威利斯：《媒介研究：文本、機構與受眾》，吳靖、黃佩譯，北京：北京大學出版社，2005 年版。

20. 【英】邁克・克朗：《文化地理學》，楊淑華、宋慧敏譯，南京：南京大學出版社，2005 年版。

21. 羅振亞：《朦朧詩後先鋒詩歌研究》，北京：中國社會科學出版社，2005 年版。

22. 【法】讓・波德里亞：《消費社會》，南京：南京大學出版社，2006 年版。

23. 【美】W・J・T・米歇爾：《圖象理論》，北京：北京大學出版社，2006 年版。

24. 【美】理查德・桑內特：《肉體與石頭：西方文明中的身體與城市》，上海：上海世紀出版集團，2006 年版。

25. 劉福春：《中國新詩書刊總目》，北京：作家出版社，2006 年版。

26. 李怡：《現代性：批判的批判——中國現代文學研究中的核心問題》，北京：人民文學出版社，2006 年版。

27. 汪民安：《身體、空間與後現代性》，南京：江蘇人民出版社，2006 年版。

28. 【法】居伊・德波：《景觀社會》，王昭風譯，南京：南京大學出版社，2007 年版。

29. 【美】丹尼爾・貝爾：《資本主義文化矛盾》，南京：江蘇人民出版社，2007 年版。

30. 【英】麥克・克朗：《文化地理學》，南京：南京大學出版社，2007 年。

31. 陳仲義：《中國前沿詩歌聚焦》，北京：中國社會科學出版社，2009 年版。

32. 【法】加斯東・巴什拉：《空間的詩學》，張逸靖譯，上海：上海譯文出版社，2009 年版。

33. 張清華：《穿越塵埃與冰雪——當代詩歌觀察筆記》，西安：西北大學出版社，2011 年版。

34. 張德民：《二十一世紀詩歌初論（2000～2010）》，北京：九州出版社，2011年版。

35. 宋秀葵：《地方、空間與生存》，北京：中國社會科學出版社，2012年版。

36. 王鵬飛：《文化地理學》，北京：首都師範大學出版社，2012年。

37. 【美】W・J・T・米切爾：《風景與記憶》，南京：譯林出版社，2014年版。

38. 張立群：《新詩地理學》，瀋陽：遼寧大學出版社，2015年版。

39. 孫曉婭：《中國新詩研究論文索引（2000～2009）》，北京：學苑出版社，2015年版。